RAGAZZE DELL' OLIMPO

Elena Kedros

RAGAZZE DELL' OLIMPO

La Trilogia Completa

MONDADORI

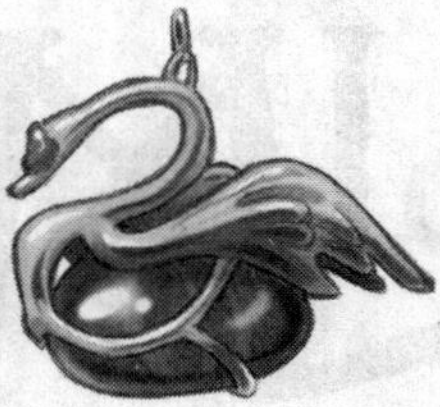

www.ragazzi.mondadori.it

Art director: Fernando Ambrosi
Progetto artistico: Federico Bertolucci
Logo: Sara Mariani
Progetto grafico: Silvia Bovo
Illustrazioni: Emilio Urbano (bozze), Manuela Razzi (matite), Mara Damiani (colore)
Supervisione disegni e colore: Federico Bertolucci

Lacrime di cristallo

Prima edizione nella collana Saghe Fantasy marzo 2008
Il potere dei sogni

Prima edizione nella collana Saghe Fantasy ottobre 2008
Prigioniero dell'Ade

Prima edizione nella collana Saghe Fantasy marzo 2009
Il segreto svelato (racconto inedito)

Prima edizione in raccolta ottobre 2009
Stampato presso Mondadori Printing S.p.A.
Stabilimento N.S.M., Cles (TN)
Printed in Italy
ISBN 978-88-04-59678-3

Lacrime di Cristallo

l'Ombra

C'era stato un tempo in cui l'avevano chiamato dio. Lo avevano chiamato Signore della Guerra. Lo avevano chiamato Distruttore di uomini. Il suo nome aveva evocato orrore, sgomento e terrore. Dalla quadriga trainata da cavalli dal respiro infuocato aveva dispensato pianto, dolore e disperazione. Il tradimento era stato il suo valore, la menzogna la sua verità e la violenza la sua gloria. Era stato un dio tra gli dei. Il più temuto, il più inclemente, il più selvaggio.

Ma non era più quel tempo.

C'era stata la sua ultima guerra. Si era trovato a un passo dal successo, ma la vittoria gli era sfuggita all'improvviso. Non perché fosse stato sconfitto, ma perché le sue nemiche erano scomparse. Senza le sue rivali la guerra era inutile. La vittoria impossibile. Senza un nemico, il Signore della Guerra non aveva più ragion d'essere.

Ormai Ares era poco più di un'ombra. Un'ombra maligna che si aggirava tra le otto statue del sacro tempio, il Dodekatheon.

Si avvicinò alla statua di Poseidone, il dio del mare. Al centro del leggendario tridente splendeva un'acquamarina dai bagliori azzurri. Il Signore della Guerra l'afferrò e discese nelle sotterranee segrete del Dodekatheon. Un maligno labirinto silenzioso. L'aria malsana che aleggiava avrebbe soffocato chiunque altro. Ares scese ancora, scivolando lungo corridoi, cunicoli e gallerie. Superò le celle in cui aveva imprigionato i nemici sconfitti. Scese ancora, scavalcando le carcasse degli avvoltoi che erano stati i suoi servitori e quelle degli Sparti che erano stati i suoi guerrieri.

Arrivò di fronte a un lago oscuro, nel punto più basso dei sotterranei. In quelle acque immobili languiva il suo ultimo prigioniero.

Ares sollevò l'acquamarina. La pietra emise un potente bagliore azzurro. Le acque del lago lo assorbirono e cominciarono a ondeggiare. Dalla superficie emerse una bolla verdastra in cui era rannicchiato un ragazzo. I suoi occhi erano vivi e attenti, il suo corpo affaticato dalla prigionia.

— Non sei ancora stanco? — chiese Ares.

Il prigioniero non lo degnò di alcuna risposta.

— Voglio i loro poteri! — tuonò di nuovo il dio.

Per la seconda volta il ragazzo tacque.

La furia di Ares divampò spietata.

Da troppo tempo quell'interrogatorio si ripeteva uguale a se stesso. Domande senza risposta. E come sempre l'ira funesta del dio si scatenò sulla sua preda silenziosa. Dopo avergli inflitto terribili torture, Ares risalì nel Dodekatheon per continuare la sua ricerca…

La ricerca dei suoi nemici svaniti.

***

La bolla tornò a inabissarsi nell'oscuro lago. Si sarebbe riempita d'acqua fino quasi a far annegare il proprio ospite. Il prigioniero sapeva che quando fosse stato sul punto di dare il suo addio al mondo, le acque si sarebbero ritirate, per poi tornare a riempire la malefica bolla. E così sarebbe andata finché lui non si fosse deciso a parlare. Ma lui non l'avrebbe mai fatto.

Nessuno avrebbe sopportato quel supplizio. Ma per lui era semplice.

Lo faceva per amore.

Pessimo Inizio

— Non è possibile! Sei più stupido di un macaco! — strillò Luce guardando l'orrida poltiglia marrone che le colava sulla maglietta. La maglietta che aveva preparato da tempo per poterla indossare il primo giorno di scuola. Non un primo giorno di scuola qualunque. Il primo giorno delle superiori.

Ma il suo pestifero fratellino, il più incontenibile cinquenne che mente umana potesse immaginare, aveva scelto proprio quel giorno per rovesciarle addosso la cioccolata.

— Mi ricorderò di quello che hai fatto quando comincerai le elementari! — gridò Luce a Gingi che ridacchiava.

In preda al panico la ragazza si precipitò su per le scale, si tuffò in camera e spalancò l'armadio all'affannosa ricerca di una maglietta decente. E mentre cercava, frugava e rovistava, buttava sul letto le magliette inadatte. Alla decima maglietta un urlo trapanante arrivò dalla cucina.

— Luce, sei in ritardo! — le gridò la madre. Come se lei non lo sapesse.

Aveva organizzato tutto per arrivare a scuola in anticipo. Voleva avere il tempo di scegliere il banco migliore e un compagno decente come vicino, ma i suoi astutissimi piani stavano sfumando inesorabilmente.

Finalmente trovò la camicia fucsia che stava cercando, ma la eliminò subito. Troppo appariscente per il primo giorno di scuola. Quella verde sarebbe potuta andare, ma mancava un bottone. Quella rossa era scucita, quella bianca non era stirata. C'era quella che metteva solo per fare shopping, quella per ballare e quella che le aveva regalato la zia. Ma nessuna che andasse bene. Le migliori erano tutte da lavare. Al quindicesimo strillo della madre, quello dal tono che non ammette repliche, Luce indossò al volo la maglietta che aveva in mano. Non avrebbe potuto scegliere peggio. Aveva addosso l'Orrendona, la maglietta porta-sfortuna. Ogni volta che l'aveva messa tutto era andato storto.

— Cosa ti è preso? Non volevi arrivare in anticipo? — le chiese il padre entrando nella stanza con un sorriso incoraggiante. Finalmente una nota positiva in quella tragica mattinata.

— Ho avuto qualche problema. Non è che mi faresti accompagnare in macchina? — chiese la ragazza.

— Mi dispiace, ma devo andare dall'altra parte della città!

— Ti prego! Se non mi accompagni la mia vita andrà a rotoli! — insistette Luce, sbattendo le ciglia e sentendosi invadere da un calore intensissimo. Tenne lo sguardo puntato sul padre titubante.

— Però dobbiamo uscire subito...

— Sono pronta! — disse Luce, che non aveva la benché minima intenzione di rinunciare alla sua ultima possibilità di arrivare in tempo. Avrebbe voluto cambiarsi di nuovo, ma essere in ritardo le avrebbe portato più sfortuna della maglietta jellata.

Purtroppo l'Orrendona era già entrata in azione. Daniel Paddington, il giovanissimo autista della famiglia Grimaldi, non poté far nulla quando finì imbottigliato nel peggior ingorgo che ci fosse mai stato a Rainbow Hill. Luce era sempre più in ansia.

— Io scendo qua — decise. — Se corro, forse arrivo prima della fine delle lezioni!

— Buon primo giorno di scuola, studentessa! — le disse il padre mentre lei scendeva a razzo dall'auto.

All'arrivo nel cortile della scuola, Luce fu sopraffatta da uno scenario deprimente.

Il vecchio edificio era sopravvissuto malamente al grande terremoto che aveva squassato la città una decina di anni prima. Era austero e poco invitante. Sembrava che dicesse: "Tu sei indegno di entrare qua dentro, ma se entrerai, dovrai soffrire". E non c'erano sciami di studenti schiamazzanti a rallegrare la scena.

Erano già entrati tutti.

Mentre correva sulle scale d'ingresso cercando di arginare il ritardo, Luce venne travolta da un'altra ritardataria, evidentemente più veloce di lei. Ma anche molto più scortese, visto che non si degnò di scusarsi.

— Muoviti! Siamo in ritardo! — ringhiò la sconosciuta con il tono più scorbutico che fosse mai risuonato in città.

— Devi essere un genio se te ne sei accorta! — ribatté Luce, che non era tipo da sopportare scortesie.

La colossale bidella di guardia all'ingresso si mise in mezzo alle due litiganti.

— Pessimo inizio, ragazze! — esordì. — In questa scuola i ritardi non vengono tollerati. Domani dovrete portare la giustificazione firmata dai vostri genitori.

— Faremo lo sforzo — rispose la ragazza scorbutica, che Luce ribattezzò immediatamente la "Regina di Lunastorta". Poi si rivolse alla bidella sbattendo le ciglia e sentendosi di nuovo invadere da quello strano calore che aveva avvertito meno di mezz'ora prima. — Sarebbe così gentile da indicarmi la I F?

— Sali le scale, la prima aula a destra. Se ti sbrighi e sei fortunata, la Johnson non è ancora arrivata — rispose il donnone improvvisamente ammansito. Poi si rivolse a Lunastorta con tutt'altro tono. — E tu?

— Sid Madison, I C.

Luce si rimise a correre, esultando mentalmente per il fatto che quella Sid non fosse in classe con lei. Si fermò davanti alla porta chiusa dell'aula e tirò un profondo respiro. Uno strano odore, un misto di polvere e gesso, le colpì le narici. I suoi piani erano falliti, ma almeno le rimaneva la possibilità di un'entrata in grande stile. Indossò il suo sorriso migliore e aprì la porta.

Quello che vide non fu esattamente quello che si aspettava. Di solito le persone rispondevano con gentilezza ai suoi sorrisi. Questa volta ventotto paia d'occhi stralunati le si piantarono addosso, e una vecchia arcigna appollaiata dietro la cattedra le diede un acidissimo benvenuto.

— La mancanza di puntualità equivale alla mancanza di rispetto. Tu sei...?

— Luce Grimaldi, signora. E di solito sono puntuale, ma stamattina...

La professoressa Johnson, più simile a un avvoltoio che a un essere umano, la interruppe bruscamente.

— Risparmiami le scuse e siediti — disse continuando a fissarla.

Luce fece segno di sì con la testa e si avviò verso uno dei due posti liberi. Vicino alla finestra, in prima fila e senza nessun compagno di banco. Esattamente quello che avrebbe voluto evitare.

Sembrava che l'Orrendona stesse facendo del suo meglio per rovinare i suoi prossimi cinque anni di vita.

La prof Avvoltoio aveva ricominciato a parlare, grattandosi le mani come se avesse la rogna.

— Come stavo dicendo prima della sgradevolissima interruzione, pretendo da voi attenzione, interesse, responsabilità, silenzio e soprattutto ordine e puntualità!

Contemporaneamente alla parola puntualità qualcuno bussò alla porta.

La Johnson sbottò in un gracchiante: — Avanti!

Quando vide che stava entrando in classe un'altra ritardataria, prese a grattarsi le mani ancor più furiosamente.

— Sono in ritardo — dichiarò allegramente la nuova arrivata, e senza aspettare risposta si diresse verso il banco accanto a quello di Luce.

— Le vostre due compagne della prima fila hanno appena mostrato tutto ciò che non dovrà mai più succedere — sentenziò Avvoltoio Johnson, e ricominciò a elencare tutto quello che doveva e non doveva capitare nelle sue ore di letteratura, sempre scorticandosi le mani.

Luce si mise a studiare la sua nuova compagna. Le sembrava strana. Forse era per effetto del taglio della maglietta, lunga a destra e corta a sinistra, e così gialla da sembrare un faro antinebbia. Oppure era per lo strano connubio creato dagli spettacolari occhi blu incastonati in un viso orientale.

Ma la ragazza sembrò ancora più strana quando tirò fuori dallo zaino quella specie di baule di stoffa che era il suo astuccio. Lentamente lo aprì e ancor più lentamente cominciò ad allineare sul banco un'inesauribile quantità di biro colorate. Il tutto senza degnarla di uno sguardo. Era come se non l'avesse nemmeno vista.

Luce era sempre più convinta che l'Orrendona avesse deciso di rovinarla. "La prof di lettere mi odia, sono in prima fila e mi ritrovo di fianco la stordita della classe" pensò sentendosi assolutamente depressa.

La voce della compagna interruppe il flusso dei suoi pensieri.

— Se hai bisogno di qualcosa, prendi quello che vuoi — le disse con un sorrisone cordiale indicando le biro.

Be'... magari era stordita, ma almeno sembrava gentile. In una mattinata così, era già qualcosa.

— Grazie, io mi chiamo Luce — le sussurrò altrettanto cordialmente, cercando di non farsi sentire dall'insegnante.

— E io Hoon. È un nome coreano. Come me d'altra parte.

La ragazza strana stava per voltarsi verso l'insegnante, quando il suo sguardo si soffermò sull'Orrendona.

— Bella maglia — disse.

Luce rabbrividì per un secondo. Evocare direttamente la maglietta porta-sfortuna poteva avere conseguenze disastrose. Ma siccome ci teneva a essere elegante, accettò con piacere il complimento.

— Lo pensavo anch'io quando l'ho comprata. Un giorno ti...

Un urlo la interruppe: — Ora basta!

La prof Avvoltoio si era accorta che le due ragazze stavano chiacchierando. — Non solo siete arrivate in ritardo, ma non seguite nemmeno la lezione.

Luce aveva notato chiaramente il tono minaccioso della voce, ma non riuscì a trattenersi.

— Non mi sembrava che fosse già cominciata! — commentò.

La prof la ignorò.

— Evidentemente quest'anno mi tocca una classaccia! — si lamentò grattandosi freneticamente le mani. — Avrei voluto fare una semplice verifica per valutare le vostre conoscenze generali, ma vista la situazione, mi vedo costretta a interrogare.

— Quando? — chiese una ragazza con un filo di voce.

— Ora! Subito! E comincerò proprio con le nostre due ritardatarie.

Luce trasalì. L'Orrendona voleva darle il colpo di grazia.

— I vostri nomi, prego! — gracchiò la prof.

Solo un Clic

Spesso Hoon era scollegata da quello che le succedeva intorno, occupata com'era a seguire i suoi pensieri. Ma in quel momento si accorse che Luce era impallidita. Allora, mentre si alzava in piedi per andare alla cattedra, fece cadere tre biro e nel raccoglierle sussurrò: — Se ti fa una domanda a cui non sai rispondere, toccati il braccio. Se la so, rispondo io e faccio finta di aver capito male.

Notò la gratitudine nello sguardo della nuova compagna. Ma vide anche qualcosa di diverso. Un pizzico di incredulità. E non si sentì di darle torto. Era stata gentile, come era sempre e come le piaceva essere, ma non era tanto sicura della sua preparazione. Anzi, era sicurissima della sua impreparazione. Le piaceva leggere, ma non era proprio studiosissima. Sperava solo nel *clic*.

Quel *clic* che l'aveva salvata anche all'ultimo esame.

Hoon notò le mani di Luce che tremavano e quelle della prof che si grattavano. In piedi davanti alla cattedra si chiese quale strana malattia costringesse l'insegnante a grattarsi in quel modo ripugnante. Qualche strampalata allergia? Qualche disgustoso microbo della pelle? Oppure era semplicemente fuori di testa? Poi all'improvviso le arrivarono al cervello le parole della prof.

— Signorina Song, mi sembra evidente che tu non sappia la risposta. Torna al posto.

Hoon era spiazzata. Occupata com'era a fare congetture sul tic dell'insegnante, non aveva nemmeno sentito la domanda.

— È che non ho capito cosa mi ha chiesto.

La prof, sul punto di esplodere, si rivolse a un ragazzino unticcio seduto al centro della prima fila: — Presentati e diglielo tu.

— Mi chiamo Fred Rinoir e lei, professoressa, ha chiesto chi ha scritto l'*Edipo Re* — disse il ragazzo con l'erre moscia e il tono ruffiano.

Hoon cominciò a sudare freddo. E chi l'aveva mai sentita quella roba? Vide un sorriso soddisfatto e maligno allargarsi sul viso della prof, che si era resa conto di averla colta impreparata. La ragazza sentiva la rabbia montarle dentro. Tutto quello che stava succedendo non era giusto. Non si può interrogare il primo giorno di scuola, non si possono fare delle domande senza aver mai spiegato nulla.

— Come dicevo, puoi tornare al tuo posto — tagliò corto la prof.

Hoon le girò le spalle e si avviò verso il suo banco. Non riusciva a immaginare cosa avrebbe detto ai suoi: come si può confessare un votaccio il primo giorno di scuola?

Stava per sedersi quando le venne in mente la faccia di suo padre che scuoteva la testa senza dire nulla e poi…

Arrivò il *clic*.

— Sofocle — disse semplicemente. Si voltò e tornò alla cattedra, godendosi lo stupore seccato dell'insegnante e il sorriso incoraggiante di Luce.

— E *Medea*?

Mai sentita nemmeno quella. Ma… *clic*.

— Euripide.

Risposta giusta.

— *Le Metamorfosi*?

clic

— Ovidio.

Altro centro.

Ma l'insegnante non aveva intenzione di mollare.

— Fammi tre esempi di esametri dattilici, dimmi i titoli di tre poesie metafisiche ed elencami tre opere di Milton.

clic

clic

clic

Hoon rispose correttamente alle ultime tre domande e alla successiva raffica… sempre con il prezioso aiuto dei suoi *clic*. Più che un'interrogazione sembrava una partita di ping-pong, che ebbe fine allo squillo della campanella.

— Song e Grimaldi, tornate al posto! E che non succeda mai più che vi presentiate in ritardo — si limitò a dire la prof Avvoltoio, chiudendo il registro.

Poi uscì.

Hoon era così stordita che si rendeva a malapena conto di quello che era successo.

— Ma tu sei un genio! — le urlò Luce entusiasta.

— Ho risposto bene? — domandò Hoon ancora sottosopra.

— E me lo chiedi? Le hai sapute tutte e le hai sapute così in fretta che la prof non sapeva più cosa chiederti!

Hoon sorrise, le piaceva l'entusiasmo della sua compagna di banco.

— Ma come le sapevi? Vieni da una di quelle scuole per geni?

— Non sapevo di saperle — ridacchiò Hoon. — E sinceramente è la prima volta che qualcuno mi dice che sono un genio. Di solito la gente pensa che io sia strana.

— La tua maglietta è strana, tu sei un genio! — le rispose Luce.

Hoon si accorse dell'imbarazzo della compagna, che temeva di aver parlato troppo. — Me lo ha detto anche mia madre, della maglietta — aggiunse per farla sentire a suo agio — ma è la mia preferita.

Era decisamente soddisfatta della sua prima ora di scuola: la sua compagna di banco era un turbine di energia, aveva la grinta giusta per potersi divertire con lei ed era anche bellissima. Non di quelle che sono belle solo perché hanno un bel naso o un bel fisico. Quelli ce li aveva di sicuro, ma aveva anche qualcosa di più, forse dei bei pensieri, forse un bel carattere o una bella personalità.

Visto che il prof della seconda ora non era ancora arrivato, Hoon e Luce cominciarono a scrutare i loro compagni per decidere con quali avrebbero potuto andare d'accordo. Purtroppo la prima persona che videro fu una smorfiosa che avanzava verso di loro con aria isterica.

— Ma cosa vi è saltato in mente? Avete fatto infuriare la Johnson! Quella è l'insegnante più severa della scuola e per colpa vostra ci ha già marchiato come una classaccia.

Hoon la guardò allibita. Non avrebbe saputo cosa dire a una furia del genere, a parte mandarla a quel paese. Ma siccome le piaceva essere gentile, preferì non ribattere. Tanto prima o poi la tipa avrebbe finito di dire quello che voleva e si sarebbe levata dalle scatole. Ma Luce con un tono di voce soave e un sorriso dolcissimo rispose anche per lei, mentre fingeva di sistemare dei libri e senza nemmeno guardare la loro interlocutrice.

— Non ho capito il tuo nome — disse semplicemente.

— Mi chiamo Priscilla Venom e in questa scuola tu sei l'unica a non saperlo! — s'inferocì la ragazza.

— Chissà come ho fatto a vivere fino adesso senza questa preziosa informazione! — commentò Luce serafica. Lanciò un'occhiatina curiosa oltre le spalle di Priscilla e continuò: — Guarda che qualcuno sta entrando in classe.

La Venom si voltò e vide quello che anche Hoon e Luce guardavano compiaciute.

— Dev'essere uno dell'ultimo anno — mormorò Hoon.

— E anche il più carino della scuola — aggiunse Luce.

Il ragazzo si sedette al posto del professore e sorrise.

— Be'... e tu cosa vuoi? — sbottò Priscilla.

Il tipo stupendo si tirò indietro i capelli con aria divertita.

— Aspetto che torni al tuo posto per cominciare la lezione di storia.

Accidenti... era un professore!

Giovane e carino, ma pur sempre un prof.

Buon Compleanno

La cosa che più piacque a Luce fu vedere l'espressione mortificata di Priscilla che tornava al posto a spalle basse e biascicando scuse.

— Ho appena deciso che storia è la mia materia preferita — commentò.

— Per me lo è sempre stata! — sussurrò Hoon. E sembrava proprio che dicesse la verità.

La lezione del giovane professor Kowalasky fu molto più piacevole di quella della sua collega. Quando spiegò i contenuti del suo corso facoltativo, che avrebbe portato punti supplementari a fine anno, la classe era attentissima. Tutte le ragazze si iscrissero. E anche molti ragazzi.

Hoon e Luce furono le prime a mettere la loro firma sul foglio delle iscrizioni.

— Vi piace la mitologia greca? — chiese il professore.

— Più di ogni altra cosa al mondo! — rispose Luce. Poi le venne il dubbio di aver esagerato con l'entusiasmo.

Quando Kowalasky uscì, Priscilla scrisse qualcosa su un foglietto, lo appallottolò e lo lanciò in testa a Hoon. Lei ridacchiò, ma la sua risata si spense mentre leggeva il contenuto del biglietto insieme a Luce:

***

— Priscilla ha vinto la Medaglia d'Oro dell'Antipatia — disse Luce alla fine delle lezioni, mentre uscivano da scuola.

— Io non credo che farà veramente qualcosa — commentò Hoon. — È la classica tipa che blatera contro qualcuno finché non trova qualcun altro con cui prendersela. Oltretutto il prof non sembra averla presa di mira. Nel giro di una settimana si dimenticherà di odiarci.

Luce la guardò armeggiare con il lucchetto della sua bicicletta da uomo, di un fucsia fluo così acceso che avrebbe potuto illuminare a giorno tutta la città. Ma non riusciva a togliersi dalla testa quell'odiosa della Venom.

— Io so solo che non la inviterò al mio compleanno. Tu invece sarai la prima della lista — sentenziò.

— Grazie! — trillò Hoon con un'espressione piacevolmente colpita. Poi le indicò la canna della bici. — Vuoi un passaggio? Io sto dalle parti del Ponte Taruk, sulla riva nord del Potamok.

Il Potamok era l'azzurrissimo stretto che spezzava in due Rainbow Hill e congiungeva i due mari che circondavano la città. Il Ponte Taruk era il capolavoro di ingegneria che lo attraversava. A Luce piaceva. Per le macchine che passavano a velocità folle c'erano sei corsie, ma su ogni lato ce n'era una interna per le bici e una esterna per i pedoni. Dal ponte si vedeva l'intera città e lo sbocco dello stretto nei due mari. A qualsiasi ora del giorno era uno spettacolo mozzafiato.

— Perfetto, io sto poco più su! — accettò Luce. Caricò la borsa nel cestello anteriore e salì sulla canna.

Hoon cominciò a pedalare, fece i primi metri a zig zag per abituarsi al peso supplementare, ma in breve riuscì a trovare il giusto equilibrio.

— Dimmi tutto della festa — chiese a quel punto, tenendo gli occhi fissi sulla strada.

— In realtà so solo che la voglio fare e che tu sarai invitata. E quest'anno vorrei farla proprio il giorno del mio compleanno: il 23 novembre.

Senza frenare, Hoon le puntò addosso gli occhi pieni di sorpresa.

— Anch'io compio gli anni quel giorno! — esclamò. — Perché non facciamo una festa insiem…

Crashhh

Hoon non finì mai quella frase. Troppo occupata a fissare Luce, non aveva visto un'altra ragazza in bicicletta e l'aveva travolta.

— Ma dove cavolo stavate guardando? — sbottò la ragazza investita.

Luce riconobbe quella Sid Madison che poche ore prima aveva ribattezzato Regina di Lunastorta.

— Scusami. Non ti avevo proprio vista. Ti ho fatto male? — chiese Hoon rialzandosi.

— Ma figurati… — brontolò Sid, e cercò di tirarle su la bicicletta, afferrandola per un pedale. Che le rimase in mano, lasciandola a bocca aperta.

— Ma cosa combini? Sei impazzita? — strillò Luce.

— Ma vai al diavolo! — si stizzì Sid. Poi inforcò la sua bici e schizzò via fumando di rabbia.

— E adesso? — si chiese Hoon ad alta voce.

— Spingiamo la bici fino a casa tua. Ti accompagno volentieri — le sorrise Luce. — Così possiamo dirne di tutti i colori sulla Regina di Lunastorta. Sai che stamattina stavo per litigarci?

— Regina di Lunastorta? — domandò Hoon mettendosi a ridere.

***

Sid, pedalando più forte che poteva, arrivò a casa.

Non entrò dall'ingresso in giardino, ma passò dal negozio della madre, un'eccellente designer di gioielli che vendeva le sue creazioni e aggiustava quelle altrui. La coloratissima vetrina era solo la premessa all'esplosione di tinte, toni e sfumature delle pietre preziose e semipreziose esposte all'interno.

— Bentornata! Com'è andato il tuo primo giorno di superiori? — le chiese la madre con un ampio sorriso. Gail Madison era sempre sorridente, ma quando vedeva Sid lo era ancora di più.

— Una noia. Sono passata solo a salutarti perché ho

gli allenamenti — rispose la ragazza prevedendo mentalmente la successiva domanda.

— Adesso? E non mangi?

— Lo farò quando torno. Tu però non aspettarmi se hai fame.

Sid vide il cenno di assenso della madre, che senza dire altro si rimise al lavoro sulla collana di occhio di tigre.

Sid era perfettamente consapevole del tacito accordo che c'era tra loro: Gail non si metteva mai tra lei e la sua passione per la scherma, e lei non si aspettava che la madre interrompesse il suo lavoro per più di trenta secondi, a meno che non si trattasse di qualcosa di molto importante. Ma sapeva anche che qualsiasi cosa la riguardasse rientrava nella categoria delle cose molto importanti.

— Sai dov'è la mia sacca? — chiese.

La madre, senza sollevare la testa dalla collana, le fece un altro vago cenno. — Ieri l'hai lasciata in salone, sotto la teca con la nostra ossidiana.

***

Dopo meno di dieci minuti Sid era in palestra. Non c'era posto al mondo che le piacesse di più. Le piaceva allenarsi e gareggiare. Le piaceva il semplice gesto di salire in pedana. La colonna sonora della palestra, il rumore di sottofondo di sciabole, fioretti e spade che cozzavano l'una contro l'altra, la faceva letteralmente impazzire. Si trovava di fianco alla pedana insieme a Dude, il suo più caro amico con cui faceva scherma da anni.

— Promettimi che oggi non fracasserai niente — ridacchiò il ragazzo afferrando la sua sciabola.

— Non fare come la Dawson. Lo sai che non lo faccio apposta — grugnì Sid.

— Ma succede spesso ultimamente. Devi solo imparare a calibrare la tua forza. Se ci riesci, il titolo olimpico di campionessa di sciabola femminile non te lo leva nessuno.

Sid ascoltò attentamente il consiglio di Dude. Poi borbottò: — Mi accontenterei di vincere la prossima gara contro quelle di Majong Town. Quanto al calibrare la forza, prima ci riesco meglio è. Oggi ho quasi fracassato una bici.

— Oh, no!

— Tanto era di una tizia odiosa — concluse Sid, e salì in pedana insieme a Dude. I due fecero il saluto e infilarono le maschere.

Il ragazzo attaccò per primo. Sid parò in prima posizione e passò subito al contrattacco. Vide Dude parare, ma con il secondo attacco gli diede un colpo così potente da fargli sfuggire l'arma di mano.

— Ma non è possibile! — sbottò lui levandosi la maschera e facendo una piroetta su se stesso. — Sono un maschio, vinco quasi tutte le gare che faccio, sono più grande… e tu mi disarmi!

— Scusami, io volevo solo darti stoccata!

Sid era sinceramente dispiaciuta. Il problema era che quando saliva in pedana non vedeva e non sentiva altro oltre all'avversario. Voleva bene a Dude e non intendeva certo umiliarlo, come temeva di aver fatto. Dargli stoccata per fare punto era una cosa, ma disarmarlo così…

… era proprio un'altra storia.

— Datti una calmata, Sid.

La voce roca dell'allenatrice risuonò nella palestra. Patty Dawson si avvicinò a Sid e le sistemò la postura.

— Hai forza, talento, tecnica e resistenza, ma se non impari a controllare tutto questo, in pedana non varrai mai nulla!

"E ti pareva" pensò Sid, che non riusciva a capire perché la Dawson non le perdonasse il minimo errore, mentre era molto più morbida con ragazze meno capaci di lei.

— Avete già fatto il riscaldamento? — chiese l'allenatrice.

— Certo! — mentirono all'unisono Sid e Dude con voci da angioletti.

La ragazza si sentì sollevata vedendo che l'amico le strizzava l'occhio e si rimetteva la maschera. Non se l'era presa ed era già pronto a incrociare di nuovo le armi.

— *En gare!* — gridò l'allenatrice, e Sid si esibì in un perfetto affondo, dando immediatamente stoccata a Dude.

— Non cantar vittoria. Siamo solo all'inizio — provò a sfotterla lui, ma Sid non l'aveva neanche sentito.

Era sulla pedana: non pensava, non parlava, non provava nulla. Sentiva solo la sua sciabola come se fosse parte di lei.

Ed era pronta per il successivo affondo.

Furto di Torta

Luce era terrorizzata. Implorò sua madre di esimerla dall'obbligo di andare alla pizzata per il diciassettesimo compleanno della cugina, una rompiscatole da guinness dei primati. Ma Eloisa Grimaldi fu irremovibile.

— Non guardarmi in quel modo. Funziona con tuo padre, non con me.

Luce la fissò cercando disperatamente un buon motivo per starsene a casa, ma non le venne in mente nulla. O meglio: le vennero in mente tonnellate di ottime bugie che avrebbe potuto rifilare a chiunque, ma niente che potesse convincere la madre. Mentre se ne andava in camera sua, valutò l'opzione di indossare l'Orrendona. Magari le sarebbe successo qualcosa di terribile che l'avrebbe costretta a tornare a casa. Purtroppo però la maglietta porta-sfortuna non funzionava più da quando aveva conosciuto...

Hoon! Ecco dov'era la soluzione. Luce fece dietrofront e raggiunse la madre.

— Mammina, avevi ragione. Adesso mi è venuta voglia di andare alla festa — disse con voce soave. — Non è che potrei portare la mia compagna di banco? Così la presenterei a Melissa e anche lei avrebbe un'amica in più.

Luce incrociò le dita, sperando che la madre si bevesse la storia. Eloisa Grimaldi valutò la richiesta tenendole gli occhi addosso.

Lei esibì il più angelico dei sorrisi.

— D'accordo. Avverto zia Pulcie che c'è una persona in più.

Luce esultò e diede un bacio alla madre, che si mise immediatamente al telefono. Lei chiamò Hoon con il cellulare.

— Senti... lo so che è tardi per chiedertelo, ma stasera c'è una specie di festa in pizzeria. È di mia cugina, che è odiosa, però se tu venissi ci potremmo anche divertire!

Come invito non era certo il massimo, ma alle otto in punto Hoon e Luce si presentarono in pizzeria.

Melissa andò loro incontro. Luce notò che non guardava le loro facce, ma il pacchetto che aveva in mano.

— Ecco il tuo regalo! Da parte mia e di Hoon, che è la mia compagna di banco. Tua madre te ne ha parlato, no? — disse Luce.

La cugina cominciò a enumerare tutti i meravigliosi doni che aveva ricevuto quella sera. Il suo tono di voce sembrava alludere al fatto che quello che aveva appena strappato a Luce non sarebbe stato all'altezza.

La lista non era ancora finita quando arrivarono due *ospiti con grosso regalo* che la distrassero. Luce ne approfittò per filarsela e trovò due posti liberi. Erano uno accanto all'altro, anche se un po' troppo vicini a quello della festeggiata.

Lei e Hoon si misero a chiacchierare. A dire il vero chiacchierarono e risero per tutta la sera, attirando le occhiatacce offese di Melissa ogni volta che le loro risate superavano il limite acustico consentito. Più il tempo passava, più Luce si divertiva, più si convinceva di aver veramente sbagliato tutto sull'Orrendona.

— Quando ho comprato la maglietta che avevo il primo giorno di scuola, pensavo che fosse la più bella che avessi mai avuto.

— E in effetti lo è — disse Hoon.

— Però la prima volta che l'ho messa, mi è andato tutto storto. Ho cominciato a credere che quella maglietta fosse jellata, a vederla brutta e a chiamarla Orrendona.

— Poverina!!! — esclamò Hoon. — Ma sei superstiziosa?

— Ho solo l'impressione che le cose nascondano un significato che noi non sappiamo cogliere.

— È una sensazione che ho anch'io. Spesso — disse Hoon.

— Comunque ho scoperto che l'Orrendona non porta più sfortuna — mormorò Luce. — Da quando ho conosciuto te.

Le due ragazze si sorrisero. Luce sentiva la pienezza di un momento importante. E guardando Hoon, capì che lei provava la stessa cosa.

— La *tortaaa*! — strillò Melissa con una vocetta stridula e si portò le mani alla faccia fingendosi molto stupita.

Figurarsi se quella non rovinava il momento. Un cameriere appoggiò una torta gigantesca con un decoro di fragole e panna che indicava l'età.

— La prima fetta è per me che sono la festeggiata. Quel che è giusto è giusto — squittì la rompiscatole, accingendosi a tagliarla.

Luce trovò vomitevole quel commento. Vide Melissa che stava per affondare il coltello nella torta. Ma Hoon si alzò, si tuffò su Melissa, le bloccò il braccio e le levò il coltello di mano.

— Ferma, non farlo! — urlò.

— Dico, ma ti ha dato di volta il cervello? — mugolò la rompi, con la faccia che diventava rossa e gonfia.

— Quella non è la tua torta. Dev'essere di qualche vecchietta. Non puoi rubare la torta a una persona anziana. Pensa se questo fosse il suo ultimo compleanno — spiegò Hoon, che si guardava in giro preoccupatissima.

Luce non riusciva a capire, ma vedendo che la cugina aveva cominciato a sparare improperi contro la sua amica, indossò la sua aria battagliera e marciò verso le due litiganti.

— Piantala, Melissa! Cosa c'è, Hoon? — chiese usando un tono acidissimo con la cugina e uno dolcissimo con la sua amica.

— Sulla torta c'è scritto "71" e lei non compie certo settantun anni. Nel locale c'è sicuramente una vecchietta che…

Luce scosse impercettibilmente la testa in modo che solo Hoon se ne accorgesse. Infatti lei se ne accorse e si bloccò. Fissò la torta e poi guardò l'amica con aria persa.

— Mi dispiace. Ho letto male — si scusò. Luce le strizzò l'occhio e si rivolse a sua cugina.

— Tutto a posto. Taglia la tua torta e *taaanti* auguri!

— disse con voce gentilissima. Così gentile che tutti si accorsero che la stava prendendo in giro. Nel locale echeggiarono risatine soffocate.

***

Hoon avrebbe voluto sprofondare al centro della terra, ma le bastò guardare gli occhi complici di Luce per capire che era tutto a posto.

Quando il resto della combriccola si allontanò per passare in discoteca la seconda parte della festa, le due ragazze andarono a sedersi sul muretto per aspettare l'autista del signor Grimaldi che doveva andarle a prendere. Le luci intermittenti dell'insegna della pizzeria davano un'aria allegra alla piazzetta in cui si trovavano. Luce non riusciva a smettere di ridere.

— Ti dovrei fare un monumento. L'espressione di Melissa quando le hai preso il coltello mi ripaga di tutte le volte che mi ha addossato la colpa dei guai che aveva combinato lei. Ma veramente avevi letto settantuno o l'hai fatto apposta?

— Sono dislessica. Mi capita spesso di invertire le cifre dei numeri o le lettere di parole lunghe che non conosco. Ci sono parole che faccio fatica a pronunciare e altre che non riesco a memorizzare — disse Hoon.

Subito dopo si stupì di se stessa. Non ne aveva mai parlato a nessuno.

Ma quella sera raccontò tutto a Luce. Quando aveva cominciato la scuola, aveva fatto molta fatica. Imparare a leggere era stato un supplizio. Molti insegnanti l'avevano trattata come se fosse una stupida.

Sua madre l'aveva sempre difesa, ma i suoi scarsi risultati a scuola erano innegabili. Poco per volta aveva escogitato una serie di trucchi per aggirare le sue difficoltà e aveva cominciato ad andare meglio. La svolta era arrivata grazie alla signora Pervez, un'insegnante da cui andava a ripetizione, che aveva capito il suo problema e aveva consigliato ai genitori di farla visitare da una logopedista.

Fin dalla prima visita la sua vita era cambiata in meglio. Sapere perché commetteva certi errori era stato il primo passo per correggerli. Per un anno era andata dalla logopedista e i suoi risultati a scuola erano nettamente migliorati.

— Io non ho capito troppo bene questa questione della dislessia — disse Luce. — So solo che tu sei una delle persone più intelligenti e simpatiche che abbia mai conosciuto.

— Sei la prima a cui ne parlo — le confidò Hoon allegramente. E vide il viso dell'amica riempirsi di orgoglio.

— Grazie della fiducia.

Quando si salutarono, Hoon capì che Luce era un'amica diversa da tutte quelle che aveva avuto fino ad allora. Sentiva di poterle dire proprio tutto e che qualunque cosa le avesse detto l'avrebbe avuta dalla sua parte.

Impossibile desiderare di più.

Muggiti e Ronzii

Erano le due del pomeriggio quando a casa di Hoon echeggiò un muggito che fece sobbalzare il tecnico che stava tentando di trovare un guasto al televisore.

— Glielo ripeto! Questa tele ronza in continuazione, soprattutto di notte — spiegò la ragazza al poveruomo che si guardava intorno preoccupato.

— Ma io non trovo nessun guasto, come non l'ho trovato ieri e nemmeno l'altro ieri. Senti...

Al secondo muggito il tecnico s'interruppe e guardò Hoon con aria implorante, sperando in una qualsiasi spiegazione.

— È la suoneria del telefono. Se non le dispiace vado a rispondere.

Hoon soffocò una risata vedendo che il tecnico, rassicurato dall'idea di non vedere sbucare un bovino dal corridoio, si era rimesso a trafficare con i congegni interni della tv. Si diresse verso un mobiletto laccato sul quale una mucca di plastica collegata al telefono muggiva e lampeggiava.

— Ti va se ti passo a prendere tra dieci minuti? — le chiese Luce all'altro capo del cavo. — Così abbiamo il tempo di fare un giro per negozi prima di entrare a scuola.

— Mi piacerebbe, ma c'è qui il tecnico del televisore e io...

— Allora vengo subito. Al massimo chiacchieriamo finché non ha finito.

Mettendo a posto il cordless, Hoon sorrise pensando a quanto le era simpatica Luce.

Non riusciva a credere alla facilità con cui avevano stretto amicizia. Prima di cominciare la scuola pensava che sarebbe stato difficile farsi dei nuovi amici, immaginava di trovare gruppetti già formati e temeva di restare da sola. Invece aveva incontrato Luce, che era aperta ed esuberante e aveva la capacità di trasformare un'ora buca nel Carnevale di Rio. Andare d'accordo con lei era stato semplicissimo.

La voce del tecnico interruppe i suoi pensieri.

— Per la terza volta ti devo dire che in questo televisore non c'è niente che non va.

L'uomo era già in piedi davanti alla porta e aspettava di essere pagato.

— Ma c'è qualcosa che ronza in questa casa. Non mi lascia dormire e viene dalla tv! — provò a insistere Hoon.

— Non so cosa dire. Forse sarà qualche interferenza magnetica o magari tu hai troppa fantas...

Hoon sgranò gli occhi offesa e il tecnico cambiò rapidamente discorso.

— Per il costo dell'uscita?

— L'accompagno da mia madre — tagliò corto Hoon, rabbuiandosi.

Afferrò lo zaino, uscì dall'appartamento e scese al Dream's Emporium, il megastore dei genitori il cui slogan era "Se non l'hai trovato altrove, lo trovi qui". I suoi vendevano praticamente di tutto, dalle merendine ai pezzi di antiquariato, dai quadri semoventi ai rossetti. L'energica madre Hana aveva un vero talento per gli affari, mentre il padre Shin si occupava di rifornire il negozio. Aveva la tendenza ad acquistare tonnellate di robaccia invendibile, che finiva puntualmente per arredare casa Song. Pezzi incredibili come la mucca-suoneria, il pendolo blu che allo scadere di ogni ora suonava una fanfara diversa e la pentola a luci intermittenti avevano soggiornato per lungo tempo al

Dream's Emporium prima di fare il loro trionfale ingresso nell'appartamento.

Appena Hoon vide la madre rabbrividì. Sapeva esattamente quello che l'aspettava. Hana Song pagò il tecnico e, quando lui la avvertì che non sarebbe tornato a controllare un televisore perfettamente funzionante, lanciò un'occhiataccia alla figlia.

Poi, senza perdere di vista i clienti che gironzolavano nel negozio, aggiunse in tono dolcemente inflessibile:
— Sai com'erano gli accordi, tesoro. Dovrai occuparti tu dell'inventario con papà.

— Va bene. Però oggi comincia il corso pomeridiano del professor Kowalasky — le rispose Hoon arraffando da uno scaffale un quaderno sul quale un coniglio in 3D faceva roteare le orecchie.

— Io te l'avevo detto che non c'era bisogno di chiamare di nuovo il tecnico, ma tu hai insistito. Tocca a te pagare quest'ultima visita. Io ho anticipato il contante e tu mi rifonderai aiutando papà — insistette la madre.

Aiutare il signor Song a fare l'inventario era un supplizio per tutti i membri della famiglia. Lui non poteva resistere alla tentazione di raccontare la storia di ogni singolo pezzo che aveva acquistato. L'emporio straripava di merce e un lavoro già lungo si dilatava all'infinito. La madre scaricava la spiacevole incombenza sulle spalle dei figli, e visto che suo fratello Yong era all'estero per un soggiorno-studio, collaborare all'inventario sarebbe toccato a lei. Un vero incubo.

In quel momento Hoon adocchiò Luce che la salutava dall'esterno di una delle vetrine. Schizzò fuori prima che la madre la intercettasse e scoprisse che il corso non sarebbe cominciato prima di un'ora. Se l'avesse saputo, la signora Song avrebbe messo al lavoro anche Luce. Hoon non aveva la benché minima intenzione di infliggere all'amica il peggior rito della sua famiglia.

— Ci aspetta un gran pomeriggio! — la salutò Luce.
— Il tecnico ti ha aggiustato la tv?

— In sostanza ha detto che il guasto è nel mio cervello più che nel televisore!

Chiacchierando, le due amiche arrivarono in centro e puntarono dritto verso il Music Megastore. Hoon si lanciò nel reparto di cd e dvd e si mise a passare in rassegna gli scaffali con precisione scientifica.

— Credi che riuscirai a decidere cosa comprare prima di stanotte? — le chiese Luce ridendo.

— Per ora sto solo compilando la lista dei desideri per il mio compleanno!

E mentre meditava sulle inesistenti finanze che l'avrebbero costretta a fare l'inventario con il padre, adocchiò l'espositore dei lettori mp3 e lo indicò a Luce.

Stava anche per dirle qualcosa, ma l'altra si era già lanciata verso lo stand che esponeva il Mercur 3000. Era un modello mozzafiato: lettore mp3, ma anche cellulare, macchina fotografica e videocamera. Il megadisplay ad altissima risoluzione era il migliore che si fosse mai visto.

— Lo voglio! E lo voglio rosso! — mormorò Luce.

— Approvo la scelta, ma scommetto che appena vedrai il prezzo non ti sembrerà più così bello — disse Hoon. — E poi dobbiamo andare. Abbiamo già la fama delle ritardatarie con la Johnson, non è il caso che ci giochiamo anche Kowalasky!

Le due ragazze si diressero rapidamente all'uscita, ma appena furono nel reparto dei televisori, Hoon si bloccò con gli occhi fissi su una gigantesca parete costellata di lcd e plasma. Avevano tutti lo schermo blu e tutti ronzavano. I ronzii le rimbombavano in testa e lei non riusciva a muoversi.

Vide un flash di luce accecante e poi più nulla. Sentiva solo il ronzio che le penetrava il cervello e diventava sempre più forte. Ebbe la sensazione di affondare e le sembrò che il ronzio nascondesse una voce che biascicava.

Una voce che non conosceva.

— Hoon...

Una voce che veniva da lontano.

— Hoon, smettila. Così mi fai spaventare!

Questa era Luce. Hoon riuscì a sbattere gli occhi e a mettere a fuoco il viso dell'amica che la fissava preoccupata. Vicino a lei c'era uno degli uomini della sicurezza del megastore.

— Tutto bene, signorina? — chiese il tizio sui sessanta che doveva essere un ex atleta, vista la stazza.

— Sì, grazie — disse Hoon. — Ma adesso dobbiamo andare. Siamo in ritardo per la sc…

L'uomo ignorò la risposta. Con la sua manona afferrò Hoon per una spalla e la trascinò verso il punto di ristoro.

— Ho una nipote della tua età. Prima stai qua seduta e bevi un bicchier d'acqua. Poi, se stai bene davvero, ti lascio andare.

Hoon avrebbe voluto protestare, ma vedendo l'espressione preoccupata di Luce, si trattenne.

La guardia si allontanò, ma non di molto. Era più che evidente che voleva tenerle d'occhio.

— Ma cosa ti è preso? Sei stata immobile con lo sguardo fisso per cinque minuti buoni. Lo so che ti perdi sempre nei tuoi pensieri, ma non ti ho mai vista così — disse Luce dopo averle portato l'acqua.

Hoon le spiegò del ronzio, ma non sapeva cosa altro aggiungere, se non che era tutto okay.

— Comunque, finché non sono sicura che stai bene, non ci muoviamo di qua. Se arriviamo in ritardo, dai pure la colpa a me! — esclamò Luce.

Hoon sorrise, guardando la sua amica. Quando voleva sapeva essere quasi perfida, ma era di una dolcezza sconcertante con le persone a cui aveva deciso di volere bene. Solo quando la convinse di essersi ripresa completamente riuscì a trascinarla fuori dal megastore.

***

Le due ragazze entrarono in classe un secondo prima del professore. L'aula era così piena che non c'erano banchi per tutti, così Hoon e Luce finirono tra gli studenti in piedi sul fondo, che brontolavano e si spintonavano schiacciati l'uno sull'altro. Tra di loro c'era anche la Regina di Lunastorta. Si era ritagliata un comodo posto a sedere sul davanzale della finestra. Hoon incrociò il suo sguardo per un attimo, ma lo distolse immediatamente e puntò gli occhi sul professore con esagerato interesse.

— Come farà a fare lezione a tutti? — chiese sottovoce a Luce.

Senza averla sentita il professore le diede una risposta assai sgradevole.

— Ringrazio tutti voi per esservi iscritti. Sfortunatamente siete troppi, per cui questo corso verrà sdoppiato. Alcuni di voi faranno lezione con me e altri con un collega.

Hoon e Luce si lanciarono uno sguardo preoccupato e incrociarono le dita.

Il loro peggiore incubo si materializzò sulla porta. La professoressa Johnson, in tutta la sua orrida rapacità, entrò nell'aula grattandosi le mani.

— Gli studenti di I A, I C e I F si accomodino nell'aula qua a fianco.

Catastrofe!

Erano finite con la prof Avvoltoio. Hoon avrebbe voluto scappare.

Uscendo dalla classe con aria lugubre, lei e Luce trascinavano pesantemente i piedi come se si stessero dirigendo al patibolo.

— Immagino che sia troppo tardi per iscriversi a un altro corso — bisbigliò Luce.

— In questo momento vorrei essere in qualsiasi posto: in un porcile, dal dentista, a fare l'inventario con mio padre… e invece mi tocca il più atroce dei supplizi — mormorò Hoon.

— Vi ho sentite, Song e Grimaldi — ringhiò la Johnson. — E mi ricorderò quello che avete detto!

— Non potrebbe dimenticarlo per una volta? — sussurrò Luce congelata dall'imbarazzo, guardando intensamente la prof Avvoltoio e sbattendo le ciglia.

Per un attimo la prof la fissò con aria imbambolata, poi tirò dritto verso la sua aula.

non c'è Limite al Peggio

La Johnson aveva appena finito di spiegare e di scorticarsi le mani con le sue ripugnanti grattatine quando annunciò che il corso sarebbe proseguito con una ricerca a gruppi.

— Io posso farla con lei! — esclamò Luce indicando Hoon e sognando pomeriggi di chiacchiere più che di studio. Se ne pentì subito. Dopo l'orrida figuraccia che aveva appena fatto, chiedere una cosa del genere avrebbe significato non ottenerla.

La prof Avvoltoio invece sembrava aver deciso di dimenticare davvero quello che aveva sentito. Annuì annoiata e diede una rapida occhiata all'elenco degli studenti del suo corso.

— Per come ho diviso il materiale delle vostre ricerche dovrete formare gruppi di tre — disse facendo scorrere gli occhi rapaci sugli studenti. — Voi due potete lavorare insieme su Ares, Artemide, Atena e Afrodite. Ma insieme a…

"Ti prego… il Carino della Terza Fila" pensò Luce incrociando le dita.

Fu come evocare il peggio.

— Sid Madison della I C!

Luce sentì lo stomaco caderle sotto i piedi: non ci poteva essere una compagna di ricerca più odiosa di Lunastorta!

Non ebbe bisogno di parlare con Hoon per sapere cosa ne pensava. Le due si guardarono sconfortate. Poi diedero un'occhiata furtiva a Sid. L'espressione impietrita sul suo volto dimostrava che lei si sentiva altrettanto depressa all'idea di lavorare con loro.

Né Luce né Hoon ebbero il coraggio di protestare con la prof, che aveva ricominciato a blaterare tra una grattatina e l'altra.

***

— Aspetta! Non possiamo tornarcene a casa senza nemmeno rivolgerle la parola! — esclamò Hoon alla fine della lezione.

Ma Luce si precipitò fuori dalla classe a velocità ultrasonica, facendo finta di non aver sentito. Appena arrivata in cortile, si fermò a contemplare i nuvoloni neri che si inseguivano in cielo. Nelle due ore di corso il tempo era decisamente peggiorato, forse per solidarietà con il suo orrido pomeriggio.

— Io non voglio lavorare con quella! — si lamentò. — È antipatica, odiosa, gasata, ti ha scassato la bici e secondo me l'ha fatto pure apposta!

— Ho già sistemato il pedale, e poi possiamo affibbiarle le parti più noiose della ricerca.

L'idea di Hoon fece spuntare un ghigno sulle labbra di Luce.

— Però le parli tu. Io voglio averci a che fare il meno possibile.

Luce avvistò Sid ferma all'ingresso che le guardava. Probabilmente anche lei stava valutando se avvicinarsi o meno. Magari se ne sarebbe andata di sua spontanea volontà...

Ma Hoon le fece un cenno e Sid si avvicinò.

Quando furono vicine ci fu un momento di gelido e imbarazzato silenzio.

— Ehm...

— Uhm...

— Allora...

Luce non sopportava quel genere di situazioni. Nonostante quello che aveva asserito pochi secondi prima, fu lei a rompere il ghiaccio.

— Ci dividiamo il lavoro, poi un giorno lo mettiamo insieme e lo consegniamo alla prof quando ce lo dirà.

— E come ce lo dovremmo dividere? Come presentiamo la ricerca? Sapete già dove cercare il materiale? Quante pagine dobbiamo scrivere a testa? — chiese Sid con la sua voce roca e asciutta.

Luce guardò Hoon: il tono era stato irritante, ma le domande erano sensate.

— Forse dovremmo trovarci un pomeriggio per decidere tutte queste cose — propose Hoon, e con gli occhi implorò Luce di accettare. Lei capì il messaggio e fece un cenno d'assenso privo di entusiasmo.

— Dove e quando? — domandò pragmaticamente Sid.

— Casa mia è off limits. È periodo di inventario, ed è meglio non farsi vedere se non vogliamo essere messe al lavoro dai miei — sospirò Hoon.

Luce considerò le alternative: andare a casa di Sid avrebbe significato darle un vantaggio. — Allora possiamo incontrarci da me — suggerì. — A casa mia c'è una mansarda in cui potremo stare tranquille. Che ne dite di dopodomani alle quattro?

— Facciamo alle cinque — replicò Sid in tono asciutto. — E cominciamo a cercare qualcosa prima.

— Andata! — esclamò Hoon. — Se vi va bene io porterò qualcosa su Atena.

— Allora io su Afrodite — si affrettò a scegliere Luce, che non aveva nessuna intenzione di occuparsi delle altre due divinità oggetto della ricerca. Né tantomeno di Ares, che le ispirava antipatia.

Improvvisamente sentì il rumore della frenata di uno scooter, che inchiodò sulla strada di fianco a lei.

— Ciao, Dude — salutò Sid con un sorriso.

— Salta su, siamo in ritardo per gli allenamenti — le rispose il ragazzo porgendole il casco.

Luce era stupefatta. Credeva che Lunastorta non fosse in grado di fare altro che guardarsi in giro con aria torva e diffidente.

— A dopodomani — tagliò corto Sid montando sullo scooter.

Dude diede gas, e appena i due si allontanarono Luce si sentì più leggera. Un'improvvisa folata di vento la fece barcollare.

— "Dove e quando? Facciamo alle cinque!" — disse imitando il tono scorbutico e la voce roca di Sid. — "E cominciamo a cercare qualcosa prima." Niente grazie, niente prego, niente se siete d'accordo. Ti rendi conto che ha deciso tutto lei? Io non la sopporto. Mi è così antipatica che quasi non mi accorgevo di quanto fosse carino il suo amico.

— Però non ha deciso cose assurde — sottolineò Hoon, cercando di riparare il viso dalla polvere sollevata dal vento.

— Non è quello che ha proposto. È *come* lo ha proposto. Parla con così poche parole che sembra che le debba pagare.

Luce si accorse che Hoon era distratta e si guardava in giro come se stesse cercando qualcosa.

— Non lo senti anche tu questo ronzio?

— È il vento! L'hai notato adesso? — ridacchiò Luce.

— È qualcos'altro. Viene dalla tua tasca! — esclamò Hoon.

— C'è solo il mio cellulare, ma è spento — rispose l'amica.

— Comincio a sospettare che quel tecnico abbia ragione! — sospirò Hoon.

A quel punto si scatenò un temporale. Le ragazze si misero a correre, ma quando arrivarono ai portici erano già fradice.

la Lunga Notte

Sid dormiva da ore quando il boato improvviso di un tuono la fece sobbalzare. Daimon arrivò di corsa e le saltò sul letto. Era un microscopico bouledogue francese pezzato, con grandi orecchie da pipistrello e il complesso del mastino napoletano. Pesava poco più di dodici chili, ma era convinto di essere gigantesco e pericolosissimo. Con Sid e la madre era dolce e protettivo. Con il resto del mondo era aggressivo e ferocissimo, più di quanto la sua stazza permettesse a un cane di buon senso. La ragazza ricordava con inquietudine il giorno in cui Daimon aveva tentato di aggredire un dobermann dieci volte più grande di lui. Lei aveva dovuto mettersi in mezzo per interrompere la zuffa. Ma a parte il fatto di impedirgli di provocare combattimenti all'ultimo morso, gli lasciava fare tutto quello che voleva. Lo adorava.

Ritto sul letto, Daimon si guardò in giro per verificare che fosse tutto a posto.

— Sono solo tuoni. Tornatene a dormire — biascicò Sid a voce bassissima. I temporali proprio non le andavano giù.

La camera fu illuminata a giorno da un lampo seguito da un tuono agghiacciante. Daimon saltò giù dal letto e schizzò via per controllare il resto dell'appartamento. Sid si pentì di non aver chiuso le persiane delle due portefinestre. Non lo faceva mai. Le piaceva farsi svegliare dalla luce del giorno. Ma quella notte la pioggia picchiettava contro il vetro come se volesse fracassarlo. Il vento ululava facendolo vibrare. Sembrava che tutti i tuoni e i lampi del mondo si fossero dati appuntamento a Rainbow Hill. E diversamente dal solito non si sentiva il rumore delle macchine di passaggio. Solo raffiche, boati, sibili e scrosci.

Sid ebbe un brivido. Sapeva di aver vissuto un momento orribile durante un temporale, quando aveva poco più di tre anni. Glielo aveva raccontato la madre. O per lo meno le aveva raccontato quello che era riuscita a ricostruire.

Lei che aveva vissuto quell'evento non era capace di ricordarlo. Aveva provato migliaia di volte a farselo tornare in mente, ma non ci era mai riuscita.

Le conseguenze di quell'avvenimento, invece, le conosceva fin troppo bene. Da quel momento suo padre non c'era più stato. Era scomparso in quel pomeriggio che aveva deciso di passare con lei. Il giorno del grande terremoto che aveva squassato la regione di Rainbow Hill.

Un fulmine si abbatté sul terrazzo con un boato orribile e in un'inquietante danza di scintille. L'impatto fece vibrare il pavimento della stanza. Sid si sentì paralizzata. Guardò fuori dalla finestra con il cuore che batteva a mille e il respiro affannato. Avrebbe voluto accendere la lampada sul comodino, ma non riusciva a muoversi. Possibile che alla sua età si facesse mettere ko da un temporale? Eppure in pedana non aveva paura di nulla.

Sperò che Daimon tornasse, ma lui non si fece vedere. Probabilmente era troppo occupato con le sue ispezioni a difesa della casa. Sid non riuscì a tirar fuori la voce per chiamarlo. Si nascose sotto le coperte, allungò la mano verso la lampada e pigiò l'interruttore.

La lampadina si accese e si spense con un botto.

Sid si sentì gelare.

"Calma" pensò. "È solo un temporale. Probabilmente c'è stato un sovraccarico di tensione. Oppure la lampadina si è fulminata."

Un lampo disegnò la silhouette delle colline che circondavano Rainbow Hill. Il tuono che seguì sembrò esplodere nella stanza.

Al successivo flash di luce Sid vide un'ombra sul vetro della finestra. Era l'ombra di una figura umana. O quasi. Orrenda e maligna.

Sid sentì il cuore batterle così forte che ebbe paura che le scoppiasse. Con un gesto più istintivo che razionale si buttò giù dal letto e si precipitò verso l'interruttore della luce centrale. Che non si accese.

Con le spalle al muro strisciò nel corridoio per arrivare in cucina e recuperare una pila. A metà strada si fermò valutando la possibilità di raggiungere di corsa la camera della madre, ma sapendo che per svegliarla non sarebbero bastati tutti i tuoni del mondo, tirò dritto.

Improvvisamente Daimon cominciò ad abbaiare come un forsennato. Non era il suo solito "bau". Era un lamento profondo e disperato, che fu seguito da un lungo ululato.

Sid non l'aveva mai sentito ululare.

Nonostante il buio pesto, cominciò a vedere ombre che si inseguivano e immaginò che fossero tutte dirette verso la sala in cui il cane abbaiava.

Qualcosa scattò dentro di lei. Tutta la paura che aveva accumulato si trasformò in rabbia, e la rabbia in coraggio al pensiero che qualcuno o qualcosa stesse facendo del male al suo cucciolo.

Raggiunse la sala. Non vedeva il bouledogue, ma sentendolo ringhiare rabbioso riuscì ad avvicinarglisi. A tentoni lo prese in braccio, ma lui si divincolò, le sfuggì e ricominciò a ringhiare.

— Buono, Daimon — disse Sid. Sempre a tentoni, raggiunse il tavolo e tastò qua e là finché trovò l'accendino di onice. Lo accese e diede un'occhiata alla stanza illuminata dalla fiammella. Sembrava tutto a posto. Poi vide che il cane saltellava e ringhiava verso la teca di vetro in cui sua madre custodiva il piccolo frammento di ossidiana. La loro ossidiana.

Sembrava che volesse indicargliela.

Con un balzo Daimon saltò sullo sgabello e appoggiò le zampe sulla teca.

— Scendi da lì… — gli intimò Sid.

Troppo tardi. Daimon fece cadere a terra la teca e cadde anche lui.

Contemporaneamente al fragore del vetro che si infrangeva sul pavimento, Sid perse la presa sull'accendino. E fu di nuovo buio.

Il guaito di Daimon fu acuto e la ragazza riaccese subito la fiammella. Il bouledogue era a terra tra i pezzi di vetro. Sid lo sollevò con un braccio.

Una luce improvvisa illuminò la sala.

— Nooo! — urlò Gail quando vide la teca a pezzi. Era pallidissima e aveva in mano una grossa pila che appoggiò su un mobile.

— Non so perché l'abbia fatto. Forse si è innervosito per il temporale — lo giustificò Sid, che si sentiva in qualche modo tranquillizzata dalla presenza della madre e della pila. Cominciò a levare i pezzetti di vetro dalle zampe del cane.

— Tranquillo, non ti sei tagliato — gli sussurrò.

Gail si piegò a terra e cominciò a cercare tra le schegge di vetro.

— Dov'è la pietra di papà? Dov'è la nostra ossidiana? — sibilò con tono affannato.

Sid si accorse che la madre aveva gli occhi lucidi. Una volta accertatasi che le zampe di Daimon erano a posto, si mise ad aiutarla nella ricerca. E fu di nuovo il bouledogue a indicare il frammento con un ringhio sommesso.

— Eccola — disse Sid prendendo la pietra che era finita sotto il divano. Ma ebbe un tuffo al cuore quando si accorse che era stranamente calda. Non che scottasse: irradiava una specie di calore piacevole che le andava dal palmo della mano al cuore.

Gail disse qualcosa, ma il boato di un tuono coprì

le sue parole. In quello scoppio indistinto, Sid percepì qualcosa che non avrebbe dovuto sentire. Non secondo ragione, non lì, non in quel momento.

Sid sentì la risata allegra del padre, l'unica cosa di lui che le era rimasta impressa. L'unica che lei ricordava direttamente e non attraverso i racconti di altri. Non avrebbe saputo dire come fosse la sua voce, né come parlasse o se avesse dei modi di dire particolari. Ma la sua risata, calda e gioviale, non poteva dimenticarla.

— Hai sentito? — chiese alla madre con un fil di voce.

— A parte questi maledetti tuoni, non si sente altro stanotte — brontolò Gail.

Sid non insistette e le consegnò il frammento di ossidiana. Quel pezzo di pietra nera era poco più grande della falange di un mignolo.

— È a posto… — sospirò la madre visibilmente risollevata. E accarezzando la pietra aggiunse: — Peccato che non ti ricordi nulla.

Sid abbozzò un sorriso poco convinto e si sedette sul divano accanto a Daimon. Le faceva tenerezza il fatto che la madre continuasse a sperare che il padre fosse ancora vivo da qualche parte. E che un giorno sarebbe tornato. Lei aveva smesso di crederci.

— Qui sistemiamo domani. Vado a controllare il salvavita — disse Gail facendole una carezza e continuando a stringere il frammento.

Per il resto della notte, Sid si sforzò di ricordare cosa fosse successo nell'ultimo pomeriggio che aveva passato con il padre.

Le avevano raccontato che il giorno del grande terremoto lui l'aveva portata al bosco di Blustery Hill. E che dopo il terremoto le squadre di salvataggio l'avevano trovata sola, sotto l'acqua scrosciante di un temporale e con quel pezzetto di ossidiana stretto in mano.

Ma per quanto si sforzasse, Sid non riusciva a ricordare nulla. Nulla tranne la risata del padre.

il Dodekatheon

Lo sguardo malefico di Ares si perdeva tra le otto statue del sacro tempio. Le ombre dei simulacri si proiettavano sulle mura e si deformavano in una folle danza al rallentatore. Quel ballo spettrale seguiva i movimenti della Fiamma d'Oro che languiva nel braciere centrale del Dodekatheon.

Quando la Fiamma illuminò con un guizzo sinistro le alcove vuote delle tre statue mancanti, Ares si sentì devastare dall'odio e dalla rabbia.

Perché quel guizzo? Il fuoco di cui avrebbe voluto impadronirsi osava sfidarlo?

La Fiamma d'Oro crepitò. Sempre debolissima, ma con una scintilla di vitalità che da tempo non faceva più parte di lei.

In quel momento, Ares percepì la loro esistenza. L'esistenza delle sue nemiche. Quel segnale trascurabile fu la sua rinascita.

Dal giorno della loro scomparsa aveva dovuto affrontare il dolore del suo corpo che si disgregava, l'angoscia del potere che si affievoliva e l'onta della sconfitta. Ed era la sconfitta ad avere il sapore peggiore. La mossa delle sue rivali era stata talmente folle da non poter essere prevedibile. Ed era stata messa a segno proprio quando lui era a un passo dalla vittoria finale.

Ma ora le sentiva.

Ora sapeva che le sue nemiche esistevano ancora e poteva ricominciare a combattere. A usare in pieno i suoi poteri e quelli dei suoi prigionieri di pietra. La guerra l'avrebbe rinvigorito. L'avrebbe fatto tornare potente come un tempo. Su cosa avrebbero potuto contare tre mortali qualunque?

Sotto il cielo purpureo del suo Olimpo, Ares raggiunse la Piana dei Sepolcri ed evocò i suoi poteri. La terra ondeggiò, si squarciò e si infuriò come un mare malevolo. Le onde squassarono il terreno e portarono in superficie le carcasse degli antichi draghi che lì erano sepolti. Ossa e scaglie fossili biancheggiarono alla luce sinistra della volta color porpora.

Ares placò la terra con un gesto e strappò i denti dal

teschio di un drago. Li gettò in una buca di fronte al Dodekatheon e li ricoprì.

Il terriccio cominciò a turbinare creando dieci colonne vorticanti. Le colonne si contrassero e si espansero, si contorsero e si distesero. Furono scosse dagli spasmi finché non assunsero forma umana. Dieci figure gravitarono nell'aria per qualche istante e appena giunte a terra si scagliarono l'una contro l'altra.

Ares sentì riemergere la vitalità del suo potere. Aveva creato dieci Sparti. Solo il più forte sarebbe stato degno del compito che lui voleva affidargli. Le dieci creature combatterono furiosamente. Alla fine una sola si sollevò sugli altri combattenti stesi ai suoi piedi. Il dio le si avvicinò, mentre gli sconfitti tornarono a essere solo mucchi di terra.

— Io sono tuo padre e il tuo creatore. Trova per me le mie nemiche. Io ti metterò sulle loro tracce, ma tu dovrai entrare a far parte del loro mondo per riconoscerle — le ordinò.

— Ed eliminarle? — domandò lei.

— Tu portamele! — ruggì il dio.

Leggendo la delusione e la rabbia sul volto della Sparti, una creatura nata per combattere e uccidere, Ares si sentì al sicuro. Rientrò nel Dodekatheon e prese l'anello con la corniola rossa che splendeva sulle mani del simulacro di Efesto. Al momento del distacco il bagliore della pietra lampeggiò più intenso. Quando Ares lo consegnò alla Sparti, un vortice rossastro la avvolse. Pochi secondi dopo era svanita.

Il malefico dio tornò al seggio di Zeus. Per lungo tempo aveva condotto un'esistenza spettrale, ma adesso era pronto a vincere la sua guerra.

Ricerca

Il giorno dell'appuntamento con Sid, Hoon vide una ragazza che distribuiva volantini fuori dalla scuola. Era bellissima. Fin troppo, visto che era circondata da un nugolo di ragazzi che pendevano dalle sue labbra. Tra loro c'era anche Alex, il Carino della Terza Fila che Luce aveva adocchiato durante il corso della Johnson.

— E quella chi è? — chiese, notando che la ragazza la stava guardando.

— Concorrenza, direi. E concorrenza sleale, visto che è più grande di noi — sbottò Luce.

Hoon scorse uno dei volantini che navigava in una pozzanghera fangosa imbarcando acqua. Riuscì a leggerlo prima che affondasse.

— Quella tipa offre lavoro agli studenti! Andiamoci anche noi.

Luce non ne sembrò entusiasta, ma Hoon insistette.

— Ti prego! Se riesco a trovare abbastanza soldi, saldo il debito con mamma e mi risparmio l'inventario! — disse prendendo per un braccio l'amica e trascinandola con sé. — E poi potremmo fare una cassa comune per organizzare la nostra festa di compleanno!

— Un modo per spendere si trova sempre, ma ricordati che mi devi un favore — scherzò Luce.

Quando si furono avvicinate, Luce puntò il Carino della Terza Fila e Hoon si fiondò dalla ragazza dei volantini. Notò qualcosa che non le piaceva nel suo sguardo. Era totalmente inespressivo. In confronto i manichini del Dream's Emporium erano esempi perfetti di vitale umanità. Hoon ebbe un brivido di fastidio quando la tizia la scrutò da cima a fondo come se volesse valutarla.

— Ciao, io sono Megan. Se ti interessa un lavoro part-time, compila questo modulo e riconsegnamelo. Quando capiterà qualcosa di adatto, ti contatterò — recitò con tono meccanico, come se avesse ripetuto quella frase centinaia di volte.

Nonostante l'antipatia epidermica che Megan le aveva suscitato, Hoon compilò un modulo per sé e uno per Luce. Dichiarò la loro disponibilità per distribuire volantini e vendere biglietti per le feste in discoteca. Sul modulo c'erano un sacco di domande a cui rispondere, e Hoon si chiese cosa c'entrassero con i lavori proposti le sezioni che richiedevano dettagli sulle loro abitudini, gusti e sensazioni. Dopo aver riconsegnato i fogli, raggiunse Luce che non era affatto di buon umore.

— Se ti piace tanto, perché perdi tempo a parlare con me? Vai e baciala! — Luce stava parlando a bassa voce. Hoon notò che sbatteva le ciglia in modo strano e che teneva gli occhi puntati sul Carino della Terza Fila, che doveva aver detto o fatto qualcosa di terribilmente sbagliato.

Il ragazzo fece esattamente quello che Luce gli aveva detto. Si avvicinò a Megan con aria sognante e tentò di baciarla, ma lei reagì con uno spintone tale che lo spedì a gambe all'aria.

La scenetta scatenò risate e prese in giro a non finire. Il poverino se la diede a gambe con l'espressione di chi sta per morire d'imbarazzo. Hoon non sapeva se essere più allibita o divertita.

— Accidenti! Se riesci a farti ubbidire così, avresti dovuto ordinargli di uscire con te — scherzò.

— Neanche per idea! — sibilò Luce. — Visto da vicino non è affatto carino. È orrendo, e quando apre bocca è pure peggio.

— Stiamo parlando del Carino della Terza Fila? Quello che definivi "uno spettacolo"?

— Non ricordarmelo. E comunque d'ora in poi sarà il Mostro della Terza Fila!

Hoon sorrise e capì che era ora di cambiare discorso. Ormai sapeva che Luce ignorava completamente le mezze misure. Per lei esistevano solo amori incondizionati e odi viscerali. E non era poi così difficile far passare qualcuno da una categoria all'altra.

In fondo le piaceva anche per questo.

Le due amiche si erano ormai allontanate dal gruppetto che circondava Megan, quando Hoon ebbe un brivido. Si voltò indietro e vide che la ragazza dei volantini la stava fissando.

***

Alle quattro e mezzo Luce aprì la porta della sua mansarda per dare un allegro benvenuto a Hoon.

— Vieni, ho preparato una supermerenda! — esclamò indicando un cesto pieno di snack.

— Nemmeno all'ipermercato c'è tanta roba — disse Hoon avventandosi su una superbarretta al triplo cioccolato.

Avevano deciso di incontrarsi prima dell'arrivo di Lunastorta per decidere tra loro un piano di lavoro. Che poi le avrebbero inflitto. Invece cominciarono a chiacchierare. Parlarono del Mostro della Terza Fila, parlarono di film e musica, e parlarono della loro festa di compleanno, che era uno degli argomenti centrali di ogni loro conversazione.

— Ecco cosa dovevo dirti! — urlò Luce. — Mio padre ha promesso che affitterà il Punching Star per la nostra festa!

Il locale era la passione di tutti i ragazzi di Rainbow Hill e la notizia mandò Hoon su di giri.

Alle cinque in punto, quando sentì bussare alla porta, Luce si rese conto che non avevano speso una parola in merito alla ricerca.

***

Sid entrò nella mansarda e accennò un saluto.

— Tua madre mi ha detto di salire — borbottò.

— Non le piace fare la scala a chiocciola che porta qui — rispose Luce mentre le indicava il tavolo. — Per cui ce ne staremo tranquille, a meno che mio fratello Gingi non tenti qualche incursione.

Sid era colpita. Nella mansarda c'era tutto quello che una ragazza potesse desiderare. C'erano uno stereo, una postazione computer, poster a volontà e, meraviglia delle meraviglie, uno stepper e un tapis roulant davanti a una parete a specchio. Il tutto era reso ancor più piacevole dal leggero profumo di vaniglia che aleggiava in sottofondo.

Mentre si sedeva, Sid vide che Luce rovesciava un cesto di snack sul tavolo e pensò che forse il pomeriggio non sarebbe stato pesante come aveva immaginato. Ma quando incrociò lo sguardo gelido della ragazza capì che probabilmente sarebbe stato anche peggio.

E per evitare di passare troppo tempo nella mansarda, si rivolse a Hoon, che era seduta accanto a lei.

— Si sa quando dobbiamo consegnare il lavoro?

— Ho guardato oggi il foglio di programmazione della Johnson. Noi dobbiamo esporre il 21.

— Per fortuna è prima della nostra festa di compleanno! — commentò Luce.

Sid sospirò. L'esposizione della ricerca era solo nove giorni dopo il torneo contro quelle di Majong Town. Fino a quel momento non avrebbe avuto molte occasioni per studiare. Non poteva perdere un solo allenamento. Era la favorita della gara e la cosa non la tranquillizzava affatto. Anzi. La metteva ancora più in tensione. Perdere da favorita era il peggio che potesse capitare.

— Non abbiamo molto tempo — grugnì, notando che Luce non si era ancora seduta e continuava a trafficare nervosamente in giro per la stanza.

— Vi va un po' di musica? — chiese accendendo lo stereo.

Sid la ignorò e cercò di fare il punto della situazione.

— Io farei un'introduzione generale e poi ciascuna di noi si occupa di una divinità.

Hoon annuì e cominciò a scartabellare una serie di fogli.

— Il materiale per l'introduzione ce l'ho io. Ho fatto una lista per organizzarmi meglio. Comunque comincerei con l'origine del mito.

Sid sgranò gli occhi.

— Cioè? — chiese in modo ancora più scorbutico del solito. Era infastidita dal fatto che Luce non le raggiungesse. Dopo aver messo il cd aveva cominciato a spostare dei libri su uno scaffale come se cercasse qualcosa.

Hoon continuò: — Mi spiego. Qualcuno crede che tutte le leggende derivino da antichi testi sacri scomparsi. Secondo un'altra teoria i personaggi della mitologia sono ispirati a persone realmente esistite. Pare che Eolo, dio dei venti, fosse il signore di certe isole del Mar Tirreno. Altri pensano che nell'antichit... Luce, ma perché non ti siedi?

— Sid s'è seduta al mio posto. E se io non mi metto lì, la ricerca andrà malissimo.

Sid trattenne un moto di stizza. Luce era più superstiziosa di quelli che in passato credevano che ci fossero davvero gli dei sulla vetta dell'Olimpo.

— Potevi dirlo prima — grugnì cambiando seggiola.

— L'ospitalità impone dei doveri — sentenziò Luce prendendo finalmente posto.

Sid aveva voglia di ribattere, ma Hoon aveva già ricominciato a parlare.

— Se ho capito bene certe teorie moderne, ci sono parecchi punti di contatto fra le tradizioni mitologiche di varie parti del mondo.

In quel momento Luce si animò.

— Questo confermerebbe quello che ho trovato su Afrodite, che era la dea della bellezza e dell'amore. Un sacco di popoli avevano dee simili: i Sumeri avevano Inanna, i Babilonesi Ishtar, gli Egizi Hator. Poi gli Etruschi avevano Turan e i Romani Venere.

— Artemide nella mitologia romana era Diana, e in quella etrusca Artume — aggiunse Sid.

— Dicono che Atena assomigli all'egizia Neith. Ma la cosa che mi piace di più è che la chiamavano glaucopide! — si entusiasmò Hoon.

— Glau-che? — domandò Luce.

— Glaucopide. Vuol dire qualcosa come "con lo sguardo scintillante" o "dagli occhi lampeggianti".

Sid era sicura che le due ragazze non sarebbero mai

diventate sue amiche, ma come compagne di ricerca potevano andare. Hoon le dava l'impressione di sapere quello che diceva.

— Mi pare un buon inizio. Adesso possiamo scambiarci il materiale, dividerci i compiti e decidere come esporre. Chi si occupa di Ares? — chiese.

— Io so solo che ha parecchi corrispettivi. Per esempio gli Aztechi adoravano un dio della guerra e delle tempeste che si chiamava Mextli e che era nato con un'armatura da guerriero. Ma non ho la benché minima intenzione di occuparmene — aggiunse prontamente Luce.

Come si era già notato la prima volta che ne avevano parlato, il dio della guerra non riscuoteva grande successo. Sid si era offerta di portare del materiale a riguardo, ma alla fine si era concentrata su Artemide, la dea della caccia e dei boschi, che la ispirava di più.

— Certo che la Johnson poteva affibbiarci un dio un po' più simpatico... — mormorò Hoon.

— Se l'avesse fatto non sarebbe la Johnson. E poi chi sarebbe un dio più simpatico? — intervenne Luce.

— Morfeo, per esempio. Era il dio dei sogni — rispose Hoon. Sid si accorse che stava arrossendo.

— Ma non era uno degli dei superiori — le fece notare, sforzandosi di essere gentile.

— Già, sì. Non so perché l'ho detto — bisbigliò Hoon con la voce che si spegneva in un sussurro.

Dopo due ore, al termine di un infinito tira e molla, Sid aveva deciso di occuparsi personalmente di Ares e Artemide, mentre Hoon avrebbe lavorato su Atena e sull'introduzione, e Luce si sarebbe concentrata su Afrodite e sulla conclusione. Concordarono che ciascuna avrebbe esposto a voce la sua parte e si sarebbero scambiate il materiale man mano che lo trovavano.

Dopodiché Sid si alzò. Luce l'accompagnò alla porta, mentre parlava con Hoon della loro festa di compleanno. Naturalmente senza invitarla.

— Questo 23 novembre dovrà essere il migliore della nostra vita — la sentì dire.

Sid sbiancò. Il 23 novembre era anche il suo compleanno.

Cena in Famiglia

Quella sera, a casa di Luce, era una sera qualunque. Un'ora di cena come tante. Una famiglia riunita attorno al tavolo apparecchiato. Profumo d'arrosto e patatine fritte. E il solito, orrendo, irritante interrogatorio serale.

— Com'è andata a scuola, Luce? — chiese la signora Grimaldi.

— Al solito — rispose asciutta la ragazza, che detestava quel momento con tutte le sue forze. Le mattinate a scuola erano sempre uguali e lei non si spiegava perché la madre dovesse sottoporla a quel supplizio ogni sera.

— Al solito non è una risposta — fu il commento asciutto di Eloisa Grimaldi.

— Vuol dire che ha preso un brutto voto — ridacchiò Gingi.

— Taci, scorfano! — esplose Luce tirando un'occhiataccia al fratello, che ammutolì.

— Non parlare così a Gingi — la riprese la madre.

Luce stava per risponderle per le rime, ma il padre intervenne nella conversazione con l'evidente intento di evitare lo scoppio di una lite storica.

— Hai parlato alla tua amica del Punching Star? — chiese.

— Siamo contentissime. Stava per venirle un colpo quando gliel'ho detto — gli rispose Luce tirando un sospiro di sollievo. Non aveva mai capito come i suoi genitori potessero andare d'accordo. La madre Eloisa era dura e severa, il padre Manuel era come un grande papà orso sempre disponibile.

— Ricordati che devi dirmi quante persone vuoi invitare e che cosa volete mangiare.

— A questo penserà Hoon. Lei è un asso dell'organizzazione. Sta preparando liste per tutto — gli sorrise Luce. — Però se a te viene qualche idea grandiosa dacci tutti i suggerimenti che vuoi!

— Io non capisco perché tu abbia voluto affittare quel locale. Con tutto lo spazio che abbiamo qui, non era il caso — sibilò la signora Grimaldi.

— Perché quando ero giovane, l'ultima cosa che avrei desiderato sarebbe stato festeggiare il mio compleanno con la famiglia tra i piedi — commentò pacifico il signor Grimaldi con un sorriso divertito. Luce immaginò che stesse ripensando a qualche episodio divertente di quando era un ragazzo.

— Io resto del parere che Luce avrebbe potuto fare la sua festa in mansarda — insistette la madre.

— Ormai ho affittato il locale — rispose il padre. Poi cambiò astutamente discorso. — Ti ricordi chi dovevo chiamare per il nuovo programma? — domandò alla moglie.

— Il regista, il direttore delle luci e il dj — rispose lei, precisa e inappuntabile come al solito.

— Quale dj? — chiese Luce. Il padre era un produttore televisivo e ogni tanto gli capitava di lavorare con personaggi famosi che lei avrebbe voluto assolutamente conoscere. Ma da circa un anno la madre aveva imposto una regola ferrea per cui Luce non poteva avere alcun contatto con l'ambiente di lavoro del padre. Diceva che era un ambientaccio e che Luce era troppo bella. Così, "troppo bella" era diventato una via di mezzo tra un insulto e una condanna. Quello che la irritava di più era che la madre frequentava quell'ambientaccio anche se era bellissima. L'esclusione riguardava solo lei.

— Quale dj… Buona domanda. Ha un nome strano, potrebbe essere "Zozzo qualcosa" o "Lordo non so che"

— mormorò il signor Grimaldi, che riusciva a malapena a ricordare i nomi di parenti e affini.

— È dj Lord — precisò la signora Grimaldi, che era il computer portatile oltre che l'assistente del marito.

Luce si illuminò. — Possiamo fare un'eccezione? Posso conoscerlo? Lo ascolto sempre alla radio…

— Ne abbiamo già parlato, Luce — tagliò corto la madre.

La ragazza sentì un impeto di rabbia montarle dentro, ma non disse nulla. Sapeva che insistere in quel momento non sarebbe servito.

A quel punto le suonò il cellulare.

— Come ti devo dire che lo devi spegnere quando vieni a tavola? — la riprese la madre gelida.

Luce sbuffò e tirò fuori dalla tasca il telefono che continuava a squillare, ma Gingi glielo strappò di mano. E la signora Grimaldi lo strappò di mano al figlio.

— Molto bene! Requisito per tre settimane — decretò.

Il cellulare squillò ancora un paio di volte, poi tacque. Luce non si trattenne.

— Buonanotte a tutti — sibilò.

Si alzò da tavola e se ne andò a dormire.

Prima di infilarsi a letto, spruzzò il suo profumo alla vaniglia sulle lenzuola. Si raggomitolò tra le coperte e si ripromise di fargliela vedere, a sua madre. Se quella Megan le avesse contattate, avrebbe accettato qualunque lavoro. Avrebbe risparmiato tutto e si sarebbe comprata il fantastico apparecchio che aveva visto al Music Megastore.

Più tardi il padre entrò nella sua stanza per darle la buonanotte.

— Mi dispiace che tu sia rimasta senza cellulare — le sussurrò.

Luce gli raccontò il suo piano e si lanciò a descrivergli il Mercur 3000.

— Ti piace molto quel superaggeggio, vero? — le chiese alla fine il papà.

— È stupendo. Anzi, vai subito a comprarlo! — rise Luce sbattendo gli occhi. Anche il padre rise, e con aria imbambolata uscì dalla stanza.

***

Quando la mattina dopo suonò la sveglia, Luce si alzò di buon umore. E il buon umore aumentò quando vide che sul comodino di fianco al letto c'era un pacchetto regalo. Vicino c'era un biglietto.

Meglio se questo resta
il nostro piccolo segreto.
Papà

PS: Non prendertela con la mamma.
Vuole solo proteggerti.

Luce scartò il pacchetto. Dentro c'era il Mercur 3000. Era il modello multicolor e non quello rosso, ma Luce rimase senza fiato. Avrebbe voluto abbracciare il padre fino a soffocarlo. Al contrario di sua madre, lui sapeva sempre trovare le parole giuste e fare il gesto più inaspettato.

Luce nascose il lettore mp3-cellulare-videocamera-macchina fotografica nell'armadio e scese a fare colazione. Non vedeva l'ora di dirlo a Hoon.

***

Solo alla fine delle lezioni Luce e Hoon riuscirono a parlare con un po' di calma. Era stata una mattinata orribile, una di quelle in cui tutti i professori sembrano aver voglia di finire tutto il programma in un giorno. Per cui avevano anche saltato l'intervallo ed erano stracariche di compiti.

Luce raccontò all'amica degli avvenimenti della sera precedente.

— In pratica tu hai il Mercur 3000 e lo puoi usare solo di nascosto? — si stupì Hoon.

— In un certo senso. Però vorrei riavere il mio cellulare. Ci sono affezionata e non so se ho veramente voglia di cambiarlo — disse Luce.

— Io non riuscirei a tenere quel telefonino chiuso in un armadio!

— Sei tu che mi hai chiamato ieri sera?

— Sì, ma era una sciocchezza. Quando ti ho telefonato mi sembrava importantissimo, ma è davvero una stupidaggine.

— Raccontamela lo stesso.

— Stavo guardando il materiale per la ricerca con la tv accesa — spiegò Hoon. — C'era un programma musicale, poi la tv ha cominciato a ronzare come al solito. Devo essermi addormentata, perché mi è sembrato di sentire una voce che mi chiamava. C'erano immagini strane. Un lago in una caverna. Un mazzo di papaveri che si polverizzavano e si ricomponevano in continuazione. Una creatura con grandi ali nere che usciva da una porta d'avorio. Mi sono svegliata sul divano due ore dopo... E la ricerca non era andata granché avanti.

— Mai addormentarsi sui compiti — rise Luce.

Inversione

Sullo scooter Sid si teneva aggrappata a Dude.

Si sentiva elettrica e infinita. Imbattibile. Le sembrava di avere il mondo in mano. Orgogliosa di se stessa come non lo era mai stata.

— Allenta la presa. Mi stai stritolando — rise Dude.

Sid continuò a rimanere aggrappata, ma cercò di diminuire la tensione nei muscoli delle braccia.

— Ti rendi conto? È la prima volta che mi dice una cosa del genere! — esclamò con la sua solita voce roca, che per l'occasione conteneva una nota di squillante felicità.

Quel pomeriggio Patty Dawson, la sua allenatrice di scherma, le aveva fatto un complimento.

— È un gran giorno. E oggi non hai nemmeno rotto niente! — ridacchiò Dude. Il suo amico del cuore era contento quasi quanto lei.

— Se la Dawson ti ha detto che hai la gara di domani in pugno, vuol dire che ormai ha deciso che sei la sua erede.

Sid non avrebbe potuto essere più felice. Stare in pedana era la cosa che più le piaceva. Lì non c'erano perdite di tempo. Tutto era velocissimo. Istinto e decisione si fondevano in un unico gesto. Che fosse d'attacco o di difesa non importava. Vittoria e sconfitta si decidevano in un istante.

— Festeggiamo con una pizza? — chiese Dude quando arrivarono a casa di Sid. — Se prometti di mangiarne solo una, offro io.

— Stasera non potrei mangiarne di più neanche volendo. Devo tenermi leggera per domani. Entra anche tu. Chiedo il permesso a mamma e lascio giù la sacca.

Gail Madison comparve sulla porta, anticipando i due ragazzi. Fece segno alla figlia di entrare in fretta.

— Amber al telefono — disse indicando il cordless che aveva lasciato sul mobiletto dell'ingresso.

Sid si passò il pollice sulla gola da sinistra a destra facendo una smorfia, tanto per far capire a Dude chi c'era al telefono.

— Amber *Ficcanaso* Cassavetes. La mia compagna di banco — gli mormorò. — Non è cattiva, ma è più chiacchierona di un esercito di bertucce e non si fa mai gli affari suoi.

Con un sospiro prese il telefono e rispose.

— Non posso restare a parlare. Sto per uscire.

— Hai un bel coraggio! — commentò Amber. — Se domani dovessi esporre la mia ricerca alla Johnson, starei in casa a studiare.

— Infatti la mia presentazione non è domani. È il 21 — borbottò Sid.

Silenzio.

— Guarda che ti sbagli. Ho qui davanti a me il foglio con la programmazione che mi sono fatta fotocopiare dalla Johnson. Domani ci sei tu con Song e Grimaldi della I F. Dovete parlare di quattro dei dodici dei superiori dell'Olimpo.

Altro silenzio.

Questa volta da parte di Sid.

— Ti prego, guarda meglio. — La voce di Sid era poco più di un rantolo. La ragazza sentì rumore di carta e poi di nuovo la voce di Amber.

— Confermo. Voi siete il 12, cioè domani. Ti ho telefonato appunto per sapere a che punto eri arrivata, ma capisco che sei in alto mare. A dir poco.

Sid si limitò a bofonchiare un fulmineo sì-grazie-ciao prima di sbattere giù il telefono. E di comporre al volo il numero di Hoon, dopo averlo cercato sulla rubrica del cellulare.

— A chi stai telefonando? — le chiese Dude facendo spuntare la testa da dietro la porta della sala.

Sid gli fece cenno di tacere. Trovò scollegato il cellulare di Hoon. Stesso risultato con quello di Luce. Fece il numero di casa Song. Nessuno le rispose. Allora chiamò i Grimaldi. Parlò con la signora, che le disse che la figlia non c'era. Sid ebbe l'impressione che mentisse, ma le chiese ugualmente di farla richiamare il prima possibile. Poi telefonò a un'altra sua compagna di classe per verificare l'informazione che le aveva dato Amber.

Ed ebbe la certezza di essere nei guai. In guai grossi.

— Niente pizza stasera, Dude — disse al ragazzo, che stava giocando con Daimon.

— Perché? Non vuoi più festeggiare? — chiese lui.

— Ho combinato un pasticcio con un compito. Mi dispiace. — Poi rivolta alla madre: — Mi prepari dieci litri di caffè?

***

Dude rimase con Sid fino a mezzanotte per aiutarla a mettere insieme il materiale. Hoon e Luce le avevano già dato le fotocopie di tutto quello che avevano recuperato per la ricerca. Purtroppo lei era stata troppo occupata con gli allenamenti e non aveva fatto nulla. In tarda serata aveva provato a richiamarle, ma senza esito.

Alle tre del mattino Gail comparve nella sua stanza.

— Tesoro, dovresti dormire un po'. Oltretutto domani… anzi stasera hai la gara — le disse dolcemente.

— Non posso, mamma. Con la Johnson non si scherza. Se non le consegno questa roba, mi becco un votaccio. E se quella ti marchia come scarsa, sei rovinata.

— Puoi saltare le lezioni di questa mattina, se vuoi finire di prepararti.

Sid si sentì sollevata. Aveva finito la parte di Hoon ed era a metà di quella di Luce. Ma le restava da fare la sua e doveva ripassare tutto per esporlo. Ormai non poteva più contare sull'aiuto delle due cornacchie.

Abbracciò la madre e si rimise al lavoro.

"Posso farcela!" si disse.

Alle sei stava ancora lavorando su Ares e alle sette sua madre la trovò addormentata sulla sedia, con la testa appoggiata sulla scrivania.

La svegliò per portarla a letto, ma Sid si fece preparare dell'altro caffè e si rimise al lavoro.

"Accidenti ad Ares! Se non fosse per lui avrei finito. E sarebbe tutto a posto."

l'Ultima Goccia

Hoon era riuscita a resistere fin troppo tempo. Ma il momento era giunto. L'aveva temuto, odiato e sfuggito; aveva fatto più che di tutto per rimandarlo, ma non era servito a nulla. La catastrofe era inevitabile. E si stava abbattendo su di lei proprio il giorno in cui aveva invitato Luce a casa per pranzo.

Il padre la stava aspettando sulla soglia con un cestino di panini e un sorriso che non prometteva niente di buono. — Giorno d'inventario, ragazza! Sei pronta? — chiese.

— Ma papà, non posso! — tentò di controbattere Hoon. — Ho un'ospite a pranzo e potrei sembrare scortese! E poi ho il corso più tard…

— La tua amica si divertirà un sacco a scoprire con noi le storie dei nostri tesori — le rispose il padre con una scintilla di orgoglio negli occhi. E trascinò le due ragazze in negozio.

Il peggio fu quando Hoon si accorse che Luce trovava l'inventario divertente, tempestando il signor Song di domande sul set di farfallone fermatende o sulla caffettiera che starnutiva quando il caffè era pronto.

— Siamo qui per l'inventario — provò a dire Hoon, ma nessuno l'ascoltò.

Mezz'ora dopo erano stati presi in considerazione e inventariati cinque soli pezzi. Dopo un'ora si era arrivati a quota sei.

— Luce, è tardi! La Johnson ci ucciderà!

Quell'improvviso ritorno al reale fece riemergere l'amica dalla trance chiacchierosa in cui era sprofondata con il signor Song.

— Dobbiamo andare — si scusò Luce.

— E di corsa! — aggiunse Hoon.

— Torna quando vuoi, Luce! — urlò il signor Shin, che era andato in brodo di giuggiole nel trovare finalmente un ascoltatore interessato alle sue storie.

Le due ragazze si catapultarono fuori dal negozio, inforcarono le bici e si precipitarono a scuola.

Quando furono nel corridoio, si accorsero che la porta dell'aula della prof Avvoltoio era socchiusa. La lezione era già cominciata. Si sentiva qualcuno parlare. A Hoon sembrò di riconoscerne la voce. Fece fermare Luce con un gesto della mano e insieme a lei si mise in ascolto.

La voce era quella di Sid. Stava inequivocabilmente esponendo la ricerca.

La *loro* ricerca.

Anche Luce doveva essersene accorta, perché aveva l'aria furente. — Quella sottospecie di cretina con quei cretinissimi codini! — s'inviperì.

— Ma perché l'ha fatto? — mormorò Hoon, e rabbrividì quando intravide un'ombra che si avviava verso la porta. Fece un salto indietro, spingendo via anche Luce. Era l'ombra della Johnson.

La prof Avvoltoio si limitò a chiudere la porta. Doveva aver sentito i loro mormorii, ma fortunatamente non aveva riconosciuto le voci.

Hoon non se la sentiva di sfidare la sorte sperando nuovamente in uno dei suoi *clic*. — Non possiamo entrare adesso! Se la Johnson ci chiede qualcosa, come le rispondiamo? E ci farebbe sicuramente il terzo grado, visto che siamo in ritardo!

— Andiamocene via. Ci calmiamo e poi troviamo il modo di fargliela pagare — disse Luce, che in realtà non sapeva come calmarsi.

Per tutto il tragitto che le portò a casa sua non smise per un solo attimo di architettare insulti complicatissimi contro la maledetta Regina di Lunastorta. Una volta che si furono rifugiate nella mansarda, Hoon cercò una spiegazione logica a quello che era successo.

— Magari la Johnson l'ha interrogata a sorpresa — provò a dire.

— Ma la presentazione delle ricerche è programmata.

— Sid non sarà la ragazza più simpatica del mondo, però non mi sembra una carogna — insistette Hoon.

— Per me voleva fare la diva con la Johnson alla faccia nostra. Se hai una spiegazione migliore, dimmela. Io sono così arrabbiata che riesco solo a pensare il peggio.

Luce sapeva di essere molto emotiva, di lasciarsi trascinare facilmente da qualsiasi sentimento che l'accendesse. Ma sapeva anche che Hoon era in grado di razionalizzare tutto e si fidava di lei.

— Non ho un'altra spiegazione. Solo che c'è qualcosa che non mi torna.

— È che a te piace così tanto essere gentile che non riesci nemmeno a immaginare che gli altri non siano come te. Tu pensi e ripensi a ogni minimo dettaglio tante di quelle volte che sei sempre disposta a giustificare tutto e tutti. Ma con Lunastorta non si può essere gentili. Ci abbiamo provato, ed ecco il risultato!

Quando vide che l'amica aveva smesso di ascoltarla e

guardava fuori dall'abbaino, tacque. Mentre se ne stava zitta, capì esattamente cosa non le piaceva di Lunastorta. Quando era con lei si trovava antipatica da sola. Era come se Sid la contagiasse.

— Scusa, Hoon. È che quella è così odiosa che fa diventare antipatica anche me.

— Tu non sei mai antipatica — disse Hoon assorta. — Però credo che dovremmo provare a parlare con lei.

en Gare

Sid era distrutta. Nonostante la notte insonne e il conseguente ciclopico mal di testa, era riuscita a strappare alla Johnson un voto decente. Non aveva aperto bocca quando la prof le aveva chiesto spiegazioni sull'assenza delle altre, perché non sapeva cosa dire. Era già un miracolo che fosse riuscita a ricordarsi quello che aveva studiato. Farsi venire in mente una scusa decente era pretendere troppo.

In quel momento l'unica cosa che desiderava era andarsene a dormire. Per una settimana almeno. Le bruciavano gli occhi e il mal di testa non mollava un attimo.

Ma doveva pensare alla gara.

Quando uscì da scuola trovò Dude ad aspettarla.

— Scommetto che se ti do un passaggio non ti fa schifo.

— Sei grande, Dude!

— E sono pronto anche a vestirmi da cheerleader, se la cosa ti può aiutare.

L'immagine di Dude vestito da ragazza pompon la fece scoppiare a ridere, ma smise subito. Ridere le faceva venire delle insopportabili fitte alle tempie.

Durante il tragitto in scooter, Sid provò a riposare e a raccogliere le forze. Chiuse gli occhi e appoggiò la testa sulla schiena dell'amico, cercando di raggiungere un minimo di concentrazione. Doveva resistere ancora poco e poteva farcela.

Quando si trovò in palestra, le allieve della scuola di Majong Town non erano ancora arrivate. Sid girellò un po'. Rientrò nello spogliatoio. Aprì il suo armadietto, quello sgangherato che usava da sempre, e provò a riordinarlo tanto per mantenere la concentrazione. Ma lo richiuse subito: lo sforzo sarebbe stato troppo grande per le sue attuali condizioni. Allora tornò in palestra.

— Hai una faccia da far paura — fu il benvenuto dell'allenatrice Dawson. Sid la ringraziò mentalmente per il prezioso incoraggiamento. La sensazione di invincibilità del pomeriggio precedente era lontana anni luce.

Le schermitrici di Majong Town si presentarono con due ore di ritardo, quando ormai Sid non ne poteva più.

Finalmente arrivò il momento di incrociare le lame. Sid impugnò la sciabola. Per la prima volta le sembrò una cosa pesante ed estranea a lei. Stava sudando freddo. Cercando di trovare nuovamente la concentrazione, salì in pedana. Facendolo inciampò. L'avversaria lo notò.

Fu in quel momento che Sid si rese conto che sarebbe stata dura. Si voltò per cercare il volto di Dude, che le strizzò l'occhio sorridendo. E finalmente si estraniò. C'erano solo lei e l'avversaria.

— *En gare!* — urlò la Dawson.

***

Pochi minuti dopo era tutto finito. Sid era stata squalificata. Per la prima volta in vita sua. Per tre volte aveva accompagnato la propria stoccata con tale foga da urtare l'avversaria con il braccio. E come lei sapeva benissimo, non si può toccare l'avversario con una parte del proprio corpo. La prima volta l'arbitro aveva fatto finta di niente, la seconda le aveva dato l'avvertimento, alla terza aveva sospeso l'incontro. E l'aveva squalificata.

Quando scese dalla pedana, Dude le fu subito a fianco. Sid sentì che le cingeva le spalle e l'accompagnava allo spogliatoio.

La sconfitta non le piaceva e non le era mai piaciuta,

ma in quel momento non aveva nemmeno la forza di essere arrabbiata. Sapeva di esserlo, ma la stanchezza e la delusione erano più forti.

Mentre entrava nello spogliatoio, sentì la voce gelida della Dawson.

— Spero che tu ti renda conto di quello che hai combinato. La forza e il talento non bastano se non c'è controllo.

A quelle parole, Sid avrebbe avuto voglia di romperle qualcosa in testa. Invece si limitò ad andare a cambiarsi. Poi uscì dalla palestra muovendosi come un automa.

Dude la stava aspettando per accompagnarla a casa. C'era stato un periodo, quando erano piccoli, in cui se le suonavano un giorno sì e l'altro più forte. Le loro madri li avevano iscritti a scherma nella speranza che si dessero una calmata. Avevano smesso di suonarsele. Erano diventati fanatici della scherma e amicissimi. Ogni tanto qualcuno le chiedeva se Dude fosse il suo ragazzo e lei rideva di gusto. Lui era più che altro un fratello maggiore che si era scelta personalmente. Ed era convinta che per Dude fosse lo stesso.

Fu molto contenta di vedere che l'aveva aspettata. Era la persona più adatta con cui stare dopo una batosta del genere. Aveva assistito alla gara e poteva fornirle un parere esperto e meno acido di quello della Dawson. La madre l'avrebbe sicuramente consolata, ma di scherma non capiva un accidente.

— Eri troppo stanca per riuscire a controllarti — le disse il ragazzo mentre uscivano dalla palestra. — In un altro momento non ti sarebbe successo.

— Tutta colpa di quella stupidissima ricerca. A saperlo, non l'avrei fatta. E al diavolo la Johnson!

Fu in quel momento che Sid si accorse che stavano arrivando Luce e Hoon. Notò l'aria nervosa di Luce e quella seria di Hoon. Nessuna delle due le piacque.

Basta Parlarne

Luce esplose immediatamente in faccia a Sid.

— Trova un buon motivo per quello che hai fatto, perché noi non abbiamo intenzione di far finta di niente. Perché cavolo hai presentato oggi la nostra ricerca?

Sentì che Hoon cercava di trattenerla facendole una leggera pressione sul braccio, ma ormai aveva preso l'onda e non riusciva a fermarsi. Lunastorta le sembrava poco reattiva e la guardava come se non capisse.

— E diremo tutto alla Johnson — continuò Luce.

— Accomodatevi. E poi andate al diavolo — sibilò Sid animandosi improvvisamente. Poi si allontanò con un'espressione di pietra.

Dude non la seguì subito. Luce vide che fissava lei e Hoon con un disprezzo con cui nessuno l'aveva mai guardata.

— Avete proprio un bel coraggio. Come fate a essere così stupide? — bofonchiò. E senza aggiungere altro seguì Sid.

Luce era rimasta senza parole. E non è che le capitasse spesso. Guardò Sid e Dude che se ne andavano in scooter, e poi Hoon. Sperava che anche l'amica fosse arrabbiata, ma le sembrò solo seria. Molto seria. Troppo seria.

— Non rimanerci male per quello che ha detto. Non ci conosce nemmeno — cercò di sdrammatizzare, ma Hoon continuava a non dire nulla.

Allontanandosi dalla palestra, fecero un lungo pezzo di strada senza scambiare parola. Per un po' Luce fece finta di guardare le vetrine, di sistemarsi i capelli e di cercare qualcosa nella borsa. Alla fine non riuscì a trattenersi.

— Sei arrabbiata con me? — chiese sperando in una risposta negativa. Fingeva di guardare in avanti per non incrociare lo sguardo dell'amica, ma con la coda dell'occhio sbirciava la sua espressione.

Hoon non sorrideva.

— Non abbiamo risolto molto — disse con voce tranquilla.

Luce si sentì rassicurata dal suo tono calmo. Ma prima di aprire bocca, cercò di scegliere accuratamente le parole.

— Insomma... Ci ha mandate al diavolo. Ed è la seconda volta che ci manda me. Noi eravamo venute solo per parlarle.

— Forse le è sembrato che la stessimo aggredendo. Personalmente non potrei darle torto.

Luce apprezzò il fatto che Hoon avesse usato il plurale, soprattutto perché sapeva benissimo che ad aggredire era stata lei.

— Ho esagerato? — chiese.

— Un po'.

— Cosa facciamo?

— Proviamo a chiamarla? — domandò Hoon.

Luce aveva notato che l'amica aveva usato nuovamente il noi, ma si rendeva conto che toccava a lei telefonare. Prese il cellulare che Hoon le stava porgendo, cercò in rubrica il numero di Sid e si fermò per un attimo. Non sapeva bene cosa le avrebbe detto. Comunque premette più volte il pulsante di chiamata, che funzionava male. Finalmente il telefono suonò libero, ma dopo pochi squilli cadde la linea. Evidentemente Sid aveva memorizzato il numero nella rubrica e, vedendo chi chiamava, aveva spento. C'era da aspettarselo.

— E adesso? — chiese Luce.

— A che ora abbiamo la Johnson domani?

— Alla quarta.

— Parleremo con Sid all'intervallo — concluse Hoon.

***

Il giorno dopo Lunastorta sembrava essersi volatilizzata. Probabilmente voleva evitarle. E risparmiarsi un'altra scenata. All'intervallo Hoon e Luce batterono la scuola centimetro per centimetro. Incontrarono tutti, tranne Sid.

— Ecco Dude, il suo amico — disse Hoon mentre suonava la campanella di fine ricreazione.

— Gli chiediamo dov'è? — domandò Luce.

Hoon preferì evitarlo. Aveva notato l'occhiataccia del ragazzo, che era con un gruppo di compagni. Ormai la Johnson stava per arrivare e in ogni caso non ci sarebbe stato più tempo di parlare con Sid.

Quando rientrò in classe seguita dall'amica, la prof Avvoltoio era già appollaiata dietro la cattedra. Stava compilando il registro.

— Riguardo alla nostra ricerca… — cominciò Luce.

La Johnson non alzò nemmeno la testa. — Non vedi che sono occupata? — sibilò.

Hoon era in tensione. Tutta quella faccenda non le piaceva. Non le piaceva non sapere cosa fosse successo il giorno prima e perché. Non le piaceva non essere riuscita a trovare Sid. Non le piaceva essere in balia della Johnson. Ma a questo punto poteva solo aspettare. Andò a sedersi e cominciò ad allineare le biro sul banco. Riordinare gli oggetti la tranquillizzava, come la tranquillizzava fare le liste. Faceva liste per tutto: per organizzarsi la giornata, per i compiti, ne faceva persino per i divertimenti delle vacanze. Aveva appena finito di sistemare le biro e ritrovato la calma, quando la voce gracchiante della prof spezzò il silenzio di tomba tipico delle sue ore.

— Grimaldi. Song. Avete fatto un buon lavoro. Non eccezionale, ma buono. La prossima volta vedete di presentarvi per l'esposizione e non lasciate tutto sulle spalle di qualcun altro.

Hoon guardò l'amica. Non sapeva cosa dire.

— Ma in che senso? — chiese Luce esterrefatta.

— Grimaldi, un'altra domanda così e ti abbasso il voto di un punto. Se aveste approfondito meglio Ares, vi sareste meritate qualcosa in più. Immagino che sia stata la signorina Song a occuparsene — disse l'insegnante con un ghigno rapace, concedendosi una delle sue solite grattatine alle mani.

***

Hoon lasciò correre. Cercava di mettere insieme le informazioni, ma non ci riusciva. Quello che sentiva era un gigantesco senso di colpa per quello che avevano fatto a Sid.

Alla fine della lezione parlò con Priscilla Venom, la vipera che l'aveva assalita il primo giorno di scuola. Non era il massimo della simpatia, ma frequentava il corso della Johnson e passava il suo tempo a zampettare attorno all'insegnante. Insomma, la persona giusta a cui chiedere come fossero andate le cose.

— E cosa volete che sia successo? Voi non c'eravate e la Madison ha esposto tutta la vostra ricerca. Non era granché, a dire il vero — disse Priscilla con l'aria di saperla lunga.

— Sai perché l'ha esposta proprio ieri? — chiese Hoon facendo l'indifferente.

— Come perché? — rise sguaiatamente Priscilla. — Perché toccava a voi.

Poi fece una faccia storta, strinse gli occhi e assunse un'aria viscida.

— Non lo sapevate? Non è che voi non avevate studiato e avete fregato la Madison standovene a casa?

Hoon immaginò immediatamente Priscilla che raccontava tutto alla Johnson.

— Al contrario. Ci sarebbe piaciuto esporre e speravamo che Sid fosse riuscita a spostare l'interrogazione — rispose.

Ottima scusa per una come la Venom!

***

Seduta su uno dei muretti della scuola, Hoon mostrò a Luce il foglio con la programmazione che si era fatta dare, anche se troppo tardi. Si sentiva uno straccio.

— È tutta colpa mia. Ho invertito le cifre della data. Noi dovevamo esporre ieri, il 12, non il 21 — sospirò.

Luce le appoggiò un braccio sulle spalle.

— Questo può succedere ed è comprensibile. Lo è molto meno mettersi a urlare contro una persona che ti ha fatto un grossissimo favore.

Hoon sorrise e Luce continuò.

— Mi sono comportata come avrebbe potuto fare Priscilla. Dobbiamo cercare Sid e parlarle.

— È la prima volta che non la chiami Lunastorta. O Regina di Lunastorta — notò Hoon.

— Oggi non se lo merita.

— Ce ne dirà di tutti i colori — sospirò Hoon.

— E noi staremo a sentirla. Soprattutto io. Però anche lei avrebbe potuto aprire bocca per spiegarsi, invece di mandarci al diavolo.

Hoon stava per dire qualcosa, ma si accorse che Luce aveva già capito, tanto che aggiunse: — Okay, la colpa è mia che l'avevo aggredita. E quando mi scuserò, non starò lì a sottolineare che lei ci ha mandate al diavolo.

In quel momento Hoon si ritrovò a invidiare il carattere di Luce. La sua amica, che il giorno prima sembrava un bufalo inferocito, ora era tranquilla, serena e convinta che tutto si sarebbe sistemato.

Per lei invece non era così semplice. Non sopportava di non aver pensato che potesse trattarsi di un suo errore. Un suo tipico errore.

E soprattutto non le piaceva ferire la gente. Aveva ancora in mente la faccia impietrita di Sid che le guardava come se fossero due pazze. Per fortuna vicino a lei c'era Luce, che non le permise di rimanere da sola a rimuginare: le afferrò le guance e le tirò la bocca per obbligarla a sorridere, la investì di chiacchiere e buon umore.

— Domani non ci scapperà! A costo di dover saltare le lezioni per cercarla! — le disse.

la Caccia

Luce incontrò Hoon fuori dalla scuola un quarto d'ora prima dell'inizio delle lezioni. Insieme si appostarono davanti alla scalinata d'ingresso per intercettare Sid. Quando l'adocchiarono, la videro fare dietrofront e sparire rapidamente tra altri studenti. La cercarono di nuovo all'intervallo, ma lei sembrava essere diventata invisibile. Evidentemente le stava evitando come la peggior pestilenza del secolo.

— La inchioderemo all'uscita. Ho già controllato: finisce alla quinta ora come noi — propose Luce. — Io mi apposto al cancello principale, tu a quello sul retro. Quella che riesce a fermarla la porta dall'altra.

— Un piano degno di un agente segreto! — la prese in giro Hoon. Luce non riusciva proprio a fare a meno di trasformare ogni cosa in un gioco.

Ben prima dello scadere della quinta ora, entrambe avevano già preparato borsa e zaino. Erano pronte a schizzare fuori dalla classe. Purtroppo per loro la Johnson se ne accorse. Ignorò apertamente il suono della campanella e continuò imperturbabile a spiegare, concedendosi ripugnanti grattatine alle mani tra una frase e l'altra. Luce le puntò gli occhi addosso con aria di sfida.

— Vi suggerisco di prendere appunti su quello che sto per dirvi — reagì la Johnson con aria sprezzante — perché sarà oggetto della prossima verifica.

Luce non abbassò lo sguardo e la prof continuò a spiegare. Hoon riaprì lo zaino, tirò fuori un foglio e si mise a prendere appunti. O almeno così credette Luce finché non diede un'occhiata a quello che stava scrivendo. Due parole ripetute all'infinito.

Che noia che noia che noia che noia

Luce soffocò una risatina, e dopo un po' la Johnson si degnò di porre fine alla molesta lezione.

Le due amiche si catapultarono fuori dalla classe a velocità ultrasonica. Ovviamente Sid, come tutti gli studenti delle altre classi, se n'era già andata.

— Scommetto che i veri agenti segreti non hanno nemici come la Johnson — si lamentò Luce.

Le due ragazze inforcarono le biciclette e si avviarono verso il ponte sul Potamok, zigzagando tra le auto che a quell'ora prendevano possesso di ogni centimetro delle strade di Rainbow Hill.

Erano ferme al semaforo di un incrocio di fianco a un macinino che strombazzava, quando qualcuno sbucò improvvisamente da un vicolo laterale. Era Megan, la ragazza dei volantini.

— Hoon Song e Luce Grimaldi, vero? — chiese freddamente. — Ho quello che fa per voi — aggiunse senza aspettare una risposta.

Luce, che era già irritata per il fatto di non aver incontrato Sid, trovò quel modo di fare più che sgradevole, ma fece finta di niente visto che Hoon non riusciva a trattenere l'entusiasmo.

— Fine delle giornate d'inventario! — trillò. — Quando cominciamo? Di cosa si tratta?

Megan sembrò riflettere per un attimo e poi rispose.

— Ve lo spiego stasera. Vi aspetto ai Megaliti alle sette. Da lì andremo in sede e vi darò tutto quello che vi serve.

— Non si potrebbe fare un po' prima? — domandò Hoon.

— No — rispose la ragazza, e si allontanò senza aggiungere altro.

— Sono io che sono prevenuta, oppure è anche più scontrosa di Lunastorta?

— E a proposito di Sid, cosa facciamo? — chiese Hoon.

— Ci penseremo domani.

***

Poco prima delle sette Hoon e Luce stavano entrando nel parco per raggiungere i Megaliti. Il sole era già tramontato e l'aria era fredda. I sentieri erano male illuminati da lampioni bassi, sistemati tra i cespugli ogni dieci metri. Appena le due amiche oltrepassarono la zona dei bar, le cui insegne al neon trasformavano il piazzale d'ingresso in una specie di discoteca a cielo aperto, si trovarono quasi al buio.

Imboccando l'ultimo sentiero che le avrebbe portate fino al luogo dell'appuntamento, Luce si accorse che alcuni lampioncini erano rotti.

— Già che c'era poteva darci appuntamento in un cimitero abbandonato — sbottò, guardandosi in giro poco a suo agio. Megan non le piaceva, ma l'idea di andare ai Megaliti con il buio le piaceva ancora meno.

Quelle gigantesche lastre di pietra erano la cosa meno accogliente di Rainbow Hill. Era un complesso simile a quello di Stonehenge in Inghilterra o all'Anello di Brodgar in Scozia, ma non era stato trasformato in una meta turistica come gli altri. E secondo Luce non era un caso. Era come se i cittadini di Rainbow Hill temessero quel luogo o ne fossero infastiditi. La zona in cui sorgeva era la meno frequentata del parco, nonostante da lì si godesse un'eccezionale vista sul mare. L'ultima lastra di pietra si ergeva direttamente sulla scogliera.

Nel pensare a quanto odiava quei ruderi, Luce era diventata silenziosa. Se ne rese conto solo vedendo l'espressione ironica dell'amica.

— Non crederai anche tu alle storie sui Megaliti? — le chiese Hoon.

— Non le conosco, ma siccome se le conoscessi ci crederei, non raccontarmele.

— In sostanza dicono tutte che quei massi portano sfortuna — ridacchiò Hoon.

— Grazie tante — bofonchiò Luce rabbuiandosi. — È proprio quello che volevo sapere, visto che il nostro oroscopo di stamattina prevedeva catastrofi in serata!

— Considerala una piccola vendetta per quando hai dato corda a mio padre e ai suoi racconti! — rise Hoon, ma Luce non si lasciò contagiare dalla sua allegria.

Finalmente attraversarono la cancellata e si trovarono di fronte ai Megaliti. Dei dieci faretti che avrebbero dovuto illuminarli ne funzionava solo uno. Emetteva una sgradevole luce giallognola che si rifletteva tristemente sulla prima lastra di pietra.

Megan non era ancora arrivata, e oltre a loro due non c'era nessuno. Si sentiva il rumore delle onde che si infrangevano sugli scogli. L'odore della salsedine era talmente forte da far sembrare l'aria densa.

— La vedi? — chiese Hoon.

Luce stava per rispondere di no, quando sentì un latrato furioso proveniente dal sentiero che costeggiava il mare. Hoon indietreggiò e poi la tirò verso di sé per farla nascondere dietro la pietra illuminata dal faretto.

— Se quel cane non ha un padrone, preferirei non incontrarlo — sussurrò la coreana.

Il latrato non si interruppe, ma venne quasi coperto da una voce roca che gridava.

— Stai buono, Daimon! E smettila di tirare.

Luce riconobbe immediatamente la voce di Sid. Per essere sicura che fosse lei si sporse leggermente dalla pietra e diede un'occhiata. Era proprio Sid e si stava dirigendo verso di loro!

— Il nostro oroscopo si sbagliava — sussurrò a Hoon facendole cenno di tacere.

I latrati non si interruppero. Appena Luce sentì che Sid e il suo cane erano abbastanza vicini, prese Hoon per la maglietta e la fece uscire dal nascondiglio.

— Ciao. Questa volta dovrai parlare con noi, che ti piaccia o no.

Sid stava per rispondere, quando all'interno del complesso megalitico esplose un accecante flash di luce rossastra. Luce si accorse che di fianco a una delle lastre di pietra era comparsa Megan e faceva danzare tra le mani farfalle di fuoco. L'ultima cosa che vide fu la fiammata che puntava dritto verso di lei.

Poi qualcosa la travolse.

Forza, Daimon!

Sid si era buttata su Luce per spostarla dalla traiettoria della fiammata. Ma nel farlo aveva perso il guinzaglio, e Daimon si era messo a correre verso Megan, che stava lanciando un'altra fiamma su Hoon.

— Via! Via di qui! — urlò Sid rialzandosi e gettandosi all'inseguimento del cane. Senza fermarsi, raccolse un bastone nodoso da terra, mentre Megan scagliava un'altra fiammata verso le altre.

L'assalitrice aveva commesso il grave errore di non considerare Daimon, che per quanto piccolo, era dotato di una notevole presa mandibolare. Il bouledogue morse Megan e lei reagì. Lo allontanò con un calcio e lo mandò a sbattere contro una delle pietre. A quel punto però Sid l'aveva raggiunta. Sentì il terrificante rumore del cranio del suo cane che sbatteva contro la pietra, si voltò per una frazione di secondo e lo vide immobile a terra.

La rabbia le esplose dentro. Sollevò il bastone e colpì Megan sul volto con tutto l'odio che aveva. E una forza che nemmeno lei sapeva di avere. Forse generata dal dolore per il suo cucciolo, forse da anni di allenamento, forse dalla volontà di far male a quella carogna. Ma c'era qualcosa in più. Qualcosa che nemmeno lei conosceva.

Dopo quel colpo che avrebbe messo ko chiunque, Megan era caduta all'indietro. Si risollevò subito e in un attimo le fu addosso per disarmarla. Sid indietreggiò velocemente come se fosse in pedana, fece una finta verso destra e attaccò da sinistra. Di nuovo abbatté il bastone sul volto dell'assalitrice, che finì a terra e la guardò stupita, come se la resistenza oppostale fosse una sorpresa. Sid approfittò del vantaggio.

Con il rumore del colpo subito da Daimon che le rimbombava nel cervello, continuò a colpire e colpire e colpire. La foga le impediva di mettere a fuoco il suo bersaglio, ma lei lo sentiva, e sapeva dove mirare per impedirgli ogni possibile contromossa. Anni di scherma le avevano insegnato molto bene come prevedere le intenzioni e i movimenti dell'avversario.

Alzò il bastone per abbatterlo ancora su Megan, sperando di spedirla definitivamente a terra.

Invece, annegando in un lampo di luce rossastra, colpì il suolo e spaccò in due il bastone. Con il moncone in mano fece un salto indietro e si preparò a difendersi. Ma Megan era scomparsa.

— Dove diavolo è finit... — si chiese ad alta voce. Ma non riuscì a concludere la frase.

— Vieni via di lì! Svelta! Prima che quella cambi idea e torni! — sentì urlare. Era la voce di Hoon.

Sid si voltò. Si aspettava di vedere gli alberi del parco bruciare, ma non c'era la più piccola scintilla. In compenso le due scorbutiche l'avevano aspettata. Luce teneva in braccio Daimon e lo stava coccolando. La tenerezza invase Sid come poco prima l'aveva invasa la rabbia. Raggiunse di corsa le due ragazze. Non c'era un solo centimetro del suo corpo che non le facesse male, ma la preoccupazione per Daimon era il dolore più grande.

— Respira, se è quello che ti stai domandando — la rassicurò Luce.

— Hai idea del perché quella Megan ci abbia fatto questo? Cosa voleva? Cos'era quella specie di fuoco che usava? — sussurrò Hoon.

— Non ora! — le intimò Luce sbattendo le ciglia. — Noi stiamo bene e quella non c'è più. Adesso andiamocene e pensiamo al cane.

Hoon non ribatté.

Sid vide che Luce le porgeva Daimon.

— Portalo tu e stammi dietro! — mugugnò. Si accorse che Luce le sorrideva come se avesse capito che quella frase voleva essere più un ringraziamento che un ordine. Cominciò a correre verso l'uscita del parco. Brandiva il bastone… o meglio quello che ne rimaneva, pronta a intervenire se fosse successo qualcos'altro.

— Avete visto dove è andata? — chiese alle altre.

— Stava sdraiata a terra mentre tu gliele davi, poi c'è stata una luce abbagliante e lei non c'era più — le rispose Luce.

Nessuna disse altro. Continuarono a correre verso l'uscita, guardandosi attorno per accertarsi dell'assenza di fiamme e flash di luce. Appena furono fuori dal parco, si bloccarono senza sapere bene dove andare.

— Il suo veterinario non riceve a quest'ora… — bofonchiò Sid.

— Di là c'è una clinica veterinaria aperta ventiquattr'ore al giorno — disse Hoon.

Ricominciarono a correre. In mezzo al traffico del rientro serale e tra la gente che sciamava sui marciapiedi, Sid si sentiva leggermente più tranquilla, ma davanti alla clinica si rese conto di avere ancora in mano il bastone. Lo lasciò cadere e aprì la porta d'ingresso per far entrare Hoon e Luce con Daimon in braccio. La sala d'aspetto era vuota, pulitissima e con un rassicurante odore di disinfettante. Una veterinaria dall'aria bonaria andò subito loro incontro.

— Cosa è successo? — chiese prendendo il cane.

"Buona domanda" pensò Sid, ma poi cercò di fornire la risposta più utile.

— Gli hanno dato un calcio e ha sbattuto la testa contro uno dei Megaliti del parco.

— Aspettatemi qua — disse la donna.

Quando la vide sparire dietro una porta a ribalta, con Daimon tra le braccia, Sid sentì un groppo in gola. Avrebbe voluto urlare o rompere tutto. Strinse i denti e sentì che qualcuno le aveva messo una mano sulla spalla. Si voltò. Era stata Luce.

— Mi pare un cane coraggioso e forte — le sussurrò.

— Lo spero — mormorò Sid, con una voce che sembrava più scorbutica del solito, ma che in realtà era spezzata dal tentativo di controllare il dolore e la rabbia.

— Vuoi una cioccolata mentre aspettiamo? — chiese Hoon.

— Aspettiamo? — domandò Sid.

— Non crederai che siccome siamo state odiose una volta, siamo odiose sempre — proruppe Luce.

— È un sacco che cerchiamo di parlarti per chiederti scusa per la questione della ricerca. È stata tutta colpa mia, avevo invertito le cifre della data di consegna e... — cominciò Hoon.

— E io ho cominciato a immaginare cose assurde — continuò Luce. — In realtà è più colpa mia che sua. Oltretutto sono stata io ad aggredirti davanti alla palestra. È che ho il difetto di lasciarmi trascinare... un po'! A volte...

Sid era confusa. Quello che negli ultimi giorni le era sembrato un problema devastante, adesso le sembrava del tutto inconsistente. E poi le due ragazze che aveva di fronte si stavano comportando alla grande. Fece un segno con la mano come per dire "non c'è problema", e si lasciò cadere su una delle sedie della sala d'aspetto.

— Se qualcuna di voi ha soldi, una cioccolata va bene — disse.

La faccia imbarazzata di Hoon le fece persino venire voglia di ridere.

— Ho io la moneta — disse Luce, che evidentemente aveva capito al volo che l'amica non aveva un soldo. E prese cioccolata per tutte.

Mentre Sid beveva, guardava fisso davanti a sé.

E pensava una cosa soltanto.

"Forza, Daimon!"

L'Attesa

Hoon aveva una voglia pazzesca di parlare di quello che era successo nel parco, anche se le sembrava che le altre volessero evitarlo. Luce era stata chiara in merito. Il che, finché bisognava scappare e occuparsi di Daimon, poteva anche avere senso. Adesso però stavano solo aspettando. E aspettare era snervante. E se lo era per lei, non poteva che esserlo ancora di più per Sid. Da quando la veterinaria era sparita insieme a Daimon, nessuna di loro aveva perso di vista la porta a ribalta per un solo attimo.

Luce stava chiacchierando con Sid. O meglio. Luce stava chiacchierando a più non posso con l'evidente intento di distrarre Sid, e probabilmente ci riusciva, perché ogni tanto le faceva scappare una risatina. Poco convinta, ma pur sempre una risatina. Hoon invece voleva capire.

Chi era quella Megan? Perché le aveva assalite? Era veramente scomparsa come sembrava? Nel tentativo di riflettere con calma cominciò a mettere in fila le riviste accatastate malamente sul tavolino davanti a lei. Eppure non trovava nessun senso. Nessuna spiegazione logica in grado di soddisfarla. E poi quelle strane fiamme che si dissolvevano appena toccavano terra... Cosa poteva volere quella pazza da tre ragazzine?

— Eri andata anche tu ai Megaliti per vedere Megan? — chiese improvvisamente a Sid.

— Sì — rispose lei.

— Come ti ha avvertita? — insistette Hoon.

— L'ho incontrata oggi per caso mentre portavo Daimon a fare un giro.

A quel punto Luce si schiarì la voce per attirare l'attenzione di Hoon. Tra loro si svolse una conversazione muta fatta di sguardi e cenni, che Sid cercava di seguire girando la testa prima verso l'una, poi verso l'altra.

Luce era convinta che bisognasse cercare di mantenere Sid il più serena possibile senza introdurre nel discorso qualsiasi cosa che le ricordasse Daimon. Hoon invece riteneva più importante capire cosa fosse successo e perché.

— Se non volete coinvolgermi, potete anche uscire un attimo — mormorò Sid.

— Ehm... — fu il brillante commento di Luce.

— Comunque possiamo parlare di tutto, anche di Daimon o di quello che è successo. Non mi dà fastidio e prima o poi lo dovremo fare — tagliò corto Sid, che evidentemente era riuscita a ricostruire a grandi linee il contenuto della muta conversazione.

Hoon stava per rispondere quando la veterinaria uscì dalla porta a ribalta. Daimon non era con lei.

Scattarono tutte in piedi. La donna fece per parlare, poi si girò indietro e sparì di nuovo. Questa volta le ragazze la seguirono.

La porta si apriva su un lungo corridoio sul quale si affacciavano altre cinque porte. La veterinaria era appoggiata allo stipite di una, guardava all'interno della stanza e sorrideva. Fece segno alle ragazze di avvicinarsi.

Loro corsero, e Sid cacciò un urlo quando vide lo spettacolo che si stava svolgendo nell'ambulatorio.

Daimon era in piedi e non solo era vigile, ma stava cercando di aprire con le zampe una confezione di crocchette.

— Stai bene! — gridò Sid, e si precipitò dal cane. Sulle prime lui sembrò disturbato dal fatto che il suo attacco al sacchetto fosse stato interrotto. Poi vedendo che non incorreva in alcuna sgridata, cominciò a farle le feste.

Hoon guardava la scena con aria divertita.

— Gli ho fatto tutti gli esami — spiegò la dottoressa. — Non sembra aver risentito del colpo, a parte il bernoccolo e la leggera ecchimosi. Il fatto che abbia fame è un gran buon segno.

— Va bene se passiamo domani per saldare il conto? — le chiese Hoon in uno spasmodico attacco di concretezza. L'unica di loro ad avere soldi in tasca era Luce, ma li aveva spesi tutti per le tre cioccolate.

— Passate pure domani, soprattutto perché così teniamo sotto controllo Daimon. E per stasera non fatelo affaticare.

Hoon non aveva mai visto Sid sorridere come in quel momento. Aveva perso la sua aria scontrosa e giocava con il cane come se quella fosse l'unica cosa importante al mondo.

Quando furono uscite dalla clinica, Hoon si rese conto che erano le nove e che avrebbe dovuto dare parecchie spiegazioni ai suoi genitori. Anche le altre sbiancarono, quando si accorsero dell'ora. Concordarono di rientrare subito a casa e di vedersi il pomeriggio seguente da Hoon per parlare di quello che era successo. Ma nessuna di loro muoveva i piedi per andarsene.

— C'è solo una cosa che mi preoccupa più della punizione che mi aspetta — mormorò Hoon abbassando la voce. — In giro ormai non c'è più nessuno. Cosa facciamo se incontriamo ancora quella…

— Ho io la soluzione — disse Luce con orgoglio, mentre prendeva il cellulare di Hoon. — Si chiama Daniel Paddington. È l'autista di mio padre.

— Anche il tuo, a quanto pare! — commentò Sid.

— Non da contratto — sogghignò Luce nel comporre il numero.

Sid la guardò allontanarsi e parlare al telefono sbattendo le ciglia. Alla fine della chiamata aveva un'aria molto soddisfatta.

— Viene a prenderci subito. Con la sua macchina — disse Luce sottolineando "con la sua macchina". — E ci porterà a casa tutte, così noi non correremo rischi e Daimon non si affaticherà.

Hoon strizzò l'occhio a Sid e indicò Luce.

— Quando vuole sa essere molto convincente!

L'ossidiana
è la pietra
del guerriero!
Daimon, è
convinto di
essere il mio
difensore

Ma vai
al diavolo!
L'ultimo regalo di papà

Mercur 3000:
messaggi dall'Olimpo!
Scudo per
nascondere
il disordine

Per far avverare i sogni basta crederci
Non si è mai troppo grandi per i pupazzi

Oroscopo OK:
grande giornata
in arrivo!
Tacchi alti:
la mia ultima conquista

Con quella
non voglio averci
a che fare
Specchio portafortuna

Rainbow Hill

in scooter
con Dude
15.30
allenamenti
OLD BOOK
Sid Madison

Perdere da favorita
è il peggio che possa
capitare...

Andare bene a scuola è facile! Basta un CLIC
SHOP
FRUIT

Hoon Song

Luce Grimaldi
Il rosa è il mio colore preferito.
Almeno per oggi!

Un dio tra gli dei.
Il più temuto, il più inclemente,
il più selvaggio.

non Sbattere le Ciglia

Il pomeriggio successivo, quando Hoon aprì la porta di casa, si trovò di fronte Sid con Daimon in braccio e Luce con un'enorme ed elegantissima borsa. Entrarono ridacchiando tra loro, e Hoon notò che l'atmosfera era completamente diversa da quella del giorno in cui si erano incontrate per la ricerca. Questa le piaceva molto di più.

Quando furono in soggiorno, Luce aprì la borsa e ne rovesciò sul tavolo il contenuto: un tripudio di snack degno di una festa, che il cane notò immediatamente mettendosi a saltellare e a guaire.

Sid e Hoon arraffarono subito un Superciock Extra. Luce prese una barretta al latte e ne offrì metà a Daimon. Il cane l'apprezzò tanto che le saltò sulle ginocchia appena lei si sedette sul divano e non si mosse più.

— Visto che è solo grazie a lei che siamo qua, non credi che sia il caso di invitarla alla nostra festa di compleanno? — disse Luce indicando Sid.

Hoon annuì entusiasta. Sapeva che l'atteggiamento dell'amica nei confronti dell'ex Regina di Lunastorta era cambiato, ma non credeva fino a questo punto.

— Ci sarò — disse Sid. — Tanto più che anch'io compio gli anni il 23 novembre!

— Alla faccia della coincidenza! — si stupì Hoon.

— Io non riesco a credere che sia una coincidenza. È il destino che ci ha volute insieme e vuole che condividiamo qualcosa di eccezionale — esclamò Luce. — Per cui faremo una festa a tre e dobbiamo accordarci su tutti i dettagli.

— Destino o coincidenza, è una cosa ben strana, soprattutto se teniamo conto di quello che ci è successo ieri — grugnì Sid. — Io ne ho parlato a mia madre. Per Daimon. Lei dice che dobbiamo chiamare la polizia appena rivediamo Megan.

Hoon sgranò gli occhi.

— La polizia? Ma cosa ha detto delle fiamme?

— Ehm... credo di aver tralasciato il dettaglio! Era più importante che capisse cosa fare con questo finto malato — disse Sid sedendosi di fianco a Luce e ribaltando il bouledogue sulla schiena per fargli il solletico.

— Stamattina mia madre l'ha portato di nuovo alla clinica. Sta benissimo.

— Io non ne ho parlato con i miei, perché praticamente non li ho visti — disse Hoon.

— A me non è venuto neanche in mente di dirlo a mia madre. Ci siamo rivolte la parola solo per litigare — ribatté Luce.

— Mi dispiace — mormorò Hoon.

— Non è niente. Fa sempre un sacco di storie quando arrivo in ritardo. E non vuole nemmeno che approfitti di Daniel. Ma io non l'ho obbligato a venirci a prendere. È stata una sua libera scelta.

A quel punto Daimon si buttò giù dal divano e cominciò a ringhiare contro il televisore spento.

Nello stesso momento Hoon ricominciò a sentire il ronzio che l'angustiava da tempo.

— Smettila, Daimon! — ordinò Sid al cane.

— Magari anche lui sente il ronzio! — esclamò Hoon, e spiegò a Sid di tutte le volte che l'aveva sentito e di come la cosa la stesse mandando fuori di testa.

— Anche ieri ha fatto così. Più ci avvicinavamo ai Megaliti, più diventava nervoso. Ha cominciato a ringhiare, poi si è messo ad abbaiare come quando decide che c'è un pericolo in giro — grugnì Sid mentre cercava di allontanare il cane dalla tv.

Lui non la considerava affatto e continuava a ringhiare.

Luce gli si avvicinò, gli cinse il muso con le mani, lo guardò intensamente sbattendo le ciglia e gli sussurrò: — Devi stare buono. Qui sei al sicuro e ci siamo noi a proteggerti.

Hoon vide Sid sgranare gli occhi mentre Daimon smetteva di agitarsi, faceva dietrofront, trotterellava fino al divano e ci si accucciava comodamente sopra.

— Se non l'avessi visto con i miei occhi non ci crederei — mugugnò Sid con un pizzico di gelosia. — Di solito dà retta solo a me.

Sentita quella frase, Hoon cercò di ragionare, nonostante il ronzio le rendesse difficile concentrarsi. Strani collegamenti di idee cominciarono ad affollarle la mente.

clic

Luce sbatte le ciglia e la Johnson si dimentica di averle sentite sparlare di lei.

clic

Luce sbatte le ciglia e Daimon smette di abbaiare.

clic

Luce sbatte le ciglia ordinando al Mostro della Terza Fila di baciare Megan e lui lo fa. Sbatte le ciglia e lei smette per un po' di farsi domande su quello che è successo. Sbatte le ciglia e l'autista di suo padre corre a prenderla.

E probabilmente lo aveva fatto quando aveva chiesto al padre il Mercur 3000 e lui era corso a comprarglielo nel bel mezzo della notte.

— Luce, ordina a Sid di fare qualcosa — propose alla fine.

— Scusa? — domandò l'altra.

— Fai come ti dico — insistette Hoon sicura di sé. — E cerca di essere convinta e convincente. Aspetta un attimo...

Si avvicinò a Sid.

— Qualunque cosa ti chieda, tu non devi assolutamente farla! — le sussurrò in un orecchio, in modo che l'altra non sentisse.

— Perché? — replicò Sid, che non riusciva a capire.

— Fidati. Sto facendo una prova — tagliò corto Hoon. — Adesso, Luce!

Luce puntò gli occhi in quelli di Sid, sbatté le ciglia e disse: — Vai in camera di Hoon, mettiti la sua camicia da notte e torna qua.

Nel vedere la loro ex nemica giurata che con aria imbambolata si voltava e usciva dal soggiorno, Hoon ebbe un brivido. Il brivido diventò pura ansia quando la vide rientrare con la sua camicia da notte indossata sopra i vestiti.

— Perché ti sei conciata così? — le chiese.

Sid si guardò perplessa.

— Mi è venuta voglia di provarmi la tua camicia da notte... Non so perché — mormorò.

— Questo scherzo non mi piace neanche un po'! — sbottò Luce.

— Non è uno scherzo. Puoi verificarlo da te. Chiedile di fare qualcosa e lei ti ubbidirà — rispose Hoon, e poi spiegò come aveva collegato i vari avvenimenti con l'aiuto dei suoi *clic*. Anche se le dispiaceva vedere la sua amica così scossa, non voleva fermarsi. Sapeva di essere sulla strada giusta.

Luce si voltò verso Sid.

— Vai sul terrazzo e urla qualcosa di stupido — le disse.

Sid con lo sguardo perso nel vuoto andò sul terrazzo. Si sporse e gridò: — La rana nello stagno non vuole fare il bagno!

— Non è possibile! — sussultò Luce e crollò sul divano.

Sid rientrò in soggiorno e si sedette di fianco a lei come se nulla fosse successo. Per una manciata di secondi nessuno parlò, poi si sentì la porta d'ingresso aprirsi e tutte scattarono in piedi allarmate, tranne Daimon, che rimase accucciato sul divano.

La signora Song entrò nella stanza con un'espressione che non prometteva niente di buono.

— Perché vi siete messe a strillare dal terrazzo? — chiese con aria inquisitoria.

— Non siamo state noi — mentì Luce, ancora sottosopra.

Hoon vide che la madre dava un'occhiata al tavolo, sul quale c'erano solo snack e cartocci di snack già mangiati, ma nessun libro.

— Visto che non state studiando, potete scendere a dare una mano con l'inventario. Più si è, prima si finisce — ordinò col tono di un sergente maggiore.

Hoon guardò Luce e le indicò sua madre con gli occhi. Sulle prime lei parve non capire, poi si avvicinò alla signora Song, la guardò dritto in faccia, sbatté le ciglia e le sussurrò: — È meglio che noi restiamo qua.

— Già, è molto meglio — le rispose la signora Song con aria sognante, e se ne andò.

da Lontano

L'atmosfera allegra che c'era all'inizio del pomeriggio era svanita.

— Allora è vero — mormorò Luce con aria lugubre. Si sentiva una specie di fenomeno da baraccone e rischiava di contagiare le altre con il suo umor nero.

— Però anche tu hai le tue stranezze — disse a Hoon come se stesse cercando una compagna di stramberie. — Senti i ronzii e hai quei *clic* che ti fanno sapere cose che non sapevi di sapere.

Hoon annuì e Sid guardò Luce con aria divertita.

— Se avessi io le tue capacità, chiederei a tutte le mie avversarie di scherma di lasciarsi dare stoccata e a tutti i prof di non interrogarmi quando non sono pronta.

Messa come diceva Sid la cosa poteva sembrare interessante, tuttavia quel discorso a Luce non piaceva affatto.

— Non capisco dove tu voglia arrivare — disse a Hoon.

— Sto cercando di capire perché Megan ci abbia aggredite. Perché proprio noi? E se avesse capito per qualche motivo che abbiamo delle doti particolari?

— Ma Megan aveva dato appuntamento anche a Sid — sottolineò Luce.

— Hai notato come l'ha pestata? Non mi dirai che quello non è avere una dote particolare? — ribatté Hoon.

— Forse dipende dal fatto che mi alleno un sacco per la scherma. D'altra parte anche lì mi capitano cose strane. Ultimamente ho rotto tante di quelle armi che ho smesso di contarle. Ma non lo faccio apposta. Un po' come quando ti ho scassato la bici. Io volevo solo aiutarti a sollevarla, ma ho staccato il pedale. A proposito, scusa.

— L'ho già aggiustata! — la rassicurò Hoon.

— Però c'è un'altra cosa... Molto più importante, credo — mormorò Sid con un'inflessione lugubre nella voce.

Luce sussultò e vide che anche Hoon aveva sgranato gli occhi. Sid accarezzava il cane con un movimento ritmico. Come se la cosa servisse a tranquillizzarla.

— Ti va di parlarne? — le chiese Hoon con un sussurro.

— È cominciato tutto la notte del temporale. Dopo la prima volta che avevamo parlato della ricerca — rispose Sid. — Daimon si era messo a ringhiare contro una teca in cui mia madre conserva una pietra particolare. La chiama "la nostra ossidiana".

Hoon ascoltò attentamente il resoconto di Sid, che continuò raccontando tutto della misteriosa scomparsa del padre, di ciò che era successo quella notte, e di come avesse sentito la sua risata.

— Da allora mi capita abbastanza spesso. E non si tratta di un ricordo. Sento la sua risata come se lui fosse davvero qui, come ci siete voi. Da allora ogni volta che tocco quella pietra la sento calda, ma mia madre non si accorge di nulla.

***

Nella stanza calò un silenzio di piombo. Hoon avrebbe voluto dire qualcosa di consolatorio, ma le venne in mente il richiamo che le era sembrato di sentire quando si era bloccata al centro commerciale.

Il televisore, che non aveva mai smesso di ronzare, catturò la sua attenzione. Era spento, ma ronzava sempre più intensamente. Hoon sentì che Daimon ricominciava ad abbaiare, ma il suo latrato era lontano. Soprattutto, era sovrastato dal quel suono da incubo che la perseguitava.

Poi sentì la voce di Luce.

— Hoon, lo sento anch'io adesso. Il ronzio…

— E viene dalla tv — aggiunse Sid.

Fu allora che il televisore si accese. Sul video c'era il volto di un ragazzo che Hoon non aveva mai visto e che poteva avere qualche anno più di loro. Sentì che il cuore le batteva a mille. E le venne in mente quel suo strano sogno con la creatura alata, i papaveri e la porta d'avorio.

— Mi senti finalmente? — chiese il ragazzo che sembrava nuotare in un mare oscuro.

Hoon si sentì gelare mentre guardava lo schermo e vedeva che il telecomando era appoggiato sopra l'apparecchio.

— Mi senti? Non c'è tempo! — disse di nuovo il ragazzo dalla tv.

— Sì — annuì Hoon, anche se sospettava di stare impazzendo.

— Lui vi sta cercando. Sicuramente non siete ancora in grado di difendervi. Un tempo avete fatto una scelta. Dovete ritrovare le vostre lacrime, e in esse tutto ciò che non avete voluto perdere. I poteri di Atena, Afrodite e Artemide...

Il televisore si spense. Il ronzio era sparito.

Hoon non era più certa di nulla. Le sembrava di essere precipitata in un mondo sbagliato o nella vita di qualcun altro.

Temeva che se si fosse voltata verso il divano non ci avrebbe trovato nessuno. Invece quando lo fece vide che Luce e Sid erano lì, immobili e con espressioni inequivocabili di sconcerto.

— Avete visto anche voi? — chiese.

— Sì — risposero le altre due con un tono che tradiva il loro stato di panico. Nessuna si mosse.

Hoon provò dentro di sé tutta l'angoscia del mondo. Si sentiva impotente. Aveva paura di fare anche un solo passo. Era certa che se l'avesse fatto sarebbe successo qualcosa di irreparabile. Respirava male, le sembrava di non riuscire a far entrare abbastanza aria nei polmoni e le girava la testa. Aveva l'impressione che non ci fosse più tempo per nulla. Che il suo mondo stesse finendo. Avrebbe voluto avere attorno tutti quelli a cui voleva bene: Luce c'era e anche Sid era lì, ma non c'erano i suoi, né suo fratello.

"Non c'è più tempo" aveva detto il ragazzo della tv. E lei sentì che il suo tempo era finito. Le pareti del soggiorno cominciarono a rotearle intorno, i muri diventarono incandescenti e cominciarono a fondere. Un suono acuto le perforò il cervello. E il pavimento iniziò a squagliarsi.

Lacrime di Cristallo

Hoon non poteva e non voleva credere a quello che stava vedendo. "I pavimenti non si squagliano. La temperatura che servirebbe a farli fondere avrebbe fatto sciogliere anche me!" pensò nel tentativo di razionalizzare e di ritrovare la calma. Avrebbe voluto muoversi, ma si sentiva paralizzata. Capì che si stava facendo vincere dalla paura e tentò di sconfiggerla con la sola forza di volontà. Non servì a nulla. Allora provò a distrarre il proprio cervello. E si mise a canticchiare una canzoncina stupida.

Alla prima strofa riuscì a sollevare il piede.

Alla seconda alzò la gamba.

Alla terza riuscì a compiere quasi tutto il movimento di un passo, ma non trovò il coraggio di appoggiare il piede. Secondo quello che le dicevano gli occhi, il pavimento era una specie di gorgo incandescente. Allora li chiuse.

Con la quarta strofa e gli occhi chiusi ebbe l'impressione che tutto fosse normale. Appoggiò il piede al pavimento e sentì la solita resistenza delle mattonelle. Fece un altro passo, breve e incerto.

Tutto normale.

Smise di canticchiare e riaprì gli occhi. A quel punto il soggiorno sarebbe sembrato uguale a sempre, se non fosse stato per Sid e Luce. Sedute sul divano tenevano gli occhi fissi sul pavimento con espressione terrorizzata e i piedi sollevati da terra.

— Sid! Luce! Non sta succedendo niente. Il pavimento è normale! — le avvertì. Fu come se non avesse parlato. Sempre canticchiando, si avvicinò al divano. Voleva scrollare le altre due per farle riprendere e reagire, ma appena toccò la spalla di una e la schiena dell'altra, sentì uno spasmo attraversarle il corpo. Lo stesso dovevano aver provato loro, perché si contorsero e scattarono in piedi come marionette animate da un burattinaio incapace.

Una forza invisibile le alzò da terra. Hoon vide Sid dare un incredibile colpo di reni nel tentativo di afferrare il divano, ma l'unica cosa che ottenne fu un secondo spasmo più forte del precedente.

Luce singhiozzava, e quando Hoon si voltò a guardarla fu sconvolta nel vedere che le sue lacrime erano rossastre ed emanavano bagliori dello stesso colore.

A quel punto nemmeno lei riuscì a trattenersi. Non riuscì più a canticchiare e si mise a piangere. Non sapeva perché stesse piangendo, le sembrava che non si trattasse di un pianto normale. Di solito le lacrime erano accompagnate da sensazioni precise, che in quel momento non c'erano. Non era triste, non era dispiaciuta, non provava dolore. Solo una strana sensazione di libertà e terrore. Confusa com'era, sentiva le lacrime scivolarle sul volto, ma diversamente dal solito erano gelide. Pensò che dovessero essere viola, perché cominciò a vedere il soggiorno filtrato da una strana luce di quel colore.

Lacrime nere rigavano il volto di Sid. Irradiavano bagliori oscuri ed erano le più inquietanti. Invece di cadere verso il basso, si misero a fluttuare in una danza luminescente. Hoon si accorse che una cosa simile accadeva anche alle sue: stavano roteando in un vortice che sembrava cercare il suo centro. Lei non sapeva più cosa fare. Cercava di ragionare, ma non ci riusciva. Insomma: tre ragazze che piangono lacrime colorate mentre fluttuano nell'aria non hanno senso. I volti di Sid e Luce erano deformati dalla paura e lei stessa doveva avere un'espressione simile. Come poteva pensare in quello stato?

Luce le indicò le sue lacrime rossastre, che ondeggiavano una verso l'altra come se dovessero incontrarsi in un punto preciso. Formarono una specie di ovale. Il vortice di quelle di Hoon stava andando a comporre una sfera. Quelle di Sid stavano creando una forma indefinibile e spigolosa.

Le tre strane figure colorate si avvicinarono e cominciarono a orbitare velocissime tra bagliori sinistri. Stavano diventando opache. Sembrava si stessero addensando. Attiravano al proprio interno tutta la luce che avevano emesso.

Improvvisamente saettarono tre lampi luminosi e i tre grovigli di lacrime caddero a terra, come se fossero diventati solidi. All'impatto con il pavimento tintinnarono.

Subito dopo anche Hoon, Sid e Luce finirono sul pavimento con un tonfo. Nessuna di loro stava più piangendo. I loro occhi erano asciutti.

Hoon pensò che se sua madre fosse entrata in quel momento avrebbe visto lei e le sue amiche sdraiate per terra. Ma per il resto non avrebbe notato nulla di strano. Per un po' nessuna disse nulla. Rimasero tutte immobili con aria inebetita.

***

— Abbiamo sognato? Scommetto che quelle merendine erano scadute oppure avvelenate — disse alla fine Luce. — O qualcuno ha deciso di farci uno scherzo e ci ha iscritte a una specie di stupida candid camera, oppure...

— Oppure siamo nei guai — tagliò corto Sid.

Hoon capì che Luce stava parlando a vanvera per trovare conforto nella normalità della propria voce. Ne ebbe la prova quando l'amica si mise a cantilenare una nenia rassicurante sulla quale concentrò tutte le sue forze. Cercava di escludere quello che aveva attorno. Anche lei aveva usato lo stesso trucco poco prima, mentre cercava di muoversi.

— Ditemi che abbiamo avuto un'allucinazione collettiva! — brontolò Sid.

— Vorrei farlo, ma *quelle* dimostrano il contrario — mormorò Hoon, e le indicò le tre *cose* che si erano formate dal groviglio delle loro lacrime. Una era rossa, una nera e una viola.

— Cosa diavolo sono? — grugnì Sid.

— Sembrano cristalli colorati — osservò Hoon.

— Sono uscite dai nostri occhi! — si lamentò Luce interrompendo la sua cantilena.

— Somigliano alle pietre con cui lavora mia madre — mugugnò Sid, e si chinò per raccoglierle. — Questa nera sembra ossidiana...

Hoon cercò di trattenerla, afferrandola per la maglietta. Non che le mancasse il coraggio, ma riteneva inutile andare in cerca di guai. Avrebbe voluto capire qualcosa di più prima di toccare quelle *cose*, ma Sid si liberò dalla sua presa con uno strattone e le raccolse.

Hoon e Luce trattennero il fiato, ma non successe nulla. Sembrava proprio che le loro lacrime si fossero trasformate in pietre qualunque.

Poi Sid scattò.

— Daimon! — urlò. — Dov'è Daimon?

Sbatté le tre pietre nelle mani di Luce, che fece un balzo all'indietro per evitare di toccarle. Sid fu più decisa, la costrinse a prenderle e si fiondò fuori dalla stanza.

Hoon la seguì nel corridoio che portava in sala, nelle varie camere da letto e nel laboratorio del signor Song.

In quel momento qualcuno bussò alla porta. Hoon fece un segno a Sid come per dirle "cerca pure da sola" e andò ad aprire.

— Non ci sono terrazzi senza ringhiera o posti pericolosi per un cane, vero? — le chiese Sid dal fondo del corridoio.

— No. Vedrai che sarà in giro da qualche parte — le rispose Hoon. Poi aprì la porta e vide Dude, l'amico, o il qualcosa di più, di Sid. Come Luce aveva notato tempo prima, era decisamente carino e aveva l'aria di essere di buon umore.

— Sono Dude. Cerco Sid — disse. Poi scrutò Hoon. L'espressione allegra gli sparì dal volto. — Ma tu non sei una di quelle... — incespicò, forse cercando una parola che non suonasse troppo offensiva.

— Di quelle bertucce che hai incrociato davanti alla palestra? — lo interruppe Hoon. — Sì, io sono una di quelle, e l'altra è di là. Ma è tutto a posto adesso. Non ci metteremo a urlare, né a lanciare accuse assurde.

Dude recuperò la sua aria allegra e sfacciata. Ed esattamente con quell'espressione le puntò gli occhi addosso.

— Allora? — chiese.

— Allora cosa? — si stupì lei.

— Hai tre possibilità: mi fai entrare e mi accompagni da Sid oppure vai a chiamarla e la mandi qua. Abbiamo gli allenamenti in palestra.

— E la terza? — domandò Hoon.

— Dipenderebbe dal fatto che sei esattamente quella bertuccia della palestra: mi sbatti la porta in faccia senza tanti complimenti.

— Non tentarmi! — rise Hoon, e spalancò la porta in modo che Dude si sentisse il benvenuto.

Appena lui entrò, Sid corse verso di loro, ma appena li ebbe raggiunti curvò a razzo ed entrò in soggiorno.

— Devi aiutarmi, Luce! — intimò.

La ragazza scattò in piedi. Aveva ancora le pietre in mano. — Non trovi Daimon?

— Come, non si trova Daimon? — sobbalzò Dude, che era entrato in soggiorno dietro a Sid.

— È nella stanza di Hoon e Luce lo deve venire a chiamare. È nascosto sotto il letto e io non sono riuscita a farlo uscire — gli spiegò lei. Poi si rivolse a Luce. — Devi provarci tu. Come hai fatto prima con me. Insomma hai capito! Sbrigati! È spaventatissimo!

Sid aveva sparato a raffica più parole di quante ne pronunciasse in media in un giorno.

— Be'… io lo conosco meglio — si offrì Dude. — Se volete posso provar…

— Ti chiami Luce, tu? — sbraitò Sid nervosissima.

Dude ci rimase secco.

Prima di trascinare Luce con sé, Sid le tolse di mano le pietre e le diede a Hoon.

— Tienile tu, adesso — disse.

Hoon, vedendo Dude confuso e imbarazzato, lo fece accomodare sul divano. Mise le pietre sul tavolo in modo da averle sempre sott'occhio e gli offrì uno degli snack di Luce.

— A volte voi ragazze siete strane — provò a dire Dude nel maldestro tentativo di intavolare una banale conversazione.

— E non puoi nemmeno immaginare quanto! — ribatté Hoon. Dude si mise a ridere. Non aveva capito che non si trattava di una battuta, e proprio per questo la ragazza trovò la sua presenza tranquillizzante. I due cominciarono a chiacchierare.

Poco dopo Sid rientrò in soggiorno. Dietro di lei arrivò Luce con il bouledogue in braccio.

— C'è voluta tutta la capacità di persuasione della nostra amica — brontolò Sid.

— Sembra tranquillo e felice! — notò Dude. — La Dawson ci aspetta — aggiunse. — Se dobbiamo portare anche Daimon ci impiegheremo di più. Dobbiamo andare.

Sid fece una smorfia. Hoon capì che non aveva nessuna voglia di andarsene. Si erano incontrate per risolvere dei problemi, con il solo risultato di accumularne altri. Prese le pietre, le avvolse in un tovagliolo di carta con delle mucche gialle e lo diede a Sid.

— Secondo me puoi andare, adesso. Hai detto che tua madre lavora con pietre simili, giusto?

— Esattamente.

— Portale queste, dille che le ho ereditate o che le

abbiamo trovate nel magazzino e vogliamo sapere cosa sono. Ti va? — chiese Hoon.

— È una buona idea. Al massimo non ne caveremo nulla — rispose Sid.

Luce consegnò Daimon perfettamente calmo a Sid, che se ne andò insieme a Dude.

Quando Hoon chiuse la porta alle loro spalle, si voltò verso Luce. Le due ragazze si abbracciarono più forte che poterono.

Luce era scossa da un leggero tremito.

— Di qualsiasi cosa si tratti, l'affronteremo insieme — la rassicurò Hoon.

Gioielli

Luce aveva un solo desiderio. Dimenticare quello che era successo il giorno prima. Purtroppo Hoon non parlava d'altro e per le prime tre ore di scuola cercò di coinvolgerla con le sue strampalate ipotesi sull'accaduto. Lei sviò sempre il discorso, anche a costo di seguire attentamente le lezioni.

All'intervallo, quando la vide schizzare fuori dalla classe, si sentì sollevata. Si mise a chiacchierare con Said McCormik, un tipo che aveva sempre voglia di ridere e di scherzare, e per dieci minuti cancellò dalla sua mente gli ultimi sconvolgenti avvenimenti.

— Ho parlato con Sid — le disse Hoon quando rientrò in aula. — Passeremo la prossima ora in palestra con la sua classe, perché manca Kowalasky.

Luce si pregustava già un'ora di allegre chiacchiere,

ma fu amaramente delusa. Appena furono sole nello spogliatoio, Sid e Hoon cominciarono a parlare del giorno prima e del parco. Ma lei avrebbe voluto solo dimenticare.

— Perché non venite a mangiare a casa mia? — propose a un certo punto Sid. — Mia madre ha dato un'occhiata alle pietre. Vorrei che sentiste da lei quello che sa a riguardo.

— Io non voglio saperne niente — disse Luce avviandosi verso la palestra.

— Facciamo un patto — suggerì Hoon. — Oggi facciamo come dice Sid. Se non arriveremo a nulla, faremo come dici tu e non ci penseremo più. O andremo a farci curare!

— Giuralo! — sibilò Luce.

— Promesso — sospirò Hoon. Poi si rivolse a Sid. — Noi abbiamo ancora un'ora di matematica, ma se va bene lo stesso ti raggiungiamo dopo.

— Allora ci vediamo più tardi — disse Luce uscendo dallo spogliatoio con la scusa di fare ginnastica. Appena fu in palestra, si mise a giocare a pallavolo con i ragazzi della classe e si sentì più leggera.

***

All'uscita della scuola e all'ennesimo tentativo dell'amica di coinvolgerla nelle sue elucubrazioni, Luce esplose.

— Pietà! Basta supposizioni, basta tutto! Non sopporto di vivere guardandomi le spalle. Ho sempre paura che sul più bello spunti quella Megan per arrostirci!

— Nel caso, speriamo che ci sia anche Sid! Io non saprei sistemarla come ha fatto lei — ridacchiò Hoon.

Per raggiungere casa di Sid, le due amiche attraversarono il parco evitando accuratamente la zona dei Megaliti, e alla fine raggiunsero una villetta monopiano. In giardino Daimon stava scavando una buca. Appena le vide, si lanciò verso il cancello abbaiando un rumorosissimo benvenuto, soprattutto in direzione di Luce. Lei si abbassò e gli fece un paio di carezze. Poi sentì la voce preoccupata di Hoon: — Accidenti, guarda là!

Luce alzò la testa e si accorse che dalla finestra più vicina all'ingresso saliva un denso fumo nerastro.

— Cos'avevo detto? Non potremo mai più vivere tranquille — si lamentò, poi seguì l'amica che scavalcava l'inferriata. Corse verso la finestra con Daimon che le saltellava di fianco. Reclamava altre carezze, ma rischiava di farla inciampare. Luce vide una fiammata esplodere oltre la finestra. Si avvicinò, nonostante la cosa non le facesse affatto piacere.

Quello che vide la lasciò allibita. Sid stava davanti

ai fornelli inondati d'acqua con un secchio in mano, insieme a una signora. Entrambe ridevano senza ritegno.

— Serve aiuto? — chiese Luce affacciandosi dall'esterno della finestra.

— Aiuterebbe se vi accontentaste della pizza del take away qua di fianco — disse Sid indicando la donna che stava con lei e poi una pentola che conteneva qualcosa di definitivamente bruciato. — Mia madre ha la tendenza a dimenticare i fornelli accesi.

***

Quando furono tutte sedute a tavola, Luce apprezzò l'atmosfera allegra e disordinata della cucina di Sid. I mobili erano gialli e arancioni, come il lampadario centrale. Davanti al camino acceso c'era una cesta imbottita in cui Daimon si era messo a russare beato.

Luce fu colpita da quanto Gail Madison fosse diversa da sua madre, sempre severa e impeccabile. Tanto per cominciare la signora Madison era caotica anche nel respirare, e doveva avere un'idea tutta sua delle porzioni. Aveva ordinato tanta pizza da sfamare per mesi l'intera Rainbow Hill. Ogni volta che passava vicino a Sid le stampava un bacio in testa, sulla guancia, o sulla fronte.

La figlia l'allontanava o cercava di sfuggirle, ma più che un atteggiamento di reale fastidio sembrava un gioco. All'ennesimo assalto bacifero della madre, Sid si arrese.

— Mamma, non dovevi dire qualcosa a Hoon delle sue pietre? — disse agguantando l'ennesima porzione di "pizza con tutto".

— Giusto! Direi che sono dei cristalli, tranne quella nera che è un vetro naturale. Si chiama ossidiana e si forma con il rapido raffreddamento della lava — cominciò la signora Madison. Luce si rese conto che la sua voce aveva tremato nel pronunciare la parola "ossidiana" e collegò quel tremore al frammento di cui le aveva parlato Sid. — La pietra viola è un'ametista, cioè quarzo viola, e la terza è un misto di quarzo rosa e quarzo rosso. Per spiegarvi il processo di formazione…

— Arriva alla questione dei simboli — la interruppe Sid.

— Che simboli? — chiese Luce, e poi fece un salto. Daimon si era svegliato e, senza che lei se ne accorgesse, le si era avvicinato e le si era lanciato addosso nel tentativo di salirle in braccio.

— Se Daimon continua a starti così attaccato, credo che ti darò un pugno sul muso — grugnì Sid, prendendo in braccio il cane e riportandolo a cuccia. Un tempo Luce se la sarebbe presa a morte per una frase del genere, ma visto che adesso conosceva bene l'ormai ex Regina di Lunastorta, si mise a ridere.

— Ci stava dicendo dei simboli — intervenne Hoon.

— Sì, già! — tentennò la signora Madison come se avesse perso il filo del discorso, ma si riprese subito. — Tanto per farla breve, l'ossidiana nera è la pietra del guerriero, l'ametista viola rappresenta i poteri della mente e il quarzo rosa, che compone la maggior parte della pietra rossa anche se è meno visibile, rappresenta l'amore e il fluire delle emozioni.

Silenzio di piombo.

Luce sentì un nodo allo stomaco. Quello che aveva detto la signora Madison non le piaceva, e lo sguardo d'intesa tra Sid e Hoon le piacque ancor meno. Sembrava dividessero qualche segreto di cui lei non era a conoscenza. Nessuna delle tre aprì bocca.

Fu la signora Madison a interrompere il silenzio.

— Comunque sono pietre splendide. Se vuoi, Hoon, potrei farne qualcosa.

— In che senso? — domandò la ragazza.

— Vorrebbe trasformarle in gioielli — rispose Sid al posto della madre.

— Grandioso! La mia può diventare una collana? — chiese Luce, che solo al sentir parlare di gioielli era già su di giri.

Collane e bracciali le piacevano abbastanza da farle dimenticare le circostanze in cui erano comparse le pietre.

— La tua? Credevo fossero di Hoon… — si stupì la signora Madison.

— Infatti — fu la risposta pronta della coreana — ma per i nostri compleanni ho deciso di regalare quella rossa a Luce e quella nera a Sid.

Un'ombra di tristezza velò il volto di Gail Madison.

— L'ossidiana è adatta alla mia bambina — mormorò. — Comunque, per la collana non c'è problema. Voi due avete desideri particolari?

— Costerebbe molto farne un orecchino? — chiese Hoon e arrossì nel sentire la sonora risata della donna.

— Facciamo così — propose. — Tu hai regalato le pietre e Sid vi regalerà le montature. D'accordo?

Le ragazze annuirono e Luce si sentì in colpa. Sapeva che era assurdo, perché la storia di Hoon che regalava le pietre era una bugia inventata sul momento per evitare di dare troppe spiegazioni. Ma si sentiva ugualmente a disagio. Le sarebbe piaciuto partecipare a quello scambio improvvisato. L'atmosfera che si era creata nella caotissima cucina di Sid le dava l'impressione di una festa di compleanno anticipata.

— Allora mentre finite di mangiare, io mi metto al lavoro.

— Ma Sid non ha scelto nulla! — sottolineò Luce.

— Per me è lo stesso. Io non porto gioielli — brontolò Sid.

— A lei ci penso io! — minacciò allegramente Gail e uscì dalla cucina.

Quando furono sole, le ragazze rimasero un po' in silenzio. Luce vide che Hoon si alzava e cominciava ad ammonticchiare i contenitori vuoti delle pizze.

— Quando mette in ordine le cose vuol dire che sta pensando, il che per noi non è un buon segno. Sta per ricominciare con le sue teorie — sbuffò.

— Teorie che io condivido — le rispose Sid.

Luce sobbalzò. Tutto si sarebbe aspettata, tranne che mentre lei giocava a pallavolo Sid e Hoon avessero parlato solo di quello e che si fossero anche messe d'accordo.

— Puoi almeno accettare il fatto che le cose che ci sono successe abbiano un'origine soprannaturale? — le chiese Hoon.

— Ti credevo una persona razionale e ragionevole! — esclamò Luce.

— Proprio perché lo sono faccio delle ipotesi che possano spiegare i fatti. Non ho niente in contrario se poi troviamo altre spiegazioni, ma almeno parliamone.

— Io preferirei parlare della nostra festa. Comunque abbiamo concordato sul fatto che io so influenzare le persone, che tu sai cose che non dovresti sapere, fai ronzare e accendere i televisori e ti sintonizzi su bei ragazzi che straparlano. Sid invece fa a botte meglio di un picchiatore professionista e sente cose che non dovrebbe sentire — concesse Luce.

— Il punto è: perché? — disse Hoon con l'aria di chi ha la risposta in tasca.

Alice Lungo

Sid stava friggendo. Avrebbe voluto che Hoon arrivasse subito al punto, invece lei stava facendo in modo che Luce accettasse per gradi le loro deduzioni.

— Ti ricordi quando ci siamo trovate per la ricerca? — insistette Hoon.

— Sì, credevamo che Sid fosse antipatica — ammise Luce serafica.

Hoon arrossì violentemente e Sid alzò gli occhi al cielo.

— Be'... ma adesso è diverso, che problema c'è? — si difese Luce.

— Alludevo a un'altra cosa! Non ti ricordi che secondo certe teorie moderne ci sono molti punti di contatto tra le varie tradizioni mitologiche? E secondo un'altra teoria i vari dei erano ispirati a personaggi realmente esistiti.

Io e Sid pensiamo che siano vere entrambe — provò a spiegare Hoon.

— Allora alla prima occasione ditelo alla Johnson! — borbottò Luce.

"Tipico" pensò Sid. "Quando vuole essere dolce è dolcissima, ma quando vuol far finta di non capire, è..." Non finì il pensiero, solo perché ormai Luce le piaceva. E poi Daimon l'adorava.

— In sostanza — continuò pazientemente Hoon — noi crediamo che il cosiddetto Olimpo sia una specie di dimensione parallela veramente esistita.

— E noi cosa c'entriamo? — Luce esibì un'espressione da finta tonta che mandò in bestia Sid.

— Ma sei scema o fai finta? Non hai sentito quello che ha detto il ragazzo nella tv di Hoon?

— Ho smesso di credere a quello che dicono alla tele quando avevo due anni — s'intestardì Luce.

— A parte gli oroscopi... — la punzecchiò Hoon. — Comunque, prima di decidere se crederci o meno, ascoltaci. Il ragazzo della tv ha detto che un certo "lui" ci sta cercando, e questo spiegherebbe chi è Megan... più o meno...

— Grandioso... Da un Olimpo dimensione parallela è arrivato Mister Lanciafiamme che si diverte a vestirsi da donna — sbuffò Luce, ma poi vedendo l'occhiata impaziente tra le due amiche, fece loro cenno di continuare.

— Il ragazzo ha detto che dovevamo ritrovare le nostre lacrime. Appena prima che la tele si spegnesse stava cominciando a parlare dei poteri di Atena, Afrodite e Artemide. E guarda caso... noi abbiamo appena scoperto di avere dei poteri e abbiamo pianto lacrime che sono diventate pietre.

Sid le comunicò tutto con impeto, ma quando vide che gli occhi di Luce cominciavano a riempirsi di lacrime, normalissime lacrime calde e trasparenti, ammutolì. Non sapeva più cosa dire e fu molto grata a Hoon, che prese la parola con un tono molto meno deciso e più confidenziale del suo.

— Le pietre che abbiamo pianto simboleggiano le caratteristiche di Artemide, Afrodite e Atena. Ci hai fatto caso?

Nessuna risposta.

— Noi pensiamo di aver ricevuto i poteri delle dee dell'Olimpo e che quelle pietre ne siano i simboli — proseguì Hoon. — L'ossidiana nera è la pietra del guerriero e può essere il simbolo di Artemide, l'ametista viola raffigura i poteri della mente che sono tipici di Atena. Il tuo quarzo rappresenta l'amore e le emozioni, vale a dire... Afrodite!

— Quindi tu che hai pianto la pietra viola avresti ricevuto i poteri di Atena? Sarebbe per questo che a volte sai cose che non sapevi di sapere? — chiese Luce, asciugandosi le lacrime con il tovagliolo che le aveva passato Sid.

— L'idea è questa — concordò Hoon.

— Ed essendo Atena la dea della ragione, della sapienza e della filosofia, direi che ha scelto bene la sua erede — aggiunse Sid, e si sentì molto sollevata nel vedere che Luce aveva smesso di piangere.

— Sid ha ereditato i poteri di Artemide, la dea cacciatrice. Secondo la tradizione si circondava di cani ed è spesso raffigurata con delle armi in mano, tipo arco e frecce o lance. Sid vive in simbiosi con Daimon, ha pianto la pietra nera del guerriero e usa la sciabola, che è pur sempre un'arma. E poi con Megan ha maneggiato quel bastone come se lo facesse da sempre — proseguì Hoon.

— Quindi a me resta Afrodite, dea della bellezza e dell'amore. E la pietra dell'amore e delle emozioni. Cosa c'entra con me tutto questo? — domandò Luce.

— Strano che tu faccia questa domanda, visto che nella tua mansarda hai un'intera parete piena di specchi! — esclamò Sid, e Luce fece un sorriso triste.

— Hai più fascino tu nelle dita dei piedi che noi due

messe insieme nei giorni di festa. Tu metti amore in tutto quello che fai, piaci a tutti, e quanto alle tue emozioni… be', devo davvero spiegartelo? — insistette Hoon.

— E non dobbiamo dimenticare il fatto che siamo nate tutte lo stesso giorno. Probabilmente i poteri ci sono stati inviati quel giorno — aggiunse Sid.

Si sarebbe aspettata che Luce strepitasse che erano impazzite. Oppure che cambiasse idea e decidesse che le piaceva avere dei poteri. Invece lei si tolse una scarpa. Lentamente, come se fosse una cosa importante. Poi si tolse anche la calza e mise il piede nudo sul tavolo.

Sid e Hoon la guardarono con aria interrogativa.

— Illice lungo — spiegò Luce imbronciata indicandosi il piede.

— Illi-che? — chiese Sid sgranando tanto d'occhi, soprattutto perché sua madre era appena rientrata in cucina. Non voleva immaginare cosa stesse pensando nel vedere Luce con un piede sul tavolo e lei e Hoon che lo guardavano. Ma Gail seppe stupirla.

— Alluce, illice, trillice, pondolo e minolo — declamò.

— Come no! Anche Brontolo e Pisolo — mugugnò Sid, mentre Luce era saltata per aria appena aveva sentito la voce della signora. Stava per levare il piede dal tavolo, quando Gail la bloccò.

— Aspetta, fallo vedere anche a me!

— Ma cos'è che stiamo guardando con precisione? — domandò Hoon.

La signora Madison afferrò la caviglia di Luce e le guardò le dita dei piedi. Sid dubitò che alla madre avesse dato di volta il cervello.

— Alluce, illice, trillice, pondolo e minolo! Sarebbero i nomi delle dita dei piedi. Luce ha il secondo dito più lungo del primo. Dicono che sia una caratteristica delle donne bellissime, e infatti lo chiamano dito di Venere — spiegò compiaciuta la signora Madison.

— Cioè di Afrodite — sospirò Luce, molto meno compiaciuta.

Preparativi

Quando la signora Madison le consegnò l'orecchino, Hoon sgranò i suoi intensissimi occhi blu. Era bellissimo. Lo stesso ammirato stupore suscitarono la collana di Luce e il portachiavi di Sid.

— Questi gioielli sono uno più bello dell'altro! — esclamò Luce. — Posso dirle che è bravissima, signora?

— Puoi, però chiamami Gail — sorrise la madre di Sid. — Adesso io torno al lavoro, ma sappiate che ogni volta che avrete voglia di fermarvi con noi, sarete le benvenute.

E sparì di nuovo.

Hoon provò a maneggiare la sua ametista, aspettandosi che succedesse qualcosa, ma non accadde proprio nulla.

— Visto? — commentò Luce piuttosto soddisfatta

indossando la sua collana. — Aveva ragione Sid quando ha parlato di allucinazione collettiva.

— Vuoi dire che dobbiamo rispiegarti tutto da capo? — le chiese Hoon mentre si metteva l'orecchino.

— No, grazie! Rispondete solo a una mia domanda — ribatté Luce, che improvvisamente sembrava allegra. — Facciamo finta per un attimo che non ci sia una contraddizione nel fatto che *lui* ci cerca ma *lei* ci attacca. E supponiamo che io vi dia ragione. Anzi vi do proprio ragione. Cosa dovremmo fare?

Silenzio.

Per un attimo Hoon guardò Sid, sperando che avesse una risposta. Ma la risposta non venne.

— Bene! — esclamò Luce pienamente soddisfatta. — Allora possiamo parlare della nostra festa.

A quel punto né Sid né Hoon poterono dissentire.

Per la prima volta da quando avevano scoperto di non detestarsi affatto, le tre ragazze passarono un pomeriggio normale. Riesaminarono la lista degli invitati, aggiunsero Dude e qualche compagno di Sid, discussero sugli abiti da mettersi e concordarono sul fatto che tutte e tre avrebbero indossato i loro particolarissimi nuovi gioielli. Trascorsero un'oretta a giocare con Daimon in giardino e decisero che si sarebbero trovate ben prima della festa per prepararsi tutte insieme.

Secondo la teoria di Luce, se i preparativi erano fatti come si deve, entravano a pieno diritto a fare parte della festa vera e propria.

***

Quando il fatidico giorno del triplice compleanno Hoon e Sid entrarono nella mansarda di Luce, la trovarono trasformata. Le persiane erano chiuse, il tavolo era spostato. Sopra c'era un impianto di luci colorate, circondato da snack, patatine, bibite e cd a volontà. Lo stereo era acceso a volume sparato. Davanti alla parete a specchio c'era un attaccapanni mobile, carico di grucce con vestiti e accessori. Il tapis roulant era diventato un portatutto: phon, lucidalabbra, spazzole, pettini, gel, ombretti e mascara facevano bella mostra di sé sulla base dell'attrezzo.

— Sembra di essere già al Punching Star! — esclamò Hoon profondamente compiaciuta. Resistere alla voglia di festeggiare di Luce era impossibile. — Non è che ci hai fatto qualche scherzo dei tuoi e ci hai ordinato di pensare solo alla festa e a nient'altro? — le chiese.

Luce rise. — Peccato che non mi sia venuto in mente ieri! Vi avrei impedito di farmi deprimere con le vostre teorie.

Mentre Hoon e Sid appoggiavano zaino e borsone,

lei tirò fuori due pacchetti regalo dal mobile in fondo alla mansarda.

— Tanti auguri! — urlò, lanciandoli alle loro legittime proprietarie, che li presero al volo.

— Io non vi ho portato nessun regalo! — si scusò Sid.

— I tuoi li indossiamo già — commentò Hoon indicando l'orecchino con l'ametista. — Sono io che non vi ho portato niente. Per cui la prossima volta che passerete al Dream's Emporium sceglierete il vostro regalo dagli scaffali.

Poi aprì il suo pacchetto. Quando vide quello che conteneva restò senza fiato.

— Ma... ma... ma... — balbettò. — È il Mercur 3000... Doveva essere tuo!

Luce scosse la testa.

— È troppo complicato da usare. Mia madre mi ha restituito il mio cellulare in anticipo. Questo è meglio che lo abbia tu.

Mentre abbracciava l'amica, Hoon sentì il "nooo!" di sorpresa di Sid. Si voltò a guardarla e la vide con gli occhi fissi su un collare con un pendente su cui era stampata la lettera "D".

— Non è esattamente per te, ma spero che ti piaccia lo stesso — squillò Luce.

— L'avevo capito — brontolò Sid. Era visibilmente contenta, ma riuscì solo a grugnire: — A Daimon piacerà di sicuro.

Guardando Luce al settimo cielo per il successo riscosso dai suoi regali, Hoon ebbe l'impressione di vivere una doppia vita o di essere due persone. Una era quella che aveva visto il suo pavimento sciogliersi e aveva pianto pietre. L'altra era quella che si divertiva con le amiche, che non pensava ad altro che alla sua imminente festa di compleanno e che si stava scolando una lattina di aranciata. Non ebbe il tempo di riflettere su quell'idea, perché Luce la coinvolse nella scelta del vestito. Sid aveva già addosso i suoi jeans preferiti, aveva attaccato il portachiavi con l'ossidiana a uno dei passanti e si rifiutava di cambiarsi.

Dopo due ore di prove, abbinamenti e modifiche, erano tutte pronte. Hoon aveva tenuto il suo vestito con i tasconi, ma l'aveva completato con una cintura di Luce, che si era guadagnata il titolo di hair stylist del gruppo occupandosi delle pettinature di tutte. Alla fine anche Sid si era lasciata coinvolgere nello scambio degli abiti. Si era messa una maglietta nera di Hoon e a lei aveva dato una sciarpa.

Stavano per uscire, quando Luce cominciò a sostenere che le scarpe non si intonavano perfettamente al suo vestito. Hoon si rifiutò di prendere di nuovo in esame tutte le alternative, afferrò il Mercur 3000 e spinse le amiche fuori dalla mansarda. Scesero la scala a chiocciola e salutarono i signori Grimaldi. Il padre di Luce si illuminò appena la vide.

— Troverai il tuo regalo alla festa — le disse facendole una carezza e stando attento a non rovinarle i capelli. — Vuoi che vi faccia accompagnare in macchina da Daniel?

— Possono andare a piedi — intervenne Eloisa Grimaldi, che stava scrutando Luce come se fosse a caccia di difetti. — Potevi metterti la camicetta verde. Questa non ti sta bene.

Hoon sapeva che la madre di Luce era severa, ma quel commento, fatto addirittura in pubblico, le sembrò davvero troppo.

Esauriti i convenevoli di rito, le tre amiche si lanciarono in strada per raggiungere il Punching Star, dove Hoon si aspettava di passare una serata storica. A metà del Ponte Taruk sentì che il cuore le batteva a mille. Ebbe l'impressione che il ponte dondolasse e che il suo battito cardiaco accelerasse. Si fermò per un attimo, si appoggiò alla transenna ed ebbe paura di essere sul punto di cadere in acqua. Si aggrappò ancora più forte, ma l'impressione che tutto vacillasse non passava. Chiuse gli occhi per ritrovare l'equilibrio, ma non servì a nulla. Nonostante l'aria tiepida, aveva i brividi. L'ametista attaccata all'orecchino le sembrava rovente. E come le era successo prima di piangere la pietra, ebbe la sensazione di non poter respirare.

— Cos'hai, Hoon? — le stava chiedendo Luce, ma la sua voce arrivava da lontano.

clic

— Sta per succedere qualcosa — biascicò a fatica.

— Via da qua! Via! — sentì urlare a Sid.

Fece uno sforzo per aprire gli occhi. Quando ci riuscì, vide la figura di Megan che si stagliava contro il cielo. E si stava avvicinando.

sul Ponte Taruk

Megan era comparsa improvvisamente sul ponte, a un centinaio di metri da loro. Poco prima che apparisse, Hoon si era irrigidita e non si era più mossa. Sid cercava di scuoterla, ma lei si teneva aggrappata alla transenna come se fosse la sua unica salvezza. Rendendosi conto che la fuga era impossibile, Luce fu travolta da un'ondata di panico.

— Falla andar via! — le urlò Sid, mentre cercava di risvegliare Hoon dal suo stato di torpore.

— E come dovrei fare, secondo te?

— Come hai fatto con noi a casa di Hoon. Ordinaglielo! Almeno provaci!

Luce capì a cosa alludeva. Fissò Megan che si avvicinava lentamente, come se fosse una qualunque passante che doveva attraversare il ponte. Istintivamente portò la mano sulla pietra rossa che pendeva dalla collana.

— Vattene — sussurrò sbattendo le ciglia.

Megan continuò ad avanzare.

— Vattene — disse con più grinta e continuando a sbattere le ciglia.

Megan non si fermò.

— Vattene! — urlò Luce con tutto il fiato che aveva in corpo.

Megan continuò a camminare verso di loro. Ormai era abbastanza vicina perché Luce notasse quello che portava al dito. Un anello sul quale brillava una pietra rossa, anche se di tonalità completamente diversa dalla sua. Sapeva che quel dettaglio avrebbe dovuto dirle qualcosa, ma era più preoccupata del fatto che il suo presunto potere non aveva avuto la minima presa sulla loro nemica. Eppure con Sid e Hana Song aveva funzionato... Non aveva ancora finito di formulare questo pensiero che si voltò verso Hoon.

— Svegliati! — mormorò sbattendo di nuovo le ciglia.

La vide scuotersi come se si fosse resa conto solo in quel momento della sua presenza. Avrebbe voluto abbracciarla, ma Sid non gliene diede il tempo.

— Via di qui! — urlò.

Corsero tutte insieme nella direzione dalla quale erano

venute, senza voltarsi indietro. Avevano percorso pochi metri quando videro un flash di luce rossastra balenare davanti a loro. All'interno del lampo si materializzò Megan. Passò una mano sull'anello. La pietra sprigionò farfalle di fuoco che si tramutarono in fiammate e saettarono verso di loro. Esattamente come era successo al parco.

Le ragazze fecero dietrofront e ricominciarono a correre. Luce, l'ultima della fila, si sentì investire da un'ondata di calore velenoso. E dopo il calore arrivarono le fiamme che l'avvolsero.

Si mise a correre ancora più velocemente, come se potesse davvero sfuggire al fuoco che aveva addosso. Era una follia e lei se ne rendeva conto. Ma ancora più folle le sembrò il fatto che quel fuoco non le stesse divorando gli abiti e la carne. Le vampe la indebolivano come se le stessero succhiando via l'energia vitale. La vista le si stava offuscando. I pensieri rallentavano, muoversi diventava difficile e nel giro di pochi passi non si sentiva più in grado di proseguire. Oltre la cortina fiammeggiante che l'avvolgeva, intravide Hoon che veniva a sua volta colpita e inciampava avvolta dal fuoco. Sid le finì addosso.

— Dobbiamo buttarci! — urlò.

Luce non si mosse. Era un salto di cinquanta metri. Sid schivò la terza fiammata e si arrampicò sulla transenna. Le tese la mano e l'aiutò a salire, mentre Hoon lo faceva da sola con i movimenti rallentati dal malefico fuoco di Megan.

In piedi sulla barriera e avvolta da quelle fiamme assurde, Luce sentì Sid che la prendeva per mano. E che con un violento strattone la trascinò nel salto.

Stava precipitando. Luce vide a malapena le acque del Potamok che si avvicinavano. L'impatto con la superficie sarebbe stato terribile. Poi la paura la invase, più acuta di quanto non fosse stata fino a quel momento. E istintivamente portò la mano alla pietra.

Ci fu un bagliore.

— Le pietre! — urlò.

Un bagliore rosso e benigno.

— Toccate le pietre! — urlò di nuovo.

L'impatto con l'acqua non fu violento. Il Potamok scomparve. Luce continuò a precipitare. Cadde per un tempo infinito, vide albe e tramonti, montagne sconosciute e mari profondi, sentì grida di dolore e risate folli, profumo di fiori e odori putridi. Ma l'unica cosa che le sembrava certa e reale era la stretta della mano di Sid che stringeva la sua. Poi smise di precipitare.

Era in piedi in mezzo a una piana rocciosa che sembrava di seta. Ogni roccia era percorsa da striature che andavano dal marrone scuro al rosso, al rosa. L'alternarsi dei colori era incredibile. Ovunque si innalzavano camini di pietra che sembravano voler toccare il cielo. La piana era circondata da colline dello stesso colore della roccia, punteggiate da alberi e fiumi. Le sue amiche erano lì.

— Dove diavolo siamo? — chiese Sid.

— Su una piana rocciosa — rispose Hoon.

— Questo lo vedo anch'io!

— Ci sei, Luce?

— Sì, sto bene.

La ragazza si guardò in giro. Si rasserenò vedendo che nessuna di loro era più avvolta dal fuoco. Una strana e inaspettata sensazione la invase.

— Non so perché, ma sono felice di essere qua.

— Forse perché l'alternativa era essere arrostita sul Ponte Taruk — ridacchiò Hoon, che a sua volta si stava guardando in giro.

Luce stava incredibilmente bene. Si trovava sotto il cielo più straordinario che avesse mai visto. Non era azzurro ma color porpora. Solo la gigantesca crepa luminosa che attraversava la volta purpurea era azzurra e limpida, dai confini spigolosi.

Loro si trovavano sotto la crepa e la luce che da essa proveniva le investiva di un tiepido calore.

Luce ebbe l'impressione di aver fatto qualcosa di giusto e grande un tempo, come se quello squarcio nel cielo in qualche modo fosse opera sua.

— Benvenute sull'Olimpo — risuonò la voce di Megan.

***

La loro persecutrice apparve oltre la prima serie di camini circondata da un nugolo di esseri mostruosi, un incrocio tra uccelli e cani. Avanzavano verso di loro e latravano inferociti, mostrando denti giallastri e acuminati. Avevano la pelle cadente e grinzosa, e artigli affilati. Negli occhi malevoli splendevano pupille da rettile.

Megan alzò un braccio e indicò le tre ragazze ai suoi orrendi servi.

— A voi, miei fedeli Ornix! — urlò.

Luce pensò che se non avesse fatto qualcosa, sarebbe caduta per prima.

l'Olimpo

Da quando era arrivata lì, Sid si sentiva forte e decisa. Non indietreggiò di un passo quando vide Megan che indicava lei e le due amiche alle sue creature.

— Scappiamo! — sentì gridare a Luce, ma la ignorò. L'istinto le diceva il contrario.

Vide due Ornix che correvano verso Luce che retrocedeva. Hoon non rientrava nel suo campo visivo. Sid si guardò intorno per cercare qualcosa con cui combattere, ma non trovò niente di adatto. Intanto aveva afferrato il portachiavi e l'aveva staccato dal passante dei jeans. Si accorse che le bestiacce avevano quasi raggiunto Luce e strinse la pietra. L'ossidiana si fece incandescente ed esplose in mille frammenti che si andarono a ricomporre in una lancia. Istintivamente Sid la scagliò contro le bestie nel momento esatto in cui spiccavano il salto per avventarsi su Luce e le trafisse entrambe. Adesso era disarmata.

— Prendimi la lancia! — gridò a Luce che continuava ad arretrare.

Corse verso le creature trafitte, mentre altre due avanzavano rapidamente verso di lei. Non sarebbe mai riuscita a recuperare la lancia prima che la raggiungessero. Ma doveva almeno provarci. Avrebbe sempre potuto combattere a mani nude.

Continuò a correre. Era a pochi passi dalla sua arma quando uno degli Ornix spiccò un salto. Stava per artigliarle il volto, quando un fulmine lo colpì. Con un rantolo gorgogliante cadde. Un secondo fulmine colpì l'altra creatura. Sid sentì echeggiare il grido disumano di Megan e alzò la testa, mentre recuperava la lancia. In cielo nemmeno la più piccola nuvola. Una pioggia di folgori si rovesciò sulle bestiacce, abbattendole una per volta. Sid guardò dietro di sé.

Vide Hoon completamente trasfigurata. E capì il significato della parola "glaucopide". Gli spettacolari occhi blu di Hoon splendevano sempre, ma in quel momento erano accesi di una potente luce violacea. Nello stesso modo splendeva l'ametista del suo orecchino. Lei era in piedi con le braccia alzate e un'espressione impenetrabile. Evocava i fulmini e li mandava a schiantarsi contro quei maledetti uccelli-cane o qualunque cosa fossero i suoi aggressori.

— Brava Hoon! Tu pensa alle bestiacce! Io mi occupo di Megan… — gridò Sid, ma si accorse che la sua nemica la stava fissando e aveva ricominciato a giocherellare con le sue farfalle di fuoco.

— Sono qua, cacciatrice! — la schernì la rivale.

Gli schianti delle folgori evocate da Hoon, che riempivano l'aria, le diedero sicurezza. Sid scagliò la sua lancia contro Megan che nello stesso momento le lanciò una delle sue fiammate. Il fuoco malefico fu più veloce. Sid non ebbe il tempo di schivarlo e fu travolta in pieno. Megan evitò la lancia e assorbì con l'anello il fulmine indirizzato a lei.

— La pietra! — sentì urlare a Luce. — Dobbiamo levarle l'anello!

Sid fece qualche passo verso la sua assalitrice, ma il fuoco malefico che l'avvolgeva le stava portando via le forze. Non capiva perché lei resistesse così poco, quando Luce e Hoon sul ponte avevano sopportato quelle fiamme molto più a lungo. Si accasciò a terra. Poi capì. In fondo, sul ponte le loro pietre erano rimaste pietre. In quel mondo, invece, tutto ciò che era soprannaturale era in qualche modo amplificato. Non solo i loro poteri, ma anche quelli dei loro nemici.

Avrebbe voluto dirlo alle altre, ma non aveva la forza di parlare. E chiuse gli occhi. Sapeva che intorno stava succedendo l'inverosimile, ma non era più in grado di seguirlo. L'ultima cosa che sentì fu la voce di Megan, che a quel punto doveva esserle arrivata vicino.

— Il Signore del Tempio ti aspetta — la sentì dire.

Pensò che forse era arrivato il momento di raggiungere suo padre. Fu un'idea confortante. E anche l'ultima.

la Sparti

Mentre Hoon attaccava Megan con le sue folgori e schivava le sue fiammate, Luce vide Sid cadere a terra avvolta dal fuoco. Trovò il coraggio di fermarsi e tornò indietro. Raccolse la sua lancia e gliela portò. Troppo tardi...

Nel suo bozzolo fiammeggiante Sid era silente e immobile, con gli occhi chiusi e uno strano sorriso sul volto.

Luce non poteva tollerare di veder soffrire le persone che amava. Non poteva sopportarne il dolore. Poco tempo prima avrebbe preso a calci Lunastorta con tutto il piacere del mondo, ma ora era diverso. Ora erano amiche. Sapeva cosa Sid nascondeva dietro i suoi mugugni, la sua voce roca e il suo atteggiamento burbero. Avrebbe voluto poter fare qualcosa per lei, ma non era in grado di fare un bel niente. Non aveva voluto credere di avere ereditato le doti soprannaturali di una dea, ma a quel punto avrebbe voluto solo avere dei poteri che le permettessero di aiutare Sid e Hoon. Ma le erano capitati la pietra dei sentimenti e i poteri della dea dell'amore... un bel cumulo di robaccia inutile.

Le uniche cose che sentiva erano la propria inutilità e il dolore per lo stato di Sid, avvolta dal fuoco e incosciente. Che senso aveva poter influenzare le persone, ma non i propri nemici? Sid aveva combattuto ed era caduta, Hoon aveva steso tutti gli Ornix e adesso stava tempestando di fulmini Megan, anche se quella maledetta riusciva ad assorbirli con il suo anello. Luce non poteva fare nulla. Abbracciò forte Sid e la strinse a sé, sfidando il fuoco. La sua idea era quella di soffocare le fiamme, la sua paura era che il fuoco attaccasse anche lei. Successe invece qualcosa di completamente diverso.

A contatto con il fuoco, Luce ne sentì il segreto e se ne impossessò. Stranamente non ebbe paura.

Si voltò: nonostante la tempesta di fulmini che aveva evocato, anche Hoon ormai giaceva a terra immobile e circondata dal malvagio rogo come Sid. Megan la guardava sorridendo. La sua voce risuonò nella mente di Luce.

— Siamo una cosa sola, adesso. Il Signore del Tempio ci attende.

Luce era confusa. Vide se stessa attraverso gli occhi della sua nemica. Nemica? Chi era la sua nemica? Non lo sapeva più. Una delle ragazze avvolte dalle fiamme o quella in piedi che la guardava sorridendo?

La sua mente era vuota.

— Portiamole al Tempio, portiamole al Dodekatheon — le disse la ragazza con l'anello al dito mentre le si avvicinava.

Luce sapeva di dover attaccare, ma non sapeva chi. Sapeva di poter dominare il fuoco, ma non sapeva contro chi usarlo. Era vicina a una ragazza stesa a terra avvolta dalle fiamme. Era stata lei a ridurla così? Non era possibile… non poteva essere… non era da lei fare cose del genere.

Si alzò di scatto indietreggiando, cercando di allontanarsi dalla ragazza con l'anello.

— Fermati – le intimò quella con un' espressione gelida.

Cercando di capire, Luce continuò a indietreggiare. Vide la ragazza in piedi sfiorare l'anello e creare farfalle di fuoco. Le farfalle vorticarono per un attimo in una danza spettrale, si tramutarono in fiammate e saettarono verso di lei. Ma lei ormai ne conosceva il segreto. Alzò un braccio, mosse la mano come in una danza e il fuoco le obbedì. La fiammata cambiò traiettoria e tornò indietro verso la sua assalitrice. Travolgendola. A quel punto, Luce seppe di nuovo chi era.

Approfittò del vantaggio per far svanire le vampe maligne che circondavano Sid e Hoon. Si concentrò di nuovo su Megan che stava usando l'anello per riassorbire le fiamme che l'avvolgevano. Luce le si buttò addosso per prenderglielo o almeno per impedirle di usarlo. Se ne pentì immediatamente. Non era certo portata per il corpo a corpo. Ricevette un violento colpo allo stomaco e finì a terra. L'impatto col terreno le fece vedere nero per qualche secondo. Quando riaprì gli occhi Megan le arrivò addosso e le strinse le mani attorno alla gola. Luce le afferrò l'anello ed evocò il fuoco che le travolse entrambe. Divampando più potente che mai.

***

Sid era finalmente libera dalle fiamme maledette che l'avevano privata delle forze e della capacità di agire. Vide un gigantesco turbine di fuoco che diventava sempre più alto e che vorticava velocissimo. Al suo interno Luce e Megan erano a malapena distinguibili. La sua amica si teneva aggrappata alla mano della rivale, ma lei non capiva perché. Hoon le si avvicinò.

— Come facciamo a colpire Megan, senza far male anche a Luce? — chiese concitata.

Sid non le rispose e raccolse la lancia.

— Non puoi usarla. Rischi di... — insistette Hoon spaventata.

Sid le fece cenno di tacere e rimase immobile con gli occhi puntati su Megan. Non pensava, non parlava, non provava nulla. Sentiva la lancia come se fosse parte di lei. Istinto e decisione si fusero in una rapidissima sequenza di gesti. Sid prese una breve rincorsa, valutò i movimenti delle fiamme e lanciò. Vittoria e sconfitta si decidono in un istante. E in quell'istante la posta in gioco non era una gara. Ma la vita di Luce.

il Nome Dimenticato

Hoon vide la lancia trafiggere Megan, le fiamme svanire e Luce cadere a terra. Vide Megan contorcersi, squassata da strani spasmi, vorticare su se stessa ed esplodere in una spirale di terra, che dopo pochi giri crollò al suolo. Hoon abbassò lo sguardo. Della loro rivale non restava altro che un mucchio di polvere che aveva preso vita chissà come e un anello con una pietra rossastra.

Sid riprese in mano la lancia d'ossidiana, che esplose in mille frammenti e si ricompose nella pietra che pendeva dal portachiavi. Aiutò Luce a rialzarsi e Hoon le raggiunse. Si abbracciarono e rimasero così per un pezzo, nel silenzio della piana rocciosa. Poi si sciolsero dall'abbraccio e cominciarono a parlare sottovoce, come se temessero che un tono troppo alto potesse far rinascere la loro nemica. Alla fine Hoon cercò di mettere insieme tutti i dati in un'unica teoria sensata.

— Ci troviamo sull'Olimpo perché abbiamo ereditato i poteri delle dee. Questo famigerato Signore del Tempio li vuole e ha mandato Megan per prenderceli. Però qui siamo più forti che sulla Terra: Sid può usare la sua pietra come un'arma, io richiamo i fulmini e Luce può impossessarsi dei poteri dei nemici, anche se facendolo rischia di diventarne la schiava. Giusto?

— Può darsi, ma io voglio tornare a casa — si lamentò Luce.

Sid indicò l'anello a terra.

— Di quello cosa ne facciamo? — chiese.

— Io non lo prendo! — esclamò Luce con decisione. — Non mi è piaciuto non sapere chi ero, e non voglio che capiti di nuovo. Mi bastano i poteri che ho.

— Poteri? — ghignò Sid. — Quali poteri? Non era un'allucinazione collettiva?

Luce diede un'amichevole spinta a Sid, che le sorrise.

E poi successe.

Hoon sentì il ronzio e si guardò intorno esterrefatta.

— Lo sentite anche voi? — chiese. Le altre due annuirono. Era ben poco probabile che da quelle parti fosse sbucato un televisore da cinquanta pollici, ma da come andavano le cose negli ultimi tempi, non se ne sarebbero stupite più di tanto. Poi Hoon capì da dove veniva il ronzio. Dal Mercur 3000 che aveva in tasca. Lo prese.

Sullo schermo c'era il volto del ragazzo che avevano visto il giorno in cui avevano pianto le loro pietre.

— Siete qua, vero? Siete sull'Olimpo? — chiese lui.

— Immagino di sì! — rispose Hoon, facendo cenno a Sid e Luce di avvicinarsi in modo che anche loro potessero vedere. Poi sentì che il cuore cominciava a batterle più in fretta.

— Avete ricordato qualcosa? — domandò di nuovo il ragazzo.

— Ricordato? — grugnì Sid. — Cosa diavolo avremmo dovuto ricordare? Per ora abbiamo solo capito di aver ereditato i poteri di Atena, Afrodite e Artemide.

Il ragazzo si lasciò andare a un sorriso dolce e triste.

— Voi non avete ereditato i poteri delle dee — sussurrò.

Silenzio.

— Voi *siete* le dee — concluse lo sconosciuto.

Un altro silenzio.

Più lungo del precedente e carico di stupore, interrogativi e incredulità. Dentro di sé Hoon sentì di averlo sempre saputo e di non averlo voluto accettare. Il cuore le batteva a un ritmo forsennato.

— Figuriamoci! — sbottò Luce.

— Ho poco tempo e troppe cose da dirvi. Ricordate la Fiamma d'Oro del Dodekatheon? — chiese di rimando il ragazzo.

— No — grugnì Sid.

— Il Dodekatheon è un tempio… — mormorò Luce. — Ma la Fiamma?

— È il centro vitale dell'Olimpo. Ciclicamente veniva ravvivata dall'energia congiunta dei dodici dei superiori riuniti per permettere a questo mondo di continuare a esistere. Ma prima dell'ultima cerimonia di rinnovamento Ares ha sferrato il suo attacco. Ha combattuto gli altri dei, li ha sconfitti uno per uno, li ha trascinati nel Dodekatheon e li ha trasformati in statue di pietra.

— Ares! Allora è Ares il Signore del Tempio! — lo interruppe Luce. — Lo sapevo che era un…

— Vuoi farlo continuare? — mugugnò Sid.

Hoon non riusciva a parlare. Ascoltava attentamente, ipnotizzata dal volto del ragazzo. Le sembrava di conoscerlo da sempre. Ma a parte quando le aveva parlato dalla tv, non l'aveva mai visto. Ascoltava quello che diceva e allo stesso tempo si lasciava cullare dalla sua voce.

— Ares ha bisogno anche dei vostri poteri per dominare completamente la Fiamma d'Oro e questo mondo.

E continuerà a perseguitarvi finché non vi avrà ridotte come gli altri dei.

— Che bella prospettiva — si lamentò Luce.

— Sai cos'è questo? — chiese Sid. Aveva preso l'anello di Megan e lo agitava davanti allo schermo del Mercur 3000.

— Su ciascuno degli dei pietrificati brilla la pietra del loro potere. Quella è la corniola di Efesto. Come l'avete avuta?

Hoon si accorse che Luce e Sid non rispondevano, come se si aspettassero che lo facesse lei. Ma visto che non apriva bocca, presero la parola. Interrompendosi e battibeccando, raccontarono tutto quello che era successo.

Hoon continuava ad avere il battito accelerato. Avrebbe voluto dire qualcosa, ma si sentiva confusa. Aveva le labbra intorpidite e non riusciva a levare gli occhi dallo schermo. Si sentiva commossa, ma non sapeva perché.

— Tu però non ci hai ancora detto perché noi dovremmo essere le dee. E cerca di essere convincente, perché non ho affatto voglia di crederti! — concluse Luce.

— Mentre Ares combatteva gli altri dei, voi avete tentato di contrastarlo.

— Non esattamente noi, immagino — brontolò Sid.

— Proprio voi. Voi dee. Afrodite è persino riuscita a trasformare la Sinfalide in una zona in cui Ares non potesse entrare. Spero che siate lì, adesso.

— Ci troviamo sotto una specie di squarcio luminoso nel cielo — mormorò Luce.

— Allora sì. È opera tua, Afrodite.

— Preferirei che mi chiamassi Luce.

— Arriviamo al punto — asserì Sid, mentre Hoon continuava a tacere fissando lo schermo. Si lasciò annegare nella voce del ragazzo, ascoltandone il suono, e perse il filo del discorso. Poi si scosse cercando di recuperarne le parole.

— La vostra sconfitta era vicina. Non avevate scampo né possibilità di salvezza. E sei stata tu, Atena, a trovare un'alternativa.

Hoon rabbrividì. Anche per lei era strano sentirsi chiamare con il nome della dea, ma l'emozione nel sentire quella voce calda e profonda che lo pronunciava fu devastante. Le fece bruciare il cuore e la pelle. Le tolse il respiro. Le fece venir voglia di fuggire e allo stesso tempo di non muoversi mai più da lì.

— Avete bevuto l'Anambrosia, avete rinunciato alla vostra immortalità per rinascere come mortali sulla Terra — continuò il ragazzo in un sussurro.

— Siamo fuggite… morendo? — ribatté Sid.

— Non mi pare che siamo delle mummie — s'indispettì Luce.

— Avete solo deciso di rinascere sotto una forma diversa da quella che vi apparteneva — spiegò il ragazzo.

— Ecco perché siamo nate tutte nello stesso giorno! Lo sapevo che il nostro compleanno comune era un segno del destino — concluse Luce.

Poi tutte tacquero. Ci voleva tempo per capire, per capire davvero quello che avevano appena saputo. Come le sue amiche, Hoon scopriva di essere diversa, un'altra persona rispetto a quella che era sempre stata.

Infine anche lei riuscì a parlare.

— Chi sei tu? — chiese al ragazzo con un tremito nella voce.

— Atena… — mormorò lui chiudendo gli occhi.

— Perché sai tutto questo? Chi sei? — ripeté lei.

— Non lo sai? Non ricordi il mio nome?

— Mi dispiace — si scusò Hoon.

— Trova tu un nuovo nome per me.

— Allora… Jared — sussurrò la ragazza con il cuore che stava per esploderle in petto.

— Non vorrei intromettermi — si intromise Luce — ma abbiamo ancora parecchie domande. Puoi provare quello che dici? C'è un modo con il quale potremmo ricordarci del nostro passato? E che poteri hai per comunicare con noi? Dove sei? E dov'è Ares? Cosa fa? Come torniamo a casa, sempre che ci possiamo tornare? E cosa dovremmo fare, adesso?

Mentre Luce sparava domande a raffica, a Hoon venne in mente una meravigliosa creatura alata che sbattendo le ali senza far rumore usciva da una gigantesca porta d'avorio con un enorme mazzo di papaveri rossi tra le braccia. E ricordò di averla vista in sogno.

— Custodite le vostre pietre e non perdetele mai di vista. Difendetele a ogni costo. Portate con voi la corniola di Efesto e mettetela al sicuro — stava dicendo lui dallo schermo.

— Tu sapevi che avremmo pianto le pietre dei nostri poteri. Sapevi che prima o poi sarebbe successo — sussurrò Hoon.

— Hai voluto che restassi qui perché io potessi ricordare per voi. Per aiutarvi quando sareste tornate. Non è andata come avevi previsto, ma alcuni dei vostri ricordi sono salvi. Il più importante è nascosto nello Specchio di Afrodite. Lo troverete in fondo al Lago delle Nereidi. Saprete tutto, e come io…

Lo schermo del Mercur 3000 tornò nero e Hoon si sentì infinitamente triste.

— Come tu abbia la tendenza a sparire sul più bello! — si seccò Luce.

— Secondo voi dovremmo credergli? — chiese Sid.

— Perché avrebbe dovuto mentirci? — disse Luce.

Hoon non riusciva a rispondere, ma Sid s'impuntò.

— Tu ti fidi, Hoon? — le domandò.

— Ciecamente — rispose lei.

— Ti è così facile accettare di essere stata una dea vigliacca che è fuggita quando le cose si son messe male? — brontolò Sid, infilandosi in tasca l'anello con la pietra di Efesto.

— Ne sappiamo troppo poco per tirare conclusioni del genere — ribatté Hoon. — Dobbiamo trovare quello specchio!

la Maschera d'Oro

— Certo che quel Jared poteva degnarsi di considerare anche me! — stava lamentandosi Luce.

— Ma se non hai fatto altro che tempestarlo di domande! — reagì Sid.

— Già, ma lui ha risposto solo a Hoon. Oppure ci ha detto come tornare a casa e io mi sono persa qualcosa?

— Quando precipitavamo dal ponte, sei stata tu a dirci di toccare le pietre. Noi l'abbiamo fatto e siamo arrivate qua. Probabilmente basterà rifare la stessa cosa — rispose Hoon.

— Sarebbe a dire che le pietre conoscono i nostri poteri anche meglio di noi... È fantastico! Ti dicono che sei la reincarnazione di una dea, ma in fondo sei più cretina di un sasso. Veramente fantastico — ricominciò a lamentarsi Luce. E continuò a farlo, per cui Sid smise di ascoltarla. Non le piaceva affatto la storia che aveva raccontato Jared della fuga delle dee. Della loro fuga. Intanto si guardava attorno come se stesse cercando qualcosa e ripensava a quello che era successo. Come probabilmente stava facendo anche Hoon. A Sid tornò in mente l'immagine di lei che evocava la potenza dei fulmini.

— Sai che nella tua versione di Atena spara-lampi eri bellissima? — le disse.

— Grazie — mormorò Hoon. — È stata una sensazione incredibile.

— Proviamo a tornare a casa? — chiese Luce.

Nessuno le rispose.

— Ragazze, sapete che potrei obbligarvi a provarci — insistette lei.

— Ti ricordi quando non sei riuscita a far andare via Megan? — le domandò Hoon.

— Purtroppo sì.

— Io credo che tu non possa costringere nessuno a fare qualcosa di troppo contrario alla sua volontà.

— Non vuoi tornare a casa? — si scandalizzò Luce.

— Non ho detto questo — si inalberò Hoon.

Sid si accorse che aveva tirato fuori dalla tasca il Mercur 3000 e aveva dato un'occhiata al display.

— Guardate! — disse subito dopo.

— Lo sapevo che dovevamo andarcene! — sussurrò Luce.

Oltre due file di camini c'erano delle persone. Creature. Esseri. Che le stavano fissando. C'era una ragazza più o meno della loro età che aveva le gambe arabescate come corteccia d'albero. Gli occhi incavati in un viso pallidissimo rendevano la sua espressione indecifrabile. C'erano un vecchio con gli occhi di pietra grezza e un uomo con una lunga tunica nera che portava una maschera d'oro. Le fessure all'altezza degli occhi e delle labbra permettevano di vedere ben poco del suo viso.

— Se avessero voluto aggredirci lo avrebbero già fatto — sussurrò Sid, ma non era sicura se la sua fosse un'idea realistica o solo una speranza.

Puntò lo sguardo sull'uomo con la maschera d'oro ed ebbe un brivido. Rabbrividì ancora quando lo vide avanzare verso di loro. Seguito a poca distanza dagli altri.

— Tieni pronti i tuoi fulmini — disse a Hoon, mentre portava la mano alla sua ossidiana, certa che se fosse servito si sarebbe trasformata di nuovo in un'arma. L'uomo con la maschera d'oro alzò le braccia in segno di pace. Sid non si rilassò, né lasciò andare la pietra.

— Da dove venite? — chiese lui con una voce che

le fece mancare il fiato, anche se non sapeva perché.

— Che importanza ha? — gli chiese a sua volta.

— Forse nessuna. Ma da queste parti nessuno si veste come voi — le rispose l'uomo.

— Ma non vedo nessuno con una maschera come la tua — grugnì Sid.

Ci fu un attimo di silenzio.

— Io sono Hoon — s'intromise la coreana, che sembrava aver deciso che per il momento non ci fosse nulla da temere. Sid invece restava sulla difensiva. Le sembrava che una specie di elettricità stesse invadendo l'aria e si stava innervosendo.

— E io mi chiamo Luce.

L'uomo con la maschera non parlò, aspettando che anche Sid dicesse qualcosa. Ma lei non aprì bocca. Aveva la sensazione che lui le dedicasse molta più attenzione che alle altre. Sembrava che volesse leggerle l'anima e la cosa non le piaceva affatto.

— Sapete dov'è il Lago delle Nereidi? — domandò Hoon. Sid la ringraziò mentalmente per aver allontanato il discorso dalle presentazioni.

— Non esiste più — mormorò il vecchio.

— La nebbia di Ares — piagnucolò la ragazza con le gambe arabescate indicando il cielo. — Dobbiamo rientrare!

Dai bordi dello squarcio colava una strana nebbia purpurea e maligna.

— Ora voi tre dovete scegliere — disse con voce ferma l'uomo con la maschera. — Potete fidarvi di noi e rifugiarvi nelle nostre case oppure restare qua ad affrontare il peggio.

— Non vedo case da qui — sottolineò Sid con diffidenza. Qualcosa continuava a non tornarle nell'aspetto dell'uomo con la maschera, anche se era più comune di quello dei suoi compagni. Forse era proprio per quel motivo che non sembrava appartenere allo stesso mondo degli altri.

— Quei crateri nella roccia sono i nostri cortili — ribatté l'uomo. — Le nostre case sono scavate sotto la collina. Ci si arriva da quella galleria. Lì saremo al sicuro dalla nebbia velenosa. Sta a voi decidere se fidarvi. Noi non aspetteremo oltre. Sappiate che abbiamo visto quello che avete fatto e siamo qua per darvi aiuto.

Sid guardò Hoon con aria interrogativa e poi di nuovo l'uomo con la maschera.

Ma fu il vecchio dagli occhi di pietra a parlare con voce commossa.

— Mi inchino a voi, Signore dell'Olimpo. Sappiate che all'interno delle colline vivono i vostri più umili servi.

Con quegli occhi che sembravano spenti, il vecchio

vedeva meglio di chiunque altro. Le sue parole fecero sussultare tanto le ragazze quanto i suoi compagni di viaggio.

Sid lo vide allontanarsi, sorretto dalla tizia con le gambe arabescate, ma teneva gli occhi puntati sull'uomo con la maschera d'oro e la mano sull'ossidiana. Poi sentì la voce di Luce.

— Tanto per sapere, cosa succederebbe se non vi seguissimo?

— Ci costringereste a piangervi. Non resistereste alla nebbia di Ares. Lui non può arrivare qua personalmente, ma può riuscire comunque a tormentarci — rispose l'uomo con la maschera.

— Veniamo con voi — disse Hoon. Sid vide Luce annuire, fece un segno d'assenso a sua volta, ma non staccò la mano dall'ossidiana.

Lasciò che le sue amiche seguissero per prime lo sconosciuto e chiuse la fila, facendo saettare gli occhi dalla colata di nebbia all'uomo a velocità ultrasonica. Camminarono in fretta e si ritrovarono di fronte a un camino più grande degli altri. Alla base si apriva un cunicolo. L'uomo con la maschera d'oro lo indicò alle ragazze. Luce e Hoon entrarono. Sid non si mosse.

— Prima tu. Non mi va di darti le spalle — grugnì.

— Spero che a un certo punto riuscirai a fidarti...

— le rispose lui infilandosi nel passaggio. — Comunque il mio nome è Auron.

Sid non ribatté, ma mentre lui sigillava l'ingresso della galleria levò la mano dalla pietra. Si sarebbe aspettata di ritrovarsi avvolta dal buio, ma appena venne a mancare la luce esterna, si accorse che le pareti di roccia emettevano una luminescenza blu sufficiente a illuminare il cunicolo.

— Rocce radioattive? — chiese perplessa.

— Qui sei sull'Olimpo — le rispose lui. — Quella luce è l'ultimo dono di Eos alla gente di questo mondo.

— Eos? — domandò la ragazza. Non avendo niente di concreto per continuare a stare sulla difensiva, si mise a seguire Auron attraverso il condotto sotterraneo.

— La dea dell'Aurora.

A quel punto echeggiò un boato e la terra tremò.

Calcinacci e polveri di roccia caddero dal soffitto. Le parti più fragili delle pareti e della volta si sgretolarono. Sid si sentì persa. E sentì la mano di Auron che le ghermiva un braccio e una roccia che la colpiva in pieno. Lei lo sapeva. Lo sapeva da sempre. I terremoti non perdonano.

Terremoto

Per l'ennesima volta Sid sentì echeggiare la risata del padre. Ma questa volta si voltò e se lo ritrovò davanti.

— Dobbiamo andare, Sidney. Il tempo sta girando al brutto — le stava dicendo.

Sid alzò gli occhi e vide che lui le sorrideva. Si trovava nel bosco di Blustery Hill, nel giorno del grande terremoto. Aveva poco più di tre anni e teneva in mano una pigna bitorzoluta.

— Guarda che pigna, papi!

— È bellissima, Sidney — disse il padre. — Ma adesso dobbiamo andare. Vedi quei nuvoloni neri? Stanno venendo qua.

— Prima non c'erano — rispose Sid.

Il padre la prese in braccio. Sid era orgogliosa di essere

così in alto e di avere una pigna tanto spettacolare da brandire come una sciabola.

Sentì la pioggia che cominciava a filtrare attraverso le foglie degli alberi. Sentì lo scroscio che aumentava d'intensità. E il rimbombo di un tuono.

Ma Sid non aveva paura. In braccio a suo padre si sentiva al sicuro. E continuò a essere tranquilla quando un altro boato, più cupo e profondo del precedente, squarciò l'aria. La terra tremò e suo padre si mise a correre. Lei lo stringeva forte e continuava a sentirsi al sicuro.

Poi vide una crepa aprirsi nel terreno e saettare verso di loro.

Improvvisamente la piccola Sid volava.

Solo dopo aver toccato terra con un tonfo capì che suo padre l'aveva gettata lontano, mentre lui scivolava all'interno della spaccatura che lo stava ingoiando.

Sidney si mise a piangere, si alzò in piedi e corse verso il papà.

— Stai lontana, Sidney! — le urlò lui scomparendo oltre i bordi della crepa.

La bambina si avvicinò allo squarcio che ormai era diventato una voragine e lo vide. Aggrappato a uno spuntone di roccia, lui la guardava implorante.

— Vai via, Sidney — le disse dolcemente.

Lei allungò le braccia. Erano troppo corte. Non sarebbe mai riuscita ad afferrarlo. Non poteva fare altro che continuare a piangere. Sentì scivolarle sul viso una lacrima gelida. La vide cadere nello squarcio e finire sul volto del padre. Nello squarcio saettò una luce nera.

Dopodiché il padre sparì. Sid pianse ancora più forte, ma non si mosse. Aspettava che il papà tornasse. Ma lui non sarebbe tornato. La bambina smise di piangere e si asciugò le lacrime. Dopo averlo fatto la sua mano non era bagnata. Stringeva un piccolo frammento di ossidiana. Identico a quello che sua madre conservava nella teca.

— Sid… Sid… — disse una voce preoccupata.

l'Antro Imogeo

— Accidenti a te! Ci hai fatto morire di paura! — sbottò Luce nel vedere che Sid riapriva gli occhi. Le cure di Auron e del vecchio con gli occhi di pietra avevano funzionato.

— Cosa… Dove siamo? — biascicò la ragazza massaggiandosi le tempie e cercando di alzarsi.

— Sepolte sotto terra… — rispose Luce, poi si fermò valutando quanto suonasse male quello che aveva detto.

— C'è stata una scossa di terremoto. Pare che da queste parti succeda spesso — aggiunse Hoon. — Il cunicolo in cui eravamo è mezzo crollato. Una pietra è caduta dal soffitto, e se non ci fosse stato Auron a spostarti in tempo…

— Saresti sepolta sotto terra, ma nel vero senso della parola! — concluse Luce, felice di trovare un senso a quello che aveva detto prima. Poi indicò l'uomo con la maschera d'oro. — Dovresti ringraziarlo. Ti ha portata fin qua in braccio. — Luce notò che Sid lo fissava con un'espressione impenetrabile.

— Non serve. Basta che ora vi fidiate — disse lui.

— Quanto sono rimasta svenuta? — chiese Sid.

— Quanto basta perché Hoon sottoponesse tutti a interrogatorio e scoprisse un sacco di cose. Con il suo cervellone e con i suoi *clic*.

— Da quando la Fiamma non è stata ravvivata, questo mondo si sta corrompendo come anche Ares, per nostra fortuna. Il Lago delle Nereidi, in cui dovrebbe essere nascosto lo Specchio con i nostri ricordi, non esiste più perché è sprofondato, ma non è completamente sparito. Lo chiamano Antro Imogeo adesso. È diventato una specie di palude sotterranea. Nessuno ci mette più piede da tempo, ma ci si può arrivare senza uscire allo scoperto. Eviteremmo la nebbia di Ares... — spiegò Hoon. Poi aggiunse, indicando il vecchio con gli occhi di pietra: — Sicano può accompagnarci, e anche Auron verrà con noi.

— Mi basta un vostro ordine... — rispose il vecchio chinando la testa.

— Andiamo — disse Sid.

— Che siate maledette — sbottò la ragazza con le

gambe arabescate lasciando Luce senza parole. Aveva notato che era l'unica a non rispondere alle domande di Hoon, ma non ci aveva dato peso. Ora sentiva tutta la rabbia che ribolliva sotto quel volto pallido.

— Non ti permettere, Eadris… — sbottò il vecchio alzandosi in piedi con un vigore che Luce non si sarebbe mai aspettata. — Loro sono la nostra speranza…

— Loro hanno abbandonato questo mondo parecchio tempo fa. Hanno saputo solo scappare. Perché? E perché adesso dovremmo correre dei rischi per aiutarle? Perché non c'erano quando noi avevamo bisogno di loro? Perché non c'erano quando Ares ti ha fatto questo? — urlò indicando gli occhi spenti del vecchio Sicano. Sia lui che Auron stavano per rispondere, ma Luce fu più veloce.

— Se avessimo tutte queste risposte, non vi avremmo chiesto aiuto! — esclamò risentita. — Ma non pretendiamo che corriate rischi al posto nostro. Basta che ci indichiate la str…

S'interruppe quando vide il gesto di Sicano. Un gesto che esprimeva tanta autorevolezza da impedire a chiunque di proferire parola.

— Noi accompagneremo le dee. Tu, Eadris, puoi tornare a casa — decise.

Luce fu colpita dallo sguardo di odio che le lanciò la ragazza con le gambe arabescate.

— Se succederà qualcosa a mio padre, Ares non sarà l'unico vostro problema! — sibilò.

— È l'ultima cosa di cui ci preoccuperemo — grugnì Sid asciutta.

— Noi faremo in modo che non succeda nulla a nessuno. O almeno faremo del nostro meglio perché non succeda — concluse Hoon.

Luce cercò di ignorare la risata sprezzante di Eadris che si allontanava, sparendo in uno dei cunicoli laterali del sotterraneo.

— Possiamo andare — disse Sicano, avviandosi verso un altro cunicolo con l'aiuto di Auron. Luce li seguì immediatamente insieme a Sid e Hoon. Durante il tragitto sentì tonfi sordi, scricchiolii e tutti i rumori d'assestamento conseguenti alla scossa di terremoto. Nonostante Auron e il vecchio tentassero di rassicurarla, lei al sicuro non ci si sentiva affatto. Oltretutto, ogni volta che incrociava gli occhi di Sid aveva l'impressione che avesse qualcosa di strano. Da quando si era ripresa il suo sguardo sembrava più incerto. Come se in quei pochi minuti in cui era rimasta priva di sensi fosse cambiata.

Quando uscirono dall'ultimo cunicolo, si trovarono in una grotta ampia e buia. Luce avrebbe voluto fuggire. Capì immediatamente il motivo per il quale Eadris non voleva che il padre andasse con loro. L'aria era irrespirabile, soffocante, malsana. Un fastidioso brusio proveniva dal basso e faceva da contrappunto ai tonfi d'assestamento che non erano ancora cessati.

— Quanto manca? — chiese Luce, incapace di nascondere il disagio e la paura.

— Solo tu puoi saperlo. È il tuo specchio che cerchiamo, Afrodite — le sorrise Sicano.

Di nuovo, sentirsi chiamare in quel modo la imbarazzò. Le sembrò che per le sue amiche fosse stato più facile accettare il fatto di essere dee, di avere dei poteri e anche imparare a usarli. Forse perché erano sempre state più disponibili ad accettarli.

— Io non so niente — mormorò, come se volesse scusarsi della sua incapacità.

— Tu puoi fare molto più di quanto credi. — La voce di Hoon era ferma e sicura.

— Ma io non so cosa fare… — Luce cominciava a sentirsi disperata.

— Allora fallo e basta — le suggerì Sicano. — Vai a prendere quello che cerchi.

Incoraggiata dalle parole del vecchio, Luce fece qualche passo in avanti. Ma all'improvviso sentì il terreno mancarle sotto i piedi.

— Sid! Hoon! — gridò.

Lo Specchio di Afrodite

Nel momento esatto in cui Luce urlava il suo nome, Hoon sentì che i suoi occhi ricominciavano a lampeggiare, irradiando bagliori viola che illuminarono la grotta. Luce doveva essere caduta lungo lo scivolo naturale ricoperto di alghe biancastre che le si apriva davanti.

— Andiamo — disse a Sid. La ragazza portò la mano alla sua pietra che esplose in mille frammenti e si andò a ricomporre in pioli di ossidiana. Li lanciò lungo lo scivolo per creare degli appigli. Scese per prima e Hoon la seguì. Dietro di lei, Auron aiutava il vecchio con gli occhi di pietra.

— Evitate l'acqua — le avvertì in un sussurro.

Quando raggiunse la zona sottostante, Hoon vide Luce inginocchiata su una piccola roccia piatta che affiorava al centro di una palude dall'odore rivoltante e denso. Agitava verso di lei uno strano oggetto: un ovale di metallo incrostato e bluastro sorretto da un manico osseo.

clic

— L'hai trovato. Sei grande!

— Allora Sicano aveva ragione. Potevo sentire dov'era questa cosa… solo che non mi sembra uno specchio — mormorò Luce.

— È un antico specchio di bronzo… — disse Sid. — Non avrei mai pensato che la ricerca che ho fatto per la Johnson sarebbe servita a qualcosa!

Hoon percorse rapidamente i dieci metri del cordone di roccia che affiorava dalle acque limacciose. Congiungeva la base dello scivolo a quella specie di isoletta su cui stava l'amica. Scricchiolava terribilmente. La ragazza cercò di non farci caso. Teneva gli occhi puntati sullo specchio ed evitava di guardare troppo attentamente gli esseri vermiformi e biancastri che brulicavano nella palude.

— Se è davvero questo che cerchiamo, non serve assolutamente a niente — disse Luce, ma appena Hoon e Sid le furono accanto lo specchio emise un lampo. Sulla superficie incrostata si stavano addensando immagini luminose.

Nello stesso momento il bordo esterno della roccia

piatta su cui Hoon poggiava il piede si sgretolò. Lei perse l'equilibrio e finì con una gamba in acqua. Sentì una dolorosissima scossa, come se fosse stata colpita da un fiotto d'acido. Afferrò la mano che le porgeva Sid e si risistemò sulla roccia cercando di non pensare agli orrendi vermoni biancastri.

— Dobbiamo andarcene subito di qui! Non so se questa pietra può reggerci tutte a lungo. Magari la scossa... — le disse l'amica facendole spazio.

— Non ora! — s'intromise Luce indicando lo specchio in cui stavano prendendo vita strane immagini: creature orribili che ululavano e gridavano, gente in fuga con espressioni terrificate, uomini a terra e ovunque fiamme purpuree che si stagliavano contro il cielo notturno. Hoon sapeva che quello doveva essere il ricordo di cui aveva parlato Jared, ma quando la scena si concentrò su due protagoniste ne ebbe la prova. Una di loro parlò con voce roca.

— Io non smetterò di combattere, anche se questa dovesse essere la mia ultima battaglia. Ares potrà trasformarmi in una statua, ma non gli faciliterò il compito. E gli farò del male, più di quanto riuscirà a sopportarne.

La voce di Sicano, che a quel punto doveva aver raggiunto la lastra alla base dello scivolo, echeggiò nell'antro. — Quella eri tu, Artemide.

Hoon sentì lo strano sospiro di Auron e il mugugno di Sid, mentre nello specchio anche l'altra figura prendeva la parola.

— Combattere non serve più. Ormai Ares è invincibile e noi non possiamo più far niente. Continuare a lottare prolungherà la nostra agonia e metterà in pericolo chi ci ama. Ho provato a rendere impenetrabile ad Ares la Sinfalide, ma non so se ci sono davvero riuscita.

Di nuovo echeggiò la voce di Sicano che spiegava a Luce che quella che avevano appena visto era lei, Afrodite.

— Se non avessi salvato la Sinfalide né io né Auron saremmo qui — aggiunse.

Quando Hoon vide la dea che era stata rimase senza fiato. Nello specchio Atena stringeva in un abbraccio disperato e intenso una splendida creatura con grandi ali nere. La stessa che lei aveva sognato qualche tempo prima. Sembrava che l'amore tra i due dei li facesse risplendere. Senza sapere come, Hoon riconobbe l'essere alato. Era il signore dei sogni. Morfeo.

— Hai qualche domanda? — le chiese Sicano con il tono di chi conosce perfettamente la risposta.

Hoon scosse la testa. Cercò di tenere a freno il cuore che le batteva a mille e si concentrò sull'immagine nello specchio. Un altissimo cerchio di fuoco purpureo era ormai a pochi passi dagli dei fuggitivi. Atena si sciolse dall'abbraccio di Morfeo, ma gli tenne stretta la mano.

— Non possiamo permetterci di cadere nelle mani di Ares — sussurrò.

Afrodite sgranò gli occhi e fu scossa dal terrore nel vedere che le fiamme le lambivano la veste. Per evitarle si fece più vicina alle altre.

— Combatteremo fino alla fine — ringhiò Artemide. — Ma non abbiamo la minima possibilità di vincere.

— Possiamo evitare che vinca lui — la incalzò Atena guardando oltre il muro di fuoco. — Per creare il suo Olimpo, Ares ha bisogno anche di noi e dei nostri poteri. Se non riuscirà ad averci, avrà fallito. Ora siamo sconfitte, ma possiamo posticipare la battaglia finale. Per vincerla e liberare questo mondo.

— Non abbiamo vie di fuga — ringhiò di nuovo Artemide indicando il cerchio di fiamme.

— Ce ne resta una — sussurrò Atena. — Non siamo costrette a essere immortali.

Fece un segno a Morfeo che la strinse con tutto l'amore del mondo. Muovendosi lentamente, come chi è costretto a fare qualcosa contro la sua volontà, lui estrasse dalla veste tre ampolle. Dolorosamente, le mostrò alle dee.

— Questa è l'Anambrosia. Anche gli dei possono morire, se lo vogliono — disse Atena.

Afrodite sembrava sconvolta.

— Nessuno lo ha mai fatto...

Le fiamme le raggiunsero. Artemide decise per prima: prese un'ampolla e bevve l'Anambrosia. Afrodite la imitò.

Morfeo cercò di proteggere Atena facendo del suo corpo e delle sue ali nere uno scudo contro il fuoco di Ares, mentre lei beveva.

— Voglio venire con te — le sussurrò abbracciandola.

— Non puoi. Conserva i nostri ricordi, Morfeo... — gli mormorò lei.

Furono le ultime parole che la dea pronunciò, prima di sparire tra le fiamme con le altre.

Hoon era senza fiato.

Statue di Pietra

— Non siamo solo tre ex vigliacche, allora — mormorò Sid, mentre vedeva l'immagine nello specchio svanire e ricomporsi in un'altra scena. Sentì scricchiolare la roccia su cui stava insieme alle altre.

— Atena aveva affidato i ricordi a Morfeo! — brontolò Luce. — Jared ci ha detto che li aveva affidati a lui. Ha mentito!

— E se Jared fosse Morfeo? Potrebbe essere cambiato come siamo cambiate noi. Potrebbe aver bevuto lui stesso l'Anambrosia — sussurrò Hoon.

— Allora perché non è a Rainbow Hill con noi? — ragionò Sid.

Le rispose il tonfo di un sasso che, staccatosi dalla volta, cadeva nell'acqua.

Nello specchio era apparso un tempio circolare.

C'erano otto statue di pietra che componevano una specie di cerchio intorno a una fiamma con il colore dell'oro che ardeva nel braciere centrale. A chiudere il cerchio c'erano loro, le tre dee. I loro corpi erano rigidi, immobilizzati in fieri atteggiamenti di sfida. Si stavano pietrificando.

Il Signore del Tempio sedeva su un trono. Aveva uno sguardo feroce e violento che metteva i brividi.

— Stiamo vedendo Ares nel Dodekatheon, vero? — chiese Sid con aria lugubre.

— Ares com'era tempo fa — rispose Sicano.

Il Signore della Guerra guardava compiaciuto le sue prigioniere immobili.

Poi successe.

Tre vortici luminosi esplosero dall'interno delle tre prigioniere e le avvolsero completamente. Il primo vortice era nero, il secondo rosso e il terzo viola. Sid notò che avevano gli stessi colori delle loro pietre. La Fiamma d'Oro che ardeva nel braciere centrale si rimpicciolì, come se improvvisamente le fosse mancato il nutrimento. I tre vortici diventavano sempre più grandi ed emanavano ondate di pura energia.

Il Signore della Guerra si infuriò e scattò in piedi. Con un gesto imperioso alzò una mano come se volesse dominare i vortici. E ci riuscì, perché cominciarono a flettersi e a restringersi. La loro potenza di rotazione si affievolì. Poi si dissolsero.

Le tre prigioniere erano ancora lì. Libere dalla pietra, ma quasi trasparenti.

— Che cosa hai fatto, Atena? — gridò Ares mentre si lanciava verso le sue vittime. La dea gli concesse un sorriso di sfida e in quell'esatto momento svanì. Le altre due scomparvero subito dopo.

Lo specchio tornò a essere quello che era. Un pezzo di bronzo incrostato con un manico d'osso. La voce di Auron ruppe il silenzio, interrotto dagli scricchiolii della roccia.

— Tornate indietro, adesso. Svelte!

Sid si mosse sulla roccia piatta perché Hoon potesse camminare per prima sul passaggio affiorante e tornare alla base dello scivolo. Nel momento stesso in cui spostava il peso del corpo, la pietra s'incrinò e poi cedette.

Finirono tutte in acqua. Hoon chiuse istintivamente gli occhi e l'antro fu invaso dal buio.

— Uscite di lì! Presto! — sibilò Sicano.

— Brucia! — urlò Luce.

Sid toccò il fondo pietroso con i piedi. L'acqua le arrivava in vita e lei sentì una scossa a una coscia e un bruciore insopportabile.

— In fretta… verso lo scivolo! — gridò, poi sentì

una seconda scossa. E una terza. Appena Hoon ebbe riaperto gli occhi, Sid si accorse che tutti i vermi che nuotavano in quell'orrenda palude puntavano verso di loro. E quando le toccavano, si attaccavano al loro corpo provocando le scosse. In quelle condizioni i dieci metri che le separavano dallo scivolo sarebbero stati troppo lunghi.

Con le gambe che le bruciavano, Sid provò a issarsi sul passaggio di pietra. Nello stesso momento Auron cominciò a percorrerlo per andare ad aiutarle. Il loro peso lo fece franare completamente. Con un effetto domino, la lastra alla base dello scivolo su cui fino a poco prima Sid aveva visto Sicano crollò.

— Prendi la mia mano! — urlò Auron tendendo il braccio verso di lei e soffocando un gemito di dolore. Ma era troppo lontano.

Tempestata dalle scosse dei vermi che le sciamavano addosso, Sid afferrò di peso Luce e le diede una spinta verso Auron. Non fu sufficiente.

Il dolore per le scosse era sempre più intenso, ma Sid cercava di procedere verso lo scivolo. A ogni nuova fitta si bloccava e ogni passo che faceva era più difficile. Non sapeva come liberarsi di quelle orrende creature che ormai la circondavano e non aveva nemmeno la sua arma, che giaceva ancora lungo lo scivolo scomposta in pioli.

Ma anche se l'avesse avuta, che arma può funzionare contro nugoli di esseri poco più lunghi di un dito?

All'improvviso vide gli occhi di Hoon sfavillare più intensamente. L'ametista del suo orecchino splendeva. Sid capì che stava evocando una delle sue folgori.

— Sei impazzita? Se li attacchi con un fulmine, finiamo tutti folgorati! — le urlò. Non servì a nulla. Hoon stava già alzando le braccia.

il Fulmine Globulare

Sopportando a fatica gli spasmi di dolore dovuti ai vermi, Hoon vide materializzarsi il lampo che aveva evocato. Non era la solita saetta dai contorni a zig zag. Esattamente come aveva sperato, era un fulmine globulare. Una sfera arancione incandescente con un nucleo chiaro e i contorni sfumati che si muoveva a pelo d'acqua vicino alla parete di roccia.

Hoon sentì diminuire le fitte e vide che i vermi cambiavano traiettoria e si muovevano verso il globo luminoso. E mentre quelle bestie disgustose si allontanavano, le scosse che fino a quel momento aveva sentito alla parte immersa del suo corpo diminuivano progressivamente. Si lanciò verso lo scivolo.

— Fuori dall'acqua, presto! — gridò.

Vide che Auron aveva raggiunto la mano di Luce e la

trascinava a sé, mentre Sid si muoveva di fianco a lei nell'acqua.

— Come diavolo hai fatto? — le chiese Sid.

— Quelle cose sono abituate a vivere nel buio. Ho pensato che non potessero vederci e che ad attrarle fossero il nostro movimento o il calore del nostro corpo. Ho sperato che fosse il calore e ci ho provato...

— Sei un genio — borbottò Sid.

Arrivarono all'imboccatura dello scivolo. La lastra rocciosa collegata al passaggio di pietra non c'era più, per cui Sid intrecciò le dita e fece appoggiare sui suoi palmi uniti il piede di Hoon. Le diede una spinta in modo che arrivasse a stringere il primo piolo di ossidiana e poi fu Hoon a tenderle la mano per aiutarla a salire. Ripercorsero lo scivolo e si ritrovarono nel sotterraneo in cui Luce era scivolata. Lei era lì. Vicino ad Auron.

Appena le vide esplose in uno dei suoi bei sorrisi.

— Ce l'avete fatta!

Subito dopo il sorriso si spense in una smorfia.

— Non avrete lasciato giù Sicano?! — esclamò.

Hoon si sentì morire.

— Credevo che fosse risalito prima di voi... — gemette.

— Io torno giù a prenderlo — disse Sid, ma Auron la fermò.

— Sicano è dove ha scelto di essere. Noi adesso dobbiamo andarcene da qui.

— Stai scherzando? — esplose la ragazza. — Quei maledetti vermi lo staranno…

— Non riesci proprio a fidarti di me? — chiese tristemente l'uomo con la maschera d'oro.

Hoon vide Sid e Luce che la fissavano, come se si aspettassero che fosse lei a decidere. Sperò che uno dei suoi *clic* le venisse in aiuto, ma non successe. Allora guardò negli occhi Luce, sperando di riuscire a dirle quello che voleva senza doverlo specificare.

— Chiedigli solo se abbiamo modo di aiutare Sicano.

Nell'antro illuminato dalla sola luce violacea dei suoi occhi, Hoon vide l'amica voltarsi verso Auron e domandargli, sbattendo le ciglia: — Dicci la verità. Come possiamo aiutare Sicano adesso?

Hoon esultò dentro di sé. Luce aveva capito al volo. Stava usando i suoi poteri su Auron, che rispose con voce piatta: — Tornando da dove siete venute.

Non era esattamente quello che Hoon voleva sentire, ma a quel punto decise che avrebbero fatto esattamente come aveva detto l'uomo con la maschera. In quel breve tempo aveva deciso che lui meritava fiducia. E che Sicano, quell'incredibile vecchio, ne sapeva più di tutte loro messe insieme. Quale che fosse stata la sua scelta, meritava il più assoluto rispetto.

Tornarono indietro attraverso i cunicoli rischiarati dalla luminescenza blu, in un silenzio doloroso interrotto solo dal rumore della roccia che s'assestava.

— Cosa dirai a Eadris? — chiese dopo un po'.

— La verità — rispose Auron.

— Le avevamo promesso che…

— È stato Sicano a sentire la vostra presenza. È stato lui a chiedermi di venirvi incontro. Lui sapeva che sareste tornate. Nasconde qualcosa di molto più grande di quanto non si veda al primo sguardo — si accalorò l'uomo con la maschera d'oro. — Non dovete preoccuparvi per lui.

— E Ares… prima o poi dovremo affrontarlo… — mugugnò Sid.

Hoon si accorse che l'uomo non era riuscito a controllare un sussulto.

— Prima o poi… quando sarete pronte. Quando avrete un piano e quando saprete tutto ciò che vi serve sapere — sussurrò.

— Liberare questo mondo da lui sembra essere il nostro unico scopo… — insistette Sid.

A quel punto Auron si fermò. Guardò negli occhi Sid e l'afferrò per le spalle.

— Ares non è più forte come un tempo, ma è ancora molto potente. Al contrario di voi, conosce perfettamente i poteri di cui dispone. — Il suo tono di voce era tremendamente accorato. — Voi siete state le dee e lo siete ancora, ma siete anche altro. Non dimenticatelo mai.

Hoon fu colpita dalla foga con cui aveva parlato.

— Non è nostra intenzione affrontarlo adesso — concluse.

Ripresero a camminare in silenzio, arrivarono all'ingresso sotto il camino e uscirono di nuovo allo scoperto. La nebbia di Ares era svanita.

— Ce ne andiamo? — chiese Sid incerta.

— Ci proviamo. Con le nostre pietre — rispose Hoon.

Luce si avvicinò ad Auron e lo abbracciò. Forte e a lungo.

— Grazie. Di tutto — mormorò.

Hoon fece la stessa cosa. Si aspettava che anche Sid le avrebbe imitate, ma lei si limitò ad agitare la mano in un cenno di saluto. L'uomo con la maschera non disse nulla e le sorrise commosso.

— Adesso. Tocchiamo le pietre — disse Hoon

— E speriamo bene — aggiunse Luce.

L'ultima cosa che Hoon sentì sfiorando la sua ametista fu la voce di Auron: — Ciao, Sid.

la Festa tanto Attesa

Luce attraversò di nuovo le pieghe del tempo, vide albe e tramonti, montagne sconosciute e mari profondi, sentì grida di dolore e risate folli, profumo di fiori e odori putridi.

Poco dopo erano di nuovo tutte sul Ponte Taruk.

Rivedere Rainbow Hill scatenò in Luce l'impressione che la sua vita normale fosse rimasta lì ad aspettarla. Pochi secondi prima non ci avrebbe scommesso. Pochi secondi prima non era nemmeno sicura che avrebbe avuto ancora una vita. Divina o terrestre che fosse.

Ma era notte fonda.

— Accidenti! Che ore sono? — chiese Luce.

Hoon diede un'occhiata al display del Mercur 3000 e sospirò. — Mezzanotte!

— La nostra festa… — mormorò tristemente Luce.

— Come puoi pensare a una cosa del genere dopo tutto quello che ci è successo? — s'inalberò Sid.

— È molto semplice. Qualsiasi cosa ci sia di là, noi siamo qui, adesso. Qui non possiamo fare nulla, se non quello che ci ha detto Auron. Cioè non dimenticare che non siamo solo dee. Qui io sono solo Luce Grimaldi, niente di più, niente di meno.

— Luce ha ragione. Per ora dobbiamo riprendere il controllo delle nostre vite normali — s'inserì Hoon.

— E tutto quello che abbiamo lasciato sull'Olimpo? — domandò Sid.

— Non lo abbiamo abbandonato per sempre — mormorò Hoon.

— Quando ci torneremo? — chiese ancora Sid, e Luce si accorse che aveva di nuovo quella strana incertezza che le aveva letto negli occhi dopo che era svenuta.

— Cosa ti è successo quando la roccia ti ha colpito? — sussurrò.

Sid si ritrasse. Le si dipinse sul volto un'espressione diffidente e aggressiva. Ma fu questione di un attimo.

— Non lo so. Non sono sicura — sibilò Sid evitando gli sguardi delle amiche.

— Ti va di parlarne? — le chiese Hoon.

— Appena riuscirò a capirlo anch'io.

Il suo sguardo insicuro convinse Luce che doveva essere successo qualcosa di importante. Per cui ritenne opportuno cambiare discorso.

— Mia madre sarà incavolatissima per l'ora che abbiamo fatto. In confronto a lei, Ares sembrerà solo uno spiacevole contrattempo! — proruppe.

Ma nonostante ciò, l'idea di tornare a casa e sorbirsi la sfuriata di sua madre le sembrò quasi rassicurante.

— A me toccherà fare l'inventario, stare alla cassa e spolverare il negozio per i prossimi ventidue anni! Ma sinceramente fare l'inventario con mio padre ora non mi sembra più così tragico — sorrise Hoon.

— Prendete quello che sto per dirvi come una strategia anti-genitori-infuriati. Che ne dite se andiamo al Punching Star e vediamo se c'è ancora qualcuno? — propose Luce.

***

Poco dopo, di fronte all'insegna luminosa che recava il nome del locale circondato da stelle lampeggianti, Luce ebbe un tuffo al cuore. Il disco-pub era decisamente chiuso. Sua madre l'avrebbe sgridata a vita per aver mandato a monte la festa che lei stessa aveva chiesto e richiesto per giorni. E nemmeno suo padre, che l'aveva spalleggiata per organizzarla, avrebbe potuto difenderla.

— Mia madre non mi lascerà mai più uscire di casa! — si lamentò.

— Dovresti entrare davvero nell'ordine di idee di essere una dea — ridacchiò Hoon.

— E cosa dovrei fare? Invitarti a casa e farti scatenare su mia madre tutti i fulmini dell'universo? È vero che rompe, ma mi sembrerebbe una punizione eccessiva! — esclamò Luce, facendo ridere Sid.

— Credo che lei alludesse ai tuoi poteri! Potresti suggerire a tua madre di non essere arrabbiata con te.

Luce fu presa da un tale entusiasmo che non si trattenne e travolse in un abbraccio globale sia Sid che Hoon.

— Voi tre! — gridò una voce.

Si voltarono tutte di scatto. Quando si accorse che a gridare era stato Dude, Luce tirò un sospiro di sollievo. Ma il ragazzo camminava a grandi passi e non sembrava di ottimo umore. Aveva la faccia livida e la fronte corrugata.

— Ma è il tuo fidanzato? — bisbigliò Luce a Sid, che rise di nuovo.

— Ma va'... Consideralo mio fratello!

Appena le raggiunse, la rabbia di Dude esplose.

— Si può sapere dove diavolo ti eri cacciata, Sid? Mi inviti a una festa e non ti presenti! Ho dovuto raccontare tante di quelle storie per coprirti che non so più nemmeno io quale sia la verità! Ti ho cercata per mezza città e...

— E adesso sono qua e non mi è successo proprio niente — replicò Sid, storcendo la bocca. Tutto sommato, dire che non le era successo proprio niente era una panzana bella grossa. Dude non sembrava soddisfatto della spiegazione e stava per ricominciare a strepitare, ma Luce gli si avvicinò e lo guardò negli occhi sbattendo le ciglia.

— Afrodite in azione... — ridacchiò Hoon.

Dude non fece in tempo a chiedere cosa intendesse dire che Luce cominciò a parlargli.

— Non essere arrabbiato con Sid. Stiamo bene e siamo tutte felici. Non devi chiederci dove siamo state, ma solo raccontarci cosa è successo stasera.

Il ragazzo la guardò imbambolato per qualche secondo, poi si lasciò andare a un sorriso. Luce fece uno sforzo enorme per trattenersi. Avrebbe voluto mettersi a saltellare, invece indossò il suo più bel sorriso, strizzò l'occhio alle amiche e si preparò ad ascoltare da Dude il resoconto della serata. Un piacevolissimo tuffo nella sua vita. Nella sua vita normale.

— Quando sono arrivato… — cominciò il ragazzo, ma Sid lo interruppe subito.

— Ce lo puoi raccontare in un bar. Io avrei una certa fame. — E aggiunse, rivolta a Luce: — Mentre cerchiamo un posto aperto, telefona ai tuoi e ai genitori di Hoon. Digli che è tutto okay e che vadano a letto tranquilli. Raccontagli che per concludere bene la serata vi fermate a dormire da me. Credo che noi dovremmo stare insieme stanotte. A mia madre farà piacere avervi a casa.

— Cosa vi dice che riuscirei a usare i miei pot… — sussurrò Luce, poi si trattenne guardando Dude. — Insomma magari per telefono non funzionano!

— E quando hai telefonato a Daniel Paddington e lo hai convinto a venirci a prendere con la sua macchina? — chiese Sid.

a Casa

L'espressione soddisfatta di Luce che parlava al cellulare sbattendo le ciglia era inequivocabile. Gli eventuali problemi che avrebbero potuto creare i signori Song e i signori Grimaldi furono risolti in una manciata di secondi.

— Avverto anche tua mamma, se vuoi — propose Luce alla fine delle chiamate.

— No — rispose Sid. — Con lei ci parlo io.

Sid prese il Mercur 3000 e compose il numero di casa. Non se la sentiva proprio di usare lo strano carisma dell'amica su sua madre, che non era tipo da rompere le scatole. Sapendo benissimo che non sarebbe finita in punizione, le dispiaceva che si stesse preoccupando per lei. Il telefono squillò a vuoto per un infinito lasso di tempo. Poi una voce assonnata emise uno strano mugugno.

— Mamma, scusami... — disse Sid.

— Tesoro, scusami tu! Devo venirti a prendere? Che ore sono? Com'è andata la festa? Accidenti, ma è tardissimo! Stai bene?

La ragazza trattenne una risatina.

— Ti sei addormentata sul divano mentre mi aspettavi? — chiese.

— Sì, ma se vuoi ti vengo a prendere subito. Sono ancora vestita — echeggiò la voce nel cellulare.

— D'accordo. Siamo con Dude in un bar che si chiama New Whistle. Va bene se Hoon e Luce dormono da noi?

— Certo, cucciolo! Arrivo sub...

— Mamma... — la interruppe Sid.

— Sì, tesoro?

Sid aveva in mente un centinaio di cose da dirle. A cominciare dal fatto che le voleva bene. Che era contenta di essere di nuovo a Rainbow Hill, di poter tornare a casa senza aver paura di essere sgridata e di poter sempre contare su di lei. Avrebbe proprio voluto dirglielo. E ringraziarla. E avrebbe voluto dirle che forse lei aveva avuto sempre ragione su parecchie cose. Ma non ne era sicura. Non riusciva a trovare le parole giuste. E non sarebbe mai riuscita neanche a raccontarle tutta la storia dell'Olimpo e delle dee. Si sentì in colpa.

— Salutami Daimon, ti aspetto! — fu tutto quello che riuscì a borbottare.

Interruppe la comunicazione e vide che Luce stava prendendo allegramente sotto braccio Dude, indicandoglielo mentre entravano al bar.

— Lui è un genio! — trillò.

Sid lanciò all'amico un'occhiatina ironica.

— Non mi risulta… — ghignò restituendo il cellulare a Hoon.

— Lo è — confermò Hoon. — Sai che la nostra festa è stata un successone? È un vero peccato non esserci state!

— Un successone? Senza di noi??? — borbottò Sid.

— Merito del tuo geniale amico! O fratello! O quello che vuoi tu! — esclamò Luce. — Ha raccontato che l'ultima moda è che le festeggiate non si presentino alle proprie feste!

— Ma sarebbe una cosa cretina! — bofonchiò Sid, mentre si sedeva a un tavolo del bar.

— L'importante è che tutti se la siano bevuta — sorrise Dude. — Siete diventate le eroine della serata. Quando è arrivato il dj si è scatenato di tutto!

Luce, che si era appena seduta di fianco a Sid, saltò per aria.

— Quale dj? — chiese.

— Dj Lord — rispose Dude. — Pensavo lo sapeste, visto che la festa era la vostra!

— Accidenti a me! Accidenti a tutto e tutti! Ecco cos'era il misterioso regalo di mio padre!

A Sid non importava molto di dj Lord. Si mangiò un panino ascoltando Luce che si faceva raccontare ogni minimo dettaglio sulla serata da Dude, coinvolgendolo in chiacchiere e risate. Hoon invece faceva visibilmente finta di seguire la conversazione e giocherellava con il Mercur 3000. Quanto a lei, continuava a rimuginare su quello che aveva visto dopo il terremoto nei cunicoli dell'Olimpo. Ma non riusciva a capire se si trattasse di un ricordo o di un sogno.

***

Per tutto il tempo in cui si erano fermate al bar, Hoon non aveva perso di vista il Mercur 3000 per un solo momento. E anche adesso continuava a tenerlo d'occhio, sdraiata sul megamaterasso gonfiabile preparato dalla signora Madison. Nella camera di Sid la luce era già spenta da tempo, ma le ragazze non riuscivano a smettere di parlare. Avevano nascosto la corniola di Efesto nella sacca di Sid, ma non avevano ancora deciso chi avrebbe dovuto tenerla. Secondo Hoon, avrebbe dovuto farlo Luce. Era stata capace di utilizzarne i poteri e aveva a disposizione una mansarda a prova di genitore. Ma non si era offerta di custodirla, e lei aveva preferito non forzarla.

Daimon russava. Non ne aveva voluto sapere di dormire in cucina e si era accoccolato tra i due letti, in modo da poter stare vicino sia a Luce che a Sid.

— Ma secondo voi cosa dovremmo fare adesso? — mormorò Sid.

Luce non rispose. Hoon sospirò.

— Possiamo solo sperare che Jared ci contatti di nuovo. — Le era bastato pronunciare il suo nome per farle accelerare il battito. Sentì Luce che si alzava di scatto sul letto.

— Spiegami una cosa. Ammettiamo pure che ai tempi delle nostre vite di dee quel Jared fosse Morfeo. Sembrava proprio che tu e lui...

— Non parliamo di questo — sbottò Hoon con un tono secco che non le apparteneva affatto. Sentì di essere arrossita. Rendendosi conto di aver fatto ammutolire le altre continuò con voce più tranquilla. — Comunque lui sa molte più cose di noi. Io non vorrei tornare sull'Olimpo senza sapere precisamente cosa fare e senza aver provato i nostri poteri almeno un centinaio di volte, prima di incontrare qualche altra Megan se non direttamente

Ares. Ho l'impressione che questa volta ci sia andata bene. Che nessuno si aspettasse una nostra reazione — concluse Hoon.

— Però abbiamo vinto noi! — trillò Luce. E aggiunse, cambiando completamente discorso: — Certo che Dude è supercarino!

— Dude? Super-che? — saltò su Sid.

— Non mi dirai che non te n'eri mai accorta? — le domandò Luce.

— Non lo avevo mai guardato sotto questo punto di vista.

Gli occhi di Hoon fissarono lo schermo del Mercur 3000 ancora più intensamente.

— In fondo c'è un altro lato positivo in tutto quello che è successo — continuò Luce, in preda a una chiacchierite incontenibile.

— Sarebbe? — chiese Sid con quel suo tono che sembrava scorbutico anche quando non lo era.

— Abbiamo scoperto che siamo amiche da chissà-quanti-mila-anni. Per me è un bel pensiero — rispose Luce.

A Hoon venne in mente che quel discorso poteva essere applicato anche a un'altra cosa, ma bloccò quell'idea sul nascere.

Sentì che Daimon aveva cominciato a russare più

forte. Poi sentì che il respiro di Sid si era fatto regolare. Doveva essersi addormentata. Nel giro di poco anche Luce cedette al sonno. Ma lei non poteva dormire. Non ci riusciva, e in fondo non voleva.

Teneva gli occhi fissi sullo schermo del Mercur 3000 nella speranza che Jared ricomparisse.

Sulle Ali di un Sogno

Da qualche parte sull'Olimpo, Jared era prigioniero di una bolla inabissata in un lago sotterraneo. Sapeva che le acque si sarebbero ritirate solo quando lui fosse stato certo di non farcela. A quel punto si sarebbero abbassate per poi tornare a salire. Da anni era prigioniero di Ares e subiva quella tortura in silenzio. Nessuno avrebbe sopportato quel supplizio. Ma per lui era semplice. Lo faceva per amore.

Il dio della Guerra aveva cercato di fargli rivelare la verità sulle tre dee. Lui non aveva mai parlato. Non aveva parlato quando la speranza che Atena tornasse insieme ad Artemide e Afrodite era vaga e lontana.

Ma adesso, adesso che l'aveva ritrovata, sopportare quella infinita tortura sarebbe stato quasi facile.

Solo che adesso Ares sapeva.

Jared ignorava cosa sarebbe cambiato. Ma era pronto a tutto, ora che aveva la certezza che Atena esisteva ancora. Ora che l'aveva rivista nella sua nuova forma. E che aveva sentito che il loro antico amore aveva attraversato il tempo senza spegnersi.

Immerso nelle acque maligne del lago, Jared ricordò il passato. Quando le tre dee avevano bevuto l'Anambrosia, lui avrebbe voluto berla insieme a loro. Ma Atena aveva preferito che lui restasse sull'Olimpo. A vigilare. A ricordare tutto il loro passato. A preparare il loro ritorno.

Era sfuggito ad Ares. Per un po' di tempo, quando ancora lo chiamavano Morfeo, era riuscito a nascondersi. Aveva evitato la furia del nemico, ostacolato la sua rabbia e aiutato gli abitanti dell'Olimpo a sopravvivere all'orrore.

Ma qualcuno l'aveva tradito e il dio della Guerra l'aveva catturato. Voleva la verità sulle dee e i suoi poteri. Evocando i sogni, la potenza del malefico dio sarebbe aumentata a dismisura. Morfeo non glielo poteva permettere. Aveva bevuto l'Anambrosia, per morire come dio, rinascere come mortale e mettere al sicuro i suoi poteri. Mentre beveva, il dio dei Sogni aveva sperato di poter coronare il suo, di sogno. Sognava di poter raggiungere Atena, in qualche modo. Di rinascere vicino a lei.

Ma prima che l'Anambrosia facesse effetto, Ares era intervenuto. Questa volta aveva potuto prevedere la sua mossa. L'aveva intrappolato e torturato. Gli aveva impedito di dimenticare. E l'aveva fatto rinascere lì, sull'Olimpo. Per scoprire la verità sulle dee. E per strappargli i poteri. Fino a quel momento non l'aveva pietrificato solo perché aveva bisogno di trovare le sue nemiche. Ma adesso le aveva trovate.

Le acque del lago cominciarono a muoversi. Un potente bagliore azzurro le attraversò. Jared sapeva che quella luce malevola annunciava l'arrivo di Ares. La bolla verdastra risalì verso l'alto, uscì in superficie e prese a fluttuare a mezz'aria. Jared vide Ares. Ne vide l'espressione vittoriosa e rabbrividì.

— Il tuo silenzio non è servito a niente. Tu non servi più a niente — sibilò il Signore della Guerra.

Per l'ennesima volta la furia di Ares si scatenò su di lui, più violenta e selvaggia che mai. Chiunque avrebbe ceduto a quella sofferenza immane. E anche Jared avrebbe ceduto se non fosse riuscito a visualizzare nella sua mente un'immagine su cui concentrare le sue speranze. Un' immagine a cui affidare il suo desiderio di salvezza. Un' immagine da cui trarre forza.

L'immagine del viso di Hoon.

Il Potere dei Sogni

dall'Oscurità

Nel Dodekatheon, dal trono usurpato a Zeus, il Signore della Guerra covava propositi di vendetta. Aveva inseguito sogni di dominio universale e aveva assaporato l'ora della vittoria. Ma quella vittoria e quei sogni gli erano stati negati. E l'ultimo smacco bruciava come veleno.

Al centro del sacro tempio, la Fiamma d'Oro riverberava la sua luce tenue sulle statue che la circondavano. Otto statue. Otto simulacri immobili che un tempo erano stati dei, come lui. Su ogni statua brillava una pietra. Ogni pietra conteneva i poteri della divinità pietrificata su cui era incastonata.

Ares fece scorrere lo sguardo sull'acquamarina che splendeva al centro del tridente di Poseidone e sull'ambra con i poteri di Demetra. Con una furia antica che gli divorava la mente, concentrò la sua attenzione sulla mano del simulacro di Efesto, su cui avrebbe dovuto splendere la rossa corniola. Invece la pietra del dio del fuoco era finita nelle mani delle sue nemiche. Anche loro avrebbero dovuto essere lì, con corpi immobili come quelli degli altri dei. Ma le antiche Signore dell'Olimpo gli erano sfuggite. Loro erano ancora libere. Sulla Terra.

— Mio Signore… — risuonò una voce.

Ares guardò torvo la tremebonda creatura che si era inginocchiata al suo cospetto. Drakos, il suo fido servitore, stringeva negli artigli tremanti il turchese di Ermes che lui stesso gli aveva consegnato.

— Porto colui che hai evocato dalla più oscura regione dell'Olimpo — continuò Drakos con aria impaurita. — Colui che vendicherà la tua sconfitta, mio Signore.

Il ruggito di Ares fu così spaventoso che la Fiamma d'Oro vacillò, debole come non mai, nel grande braciere.

— Come osi, miserabile servo!

Drakos si chinò fino a toccare terra con la fronte.

— Perdono, perdono, mio Signore!

— Taci! — Il dio fece un gesto minaccioso. — Che entri il Sicofante!

Davanti al trono si materializzò un essere fluttuante

avvolto in un mantello nero, con due scintille biancastre al posto degli occhi. Si inchinò ad Ares in segno di obbedienza.

— Comanda, Signore della Guerra.

— Spirito oscuro, sei stato evocato per obbedirmi — disse Ares. — Le dee che mi hanno strappato la vittoria sono fuggite sulla Terra rinascendo come mortali. Ora tre ragazze qualunque possiedono l'anello di Efesto. Tu laverai quest'onta. Ti insinuerai in mezzo a loro e seminerai la discordia.

Ares fece roteare la spada. L'arma sibilò vicinissima al volto del Sicofante, che rimase impassibile, e frantumò il seggio su cui si abbatté.

— Non farti ingannare dal loro aspetto. Sembrano tre ragazzine, ma dentro di loro battono i cuori e i poteri di Atena, Artemide e Afrodite. Per quanto inesperte, hanno conservato parte dei loro poteri.

Lo spirito chinò il capo in segno di assenso.

Il Signore della Guerra si levò dal seggio divino. Si avvicinò alle statue e staccò il rubino grezzo dalla corona d'alloro posta sul capo pietrificato di Dioniso. Un bagliore rossastro si sprigionò dalla pietra.

— Con questo raggiungerai la Terra — disse consegnando il cristallo al Sicofante. — E adesso va', porta l'odio tra le mie nemiche!

Lo spirito incappucciato ruotò su se stesso e svanì in un vortice.

Ares tornò a sedersi sul trono. Osservò la fiamma che si affievoliva inesorabilmente. Finché non fosse riuscito a sottomettere le dee, il suo corpo e tutto l'Olimpo si sarebbero consumati con lei. Da tempo sentiva decrescere la sua potenza, logorarsi la sua forza. Quel corpo che aveva affrontato e vinto mille battaglie lo stava abbandonando. Ormai era ridotto a uno spettro.

Ma presto avrebbe avuto il suo trionfo, lo sentiva. Appena le sue nemiche fossero cadute nella trappola del Sicofante, non avrebbe più avuto ostacoli. Grazie ai loro poteri avrebbe recuperato tutte le sue forze e dominato definitivamente sull'Olimpo.

Per l'eternità.

— L'ora della vendetta è giunta, mio Signore — disse Drakos facendosi avanti. — Il Sicofante è invincibile.

— Tu occupati dell'anello di Efesto — tagliò corto Ares.

— Non fallirò, mio Signore, non fallirò.

— Sarà meglio per te. O farai la fine che è toccata a Morfeo.

— Morfeo? — tremò il servitore. — Lui aveva osato opporsi al tuo volere, mio Signore. Io non ti tradirò mai. Mai!

— Tutti tradiscono prima o poi… E adesso vattene!

Drakos si dileguò in silenzio. Il Signore della Guerra rimase solo nel Dodekatheon.

Già, Morfeo. Aveva resistito alle sofferenze più atroci, pur di non sottomettersi. Le sue ultime parole erano state che lo faceva per amore…

Ares rise sprezzante.

E per amore di chi, poi?

Incidente di Percorso

— Hoon Song, le domande non sono di tuo gusto?

La voce gracchiante della professoressa Johnson echeggiò lontana nella mente di Hoon, ma lei non ci fece caso. Aveva sempre avuto la tendenza a perdersi nei suoi pensieri, ma da quando era stata sull'Olimpo era addirittura peggiorata. Tutto era cominciato quando lei e le sue amiche, Sid Madison e Luce Grimaldi, avevano pianto strane lacrime che si erano solidificate in cristalli. Quelle di Hoon erano diventate ametista, quelle di Luce quarzo e ossidiana quelle di Sid.

Senza badare a quello che le succedeva attorno, Hoon portò istintivamente la mano all'orecchino da cui pendeva la sua ametista, diede un'occhiata al quarzo della collana che Luce stava tormentando, mentre scriveva china sul banco di fianco al suo, e corse con la mente al portachiavi con l'ossidiana che Sid, nell'altra classe, aveva sicuramente attaccato al passante dei jeans. Quelle pietre erano diventate i loro gioielli preferiti e nessuna se ne separava mai. Perché erano i simboli di ciò che erano state. E che erano ancora.

Tre grandi amiche. Ma soprattutto tre dee.

Luce, con il potere del suo fascino e delle sue emozioni: Afrodite.

Sid, con il potere della sua forza e del suo coraggio: Artemide.

E lei, Hoon, con il potere della sua mente: Atena.

Sopravvissute all'ultima guerra di Ares per il dominio sull'Olimpo, le dee erano sfuggite alla sua furia bevendo l'Anambrosia ed erano rinate come mortali sulla Terra. Ci erano riuscite grazie all'aiuto di Morfeo, il Signore dei Sogni amato da Atena, che era rimasto nel loro mondo d'origine per conservare i loro ricordi. Ma Ares aveva scoperto la loro nuova identità e aveva cominciato a dar loro la caccia.

Era stato un ragazzo senza nome, che Hoon aveva chiamato Jared, a rivelare tutto questo. Un ragazzo che le aveva parlato attraverso lo schermo del suo televisore, e poi sull'Olimpo attraverso il display del suo cellulare. Un ragazzo che aveva risvegliato in lei un sentimento segreto.

Jared…

Hoon era convinta che Jared fosse Morfeo esattamente come lei era Atena. Ma non ne era certa. Se avesse avuto ragione, avrebbe significato che l'amore tra Atena e Morfeo aveva superato le pieghe del tempo e si era trasformato in quello che lei provava per Jared. Ma se avesse avuto torto…

Non sapeva cosa pensare.

Ma non riusciva a non pensarci.

***

— HOON SONG!!! – l'urlo della Johnson la riportò alla realtà.

— Scusi, mi ero distratta un attimo – si giustificò lei. Sapeva benissimo di essersi distratta ben più di un momento, ma non era il caso di farlo notare.

— Un attimo? — l'insegnante di letteratura se n'era accorta da sola. E la fissava con aria arcigna, appollaiata dietro la cattedra. Non a caso l'avevano soprannominata prof Avvoltoio. — Ti tengo d'occhio da più di un'ora e non hai neanche guardato il foglio. Hai già risposto a tutto?

— Be', io… — rispose Hoon, rendendosi improvvisamente conto del disastro: mentre l'intera classe tratteneva il respiro, si accorse di aver risposto a tutte le domande con un solitario e orribile scarabocchio.

— In realtà no — sospirò la ragazza. — Mi preparavo a cominciare.

Ci fu un mormorio di stupore tra i compagni. Qualcuno ridacchiò.

— Allora ti interesserà sapere che mancano cinque minuti alla consegna — sibilò la Johnson, imponendo il silenzio con una rapace occhiataccia. — Ti conviene darti da fare se aspiri a un voto superiore al meno due. O anche semplicemente a un voto.

Cinque minuti? Hoon non ce l'avrebbe mai fatta.

Sbirciò Luce, seduta nel banco accanto al suo in prima fila. Sicuramente l'amica pensava che avrebbe finito in tempo e se la sarebbe cavata brillantemente come tante altre volte: le sorrise in segno d'incoraggiamento e tornò a scrutare il foglio della verifica come se fosse scritto in aramaico.

Per completare il test in pochi minuti Hoon avrebbe dovuto solo mettere tutte le crocette nelle caselle giuste. Uno scherzo, visto che per quella verifica aveva studiato. Non importava certo che le venisse in soccorso uno dei poteri divini che aveva scoperto di avere, uno dei *clic* che l'avevano salvata altre volte. Quei *clic* che le permettevano di sapere cose che non sapeva di sapere e che le facevano girare il cervello a mille. Quei *clic* che provenivano direttamente dalla sua vita passata, dalla sua vita di dea. Per rispondere a tutte quelle domande bastava che fosse lì con la testa. E invece la sua mente era lontana.

Luce picchiettò sul banco per attirare la sua attenzione e le fece segno di darsi una mossa. Di sicuro cominciava a chiedersi perché se ne stesse lì con la biro a mezz'aria senza nemmeno pròvarci. Hoon scosse la testa.

— Tempo scaduto! — decretò implacabile la prof Avvoltoio, grattandosi le mani in modo ripugnante. — Rinoir, vuoi ritirare tu i compiti?

— Volentierissimo, professoressa!

Fred Rinoir, il bipede più viscido dell'intera scuola, strisciò tra i banchi a raccogliere i fogli. Mise quello di Hoon in cima al mucchio e li portò alla cattedra.

— Compito in bianco, Song? — disse la prof in tono acido esaminando il suo foglio. — Interessante questo ghirigoro. Ne terrò conto per il tuo voto.

Hoon rimase in silenzio e il suono della campanella mise fine al suo imbarazzo. Avvoltoio Johnson uscì dall'aula e alcuni degli studenti la seguirono.

— Io pensavo che avessi già finito! — esclamò Luce con aria dispiaciuta. — A me non sarebbe bastato avere il doppio del tempo e i libri aperti sul banco per rispondere a tutte quelle domande spaccatesta… e infatti le ultime le ho messe giù a caso, ma tu... Cosa ti è successo?

— Cosa mi è successo non lo so — rispose Hoon infilando nello zaino astuccio e diario. — Ma so di sicuro che prenderò il voto più basso della mia carriera.

— Niente *clic*?

— Niente, ma non ne avevo bisogno. Le risposte le sapevo, è che mi sono dimenticata di scriverle!

— Allora neanche i geni sono infallibili — disse Fred Rinoir uscendo. — Peccato, mi crolla un mito!

Fred sgusciò via prima che potessero ribattere qualcosa. Adesso nell'aula della I F erano rimaste solo loro due.

— Non badare a quella sottospecie di anellide, la sua è solo invidia! — sbottò Luce. Hoon apprezzava molto il modo in cui l'amica perdeva le staffe ogni volta che qualcuno si azzardava a criticarla. — Fred e quelli come lui si sentono talmente stupidi di fronte a te che quando commetti un errore si sentono meglio!

— Però ho fatto una figuraccia cosmica. Oggi ho i neuroni in sciopero — ammise Hoon mentre uscivano nel corridoio. — Per una volta Rinoir non ha tutti i torti.

— Tanto per cominciare, Fred Rinoir ha sempre tutti i torti — insistette Luce. — I neuroni in quella testaccia unta sono in sciopero da quando è nato. Un incidente di percorso capita a tutti. Anche ai veri geni.

Hoon sorrise per l'entusiasmo dell'amica.

— Fa piacere poter sempre contare su di te!

Nel cortile della vecchia scuola era un viavai di biciclette e motorini. A gruppetti, ragazzi e ragazze chiacchieravano prima di tornare a casa. Hoon e Luce si sedettero su un muretto ad aspettare Sid, che usciva qualche minuto dopo dalla I C. Era una giornata di sole primaverile, a Rainbow Hill.

— Ma a cosa pensavi durante il compito? — le chiese Luce. — È da un pezzo che sei strana... cioè, che sei più strana del solito.

Hoon si guardò i vestiti. — Oggi ho imbroccato i colori? — scherzò, cercando di cambiare argomento.

— No, sei tu che non sei a posto — rise Luce. — Vuoi che non mi accorga di quando hai qualcosa che non va?

— Ti assicuro che non c'è niente — si affrettò a rispondere Hoon. — È solo che, con questa storia del rinnovo del negozio, mia madre mi rifilerà tonnellate di cose da fare. E siccome mio fratello non muoverà un dito, mi toccherà lavorare anche per lui. — Hoon prese fiato. — Con tutte le verifiche che ci aspettano, più questa da recuperare, mi aspettano giorni allucinanti!

— Sei sicura? — Luce la scrutò diffidente.

Hoon si pentì di aver parlato così a raffica. Sapeva che l'amica lo avrebbe interpretato come un segnale di nervosismo e avrebbe attivato i suoi speciali sensori rileva-bugie. Era come se riuscisse a leggere i pensieri altrui, ma soprattutto i suoi. E non per qualche misterioso potere, era proprio una dote naturale. L'unica soluzione era darsi alla fuga.

— Ma se ti importa così tanto della scuola — aggiunse Luce con aria furbetta — come mai invece di fare il compito hai passato tutto il tempo a guardare per aria? E poi non sembri troppo preoccupata del votaccio che ti appioppera la Johnson.

Hoon era con le spalle al muro. L'arrivo di Sid la salvò *in extremis*.

— Ciao, ragazze! — le salutò l'amica passando a razzo. — Scusate, ma Dude mi aspetta. Oggi ci alleniamo un'ora prima. A più tardi!

Salvataggio sfumato.

Sid scappò via prima che riuscissero a salutarla. Hoon e Luce rimasero a guardarla mentre saltava sullo scooter di Dude, il suo amico del cuore, e partiva con lui per andare all'allenamento di scherma. E con loro se ne andava l'unica possibilità che aveva Hoon di evitare di rispondere a domande troppo insistenti.

— Dude è proprio carino! — disse Luce mentre recuperavano le loro biciclette dalle rastrelliere. — Mi piacerebbe uscirci una volta o l'altra, ma non so come la prenderebbe Sid.

— Perché dovrebbe prenderla male? Per lei è come un fratello maggiore, lo dice sempre — rispose Hoon distrattamente, cercando di slegare in fretta la catena della sua bici da uomo, di un acceso fucsia fluo.

— Aspetta, ti aiuto io — fece Luce, vedendo che si stava praticamente ammanettando alla ruota

— Grazie — sorrise Hoon. — Adesso però devo scappare anch'io.

— Non facciamo la strada insieme? — chiese Luce sorpresa. — Ma cos'avete tutti, oggi?

— Ti telefono, ciao!

Hoon schizzò via. Non era certo contenta di comportarsi in quel modo, ma non avrebbe potuto resistere a un interrogatorio in piena regola. Allo stesso tempo non si sentiva ancora di parlare di quello che la mandava fuori orbita. Voleva prima cercare di capire da sola.

Perché Luce non si era sbagliata su di lei. Magari non era un asso con i test di letteratura, ma nella materia "intuitologia" si sarebbe meritata il massimo dei voti.

Da parte sua, Hoon era troppo agitata per riuscire a parlare di Jared. Era una cosa troppo grande, forse più grande del fatto stesso di essere stata Atena.

Una cosa che la rendeva disperata e felice nello stesso tempo.

Cose che Capitano

Al Dream's Emporium, il megastore della famiglia Song in cui si vendeva di tutto, dalle merendine ai pezzi di antiquariato, dai rossetti ai quadri semoventi, c'era gran fermento.

Hoon spinse la porta con il cartello CHIUSO PER RINNOVO LOCALI e fu travolta da un intenso odore di vernice fresca. In cima a una scaletta suo padre fischiettava tinteggiando una parete. Sua madre, dietro il bancone con carta e penna, stava facendo dei conti. Suo fratello Yong, come al solito, non faceva niente. Sentendola entrare, il padre Shin si girò con un gran sorriso e la salutò agitando il pennello sgocciolante.

— Ciao a tutti! — disse Hoon. — Quando si mangia?

— Sempre troppo tardi — rispose Yong in un raro

sprazzo di energia. Se ne stava seduto con le gambe penzoloni sopra uno scatolone.

— Tra poco saliamo tutti — disse Hana Song lanciandole un'occhiatina che prometteva male. Molto male. — Hoon, vieni un momento.

"Ci siamo" pensò lei. "È scoccata la mia ultima ora."

Sua madre la portò nel retrobottega, zeppo della merce tolta dal negozio per i lavori.

— Come avrai immaginato… — cominciò senza tanti preamboli — ci sarà bisogno del contributo di tutti per rendere più bello e funzionale il nostro emporio…

— "Tutti" include anche Yong? — la interruppe Hoon.

— Certo, lui sta aiutando vostro padre. Ma adesso parliamo di te. Con la riorganizzazione che ho… che abbiamo deciso, ci sarà bisogno di più spazio per la merce. Purtroppo il magazzino è occupato dalle cianfrusaglie di tuo padre.

In effetti Shin Song aveva la mania di comprare gli oggetti più strambi e invendibili mai concepiti da mente umana.

— E quindi…? — chiese Hoon intuendo la condanna ai lavori forzati.

— E quindi qualcuno dovrà mettere ordine. Affido a te questo compito. Tutto quello che non riusciremmo a vendere nemmeno nell'arco di sette generazioni, si butta.

— Però è un peccato, sono oggetti così... così... così... — Hoon non trovava la parola adatta a descrivere gli assurdi aggeggi del padre.

— Orripilanti, inutili e polverosi — tagliò corto Hana Song, ma nessuno dei tre aggettivi era quello che cercava Hoon, a cui in fondo gli oggetti del padre piacevano. — Se lo riterrai necessario, fatti aiutare da tuo fratello.

— Siamo seri, mamma — ribatté Hoon. — Tuo figlio ha ormai preso la forma del divano e non muoverà un mignolo. La sfacchinata me la sciropperò tutta io.

La signora Song si lasciò scappare un mezzo sorriso e non replicò. Con Yong era molto più tollerante, lasciava correre cose che a Hoon sarebbero costate millenni di paghetta.

— E poi stai trascurando un ostacolo insuperabile — insistette lei aggrappandosi all'ultimo appiglio.

— Che sarebbe? — fece sua madre, in tono calmo ma fermo come sempre. Un muro di gomma, morbido ma impenetrabile.

— Papà — rispose semplicemente Hoon. — Non si separerà mai dalle sue amate chincaglierie. Ognuno di quegli oggetti è un pezzo della sua vita. Come speri di convincerlo a sbarazzarsene?

— Trovare il modo sarà un tuo problema — disse Hana Song. — Lui sa che te ne occuperai e cercherà in tutti i modi di commuoverti. Dovrai essere forte!

— Mi ci vorranno come minimo dieci anni...

— Invece dovrai riuscirci in tempo per l'inaugurazione. Regolati.

— E come faccio a studiare e tutto il resto? — si lamentò Hoon, ma sua madre stava già tornando in negozio a passo di marcia. La discussione era chiusa per sempre.

In poche ore Hoon aveva collezionato una verifica in bianco e una condanna a vita da trascorrere nel magazzino. La giornata prometteva davvero bene.

***

— Cosa ti prende? — fece Sid, parando con la sciabola un'improvvisa stoccata di Dude. — Ci stiamo solo riscaldando!

— Oggi mi sento carico — disse lui saltellando euforico. — Non hai speranze.

— Le rarissime volte che sei riuscito a battermi, avevo quaranta di febbre o non dormivo da mesi — sorrise Sid.

— Un attimo di attenzione, per favore! — La voce roca dell'allenatrice Patty Dawson risuonò nella palestra.

Tutti si fermarono e fecero silenzio.

— Da oggi abbiamo un nuovo iscritto — proseguì la Dawson.

Fece un cenno a qualcuno tra gli allievi e un tipetto dai capelli rossi che Sid neanche aveva notato si affiancò all'allenatrice.

— Lui è Sasha — lo presentò lei. — Anche se siamo già a metà corso, è tecnicamente molto capace e potrà inserirsi benissimo. Adesso ce ne darà una dimostrazione. Chi vuole salire in pedana?

— Potrebbe venire quella ragazza? — fece Sasha con un sorrisetto.

— Dude, sta indicando me? — grugnì Sid.

— Mi sa di sì — rispose lui ridacchiando. — E scommetto che tra poco se ne pentirà.

— Vieni, Sid — la chiamò la Dawson. — Ottima scelta, Sasha. Sid Madison è una delle migliori.

Lei raggiunse l'avversario in pedana controvoglia. L'allenatrice le scoccò un'occhiata che era tutto un programma, come al solito voleva tenerla sotto pressione.

Sasha la fissò con quel suo sorriso fuori luogo, finché finalmente non lo fece sparire sotto la maschera. Al segnale dell'allenatrice iniziarono a combattere. Si studiarono a vicenda con qualche affondo per trovare i punti deboli dell'avversario. Lo strusciare delle suole sulla pedana e gli schiocchi delle sciabole erano gli unici suoni che rompevano il silenzio. Sid adorava l'atmosfera della palestra, ma quel pomeriggio c'era qualcosa di strano.

Sasha era dotato di un'abilità e di uno scatto impressionanti. E lei sentì una sensazione sgradevole che la prendeva allo stomaco. Il suo avversario le stava sfuggendo di mano. Era troppo veloce. Troppo preciso. Nemmeno la Dawson era così rapida ed efficace. Ed era un'ex campionessa.

Sid non riusciva a capire da dove le arrivavano i colpi...

Poi fu un attimo.

Con una stoccata micidiale Sasha la toccò sulla spalla. Sid rimase di sasso.

— Va bene, Sid, grazie! — disse l'allenatrice spazientita. — E complimenti a te, Sasha. Da oggi sei dei nostri.

Sid si tolse la maschera dal viso sudato e scese dalla pedana senza una parola. Non poteva credere a una simile umiliazione. Nessuno era mai riuscito a batterla in quel modo e così in fretta!

Gli altri allievi andarono a salutare il vincitore. Sid sussultò nel vedere anche Dude in mezzo a loro. Dal suo amico d'infanzia si sarebbe aspettata almeno una pacca sulla spalla. Intanto Sasha, mentre stringeva la mano a tutti, continuava a sorridere guardando lei. Con quel sorrisetto fastidioso e irritante.

Alla fine dell'allenamento, Sid andò a cambiarsi. Voleva a tutti i costi evitare una ramanzina della Dawson. "Ci risiamo col tuo problema di concentrazione", eccetera eccetera. Quel discorso l'aveva già sentito anche troppe volte. Sapeva di sbagliare con quell'atteggiamento, perché alla fine ci avrebbe rimesso solo lei, ma era una questione di orgoglio. E poi quello che le era successo non riguardava la sua concentrazione. C'era dell'altro, se lo sentiva addosso.

Uscì dalla palestra di pessimo umore. Si sedette sullo scooter ad aspettare Dude. Dalla zona del complesso sportivo si vedeva un tratto del Potamok, lo stretto in cui si mescolavano le acque di due mari. Respirò a pieni polmoni la brezza salmastra per calmarsi.

Poco dopo il suo amico sbucò dall'ingresso insieme a Sasha.

— Allora la prossima volta ci alleniamo insieme! — stava dicendo Sasha, senza degnare Sid di uno sguardo. Lei trasalì. Dude era il suo compagno di allenamento. Nessuno di loro due si allenava mai con altri.

— Ho sentito dire che sei il più forte, qui in palestra. — continuò l'insopportabile testa rossa.

— Uh, grazie, ma io non… — fece Dude imbarazzato. Lanciò un'occhiata a Sid, ma lei rimase immobile come una sfinge guardando altrove, mentre una rabbia incontrollabile le montava dentro. Opportuna quanto il sorriso di Sasha.

— C'è il mio autobus! — esclamò Sasha. — Ci vediamo!

Il piccoletto corse alla fermata e salì appena in tempo.

— Che tipo! — fece Dude. — Ti accompagno a casa o andiamo a berci un'aranciata da Fatty Sam?

Non le chiese cosa fosse successo, non le fece una predica. Ecco uno dei motivi per cui Sid andava d'accordo con Dude. Lui la conosceva bene e sapeva quando era il caso di lasciarla in pace.

— È lo stesso se facciamo un'altra volta? — rispose lei stiracchiando un sorriso. — Non sono in vena.

— Dai, non pensarci — disse Dude. — Sono cose che capitano.

"No" pensò Sid. "Non a una dea." A che le servivano tutti quei poteri nascosti se poi faceva la figura della dilettante?

— E comunque Sasha è nuovo, lo sanno tutti che la più forte sei tu — aggiunse Dude tirando fuori i due caschi dal bauletto. Anche se cercava di nasconderlo, sprizzava felicità da tutti i pori per i complimenti di Sasha.

— Da oggi sembra di no — ribatté Sid. — Sei appena stato eletto numero uno della palestra…

— Non ti sarai arrabbiata per quello che ha detto Sasha?

— Ma fammi il piacere. Vogliamo andare?

Dude la guardò e scoppiò a ridere. — Il casco non ti dona quando sei arrabbiata. Sembri un peperone in scatola!

Alla fine si mise a ridere anche lei. Per un attimo le era venuta voglia di andarsene a piedi, ma sarebbe stato come riconoscere di essersi arrabbiata sul serio.

In fondo non era il caso di prendersela tanto. Magari quel Sasha era una specie di ragazzo prodigio spuntato da Plutone. Lei era stata colta di sorpresa e aveva perso, ma alla prima occasione… Doveva solo aspettare il momento giusto e la prossima sfida.

***

— Dai, tesoro, sono cose che capitano — disse sua madre Gail.

— Non dovrebbero capitare a me — si ostinò Sid mentre si consolava con un sandwich a dieci piani.

Arrivando a casa aveva trovato sua madre in cucina che faceva una pausa per bersi un tè, prima di riprendere il suo lavoro di designer di gioielli nel negozio adiacente. Daimon, il suo amato bouledogue francese grande come una pulce ma coraggioso come un leone, se ne stava seduto buono di fianco alla sedia.

— Dovevi vedere la faccia di Dude — riprese Sid. — Era felice come se stesse nuotando in una piscina di cioccolato per i complimenti di Mister Sorriso a Sproposito!

Si bloccò per un attimo. Un epiteto come quello avrebbe potuto uscire dalla bocca di Luce. Poi proseguì: — Avevo quasi voglia di piantarlo lì con il suo nuovo amico...

— È normale che fosse contento, voi due siete in competizione da quando eravate piccoli — disse sua madre sorridendo. — Ricordati che ai maschi dà un gran fastidio quando una ragazza è più brava di loro. E tu lo sei.

Sid si strinse nelle spalle. Cominciava ad avere qualche dubbio in proposito.

Gail finì il suo tè verde e si alzò. — Scusami, ma adesso devo tornare di là. Aspetto una cliente.

Passando le scompigliò affettuosamente i capelli e Sid mugugnò qualcosa dando un morso enorme al suo panino. Era già più tranquilla. Con la dolcezza che metteva in ogni cosa, sua madre riusciva sempre a spegnere gli incendi sul nascere.

— Però quel Sasha è veramente antipatico — borbottò Sid fra sé. — Tu che ne pensi, Daimon?

Il cane le saltò in braccio e abbaiò.

— Lo sapevo che eri d'accordo con me!

una Boccata d'Aria

Luce chiuse gli occhi e fece un lungo, lunghissimo respiro. Cercò di contare fino a tre per non esplodere. Si fermò al due.

— Gingi, ti ho detto di abbassare quella tv! — urlò affacciandosi sulle scale. — Sono al telefono e non riesco a sentire una sola parola! E piantala di saltare sul divano!

Suo fratello abbassò il volume del televisore giù in soggiorno e smise per qualche secondo di saltellare sul divano. Lei tornò a buttarsi sul letto in camera sua.

— Scusa, Hoon! Gingi ha la capacità di farmi impazzire — disse recuperando il cordless. — Dov'eravamo rimaste?

Ripresero a controllare le espressioni di algebra da portare per il giorno dopo. Era la terza volta che dovevano interrompere. Già la matematica era una tortura, ci mancava anche il suo adorato fratellino!

— … e questa era l'ultima — concluse Hoon. — Ce l'abbiamo fatta.

— Meno male, non ci speravo più — disse Luce con sollievo.

Mise da parte il quaderno e si stese più comoda sul piumino che profumava di vaniglia. Finalmente potevano chiacchierare. Ma niente interrogatori. Si era pentita di aver assalito l'amica, l'altro giorno a scuola. Hoon era tormentata da qualcosa, e lei immaginava anche da cosa, ma era suo diritto parlarne quando se la fosse sentita.

— Oggi ho dato un'occhiata nel magazzino… — stava dicendo Hoon a proposito della condanna che la madre le aveva inflitto. — Ci vorrebbe un esercito per mettere ordine là dentro.

— Conta pure su di me — le assicurò Luce. — E anche su Sid. Insieme ci divertiremo, c'è un sacco di roba divertente.

— Guarda che l'hai promesso! Potrei approfittarne davver… ma cosa succede?

All'improvviso il volume della tv si era rialzato a livelli da stadio.

— GINGI!! — strepitò Luce in preda a un attacco

di rabbia. Poi al telefono: — Scusa, Hoon, ma a mali estremi, rimedi peggiori! Ti richiamo io.

Appena la vide scendere in soggiorno, suo fratello nascose il telecomando dietro la schiena e si mise a saltellare sul divano con aria strafottente.

— Gin-gi! Gin-gi! — cantilenava ridacchiando.

— Te la sei cercata! — lo minacciò lei.

Non le lasciava altra scelta. Con suo fratello Luce cercava di non ricorrere troppo spesso al suo divino "battito di ciglia", il più divertente dei poteri che aveva ereditato dal suo passato di Afrodite. Ma non c'era altro modo per tenere calmo Gingi per cinque minuti consecutivi.

— Gingi? — lo chiamò con voce suadente.

Lo fissò negli occhi e sbatté le ciglia. Sentì salire dentro di sé il calore intenso a cui era abituata, solo un po' più forte del solito.

— Smetti di saltare sul divano.

Lui si fermò all'istante. Effetto rapidissimo!

— Adesso io torno in camera — proseguì lei in tono soave. — Tu stai seduto lì buono a guardare la tv. E a volume bassissimo. Ricevuto?

— Okay, Luce — rispose Gingi, docile come un agnellino. Si mise a sedere e abbassò il volume del televisore, come se fosse un bambino normale e non il Flagello di Casa Grimaldi.

Luce tornò in camera impressionata dal risultato. Se ci avesse pensato prima, si sarebbe risparmiata un bel po' di scocciature. Richiamò Hoon e si misero a chiacchierare dei ragazzi carini di terza che avevano conosciuto all'intervallo. E quando parlava di ragazzi, Luce perdeva completamente la nozione del tempo.

— Luce!

Lo strillo la riportò alla realtà. Era la voce di sua madre.

Luce saltò per aria rendendosi conto che aveva passato un'ora nel silenzio più paradisiaco. "E Gingi?" pensò. Salutò Hoon e corse ad affacciarsi sulle scale. I suoi genitori erano appena rientrati dal lavoro agli studi televisivi e se ne stavano in piedi in soggiorno.

— Cosa c'è, mamma? — chiese Luce. — Mi hai fatto spaventare!

Eloisa Grimaldi indicò Gingi inorridita. Il bambino era seduto davanti alla tv, tranquillo. In effetti vedere Gingi il Distruttore starsene lì in quel modo sembrava contro natura.

— Sta guardando la tv — disse Luce con disinvoltura, mentre un orribile sospetto la sfiorava. — Che problema c'è?

— Che problema c'è? Sta fermo. E zitto. E ascolta la tv quasi senz'audio! — Luce notò lo sguardo inquisitore con cui la madre la stava passando ai raggi X. — Cosa gli hai fatto? L'hai messo in castigo?

— Hai mai visto Gingi starsene buono in castigo? — Luce cominciava a sudare. Per qualche motivo con sua madre i suoi poteri non funzionavano granché. Non riusciva a far fare a nessuno qualcosa di troppo contrario alla sua volontà. E sua madre aveva una volontà di ferro. Doveva inventarsi qualcosa. E possibilmente in fretta.

— Stavamo... ehm... — cominciò.

Più in fretta!

— Stavamo facendo il gioco... del... fratellino ubbidiente! — spiegò, e mentre lo diceva le sembrò che fosse la peggior scusa mai inventata. Doveva renderla credibile.

— Adesso ti facciamo vedere. Gingi, mi porteresti di sopra quei dvd?

— Subito — rispose lui con una vocina angelica.

A quel punto Luce si preoccupò sul serio, e non per sua madre. Di solito Gingi le rispondeva con qualche versaccio. Le altre volte che aveva usato il suo potere su di lui, l'effetto era durato giusto il tempo di disinnescare la sua incontenibile furia. Adesso invece sembrava permanente. Con il fiato sospeso fece un gran sorriso a sua madre. Come dire, visto che era solo un gioco?

Eloisa pareva poco convinta.

— L'avevo detto io che era tutto a posto — disse invece suo padre Manuel facendosi una risata.

Luce seguì Gingi al piano di sopra e lui le porse i dvd. Gentilmente, invece di tirarglieli in testa. La situazione era davvero gravissima.

La ragazza afferrò il fratello per le spalle e lo fissò dritto negli occhi.

— Gingi, guardami — gli disse, sbattendo le ciglia. — Dimentica quello che ti ho detto a proposito di startene buono sul divano... Hai capito?

Per tutta risposta, Gingi le sferrò un calcione in uno stinco e scappò via ridendo come una iena. Subito dopo il volume della tv tornò abbastanza alto da sbriciolare i muri.

Anche se aveva uno stinco praticamente frantumato, Luce fece un sospiro di sollievo. Tutto sommato, suo fratello lo preferiva così.

C'era qualcosa che non andava nei poteri, comunque. Per fortuna era riuscita ad annullare l'effetto del primo battito di ciglia, ma doveva parlarne con Hoon. Forse l'amica sarebbe riuscita a trovare una spiegazione. Da sola o con i suoi *clic*.

Così chiamò subito sia lei che Sid e le invitò a fare un giro in centro. Aveva urgente bisogno di una boccata d'aria.

al Kohinoor Center

Quando Sid arrivò in bici davanti a casa di Luce, Hoon era già lì.

— E Luce? — chiese all'amica.

— Ha detto che scendeva subito — rispose Hoon sconsolata. — Però è successo dieci minuti fa.

Sid sorrise. Luce in ritardo. Tutto normale.

— Dove pensavate di andare? — chiese poi, tanto per non perdere tempo.

— Non ne abbiamo parlato. Io avrei voglia di un giretto in libreria.

— In libreria?! — echeggiò la voce di Luce, che usciva di casa in quel momento. — Hoon, abbi pietà! Io avevo in mente una rilassante sessione di shopping selvaggio!

— Io in libreria mi diverto — tenne duro lei.

— Un'altra volta ci passiamo un pomeriggio intero,

promesso, ma non oggi! Ho bisogno di tirare il fiato e poi parleremo di quello che ti ho anticipato al telefono.

— Non pretendo sacrifici umani — si rassegnò Hoon. — Ci andrò da sola uno di questi giorni.

— E se andassimo al Kohinoor? — propose allora Sid. — Lì c'è di tutto. Negozi di vestiti e scarpe, profumerie e librerie. Io dovrei prendermi una felpa nel negozio sportivo.

— Sid, sei grande! — esultò Luce entusiasta. — Io voto per il centro commerciale. E tu, Hoon?

— Okay anche per me.

— Prendi la bici, Luce! — aggiunse Sid, già impaziente sui pedali.

— Vuoi scherzare? — protestò Luce. — Saranno almeno dieci chilometri!

— Saranno un paio al massimo — la corresse Hoon.

— Non possiamo sprecare tutte le nostre energie per pedalare o non ce ne rimarranno per lo shopping!

— Allora troveremo un percorso diretto — disse Hoon.

Tirò fuori il Mercur 3000, il cellulare mille-funzioni che le aveva regalato Luce per il suo compleanno. Anzi, per il loro compleanno, visto che erano nate tutt'e tre lo stesso giorno.

— Basta chiedere al gps — aggiunse Hoon digitando velocissima sulla tastiera.

— Hai il navigatore satellitare sul telefono? — chiese Sid.

— Il Mercur è il meglio del meglio! — disse Hoon orgogliosa, e mostrò alle amiche sul display la piantina della città, con un circoletto lampeggiante che indicava la destinazione prescelta e il percorso più breve per raggiungerla in bici.

Luce dovette arrendersi.

***

Il Kohinoor Center era un edificio ultramoderno a forma di diamante. Il sole pomeridiano che si rifletteva sulle sue sfaccettature lo rendeva di una bellezza accecante.

— Ragazze, guardatevi intorno! — esclamò Luce fuori di sé, divorando con gli occhi la fila interminabile di vetrine al primo piano. — Negozi, negozi e negozi, bella musica, tanta gente... Non vi sentite anche voi nel vostro elemento naturale?

— Sì, adesso che ho visto quello! — disse Hoon indicando un manifesto appeso nella vetrina di un negozio fotografico.

— Be', è solo un concorso — osservò Luce avvicinandosi poco interessata alla vetrina.

— C'è in palio una macchina fotografica professionale per la più bella foto della natura — disse Hoon. — Quanto mi piacerebbe vincerla!

— Perché non partecipi? Tu sei brava con la fotocamera — osservò Sid.

— È vero — confermò Luce. — Ti basterebbe andare col Mercur in un giardino pubblico, oppure nel bosco di Blustery Hill, e poi…

Hoon le rifilò un calcio sullo stinco. Lo stesso su cui si era concentrato Gingi.

— Ahio, ma cosa…?! — esclamò Luce. Poi capì il sottilissimo messaggio dell'amica e si voltò verso Sid. — Scusami. L'ho detto senza pensare…

— Figurati — fece Sid con noncuranza. — Non mi fa nessun effetto.

Non era esattamente così, ma Sid non aveva nessuna intenzione di rovinare l'atmosfera. Il bosco Blustery Hill era il luogo in cui suo padre era sparito nel nulla dieci anni prima, il giorno del grande terremoto, mentre facevano una scampagnata insieme. Sid non ricordava niente di quell'evento, né del padre. O meglio: del padre ricordava perfettamente la risata, una risata calda, allegra e che scaldava il cuore. Era l'unico particolare di cui aveva memoria diretta, che non aveva ricavato da foto e da racconti altrui. Aveva fatto mille sforzi inutili per ricordare, ma non ci era mai riuscita. Ma quando era finita sull'Olimpo con Luce e Hoon e si era ritrovata in un cunicolo sotterraneo, la terra aveva tremato e una roccia l'aveva colpita in pieno. Era rimasta priva di sensi per un po' e aveva *visto*. Non sapeva ancora se si fosse trattato di un sogno, di una visione o di un ricordo. Ma di qualunque cosa si trattasse, le aveva fatto rivivere la scomparsa del padre.

In quello che sperava fosse un ricordo Sid aveva visto Blustery Hill, il papà che cadeva in uno squarcio nel terreno e che spariva avvolto da una saettante luce nera. Aveva visto se stessa bambina piangere in attesa che lui tornasse, asciugarsi le lacrime e stringere un piccolo frammento di ossidiana. Identico a quello che i soccorritori le avevano trovato in mano e che sua madre conservava nella teca in soggiorno.

La "loro ossidiana": Sid non poteva evitare di pensare che si trattasse dello stesso frammento. Da sempre sua madre Gail era convinta che prima o poi il marito sarebbe ricomparso. Lei non ci aveva mai creduto, ma dopo la visione aveva cominciato a sperare.

— Ce ne stiamo qui impalate o entriamo da qualche parte? — aggiunse cercando di pensare ad altro. Non voleva farsi illusioni.

— Cominciamo da quel bellissimo store con i mega-sconti! — Luce colse la palla al balzo.

Prima che Sid e Hoon potessero aprire bocca, lei si era già fiondata nel negozio e si era messa a raccogliere bracciate di vestiti da provare. Le amiche la seguirono rassegnate, ma quando la raggiunsero si stava già installando in un camerino, carica di maglie, magliette, abitini e pantaloni.

— Sono qui, venite! — gridò allegramente. — Lo sapete che non posso scegliere senza il vostro consulto!

Saltò fuori poco dopo con un paio di jeans e si guardò allo specchio.

— Come mi stanno? Mi sembra che non slancino. E poi il colore non mi piace tanto. A dire il vero è orrendo. Ma perché ho preso dei pantaloni così osceni?

"Tipico" pensò Sid. La velocità con cui l'amica riusciva a cambiare idea era una delle sue caratteristiche distintive.

Luce sparì di nuovo nel camerino senza nemmeno aspettare la loro opinione. Sid alzò gli occhi al cielo e Hoon si mise a ridere. Era solo l'inizio.

— Ragazze, posso aiutarvi? — si avvicinò una commessa.

— Magari! — rispose Hoon. — Se vuoi ripassare tra circa sei ore, troverai due o trecento maglie da piegare...

— Purtroppo chiudiamo fra due — ribatté la ragazza ridendo e andò a servire altre clienti.

— Ti ho sentita, cosa credi? — disse Luce spuntando fuori dalla tendina. — Piuttosto, non vi ho ancora raccontato il mio pomeriggio da incubo.

— Il mio è stato peggio — brontolò Sid.

— Altri problemi in palestra? — le chiese Hoon.

— Già, sempre per Mister Sorriso a Sproposito — grugnì Sid. — Quello che mi ha fatto fare la figura dell'impiastro. Si è allenato con Dude!

— E allora? — domandò Luce, sempre incorniciata nella tenda del camerino.

— Come, allora? Da Dude non mi sarei mai aspettata uno scherzo del genere. Mi ha scaricata come un calzino... vecchio, bucato e tarmato!

— Per una volta potrà allenarsi con qualcun altro, no? — replicò Luce.

— Bah, lasciamo perdere, tanto tu lo difendi sempre — concluse Sid scocciata.

— È vero, è così carino... — rise Luce. — Ma dovevo parlarvi del *mio* pomeriggio, mi pare!

— Alla fine non eri riuscita a placare quello scatenato di tuo fratello? — chiese Hoon.

— Be', sì, fin troppo! — rispose Luce, e dopo una cronaca dettagliata concluse: — Insomma, ho sbattuto le ciglia come le altre volte, ma senza volere ho ipnotizzato mio fratello. Meno male che sono riuscita a sistemare tutto, se no a quest'ora mia madre mi avrebbe già fatto arrestare.

— Io non starei a preoccuparmi — osservò Sid. — Anche a me è capitato qualche piccolo incidente con i poteri.

— Però non mi sembra normale — fece Hoon con un'aria pensosa nei suoi occhi blu.

— Normale… — ironizzò Sid. — Invece scoprire di essere le dee dell'Olimpo redivive è "normale"? È una fase dell'adolescenza? Prima o poi ci passano tutte?

Hoon non raccolse la provocazione e si mise a ripiegare con cura maniacale la roba che Luce aveva scartato. Sid notò che tutt'a un tratto si era estraniata dal mondo intorno. Quando metteva le cose in fila, voleva dire che aveva bisogno di tranquillizzarsi oppure che qualche meccanismo nella sua testa si era messo in moto.

Intanto Luce proseguiva la sua sfilata. Alla fine ci fu il verdetto sui capi che si era provata. Questo faceva a pugni col colore dei capelli, quello era fuori moda, quell'altro le spegneva il viso… Sid era allo stremo. Hoon non sembrava nemmeno lì con loro.

— Ecco, possiamo andare alla cassa — decise Luce,

selezionando l'unica maglia superstite. — Ma voi non guardate niente?

Se non fossero state così amiche, Sid avrebbe potuto darle un pugno. Ma lo erano.

***

Quando finalmente uscirono, fecero tappa a un chiosco attirate dal profumino di pizza al taglio. Hoon posò gli occhi sulla megalibreria del centro.

— Faccio un giro velocissimo, anche perché in tasca non ho un soldo — disse sorridente. — Entrate anche voi?

— Ti aspettiamo qui fuori — rispose Sid. — Cerca di non metterci anche tu tre quarti d'ora. Non so chi è peggio di voi due.

Mentre Hoon si tuffava nel suo elemento preferito, Sid si girò e restò senza fiato. Afferrò Luce per un braccio e la trascinò con sé dentro la libreria.

— Ehi, ma che cavolo...?! — esclamò Luce. — No, i libri no!

— Zitta, per carità! — la fulminò Sid, nascondendosi dietro gli espositori della vetrina e mettendosi a spiare fuori.

— Cosa succede, Sid?

— Guarda — disse lei. — Il ragazzo insieme a quel piccoletto coi capelli rossi non è Dude, vero?

— Il ragazzo insieme a quel piccoletto coi capelli rossi *è* Dude — rispose Luce sbirciando fuori. — E stanno venendo da questa parte. Il piccoletto è Sasha, scommetto.

— Già. — Sid pensò a dove nascondersi. — Dici che ci hanno viste?

— Ho idea di sì. Tutta questa scena solo per l'allenamento di oggi?

Con una smorfia stizzita Sid le fece segno di chiudere il becco. Le ultime persone al mondo che avrebbe voluto incontrare erano a due passi da lì. Ma con un po' di fortuna...

— Luce, Sid! — risuonò la voce allegra di Dude.

— Oh, ciao, Dude! — salutò Sid emergendo come un ladro da dietro l'espositore. — Da dove sbucate?

— Mi era sembrato che ci avessi visti. Ti abbiamo anche chiamato — le fece notare Sasha con il suo sorrisetto irritante, ma più malizioso del solito. Poi rivolgendosi all'amica aggiunse: — E tu devi essere Luce. Dude mi ha parlato un sacco di te.

— Davvero? — La ragazza scoccò a Dude un'occhiata molto compiaciuta.

— Siete proprio una bella coppia — disse Sasha.

Luce rise come se fosse stata una battuta, Dude invece arrossì e bofonchiò qualcosa. Sid si sentiva fumare il cervello. Squadrò Sasha con aria di sfida. Cosa stava cercando di fare, quel pidocchio testa rossa?

— Anche Sid mi ha parlato di te — disse Luce con aria improvvisamente perfida. — Sei quello nuovo del corso di scherma, giusto? Quello che gliele ha date?

— Proprio io — rispose Sasha. — Si potrebbe fare un'uscita tutti insieme, uno di questi giorni.

— Sarebbe un'idea grandiosa.

Sid stava per esplodere. La sua amica stava davvero pronunciando quelle parole?

— Che cavolo ci fate qui? — grugnì in tono tutt'altro che amichevole.

— È stata un'idea di Sasha — rispose Dude. — Facciamo un salto al negozio sportivo. Venite anche voi?

— Sì, tra poc... — cominciò Luce.

— No, grazie — la interruppe Sid. — Stavamo raggiungendo Hoon qui in libreria. E ci resteremo almeno un'ora.

— Allora ci vediamo domani a scuola — tagliò corto Dude e se ne andò con Sasha.

Sid si voltò pronta a sbranare Luce.

— Non capisco perché quel Sasha ti stia tanto antipatico — la anticipò l'altra. — A me sembra adorabile.

— Soprattutto se dice che tu e Dude "siete una così bella coppia", eh?

— Non essere acida Sid, ha detto solo una cosa carina.

— Una cosa *carina*? Quel Sasha è il tipo più falso e bugiardo che abbia mai visto! E poi non posso credere che tu abbia tirato fuori la storia del nostro scontro in palestra!

— Mi è scappato così! Non farla lunga!

— "Quello che me le ha date", vero? — Sid non riusciva più a contenersi. — La prossima volta che vuoi farti bella con Dude, non hai nessun bisogno di farmi passare da idiota!

— Senti, com'è che ti dà tanto fastidio? — ammiccò Luce. — Non sarai gelosa di Dude?

Sid stava per scoppiare come una pentola a pressione, ma in quel momento Hoon spuntò dietro di loro.

— Ragazze, cosa succede? — disse. — Vi lascio sole cinque minuti e voi vi mettete ad azzuffarvi?

Luce raccontò la scena di poco prima, ma Sid non aveva più voglia di discutere. C'era qualcosa in Sasha che non le piaceva istintivamente, altro che gelosia o rivalità sportiva. Anche il modo in cui l'aveva battuta la convinceva poco. Più ci pensava e più le sembrava... soprannaturale.

Da quando un'emissaria di Ares le aveva attaccate a sorpresa dopo essersi spacciata per una ragazza qualunque, Sid si era ripromessa di diffidare delle facce nuove. E se quelle facce avevano un sorriso così irritante…

Papaveri Rossi

C'era una gigantesca porta d'avorio. Chiusa.

E una creatura con grandi ali nere che cercava di spiccare il volo. Poi dei papaveri, tanti papaveri rossi…

— Morfeo… — mormorò Hoon aprendo gli occhi di colpo.

Si ritrovò seduta sul letto in un bagno di sudore. Guardò l'ora. La sveglia non aveva ancora suonato, fuori era appena l'alba. Era successo di nuovo. Ancora quel sogno, per la terza volta nel giro di pochi giorni. Si alzò per cercare il cellulare.

Hoon aveva fatto un sogno molto simile, poco prima che Jared si mettesse in contatto con lei per la prima volta. E dopo che lui, nell'Olimpo, le aveva parlato attraverso il Mercur 3000, lei aveva passato ore a fissarne lo schermo nella speranza di vederlo di nuovo. Ma non era mai successo. Come se lui non fosse mai esistito. Sperando che il nuovo sogno fosse un altro tentativo di Jared di comunicare, Hoon rovistò nel suo zaino. Con il fiato sospeso tirò fuori il cellulare. Lo guardò e si lasciò sfuggire un sospiro di delusione. Il Mercur era spento. Hoon tornò a letto ripensando al sogno: al contrario della prima volta che aveva visto quel posto, Morfeo non volava. E lei si svegliava in preda all'angoscia. Non poteva essere un caso.

Doveva voler dire qualcosa.

— Hoon? — disse una voce.

Lei sussultò. Si era addormentata di nuovo. Sulla porta della camera c'era il fratello con addosso un improbabile pigiama azzurro con degli orsetti.

— Ciao, Yong… — mormorò Hoon tornando alla realtà.

— La tua sveglia ha già suonato — disse lui soffocando uno sbadiglio. — La mamma mi ha detto di venirti a chiamare.

Hoon guardò la sveglia. Era davvero in ritardo!

— Grazie — rispose stiracchiandosi come un gatto assonnato. — Mi alzo subito.

— Sorellina, puoi prestarmi il tuo dizionario? Te lo ridò oggi pomeriggio.

— Prendilo pure, è lì sul tavolo. Però riportamelo, serve anche a me.

Lui entrò a prendersi il volume.

— Senti una cosa, Yong — aggiunse Hoon. — Per quel lavoro che la mamma mi ha affidato in magazzino…

— Eeeh? — Suo fratello fece un salto e cominciò ad arretrare verso la porta. — Guarda che non posso proprio darti una mano… Sto già aiutando papà a verniciare, e poi ho un mucchio di compiti, devo finire un videogioco, e domenica ho la partita… Ti aspetto in cucina, la colazione è pronta, ciao!

Sparito. Be', Hoon ci aveva provato, pur senza aspettarsi granché. Allo stesso modo non contava troppo sul fatto di riavere indietro il dizionario. Suo fratello era una frana con quello che prendeva in prestito. In realtà era una frana in tutto, ma in quel caso ancora di più. Sapeva benissimo quanto lei ci tenesse ai suoi libri e che una piega o un segno di biro erano come pugnalate al cuore. Eppure, puntualmente i libri che lei era costretta a riprendersi con la forza avevano qualche orecchia e qualche stupido disegnino. Yong era incorreggibile. "I fratelli sono una sciagura" pensò. "Luce ne sa qualcosa."

Andò in cucina a piedi scalzi. Le piaceva camminare così.

— Buongiorno a tutti — disse entrando.

— Buon giorno, Hoon. — Suo padre era seduto davanti a una tazza di caffè, fresco e riposato come sempre. Stava trafficando con uno strano animale di plastica. Sembrava un formichiere. Yong stava sfogliando un fumetto e dava un morso alla brioche quando girava pagina.

— Le ciabatte, Hoon! Quante volte devo ripetertelo di non camminare scalza? — cominciò subito sua madre, in piedi ai fornelli.

— Erano finite sotto il letto, mamma…

Hoon si sedette al suo posto, si preparò una tazzona con latte caldo e una montagna di fiocchi al cioccolato.

Suo padre spinse un pulsante sul suo formichiere e cominciò ad aspirare le briciole dalla tovaglia. — Che te ne pare, Hoon?

— È bellissimo, papà! — fece Hoon sinceramente entusiasta. — Dove l'hai trovato?

— Era in magazzino. Lo comprai qualche anno fa da un ambulante — rispose lui con l'aria di raccontare una fiaba. — Mi raccontò che ne erano stati prodotti pochissimi e poi la fabbrica aveva chiuso.

— Chissà perché — ironizzò Hana Song. Anche se era occupata a fare altro, teneva sempre le orecchie puntate come un radar.

Suo marito la ignorò. — L'ho pagato un po' caro, ma ne valeva la pena!

— Hai mai comprato qualcosa che valesse più di un decimo del suo prezzo? — insistette lei. — Ecco un altro aggeggio inutile di cui dovremo liberarci.

Hoon rise all'espressione esasperata di suo padre.

— Tutto bene a scuola? — le chiese lui all'improvviso, spegnendo il suo bislacco apparecchio.

— Perché? — chiese a sua volta Hoon, sulla difensiva. — Hai parlato con qualcuno?

— Non ho bisogno di parlare con qualcuno per capire se qualcosa non va — rispose suo padre. — Mi basta guardare la faccia di mia figlia.

Shin Song era così. Era capace di non aprire bocca per una settimana rimuginando su qualcosa che lo preoccupava, per poi uscirsene con una domanda diretta e spiazzante.

— Ho avuto qualche problema in letteratura — ammise Hoon. Di sicuro non poteva spiegare la vera ragione che la tormentava. — Ma rimedierò presto.

— Un incidente di percorso può succedere a tutti. Non vale la pena di perderci il sorriso.

— Tranquillo, è tutto a posto — lo rassicurò Hoon. Per suo padre andare bene a scuola era un dovere e un motivo di orgoglio, ma non doveva diventare un'ossessione.

— Meglio così. — Shin bevve l'ultimo goccio di caffè e si alzò da tavola portandosi dietro il suo formichiere aspirabriciole. — E adesso al lavoro! Ci aspetta un bel muro da verniciare. Andiamo, Yong?

— Mamma, volevo parlarti di una cosa — disse Hoon, appena rimasero sole in cucina.

Sua madre smise di sciacquare le tazze e si voltò, in attesa.

— Ho provato un paio di volte a entrare in magazzino, ma papà mi viene sempre dietro. È come un bambino a cui vogliono portare via i giocattoli — continuò Hoon. — Appena tocco qualcosa la mette sul sentimentale. Cerca di impietosirmi, come adesso con quel formichiere.

— E scommetto che ci riesce. Non per niente anche questa casa è piena di cianfrusaglie.

Hoon rise. Era vero, certe cose erano troppo belle e spesso lei le trasferiva nella sua camera o in qualche altra stanza.

— Comunque non lasciarti impietosire — aggiunse Hana Song. — Metà delle storie incredibili che racconta, tuo padre se le inventa. Non si ricorda nemmeno lui dove e quando ha comprato tutta quella roba!

— Questo mi alleggerisce la coscienza — disse Hoon. — Però con lui intorno non riesco a combinare nulla, uno di questi giorni dovresti portartelo via per qualche ora. Ti prego... Così riuscirei a lavorare in pace. Fra l'altro Sid e Luce si sono offerte di aiutarmi, sarebbe divertente.

— Vedremo — rispose sua madre tornando al lavello. — Adesso vai a scuola, sei già in ritardo.

Hoon la ringraziò e corse in camera a prepararsi. Era contenta, perché con sua madre un "vedremo" era spesso l'anticamera di un sì. E intanto aveva anche preso una decisione: i sogni che le facevano visita in quelle notti avevano sicuramente un significato. Non poteva continuare a tenerli per sé. Era ora di parlarne con le amiche.

Caramelle e Ranocchi

Luce arrivò in ritardo al Dream's Emporium.

— Hoon e Sid ti aspettano di là in magazzino — le disse sorridente il signor Song, impegnato a spostare scatoloni.

Luce ringraziò e passò nel retrobottega, dove una porta dava su un cortiletto interno. Di fianco c'era il magazzino. Dentro c'era odore di polvere e di chiuso.

— Come mai così presto? — chiese Sid vedendola entrare. — Ti stiamo aspettando da appena mezz'ora…

— Cinque minuti, esagerata — scherzò Luce. — Non sarai ancora immusonita per ieri, spero!

Sid scosse la testa. Acqua passata.

— Comunque, per farmi perdonare tutto e visto che qui dovremo darci dentro… — continuò Luce — ecco le provviste per i prossimi giorni!

Depositò su un tavolo ingombro di roba un sacchetto zeppo di merendine, caramelle, cioccolatini e bibite.

— Sei perdonata, Babbo Natale — disse Sid avvicinandosi con aria golosa.

— E non è tutto — aggiunse Luce. Tirò fuori dalla busta un cd ancora avvolto nel cellofan. — Ta-da! L'ultimo dei Restless Ducks! Così nessuno potrà origliare la nostra riunione segreta.

— Allora sei straperdonata! — fece Hoon. — Adoro i Restless!

— Anch'io... Sono l'ideale se qualcuno soffre di insonnia — fu il sarcastico commento di Sid.

Luce finse di non aver sentito. Non avevano gli stessi gusti musicali, questo era certo. Infilò il cd nello sportello di un camioncino dei pompieri, che in realtà era uno stereo portatile, una delle tante meraviglie del signor Song. Spinse il tasto PLAY e alzò il volume. Il suono delle chitarre acustiche riempì il magazzino. Intanto Hoon aveva steso in terra dei fogli di giornale. Luce ci versò sopra una prima infornata di dolci, poi ci si sedettero intorno a gambe incrociate. Sembravano delle congiurate che tramavano nel loro covo, pensò Luce.

— Per prima cosa — cominciò Hoon — dovete sapere che mi ha colpito molto quello che ti è successo con tuo fratello, Luce.

— Io invece ho fatto il possibile per dimenticarmi di quello… e della disgrazia di avere un fratello — ribatté lei.

— Tu hai sbattuto le ciglia come al solito, ma l'effetto è stato diverso, più potente e più prolungato — continuò Hoon. — Se non avessi annullato il tuo primo "ordine", chiamiamolo così, chissà quanto sarebbe durato.

— Mi sono già pentita di averlo fatto — la interruppe ancora Luce. — Gingi rompe perfino più di prima.

— Questo può voler dire una sola cosa… — proseguì Hoon ignorando le interruzioni. — Il tuo potere sta crescendo. E forse sta per succedere anche a noi due, Sid. Magari questo è solo il primo segnale.

Sid non disse niente, ma sembrava interessata a sentire il resto.

— E qui arrivo a una prima conclusione — riprese Hoon. — Dopo che ci è successo quello che sappiamo, siamo tornate tutt'e tre alla nostra vita di sempre. Casa, scuola, uscite in compagnia, le solite cose. Sid alla sua scherma, io ai miei libri, e Luce…

— Ai ragazzi, puoi dirlo — completò Luce ridendo.

— Comunque, più passa il tempo e più questa storia delle dee sembra irreale, quasi come se avessimo avuto un'allucinazione collettiva. Immagino che sia così anche per voi.

Luce non poteva negarlo. All'inizio era stata la più scettica e per un po' aveva rifiutato di arrendersi all'evidenza. La sconvolgente rivelazione sul loro passato aveva fatto vacillare tutto il suo mondo. Dopo essersi ricreduta, aveva usato i suoi poteri senza pensarci troppo, ma aveva accuratamente evitato di ripensare alla loro avventura nell'Olimpo.

— Tutto quello che abbiamo fatto ultimamente è stato usare i poteri giusto per cavarci da qualche impiccio — continuò Hoon. — Non abbiamo cercato di capire di più e abbiamo commesso un grosso sbaglio. Questi poteri erano dentro di noi, ma in realtà è come se fossero nuovi. Avremmo dovuto imparare a controllarli, invece di darli per scontati. E adesso potrebbero sfuggirci di mano.

— Stai dicendo che non potrò più usarli a casa o a scuola? — chiese Luce nel panico.

— Sto dicendo che dobbiamo stare attente — rispose Hoon. Ma non vi ho ancora rivelato la cosa più importante.

Hoon raccontò del suo sogno ricorrente. Della porta d'avorio. Dei papaveri. E di Morfeo che cercava di volare.

— Come lo interpreti? — chiese Sid.

— La prima volta che ho fatto un sogno simile, la porta d'avorio si apriva e la creatura alata spiccava il volo, adesso invece no — spiegò Hoon. — Per me è una richiesta d'aiuto.

Luce la osservava. Era convinta che l'amica non stesse ancora dicendo proprio tutto-tutto. Nel suo racconto mancava un dettaglio. Anzi, un nome.

— Per questo l'ho collegato all'episodio di Gingi — concluse Hoon sfuggendo allo sguardo indagatore di Luce. — Sono segnali. Nell'Olimpo c'è bisogno di noi.

— Dovremmo tornare là, prendere a schiaffoni Ares e metterlo in castigo? — domandò Luce. — A meno che Jared non ci ricontatti, non possiamo fare niente, per il semplice fatto che non *sappiamo* cosa fare.

Nel pronunciare il nome di Jared, Luce aveva volutamente calcato il tono della voce e aveva notato che Hoon abbassava lo sguardo. Fu però Sid a intromettersi nella discussione.

— Prima di andarcene da là, Hoon aveva detto che non avremmo abbandonato tutto quello che lasciavamo. Invece è quello che abbiamo fatto.

— Ma che alternativa avevamo? — insistette Luce.

— Non lo so! — esplose Sid. — Ma il sogno di Hoon ci sta avvertendo di un pericolo, e io so anche qual è!

Luce e Hoon si guardarono e rimasero con il fiato sospeso in attesa della rivelazione.

— Tu sai qual è? — fece Hoon.

— Ma certo! È Sasha!

Questa volta Luce e Hoon si guardarono e scoppiarono a ridere.

— Non c'è niente da ridere — disse Sid risentita. — Questo Sasha salta fuori dal nulla e appena mette piede in palestra riesce a sconfiggermi battendosi in modo sovrumano. Risparmiatevi la battuta, so riconoscere quando uno è semplicemente più bravo di me. Lui è qualcosa di diverso. E poi non perde un'occasione per mettere zizzania tra me e Dude…

— Hai sempre detto che Dude è come un fratello maggiore, per te — la interruppe Hoon con aria innocente. — Quindi non puoi fare la gelosa.

— Ma cosa c'entra la gelosia?! — s'irritò Sid. — Tu pensa al tuo Jared!

Hoon divenne paonazza. — Non vedo proprio che cosa c'entri! — disse gelida. — Non parlare a sproposito.

Sid sgranò gli occhi e ammutolì. Di sicuro non si aspettava una reazione così. Hoon però le chiese subito scusa. Di loro tre lei era quella che ci stava peggio quando avevano qualche discussione.

— Comunque stai prendendo un granchio, Sid — disse allora Luce. — Sasha è un ragazzo normalissimo.

— Pensatela come volete — tagliò corto Sid. Quando ci si metteva, era proprio ostinata. — Ma nessuno mi toglie dalla testa che quel Mister Sorriso a Sproposito sta cercando di metterci l'una contro l'altra. Vi siete già scordate di Megan? Era un'emissaria di Ares, ma lei sembrava una ragazza qualsiasi.

— Non proprio — osservò Hoon. — Aveva uno sguardo che faceva paura.

— Anche Sasha ti farebbe paura, se ti guardasse come guarda me.

Ci fu una pausa di silenzio, che coincise casualmente con un cambio di brano sul cd. Poi la musica riprese.

— E l'anello di Efesto che abbiamo preso a Megan? — chiese Luce.

— È ancora qui in magazzino. — rispose Hoon.

— Io vorrei dargli un'occhiata — propose Sid. — Così magari capiamo a cosa potrebbe servire.

— E lo togliamo dalla circolazione, prima che mio padre lo veda e decida che gli piace — aggiunse Hoon.

Senza il minimo entusiasmo Luce seguì Hoon e Sid in mezzo al labirinto di scaffalature che traboccavano degli oggetti del signor Song. Inciampò in una mucca d'oro con una corona d'alloro e proseguì facendo lo slalom tra gli scatoloni. Tutto era talmente stipato che per passare bisognava camminare di traverso. Hoon spostò vari contenitori da un ripiano e tirò fuori un grosso ranocchio portagioie.

— Ecco la nostra cassaforte! — esclamò.

— Dai, apri — disse Sid impaziente come al solito.

Hoon sollevò la testa del ranocchio. All'interno c'era l'anello di Efesto con la corniola rossa.

— Be', c'è ancora — disse Luce.

— Già — commentò Hoon.

Però nessuna delle due allungava la mano. Allora Sid si fece avanti.

— Quante storie! — sbuffò, afferrando l'anello con due dita. — Ecco qua, ci voleva tanto?

Luce osservò da vicino la pietra rossastra. — Che strano rifl…

Di colpo la pietra emise un forte bagliore, illuminandosi come un occhio malvagio che si spalancava su di loro. Tutt'e tre fecero un salto indietro e Sid ributtò l'anello dentro il ranocchio.

Poi una voce risuonò alle loro spalle.

— Cosa state combinando?

Sesto Senso

— Mamma! — esclamò Hoon girandosi di scatto. — Con la musica non ti avevamo sentito arrivare!

Senza farsi notare, Sid richiuse il coperchio del ranocchio, poi tutt'e tre si schierarono a barriera per proteggere il nascondiglio dell'anello. Se volevano rendersi sospette, quello era il miglior modo per farlo.

— Cosa stavate combinando? — ripeté Hana Song squadrandole.

— Niente, mamma — rispose Hoon con nonchalance. — Stavamo guardando un po' di cose buffe.

— Mi fa piacere che vi divertiate. Quando pensate di iniziare a mettere in ordine?

— Adesso!

— Subito!

— Immediatamente!

Il coretto di risposte suonò un po' ridicolo.

— Avevi bisogno? — chiese Hoon per uscire dall'imbarazzo.

— Domenica io e tuo padre andiamo a una fiera fuori città. — rispose sua madre. — Avrete campo libero per tutta la giornata.

— Grazie, mamma! Così sarà tutto più semplice.

— E poi, già che siete qui — aggiunse Hana Song — ho una proposta d'affari per voi.

Sid e le amiche si misero subito in allarme. Ogni volta che Hoon aveva accettato le proposte di sua madre era sempre finita male. E qualche volta peggio.

— Se mettete tutto a posto nei tempi previsti — continuò la signora — potreste organizzare un mercatino per vendere la roba in più. Il ricavato sarà vostro. Io mi impegno ad allestirvi un paio di bancarelle per il giorno dell'inaugurazione. Che ne dite?

— Ci sto! — esclamò Luce.

— Sta già pensando a un'altra giornata di shopping... — sussurrò Hoon a Sid.

— Gestirete il mercatino come vorrete. Sono sicura che in tre ve la caverete a meraviglia.

La signora Song chiese a Hoon di accompagnarla un attimo in negozio e Sid e Luce rimasero da sole ad aspettarla.

— Ne approfittiamo per dare una controllatina? — propose Sid indicando il ranocchio-cassaforte.

— E se la pietra splende ancora? — disse Luce, che non amava sfidare quello che non capiva.

Sid aprì il coperchio. Nessun bagliore.

— Chissà cosa è successo — si chiese Sid. — È come se si fosse attivata quando l'abbiamo toccata...

— Ne parleremo con Hoon — tagliò corto Luce impressionata. — Per adesso lasciamola qui.

— Cos'ha Hoon in questi giorni? — chiese Sid richiudendo il portagioie.

— Be', per certe cose tu sei come un rinoceronte ubriaco che balla in una cristalleria!

— Ho fatto solo una battuta su Jared. In fondo aveva cominciato lei.

— Non potevi scegliere argomento peggiore — rise Luce.

— Ma se non lo nomina mai! — replicò Sid cadendo dalle nuvole.

— Ma non ha mai smesso di pensare a lui. Anche per questo sono contenta di poterla aiutare qui in magazzino. Forse stando insieme un po' di tempo si deciderà a parlarcene. Fidati, ho un sesto senso in questo campo.

— Non vorrai dirmi che Hoon è...

Luce annuì.

— Credimi, Sid. Tu passi troppo tempo in palestra.

***

Innamorata? Sì.

Nella sua camera, Hoon alzò gli occhi dal libro di storia e guardò fuori dalla finestra. Piovigginava.

Dove sei, Jared?

Il viso del ragazzo era scolpito nella sua mente. Se lo vedeva di continuo davanti agli occhi, pensava a lui ogni giorno, ogni ora, ogni istante.

Non avere più sue notizie la faceva soffrire, tanto più ora che quei sogni le lanciavano oscure premonizioni. Per l'ennesima volta guardò il Mercur 3000, che per l'ennesima volta non diede segno di vita.

Hoon era sempre più sicura che fosse Morfeo a mandarle quei sogni. Come era certa che Jared e Morfeo fossero la stessa persona. Non poter provare nessuna di queste sue certezze la faceva innervosire nel migliore dei casi, nel peggiore la faceva soccombere alla tristezza. A un tratto sentì un lieve bruciore vicino all'orecchio. Si tolse l'orecchino. L'ametista era calda.

Un fracasso improvviso la fece sussultare. Sembrava provenire dal ripostiglio.

Andò a vedere e trovò suo fratello che rimetteva a posto una pila di scatole da scarpe che gli erano franate addosso.

— Yong, cosa ci fai nel ripostiglio?

— Ah, io… — rispose lui sussultando. — Stavo cercando una cosa.

— Al buio? — Hoon gli accese la luce. Yong socchiuse gli occhi abbagliato. — Metti in ordine prima che la mamma torni dal negozio.

— Sì, sì, subito. — Suo fratello riprese a raccogliere le scatole.

— A proposito del dizionario che mi hai chiesto — aggiunse lei prima di andarsene

— Sì, sì, poi vengo a prenderlo — disse lui in fretta, senza smettere di trafficare.

— Come, a prenderlo! Yong, te lo sei già preso stamattina. Non dirmi che l'hai lasciato a scuola…

— No, no. Dopo te lo restituisco.

— Sarà meglio che me lo riprenda da sola. Ti conosco troppo bene.

Hoon se ne andò scuotendo la testa. Di solito era lei a passare per un tipo strano, ma anche suo fratello non scherzava. Doveva essere qualcosa nel DNA di famiglia.

Andò in camera di Yong a recuperare il dizionario,

quindi tornò a prepararsi per l'interrogazione del giorno dopo. Ma concentrarsi nello studio era davvero un'impresa. Appena ci provava le righe sbiadivano, mentre i lineamenti di un viso si disegnavano sulla pagina.

Jared, dove sei...

Esilio Eterno

Dal suo viso traeva la forza di resistere. Al suo viso affidava le sue speranze. Jared pensava a Hoon. Ogni istante che passava, lo dedicava a lei.

I pensieri erano tutto ciò che gli restava. Perché il suo corpo adesso era di pietra. Ares lo aveva trasformato in una statua.

Pensò all'ultima volta che aveva visto Atena, quando ancora era Morfeo. A quando lei aveva bevuto l'Anambrosia per rinascere come mortale sulla Terra. Al dolore che aveva provato nel separasi da lei. Ma come Atena gli aveva chiesto, era rimasto sull'Olimpo a contrastare Ares, a ricordare il passato delle dee e preparare il loro ritorno. Poi qualcuno l'aveva tradito e il dio della guerra l'aveva catturato. Per evitare che Ares s'impossessasse del suo potere sui sogni, anche Morfeo aveva bevuto l'Anambrosia. Sperando di rinascere vicino ad Atena. Ma il Signore della Guerra l'aveva intercettato: l'aveva bloccato sull'Olimpo, gli aveva impedito di dimenticare e l'aveva torturato per scoprire la verità sulle dee fuggitive.

Jared pensò a come il suo amore per Atena gli avesse permesso di sopportare dolori immensi senza parlare. E a tutti gli sforzi che aveva fatto, pur essendo prigioniero di Ares, per mettersi in contatto con lei.

Il Signore della Guerra aveva trovato le sue nemiche poco prima di lui. Jared rivisse la gioia che aveva provato quando era riuscito a comunicare con Hoon, Luce e Sid e le aveva guidate nella scoperta della loro identità. Aveva rivisto Atena nel suo nuovo corpo mortale. Il viso di Hoon, i suoi spettacolari occhi blu, il suo sguardo penetrante e profondo, che non era cambiato dai tempi in cui era Atena, gli avevano tolto il fiato. Guardando Hoon, Morfeo aveva sentito che il loro antico amore aveva attraversato il tempo senza spegnersi.

Ma Ares non aveva più bisogno di lui per cercare le dee. Aveva tentato di carpirgli il Potere dei Sogni, per tormentare i sonni dei suoi nemici con gli incubi più orrendi. Perché il suo potere non cadesse nelle mani del malefico dio, Jared aveva rinunciato a possederlo.

Tuttavia non era addolorato per la propria sorte. C'era

qualcosa che lo affliggeva di più. Sapeva che il pericolo incombeva ancora su Hoon. E su Sid e Luce. Ares avrebbe scatenato gli esseri più malefici contro di loro pur di sconfiggerle. Non si sarebbe mai fermato. Ma ora lui non poteva fare più niente per aiutarle. Senza il suo potere non era più in grado di comunicare con Hoon.

Adesso, nel suo corpo di pietra, c'era una sola cosa che potesse fare per sentirsi vivo. Pensare a Hoon.

Giù la Maschera

— Alla tua interrogazione di storia, Hoon! — esclamò Luce alzando il bicchierino con la cioccolata calda. — Il prof Kowalasky era al settimo cielo!

— Brindiamo! — sorrise Hoon facendo cin cin con il suo tè. — Non mi aspettavo di andare così bene. Mi ripaga un po' del disastro di letteratura.

— Purtroppo l'Avvoltoio ha colpito ancora — disse Luce. La Johnson aveva riportato le verifiche corrette. Il votaccio per Hoon era arrivato puntuale, enfatizzato dal lapidario giudizio: Orrore Senza Fine.

— Stavolta me la sono cercata — osservò obiettiva l'amica. — Troverò il modo di rimediare.

Come sempre durante l'intervallo, attorno ai distributori automatici c'era una gran ressa di studenti. Si spostarono in un angolo per stare un po' più tranquille.

— Allora, hai ripensato a quello che ci siamo dette? — chiese Hoon. — Secondo te le mie sono idee campate in aria?

— Hoon, le tue idee non sono mai campate in aria — rispose Luce. — Però ho l'impressione che ci sia qualcosa che non vuoi…

— Ragazze, finalmente! — Era Sid. Aveva gli occhi fuori dalle orbite. — Devo parlarvi.

— Ciao, Sid! — la salutò Luce. — Prenditi una cioccolata con noi.

— La cioccolata è l'ultima cosa che ho per la testa.

— Cosa c'è? — le chiese Hoon preoccupata. — Hai l'aria stravolta.

— Non ho chiuso occhio tutta la notte.

— Perché? — chiese Luce temendo già la risposta.

— Per pensare a Sasha — rispose Sid come previsto. — Adesso sono sicura che è un pericolo per noi.

Luce alzò gli occhi al cielo. — È solo una mania o ti stai innamorando di lui? — sbottò.

— Ho aggiunto un altro pezzo al mosaico — ribatté Sid fissandole con occhi spiritati. Poi abbassò la voce, precauzione del tutto inutile in mezzo a quel baccano. — Quando li abbiamo incontrati al centro commerciale, lui e Dude non erano lì per caso. Luce, se ti ricordi, ogni cosa che Sasha ha detto era fatta apposta per mettermi in urto con te. Sta cercando di dividerci!

— Anche tu stai facendo la tua parte, comunque — osservò Hoon, freddina. — Stavamo festeggiando per la mia interrogazione…

— Complimenti per l'interrogazione. Ma Sasha non è un ragazzo come noi! — continuò Sid imperterrita. Poi si fermò ripensando a quello che aveva detto. — Cioè, non è che non è come noi, quello è ovvio, non è una dea.

— Ti stai incartando — sottolineò Luce provocatoria, ma Sid proseguì come se non l'avesse nemmeno sentita.

— Quello che intendo è che *non è* un ragazzo *normale*. È un emissario di Ares. Mi sembra evidente!

— Qui di evidente c'è solo la tua testa dura — ribatté Luce scaldandosi. — Non hai nessuna prova di quello che dici.

— Se non l'avete capito, sto cercando di proteggere anche voi! — insistette Sid decisa. — Se saltasse fuori che Sasha non abita da nessuna parte, cambiereste idea?

— E se abitasse allo zoo? — rispose Hoon con un tono eccessivamente acido.

— Sid, per me ti ha dato di volta il cervello — rincarò Luce.

— A chi ha dato di volta il cervello? — fece Dude sbucando in quel momento alle spalle di Sid con il suo solito sorriso.

— A lei — rispose Luce col suo tono più soave, indicando Sid. — Non riesce proprio a digerirlo, il tuo amico Sasha.

Immediatamente si morse la lingua. Non aveva voluto dirlo veramente. Quelle parole erano uscite da sole.

— Ce l'hai ancora con lui perché ti ha battuto? — il sorriso di Dude era svanito. — Sul serio, Sid, io non ti capisco più…

Il ragazzo se ne andò con la faccia scura. Sid era rimasta di stucco. Se ne andò anche lei senza una parola.

— Luce, quell'uscita potevi proprio risparmiartela — disse Hoon.

— Oh, insomma, piantala anche tu! — scattò lei. — Non ho intenzione di inviarti una richiesta in carta bollata ogni volta che devo aprire bocca.

— Ma vai al diavolo… — rispose Hoon con il mento che le tremava. Quindi girò i tacchi per tornare in classe.

Luce avrebbe voluto sbattere la testa contro il muro per aver reagito in quel modo. Cinque minuti prima stavano ridendo e chiacchierando, e adesso… Ma cosa le stava succedendo?

Cosa stava succedendo a tutte loro?

Si voltò a guardare fuori dalla finestra.

Sasha era fermo a un semaforo.

Un ragazzo piccoletto con i capelli rossi. Cosa ci vedeva di tanto pericoloso Sid?

***

Sid legò la bici a un palo della luce. La casa in cui si era infilato Sasha era in fondo a una via alberata. Be'… una casa ce l'aveva. Non che la cosa fosse sufficiente a farle cambiare idea sul suo conto. Era uscita in anticipo dall'allenamento, lo aveva aspettato nascosta dietro i bidoni della spazzatura, in compagnia di tre gatti randagi che si azzuffavano, poi aveva inseguito il suo autobus fino a quel quartiere in periferia. Era ancora senza fiato.

Si avvicinò al cancelletto, sul campanello non c'era alcun nome. Provò a sbirciare all'interno della casa, ma non vide nulla. Era troppo lontana. Decise di entrare e scavalcò la staccionata. Corse fino all'edificio. Si appiattì contro il muro esterno e allungò il collo verso la finestra più vicina.

— Serve una scala? — mormorò una voce dietro di lei.

— Ahem... — farfugliò lei — Sasha! Ti stavo cercando!

— Mi hai trovato — disse lui con l'aria di divertirsi un mondo e quel solito irritante sorrisetto. — Cosa vuoi?

Sid non aveva una scusa. In quel momento le mancò Luce, con la sua inimitabile capacità di inventarne a raffica. Vedendo la faccia di Mister Sorriso a Sproposito tutto quello che riusciva a focalizzare nella sua mente era l'idea di rompergli la faccia.

— Mi stavi spiando — sibilò lui. — Posso sapere perché ce l'hai con me?

— Non è esattamente così — ribatté Sid trattenendosi a fatica.

— Come dice Dude, tu non sopporti che ci sia qualcuno più bravo di te — la provocò lui. Sid dovette controllarsi per non saltargli addosso.

— L'altra volta mi hai preso alla sprovvista — disse. — Non succederà più.

— Posso darti la rivincita quando vuoi — replicò Sasha con quel sorrisetto che la stava mandando sempre più in bestia. — Anche adesso.

— Io sono pronta — lo sfidò Sid.

— Andiamo — concluse Sasha, facendole cenno di seguirlo.

Si spostarono nel giardino dietro la casa. Lui afferrò

due bastoni appoggiati a un capanno degli attrezzi e gliene lanciò uno.

— Sono un po' più pesanti delle sciabole… — disse roteando il suo. — Ma se non te la senti…

— Ho detto qualcosa? — Sid tirò un paio di fendenti a vuoto. Il bilanciamento le sembrava perfetto. Quei bastoni erano fatti per colpire. — Per me è okay.

— Il primo che viene toccato perde?

— Perfetto.

Si misero in guardia. Sid era molto reattiva. Sapeva di poterlo battere, con il fuoco che aveva in corpo. Sasha avanzò con un paio di affondi, lei parò indietreggiando. Se pensava di coglierla di sorpresa una seconda volta era un illuso. Si scambiarono qualche altro colpo. I bastoni sibilavano nell'aria, gli schiocchi riecheggiavano nel giardino.

— Sei fiacca — la stuzzicò lui. — Sei sempre in tempo a ritirarti. Luce e Dude lo capirebbero…

Sid partì all'attacco. Quando Sasha parlava era come se soffiasse direttamente su quel fuoco che le bruciava dentro. Sid eseguì una stoccata da manuale che lo mise in difficoltà, ma lui se la cavò con stile. Era veramente un degno avversario. Però le sembrava che non stesse dando il massimo. Sid si chiedeva quando avrebbe gettato la maschera, ricorrendo ai poteri di cui sicuramente era dotato. Strano che la tirasse così in lungo.

Decise di forzare la mano per vedere cosa succedeva. Fece un paio di finte, poi scaricò un fendente che gli troncò di netto il bastone.

— Sono ancora in gara — annunciò Sasha agitando il moncone rimasto. — Ma tu non mi batteresti nemmeno se fossi disarmato.

Sid gli si avventò contro di nuovo. Con una rabbia furiosa. Era come se una volontà indipendente dalla sua la spingesse ad attaccare ancora e ancora. Alla fine, nonostante le parate, Sasha si ritrovò addossato alla casa.

Esattamente il contrario di quello che Sid si aspettava. Perché non usava i suoi maledetti poteri come la prima volta che si erano battuti? A un tratto Sid sentì il braccio percorso da una scossa e i muscoli che si caricavano come molle. Non ragionava più, sapeva solo di avere in pugno il suo avversario. Se avesse lasciato libera quella potenza, avrebbe potuto annientarlo.

— Ci vuoi mettere l'una contro l'altra! — cominciò a sbraitare, ma la voce le usciva senza che lo volesse. — So chi ti ha mandato! Fin dal primo istante!

Il braccio scattò da solo in una stoccata fulminante. Sasha schivò il colpo all'ultimo momento e lei si ritrovò con il braccio fino al gomito dentro la porta del retro.

Aveva trapassato un'asse di legno spessa cinque centimetri come se fosse un foglio di carta!

Estrasse il braccio dallo squarcio e si preparò ad attaccare ancora e ancora e ancora...

— Sid, metti giù quel bastone! — sentì urlare. Luce le stava correndo incontro. E c'era anche Dude.

Sid abbassò il bastone. Improvvisamente si sentiva suonata come un pugile al tappeto. Ma non aveva ricevuto nessun colpo.

— Ma cosa vi è saltato in mente a tutti e due? — chiese Luce spaventatissima. — State bene?

— Meno male che siete arrivati voi! — disse Sasha più affannato di quanto fosse trenta secondi prima. — Voleva farmi a pezzi!

— Hai fatto bene a chiamarmi, Sasha — disse Dude senza nemmeno guardare Sid.

— Sull'autobus mi sono accorto che mi seguiva e mi sono preoccupato — confermò Sasha. — Avevi ragione, Dude! Lei ce l'ha con me.

— Guardate che è stato lui... — mormorò Sid confusa.

— Andiamo via — le sussurrò Luce. Poi si rivolse a Sasha: — Mi dispiace per la porta. La mia amica ha solo perso il controllo. Però anche tu evita i duelli d'ora in poi. Se la vostra allenatrice venisse a saperlo, vi farebbe bandire da tutte le palestre di questo universo. E anche degli altri.

— Ha voluto battersi a tutti i costi, ma non succederà più — si giustificò Sasha, che sembrava un angioletto. — Non pensavo che facesse sul serio.

Sid s'irrigidì di nuovo, ma Luce le mise un braccio attorno alla vita e la trascinò via. Dude rimase con Sasha.

***

— Come va, testona? — chiese affettuosamente Luce a Sid, mentre si allontanavano dalla scena dello scontro.

— Mi sento uno straccio — rispose lei sfinita. — Ero talmente convinta che Sasha… Non so perché, ma da quando è spuntato quel tipo mi sembra di essere isterica. È come se tirasse fuori la parte peggiore di me. Forse emana una specie di fluido negativo.

— Se uno non ti sta simpatico non c'è bisogno di prenderlo a bastonate. Se non l'hai fatto con me e Hoon quando non ci sopportavi, non puoi farlo con nessun altro! — scherzò Luce. — È quella la tua bici? Vieni, torniamo a casa.

Sid seguì l'amica. Era confusa: di solito era perfettamente in grado di mantenere il controllo.

— Come mai sei qui anche tu? — domandò pensandoci solo in quel momento.

— Mi ha chiamato Dude, dopo che Sasha lo aveva avvertito, e siamo venuti col suo scooter — rispose Luce. — Stamattina quando te ne sei andata via così, non immaginavo che potessi fare una cosa del genere.

— Cercavo una prova riguardo ai miei sospetti — brontolò Sid.

— E...? — chiese Luce, senza la minima intenzione di provocare.

— Non l'ho trovata. Fortuna che domani c'è da aiutare Hoon — mugugnò Sid. — Ho un gran bisogno di un pomeriggio fra amiche e senza liti.

— Ne abbiamo bisogno tutte. Dopo la scena di stamattina lei non mi ha più rivolto la parola. L'ho trattata male e mi sto ancora chiedendo perché. Forse hai ragione tu, c'è qualcosa di negativo nell'aria.

Tornarono nel centro di Rainbow Hill e ci impiegarono un'eternità. Sid era troppo stanca per pedalare e Luce non aveva certo le gambe di un ciclista professionista. Per la maggior parte del tragitto spinsero la bici, camminando affiancate. Davanti a casa sua, Luce scese dalla bicicletta. Una serie di *bipbip* annunciò degli sms in arrivo.

— Aspetta, è il mio — disse Luce prendendo il cellulare.

— No, è il mio — disse Sid tirando fuori il suo.

Poi sgranarono gli occhi tutt'e due. Il messaggino era lo stesso:

```
Dato che non siete capaci
    di comportarvi
da persone normali domani
  mi arrangio da sola!!!
```

— Non è possibile! — esclamò Luce.

— Provo a richiamarla.

Sid fece il numero di Hoon, ma trovò il cellulare spento. A casa, Yong rispose che sua sorella non voleva parlare con loro.

— Allora non scherzava, domani vuole fare da sola — disse Sid demoralizzata.

— E noi domani mattina ci presentiamo lo stesso al negozio. — propose Luce. — Vedrai che le sarà passata.

— Uhm, speriamo — brontolò Sid poco convinta.

— Ultimamente ci siamo comportate male tutte. Promettiamoci che d'ora in poi la finiamo con i battibecchi.

— Giuro: mai più!

al Lavoro

— Allora noi andiamo, Hoon — disse Hana Song prima di salire in macchina. — Sfrutta bene questa giornata.

— Sì, mamma — rispose Hoon sorridente, salutando con la mano il padre seduto al volante. — Divertitevi alla fiera.

Rimase a guardare l'auto che si allontanava lungo la strada, poi rientrò nel negozio e si chiuse dentro. Con suo padre a distanza di sicurezza e Yong che più tardi doveva andare alla partita, sarebbe rimasta padrona del campo. Era ora di mettersi al lavoro.

Si era pentita di aver scritto quell'assurdo messaggino a Luce e a Sid. L'aveva invasa una rabbia che non riusciva a spiegarsi. Tra amiche qualche discussione era normale, eppure da qualche giorno c'era un'atmosfera molto tesa che aveva innervosito anche lei. Quasi ogni volta che si erano viste avevano trovato una buona scusa per litigare. Comunque il momentaccio era passato. Aveva già deciso di telefonare a tutt'e due per scusarsi e invitarle a raggiungerla ugualmente. Per stare insieme, parlare di tutto e capire il perché del loro nervosismo. Però le avrebbe lasciate dormire ancora un po'. Se non faceva le sue otto o nove ore filate di sonno, Luce rimaneva per tutto il giorno in stato di dormiveglia.

La vista di quello che l'aspettava in magazzino era da incubo. Per non scoraggiarsi troppo, il segreto era procedere a piccoli passi, in modo sistematico. Prima di tutto bisognava selezionare la roba da scartare. Scelse la sua playlist preferita nel menu musicale del Mercur, si infilò gli auricolari e si mise all'opera.

Il primo oggetto che le capitò sotto mano era una sveglia apparentemente normale, ma se suo padre l'aveva comprata c'era di sicuro una sorpresa nascosta. Provò a puntare la suoneria a mezzo minuto dopo. Trenta secondi più tardi, puntualissima, la sveglia si mise a saltare sul ripiano come un grillo. Hoon la acchiappò appena in tempo prima che volasse per terra. Fantastica. Pensò di mettersela in camera, ma sua madre l'aveva già diffidata. Allora sarebbe stata perfetta per Luce, con la fatica che faceva ad alzarsi al mattino. Suo padre aveva un debole per lei e gliel'avrebbe regalata volentieri.

Poi si trovò davanti una padella con il manico tipo violino. Quando toccò il fondo partì un valzer che non si fermava più. Davvero inservibile. La mise nel mucchio della roba da vendere ed esaminò la situazione. Due oggetti in cinque minuti. A occhio, per finire da sola avrebbe impiegato circa... Meglio non pensarci.

Avvertì un lieve bruciore all'orecchio. Sfiorò l'orecchino e sentì che l'ametista era di nuovo calda. Come la sera prima. No, di più. Ebbe un brivido e il cuore cominciò a batterle più in fretta. Le sembrò di perdere l'equilibrio e dovette appoggiarsi allo scaffale.

Poi si sentì toccare su una spalla. Fece un salto e si girò di scatto.

Dietro di lei c'era suo fratello.

— Cavolo, Yong! — esclamò Hoon togliendosi gli auricolari. — Vuoi farmi prendere un colpo?

— Pensavo che mi avessi sentito entrare — si giustificò lui.

— Avevo le cuffie — disse Hoon cercando di riprendersi, ma i brividi e il capogiro non le passavano. — Cosa volevi?

— Sono venuto a darti una mano.

— Darmi una mano?! Sei sicuro di sentirti bene?

— Perché?

— Be', in casa vaghi in perenne stato vegetativo. Se lo racconto alla mamma non mi crederà mai! E poi non devi andare alla partita più tardi?

— Oggi non mi va. Da dove comincio?

Hoon credeva di sognare, ma in fondo perché non approfittarne?

— Da dove ti pare. Fai un mucchio con le cose che ti sembrano più invendibili, poi controllerò io.

— Agli ordini. — Yong sparì in mezzo agli scaffali.

Hoon rimase interdetta. Agli ordini? Francamente, quello era il mondo alla rovescia! Suo fratello ci si metteva sempre d'impegno per fare il contrario di quello che diceva lei, e adesso invece eseguiva senza fiatare.

Sì, Yong si stava comportando in modo decisamente strano. E il suo orecchino era diventato quasi incandescente.

***

Hoon riprese a esaminare gli oggetti sugli scaffali, ma ormai l'orecchino era così caldo che le stava dando fastidio. Forse doveva toglierselo di nuovo. Però non riusciva a capire il perché di quel fenomeno. Se c'era un pericolo, da dove poteva provenire? Lì dentro c'erano solo lei e suo fratello.

Lei e suo fratello.

Spense la musica per pensare con calma. La sera prima l'ametista si era scaldata quando lo aveva sorpreso a frugare nel ripostiglio. E anche adesso si sentiva un gran trafficare.

Hoon si spostò fra gli scaffali per vedere cosa stava facendo suo fratello e rimase di sasso. Bel modo di aiutarla! Come un pazzo, Yong prendeva freneticamente un oggetto dopo l'altro, lo scuoteva o lo apriva e poi lo rimetteva dov'era, oppure lo lasciava addirittura cadere. Sembrava che stesse cercando qualcosa. Ma cosa?

Comunque la scena meritava di essere immortalata. Ci voleva una prova, altrimenti i suoi genitori non le avrebbero creduto. Di soppiatto Hoon prese di tasca il Mercur 3000. Selezionò la funzione videocamera. Avviò la registrazione, puntò l'obiettivo su Yong e guardò nel display.

Lo shock le tolse il fiato. Sullo schermo, la figura di Yong cominciò a mutare come una densa massa liquida che si scioglieva e riprendeva forma. Si stava trasformando in... qualcos'altro.

Qualcosa di verde e scaglioso con artigli al posto delle mani.

clic

Di colpo Hoon capì. Quell'orrido essere si era sostituito a suo fratello e stava cercando l'anello di Efesto. Era stato mandato a recuperarlo. Ecco il perché di tante stranezze! E nonostante tutti i segnali di pericolo, lei era stata così cieca da non arrivarci!

Hoon alzò lo sguardo. Anche a occhio nudo, la creatura non aveva più l'aspetto di Yong. Il Mercur lo aveva smascherato. Evidentemente lui non se n'era ancora accorto, perché continuava a frugare affannosamente, ma era questione di attimi. Bisognava agire subito, portare via l'anello e metterlo al sicuro.

Con le dita che le tremavano, Hoon fermò la registrazione e andò in punta di piedi a posare il Mercur sul tavolo del magazzino. Se le fosse successo qualcosa, Sid e Luce l'avrebbero trovato. Poi sgusciò tra le scaffalature in modo che quel… coso non la vedesse e raggiunse il nascondiglio dell'anello. Fu allora che si sentì chiamare per nome.

— Atena? Dove sei, Atena? — Solo che la voce non era più quella di suo fratello. Era una voce stridula, degna del peggiore incubo notturno.

Hoon aprì il coperchio del ranocchio portagioie. La pietra non emetteva più il bagliore dell'altro giorno. Ma si illuminò di nuovo appena Hoon tirò fuori l'anello e si girò per scappare.

L'essere era lì, davanti a lei.

— Non so come hai fatto a scoprirmi, ma non ti servirà a niente — sibilò, bloccandole la via di fuga. — Dammi l'anello di Efesto.

— Dov'è mio fratello? — Hoon cercò di mostrarsi calma e si pentì di non aver mai provato a evocare i fulmini sulla Terra come aveva fatto sull'Olimpo. Oltretutto lì nel magazzino, con tutti quegli scatoloni, rischiava di far scoppiare un incendio tale da radere al suolo tutta la città. E poi se Yong fosse stato lì vicino…

— Dammi l'anello e ne parleremo. — L'essere era molto più tranquillo di lei, mentre la fissava con i suoi occhi gialli. Hoon non ebbe il tempo di reagire in nessun modo, perché la testa cominciò a girarle e la vista si appannò. Una sensazione di gelo mortale la attanagliò al petto, cavandole il respiro.

— Dammi l'anello, Atena!

Senza volerlo, Hoon aprì lentamente la mano in cui teneva l'anello.

— Brava… così…

Non doveva guardare, non doveva guardarlo negli occhi…

Scomparsa

Sid mise le mani a coppa e sbirciò dentro la vetrina del Dream's Emporium.

— Qui non c'è — disse.

— Sarà già in magazzino — osservò Luce, dopo aver suonato il campanello dell'appartamento al piano superiore. — Provo a farle uno squillo.

Non vedeva l'ora di far pace con lei. Sbadigliò due o tre volte. Stava ancora dormendo in piedi.

— Non risponde. Avrà la musica alta e non ci sente.

— Passiamo dal cortile — propose Sid.

Dalla strada laterale di fianco all'edificio si infilarono in un vicolo che terminava con una rete metallica. Oltre la rete c'era il cortiletto interno.

— Sid, non avrai intenzione di scavalcare? — chiese Luce inorridita.

— La rete è bassissima, non ci vuole niente.

Sid artigliò le maglie metalliche con le dita e cominciò a salire. In due secondi scavalcò la rete e saltò giù nel cortile.

— Dai, Luce, cosa aspetti?

L'amica sbuffò e si mise a salire con cautela, un piede alla volta, sfiorando appena la rete.

— Urgh, guarda com'è arrugginita! — si lamentò. — Per fortuna ho messo i jeans vecchi per venire a lavorare, se no col cavolo…

Mentre lei scavalcava e scendeva con lentezza esasperante, Sid guadagnò tempo bussando alla porta del magazzino. Nessuna risposta anche stavolta.

Appoggiò l'orecchio alla porta. Ancora niente.

— Non sento musica — disse. — E adesso che facciamo?

— Non è che ha lasciato la porta aperta? — buttò lì Luce, occupata a spazzolarsi i jeans con le mani.

— Ha parlato il genio… — Sid provò la maniglia. La porta era aperta. — Ops, avevi ragione!

— Hoon, siamo noi! — chiamò Luce entrando con Sid. — Che silenzio! Qui mi sa che non c'è proprio nessuno.

In effetti il magazzino sembrava deserto. Fecero un giro veloce finché si trovarono davanti a un mucchio di oggetti buttati per terra alla rinfusa. Alcuni erano rotti.

— Che disastro! — esclamò Luce. — Non è da lei.

— Per niente — convenne Sid un po' allarmata.

Luce impallidì. Adesso era perfettamente sveglia. Sid le fece segno di stare calma. Tornarono indietro a dare un'occhiata. Sul tavolo c'era il Mercur 3000 abbandonato in mezzo ad altra roba.

— Neanche questo è da lei — disse Sid indicandolo. — Ho un orribile presentimento.

Sempre più in ansia Sid prese l'apparecchio e toccò un tasto qualsiasi. Il display si accese in modalità videocamera.

— Hoon deve aver filmato qualcosa — osservò. — C'è l'icona di un video. E l'orario della registrazione risale a un quarto d'ora fa.

— Fallo partire — disse Luce avvicinandosi a guardare.

Sid premette il tasto per avviare il filmato. Sullo schermo comparve la sagoma di un ragazzo che rovistava tra gli scaffali.

— Ma è Yong! — esclamò Luce. — Hoon è riuscita a coinvolgerlo, allora.

— Chi hai detto che è? — fece Sid sentendosi gelare il sangue nelle vene.

Sotto i loro occhi si era verificata una rapida metamorfosi. E Yong non era più Yong.

Luce sbarrò gli occhi. — Co-cos'è quello?

Sid non rispose. Fissava con il cuore in gola la creatura che frugava buttando tutto all'aria. E intanto pensò quanto fosse stata stupida a sospettare di Sasha, quando il vero pericolo si annidava ben più vicino a loro. Concentrando l'attenzione su Mister Sorriso a Sproposito, aveva facilitato il compito ai loro veri nemici. Se fosse successo qualcosa a Hoon, non se lo sarebbe mai perdonato. Assalita da un dubbio, corse via sgusciando tra gli scaffali.

— Dove vai? — le chiese Luce sempre più spaventata.

Senza rispondere, Sid era arrivata davanti alla loro cassaforte segreta. La bocca del ranocchio era spalancata, l'interno vuoto.

Non c'erano più dubbi.

— L'anello è scomparso — comunicò a Luce.

La Nona Statua

Hoon sentì dissolversi il velo che le offuscava la vista.

Era su una specie di piedistallo. Davanti a lei una fiamma bruciava in un grande braciere. La Fiamma d'Oro, centro vitale dell'Olimpo che gli dei riuniti ciclicamente rinnovavano per preservare il loro mondo.

Tutt'intorno c'erano delle statue. Otto statue. Ecco quello che rimaneva degli dei sottomessi da Ares, ciascuno con la pietra del suo potere. E quel luogo era il Dodekatheon, il sacro tempio dell'Olimpo di Ares. In alto si apriva su un cielo rossastro popolato di creature volteggianti.

Hoon era stordita. Ricordava confusamente di essere stata attaccata mentre cercava di portare in salvo l'anello, poi nella sua memoria c'era uno spazio buio.

— Sta tornando in sé, mio Signore! — squittì una voce.

Hoon riconobbe l'essere che l'aveva ingannata assumendo le sembianze di suo fratello Yong. Lui la ricambiò con un'occhiata piena d'odio e di soddisfazione.

Solo allora, oltre il grande braciere, Hoon notò un'ombra che si era levata da un trono. L'antico seggio di Zeus, usurpato dal Signore della Guerra. L'ombra impugnava una spada colossale e sulla sua testa fiammeggiava un cimiero infuocato. Hoon non riusciva a vedere bene, ma sotto la poderosa armatura da guerriero il corpo le sembrava consunto, come risucchiato dall'interno. Subiva la sorte del mondo che stava condannando alla distruzione.

Ares.

Hoon fu investita dalla ferocia emanata dal dio crudele. Provò a muoversi, ma sollevare un braccio le costò una fatica immensa. Come se non le appartenesse più. Anche la bocca le sembrava insensibile.

— Finalmente, Atena! — tuonò il dio con voce cavernosa. — La tua breve esistenza da mortale è finita. Fuggire non è servito a niente. Con la tua cattura si avvicina l'ora del mio trionfo! Artemide e Afrodite ti raggiungeranno presto. Pagherete per l'eternità il prezzo del vostro tradimento!

— Se qui c'è un traditore, quello sei tu — accusò Hoon.

— Non si è forse macchiato di tradimento Zeus, permettendo agli uomini di dimenticare l'Olimpo? Appena la mia vittoria sarà completa, verrà il momento di riportare la Terra sotto il tallone di Ares, Signore della Guerra!

— Ares il traditore! — si ostinò Hoon.

Ares scoppiò in una risata infernale che le diede i brividi.

Hoon pensò alle sue amiche, alle sciocche incomprensioni degli ultimi giorni. Se Luce e Sid fossero state vicino a lei in quel momento, le avrebbe abbracciate fortissimo. Avrebbe voluto spiegare quanto le dispiaceva per quello che si erano dette e per quello che non si erano dette. Ma era molto meglio che le sue amiche non fossero lì.

— L'anello di Efesto, mio Signore — disse la creatura a scaglie verdi mostrando il bottino.

— Bene, Drakos — approvò il Signore della Guerra. — Rimettilo al suo posto.

L'essere si avvicinò alla statua di Efesto e pose l'anello sulla mano del dio del fuoco.

— La tua missione è compiuta, mio fedele servitore — continuò Ares. — Ma portandomi qui anche Atena ti sei conquistato la gloria. Avrai gli onori che meriti.

— Non ancora, mio Signore — sibilò Drakos. — C'è ancora una cosa da sapere.

Il mostriciattolo avvicinò a Hoon la sua brutta faccia.

— Dimmi, Atena, come hai fatto a smascherarmi? Non potevi sospettare, dunque come ci sei riuscita?

Hoon non lo degnò nemmeno di un'occhiata. Il Mercur 3000 costituiva l'unica speranza che Sid e Luce scoprissero quel che era successo.

— Rispondi, Atena! — insistette Drakos fissandola con i suoi occhi diabolici.

Di nuovo Hoon si sentì mancare il respiro, strozzato da un morsa spietata. Cercò di resistere, ma le parole le uscirono di bocca contro la sua volontà.

— Il... il Mercur 3000 ha svelato la tua vera identità — confessò. — Quell'apparecchio... ha qualcosa di speciale...

— Dov'è?

— Sul tavolo... nel magazzino.

La morsa nel petto cessò e Hoon poté respirare.

— Mio Signore, desidero recuperare quell'oggetto — rimuginò Drakos. — Impedirò che Afrodite e Artemide se ne impossessino.

— Portalo qui. — decretò Ares.

Hoon vide Drakos sfregare il cristallo azzurro che

aveva in mano e trasformarsi sotto i suoi occhi. Da un istante all'altro aveva assunto un nuovo aspetto…

Il suo!

Davanti a lei, un'altra Hoon la fissava con un ghigno malefico.

Poi scomparve.

Hoon, quella vera, fu presa dal panico. Sid e Luce sarebbero state sicuramente tratte in inganno di fronte a una sua replica così perfetta. E lei non poteva fare nulla per avvertirle!

— Ora tocca a te, Atena — disse Ares con voce carica di minaccia.

Hoon lo vide alzare la spada verso il cielo.

— Per il potere di Medusa — invocò il dio — che la tua carne sia fatta pietra!

Calò la spada verso di lei e un vento gelido la investì. Un orrido scricchiolio le risuonò nelle orecchie.

Hoon vide terrorizzata che le sue mani avevano preso il colore della roccia e si stavano irrigidendo. Non sentiva più le gambe e le braccia. La metamorfosi risaliva lungo il suo corpo come un'onda inarrestabile.

Hoon aprì la bocca in un muto grido di pietra.

Drakos

Luce camminava avanti e indietro nervosissima. La scomparsa di Hoon l'aveva gettata nella disperazione più nera. Non poter contare sulla calma e sulla razionalità dell'amica la metteva in crisi. Senza di lei si sentiva persa.

— Cosa possiamo fare? — chiese per la sesta volta.

— Manteniamo il controllo — le rispose Sid. Lei ci riusciva e per questo Luce l'ammirava molto. Peccato che non riuscisse a fare altrettanto.

— Ma Hoon è in pericolo! — urlò.

— Vuoi che non lo sappia? — si stizzì Sid scura in volto. Poi prese fiato. — Ci eravamo promesse niente liti, e così sarà! Non ci aiutano a risolvere le cose.

— Hai ragione… — piagnucolò Luce. — È solo che vorrei fare poter fare qualcosa…

Quello che vedeva intorno a sé le faceva salire le lacrime agli occhi. Tutti quegli oggetti bislacchi le ricordavano Hoon. E pensare che poteva essere una domenica all'insegna del divertimento, a scegliere insieme le cose per il loro mercatino... Adesso quel posto le sembrava un museo degli orrori!

All'improvviso alzò gli occhi e vide qualcosa che non avrebbe dovuto vedere.

— Sid... — sussurrò. — Dietro di te...

L'amica si girò.

In un punto del magazzino si era materializzata una specie di nube verdognola che fluttuava a mezz'aria.

— Via da qui! — fece Sid, tirando Luce per un braccio al riparo di uno scaffale. Dal loro nascondiglio spiarono quello che succedeva.

La nube si solidificò in una figura umana.

Era Hoon.

Con il cuore che le scoppiava di gioia, Luce aprì la bocca per chiamarla, ma si ritrovò una mano premuta sulle labbra. Sid le fece di no con la testa. Luce non capì. Perché non poteva correre ad abbracciare la sua amica?

Hoon si avvicinò al tavolo e cominciò a buttare all'aria tutto quanto. Sid scambiò con Luce un'occhiata d'intesa e le tolse la mano dalla bocca. Poi le fece segno di aspettare.

— Cosa sta cercando? — bisbigliò Luce.

Hoon smise di frugare sul tavolo e si girò di botto.

— Sid, Luce, siete voi?

A quel punto Sid uscì allo scoperto.

— Ciao, Hoon — disse. — Cerchi qualcosa?

Hoon fece un gran sorriso. — L'avete preso voi?

— Parli di questo? — chiese Sid tirando fuori il Mercur 3000.

— Grazie di avermelo tenuto — sorrise Hoon. Avanzò verso di loro. — Non lo trovavo più.

— Aspetta, rimani lì — disse Sid in tono energico, squadrando la ragazza con diffidenza. — Voglio filmarti per ricordo di questa giornata.

— Ti pare il momento? — ridacchiò Hoon, continuando ad avanzare. Allungò una mano. — Dammelo, Sid.

Luce notò che aveva qualcosa di strano nello sguardo, qualcosa di magnetico. Sid puntò l'obiettivo del Mercur e sul display comparve di nuovo la creatura che avevano già visto al posto di Yong.

Quando alzarono gli occhi, l'essere aveva inspiegabilmente ripreso il suo aspetto mostruoso.

— Maledette! — urlò, guardandosi gli artigli che erano apparsi al posto delle mani di Hoon. — Ora avrete a che fare con Drakos!

— *Tu* avrai a che fare con *me*! — replicò Sid balzando

avanti. La creatura si scansò e diede a Sid uno spintone che la mandò a sbattere contro uno scaffale. Una montagna di roba si rovesciò sul pavimento e addosso alla ragazza.

— Sid! — gridò Luce spaventata.

Drakos si buttò su Sid, ma lei gli sferrò da terra un calcio che lo spinse via. Drakos tornò subito all'attacco.

Luce si guardò intorno disperata mentre Sid lottava col mostro. Voleva aiutarla, ma non sapeva cosa fare. Allora afferrò il primo oggetto che le capitò sotto mano, una stramba padella con l'impugnatura da violino. La calò con tutte le sue forze sulla testa di Drakos. La padella cominciò a suonare una musichetta, Drakos vacillò. Luce gli diede una seconda padellata: fine della musica. E di Drakos, che piombò a terra svenuto.

— Spero che il tuo futuro fidanzato non ti faccia mai saltare i nervi — esclamò Sid rialzandosi. — Grazie, sei stata fantastica!

— Anche se l'arma non è molto adatta a una divinità...

Si misero a ridere. Un modo come un altro per scaricare la tensione.

— Adesso dobbiamo costringerlo a dirci dov'è Hoon — riprese Luce seria.

— Non qui — osservò Sid. — Ci conviene portarlo

con noi nell'Olimpo finché è in questo stato. Nella Sinfalide saremo al sicuro. E anche più forti.

L'avevano già sperimentato. Nella Sinfalide Luce poteva entrare in contatto mentale con i suoi nemici e utilizzarne i poteri, anche se con il rischio di perdere la sua identità. Sid poteva usare la sua pietra come un'arma e Hoon richiamava i fulmini. Hoon…

"Se penso che l'ultima volta che l'ho vista abbiamo litigato…" ricordò Luce. Ma poi si fece coraggio. Cercando di non pensare a quanto le mancava Hoon, si concentrò su quello che poteva fare per lei.

— Come ce lo portiamo dietro? — chiese.

— Guarda cos'ha in mano… cioè, nella zampa — disse Sid osservando Drakos da vicino. Fra gli artigli il mostro stringeva un cristallo azzurro.

— Sembra una pietra come le nostre — disse Luce. — O come la corniola di Efesto. Probabilmente le usano come noi per spostarsi tra l'Olimpo e la Terra.

— Allora perché non proviamo a tirarcelo dietro? Fisicamente, intendo. Noi abbiamo le nostre pietre, lui ha la sua…

— Proviamoci.

Luce prese Drakos per un braccio e Sid per l'altro.

— Ci sei? — fece Sid, pronta con la mano sul portachiavi in cui era incastonata la sua ossidiana nera.

— Pronta!

Luce strinse il quarzo ovale che pendeva dalla sua collana.

L'attimo seguente, il mondo intorno a loro si dissolse.

Interrogatorio

Sid sentì la vertigine di abissi senza fondo e vette scoscese, l'immensa pace di mari e foreste che scorrevano via...

Poi tutto si fermò. E lei si ritrovò avvinghiata al braccio di Drakos. Idem per Luce.

— Siamo nella Sinfalide, ma non è come l'altra volta! — mormorò Luce con tono lugubre.

— Lo so. Allora eravamo con Hoon, oggi abbracciamo un mostro! — grugnì Sid.

— Parlo del cielo.

Sid alzò gli occhi. La Sinfalide era davvero cambiata. La prima volta che ci erano state si erano trovate sotto una volta color porpora attraversata da una gigantesca crepa luminosa azzurra e limpida. Era lo squarcio che tanto tempo prima Afrodite aveva aperto in cielo per proteggere la zona e renderla impenetrabile ad Ares. Adesso si stava richiudendo. L'azzurro stava lasciando posto al porpora.

— Non promette bene — grugnì Sid.

— L'altra volta, mi era bastato guardarlo per sentirmi invadere da una sensazione di bellezza e gioia — sospirò Luce, mentre Sid teneva d'occhio Drakos privo di sensi. — Ora sento solo un'insopportabile angoscia.

— Il Signore della Guerra sta allargando il suo dominio — mugugnò Sid, mentre la mente correva agli abitanti della Sinfalide che avevano incontrato la prima volta che erano state lì. Pensò al vecchio Sicano dagli occhi di pietra che era scomparso nell'Antro Imogeo, la palude sotterranea in cui le aveva accompagnate perché loro potessero trovare l'antico Specchio di Afrodite e in esso la prova della loro identità. Pensò a sua figlia Eadris dalle gambe arabescate che, prima che loro partissero alla volta dell'Antro, aveva promesso vendetta se al padre fosse successo qualcosa. Sid non sapeva se sarebbe mai riuscita a sopportarne lo sguardo dopo quello che era successo. Ma pensò sopratutto all'uomo con la maschera d'oro. Ad Auron. Avrebbe dato qualsiasi cosa per rivederlo adesso, per potergli parlare. E per sentire la sua risata. Si era fidata di lui quando l'uomo aveva suggerito loro di tornarsene a casa, nonostante la scomparsa di Sicano.

Ma la preoccupazione per la sorte del vecchio dagli occhi di pietra non aveva mai smesso di tormentarla.

Con una stretta al cuore Sid si rese conto che la piana della Sinfalide era deserta. Nessun segno di vita tra i camini rocciosi, dove si celava il villaggio sotterraneo.

— Hai creato tu quello squarcio quando eri Afrodite. Credi di poter fare qualcosa? — chiese.

— Non saprei come — rispose Luce, osservando preoccupata la spaccatura nel cielo. — Temo che quando la crepa si sarà richiusa del tutto…

— Non dirlo! — la interruppe Sid. — Troviamo Hoon e troviamola in fretta. Forse lei saprà cosa fare.

Luce tolse la pietra dagli artigli del prigioniero, Sid prese il portachiavi, toccò l'ossidiana nera che esplose in mille frammenti e si andò a ricomporre in due sbarre lunghe e flessibili. Sid le scagliò in modo che si conficcassero saldamente nel terreno ai due lati del corpo di Drakos, bloccandolo.

— Brava, così non ci farà scherzi — commentò Luce.

In quel momento Drakos riprese i sensi. Tentò di muoversi, ma più si divincolava più le sbarre affondavano nel terreno.

— Ti conviene star fermo, se non vuoi farti stritolare — lo informò Sid.

Drakos diventò ancor più verde dalla rabbia e fissò Sid.

Lei cominciò a sentirsi strana. Non riusciva a staccare gli occhi da quelli del mostro. Una morsa di gelo le stava avvolgendo il cuore.

— Non guardarlo! — Luce si mise in mezzo spingendola via.

Sid si riprese di colpo. La testa le girava un po', ma stava bene.

— Provaci con me, testa a scaglie! — lo sfidò Luce fissando l'orribile creatura.

Sid vide l'amica concentrarsi intensamente. Il mostro sembrò combattere con il suo sguardo, poi sembrò spaventato. Alla fine si irrigidì e assunse un'aria imbambolata.

— Cavoli, mi stava… ipnotizzando! — esclamò Sid. — Sembravi tu quando sbatti le ciglia…

— Grazie del paragone! — sorrise Luce. — Mai io non ho gli stessi poteri di questo coso. Io non ipnotizzo la gente.

— Con lui, l'hai appena fatto.

— Sai che riesco a impadronirmi dei poteri degli altri: ho usato contro di lui il suo stesso potere. Perché non proviamo a interrogarlo?

Sid fece un cenno d'assenso e Luce si rivolse a Drakos: — Ti andrebbe di rispondere a qualche domanda?

— Certo — rispose Drakos con lo sguardo fisso.

Sid e Luce si guardarono trionfanti. Funzionava!

— Per cominciare, spiegaci perché la crepa si sta richiudendo — continuò Luce.

— Con la cattura di Atena, il potere di Ares è diventato ancora più grande — rispose Drakos in trance. — Il Signore della Guerra ha spezzato il tuo sortilegio, Afrodite.

— Dove sono gli abitanti? — chiese Sid con ansia.

— Non lo so.

— Adesso dicci di Hoon… cioè di Atena — riprese Luce. — Dov'è? Cosa le è successo? Vogliamo sapere tutto!

— È prigioniera di Ares nel Dodekatheon. Io l'ho catturata. L'ho ipnotizzata e l'ho consegnata al mio Signore.

— E se ne vanta! — sbottò Sid. — L'hai solo ingannata fingendoti suo fratello!

Drakos non reagì.

— E a Yong cos'è successo? — continuò Luce

— Per sostituirmi a lui l'ho addormentato — rispose l'essere.

— Torniamo a Hoon. Ares l'ha rinchiusa da qualche parte? Le ha tolto l'ametista?

— Quando sono tornato sulla Terra per recuperare quel malefico apparecchio, lei era nel sacro tempio con il mio Signore. Non so cosa sia successo dopo.

— Come possiamo liberarla? — si inserì Sid.

— Posso fingere di aver catturato anche voi e portarvi al Dodekatheon — disse pronto Drakos. — Senza di me non riuscireste nemmeno ad avvicinarvi. I Tauri guardiani darebbero l'allarme.

— Perché faresti una cosa del genere ? — brontolò Sid.

— Ares mi punirebbe con la morte per essermi lasciato catturare, quindi mi schiererò con voi.

Sid si rivolse a Luce: — Con questo sguardo da tonto non ingannerebbe nessuno. Si vede lontano un miglio che è sotto ipnosi. L'alternativa è che tu molli la tua presa mentale su di lui. Secondo te c'è da fidarsi?

— Mi fido di più di Gingi quando mi giura di non ficcare il naso nei miei cassetti — rispose l'amica. — Ma non abbiamo scelta.

— Lo penso anch'io.

Luce si concentrò e risvegliò Drakos.

— Cos... Cos'è successo? — fece lui stranito.

— Abbiamo appena fatto un patto — gli annunciò Luce. — Tu ci porti da Hoon e se tutto va bene ti lasceremo libero.

— Affare fatto, affare fatto! — disse Drakos agitandosi impaziente. — Liberatemi, vi ci porto subito!

Sid estrasse dal terreno le sbarre che lo trattenevano.

Entrambe rotearono e si fusero insieme, riprendendo la forma dell'ossidiana.

— Non fare scherzi — lo minacciò Sid.

Ma era già troppo tardi.

un Piano quasi Geniale

— Luce, attenta!

Luce non si accorse dell'improvviso balzo di Drakos. Il mostro le arrivò addosso con tutto il suo peso e la fece cadere.

— Dammi il turchese di Ermes! — sibilò il mostro. Le strappò di mano il cristallo e lo sfregò tra gli artigli.

Al posto di Drakos apparve una specie di ciclope alto come quattro esseri umani, con un occhio verde fiammeggiante al centro della fronte e una clava in mano. Il ciclope abbatté la sua arma su di loro. Luce e Sid si scansarono appena in tempo e la clava aprì una voragine. Ma stava per arrivare un secondo colpo.

Con una velocità impressionante, Sid trasformò l'ossidiana in uno scudo e lo sollevò sopra la testa proteggendo anche Luce. L'impatto fu tremendo, ma lo scudo lo assorbì completamente. Luce vide lo sforzo sovrumano nelle braccia dell'amica. Quanti altri colpi avrebbe potuto neutralizzare? Il ciclope stava di nuovo alzando la clava.

— Sid, ci spazzerà via! — gridò Luce al riparo dello scudo. — Se non ci togliamo da qui, Drakos ci...

— Drakos, giusto! Luce sei un genio! — la interruppe Sid mentre la clava stava piombando su di loro. — Quel ciclope non è un vero ciclope, è solo Drakos camuffato!

Nell'istante in cui lo realizzarono con piena consapevolezza, al posto del ciclope ritornò Drakos, che si ritrovò improvvisamente a darsi una gran botta sui piedi.

— Adesso basta! — sbottò Sid.

Caricò il braccio e scagliò lo scudo, che saettò rapidissimo come una lama rotante verso il mostro, lo centrò in pieno e lo polverizzò.

— Accidenti, l'hai disintegrato! — esclamò Luce. Del mostro non c'era più traccia.

— Se l'è voluta! — fece Sid cupa, mentre andava a recuperare lo scudo.

— Ci è rimasta solo la pietra — disse Luce raccogliendo la pietra nel punto in cui Drakos si era dissolto. — Adesso come ci arriviamo al Dodekatheon?

— Già — grugnì Sid. — Non possiamo certo presentarci noi due da sole dicendo: "Permesso, saremmo venute a liberare Hoon"!

— Hai ragione! — esclamò Luce buttandole le braccia al collo. — TU sì, che sei un genio! Lo direbbe anche lei se fosse qui.

— Io? — Sid non capiva.

— Ma sì! Quando Drakos mi è saltato addosso per prendermi la pietra, come l'ha chiamata? Il turchese di Ermes, giusto?

— Sì, ma…

— E chi è Ermes? Qual è, diciamo, il suo campo come divinità? La Johnson ne ha parlato.

Sid ci pensò. — Be', è il dio dei viaggiatori, dei mercanti…

— E…?

— Dei ladri, se non sbaglio. Ma che c'entra con noi?

— C'entra eccome, Sid! — Luce era quasi euforica. — Ermes è il dio del furto e dell'inganno. È grazie alla sua pietra che Drakos è riuscito ad assumere l'aspetto di Hoon, di Yong e addirittura di un ciclope! E se lo ha fatto lui, posso farlo anch'io!

— Frena! — mugugnò Sid. — Quale aspetto vorresti assumere?

— Proprio quello di Drakos. — Luce lasciò all'amica

il tempo di metabolizzare la sua idea. — Prenderò le sue sembianze e faremo come aveva immaginato lui. Cioè ti porterò da Ares al tempio, fingendo di averti catturata. Quel mostriciattolo era orribile, ma non del tutto stupido.

Sid annuì lentamente. — Però c'è una piccola controindicazione — osservò. — Drakos è tornato se stesso appena abbiamo scoperto il trucco, sia quando sembrava Hoon che quando era un ciclope. Basta poco e l'effetto svanisce.

— Vedremo di non farci scoprire. In fondo Ares non avrà motivo di sospettare.

— Ma come facciamo ad arrivare al Dodekatheon? Io non so la strada...

— Già, è vero. — Luce non ci aveva pensato. — Uhm, se io fossi Drakos come farei?

— Se tu fossi Drakos, saresti sulla Terra e non qui.

— Giusto! Proviamo a tornare a Raimbow Hill e usiamo le pietre per trasferirci direttamente nel Dodekatheon. Sembra complicato, ma non saprei come altro fare...

— Mettiamo che funzioni e che arriviamo a questo tempio. Dopo che si fa?

— Dopo... — Luce si accorse di non aver pensato nemmeno a quello. — ... improvvisiamo!

— È una pazzia — rispose Sid seria. Poi sorrise. — Quindi potrebbe funzionare. Non vedo l'ora di vederti ballonzolare come quel rospo di Drakos!

Luce guardò la pietra. Era il momento di provare a trasformarsi. Tutt'a un tratto, però, il suo piano non le sembrava più così entusiasmante…

— Qualcosa non va? — le chiese Sid.

— Ehm… mi sto concentrando — rispose Luce, ma non fu molto convincente. Stava pensando a quando Hoon aveva detto che non avrebbero mai dovuto tornare sull'Olimpo prima di aver provato i loro poteri un centinaio di volte. Ad Auron che gli aveva raccomandato di affrontare Ares solo quando sarebbero state pronte. E invece era andato tutto al contrario. Erano tornate sull'Olimpo senza aver allenato i loro poteri e adesso rischiavano di trovarsi di fronte ad Ares senza sapere cosa fare.

— Ho paura anch'io — le sussurrò Sid.

Condividere la fifa diede coraggio a entrambe.

— Okay — si fece forza Luce, pronta a sfregare la pietra fra le dita. — Tieni duro, Hoon, stiamo arrivando!

l'Ultimo Sogno di Morfeo

Nel Dodekatheon, Hoon era una statua fra le statue. Il suo corpo era di pietra, ma la sua mente era libera. Libera di pensare, di ricordare.

Libera di sognare.

Quando Ares l'aveva pietrificata, i suoi sensi si erano spenti. Riusciva ancora solo a intravedere quello che la circondava, ma ogni secondo che passava tutto era più sfocato. Improvvisamente i simulacri degli dei, il trono, la Fiamma d'Oro, il tempio e perfino il cielo di porpora scomparvero.

C'era la gigantesca porta d'avorio. Sempre chiusa.

Intorno a lei il nulla. Forse Hoon doveva provare ad aprirla.

Nel momento in cui lo pensò, la porta si spalancò lentamente. Una creatura dalle grandi ali nere uscì in volo.

Morfeo...

Hoon alzò gli occhi. C'era un nuovo cielo sopra di lei. Azzurro. E ai suoi piedi una distesa sconfinata di papaveri rossi ondeggiava come un mare, anche se non c'era vento.

La creatura allargò le ali e discese dolcemente davanti a lei. Le ali si ritrassero fino a sparire e il suo volto si trasformò in quello di un ragazzo d'insopportabile bellezza.

Il volto che Hoon non aveva più potuto dimenticare.

Ho sempre saputo che eri tu.

Le parlò senza muovere le labbra. Hoon sentì la sua voce dentro di sé.

Sono venuto per te, Hoon.

Il suo sguardo malinconico colpì il cuore di Hoon come una staffilata.

Tu eri Atena come io Morfeo. In passato il nostro amore illuminava l'Olimpo intero.

Lei avrebbe voluto rispondere, ma poteva solo ascoltare quella voce che le scaturiva da dentro.

A lungo Ares si è disinteressato del mio Potere dei Sogni, mentre cercava di carpirmi il segreto della vostra scomparsa.

Hoon avrebbe voluto piangere, ma non poteva. Nemmeno lacrime di pietra.

Ma ora vi ha trovate e non gli servo più. Mi ha condannato all'esilio eterno. Non posso fare altro che subire la mia sorte, ma posso impedirgli di impossessarsi del Potere dei Sogni. Ho scelto di separarmene. Ho scelto di rinunciarci per sempre.

Hoon riprovò a dire qualcosa. Senza alcun risultato. Capì che quello era un sogno inviatole da Jared. Il sogno che sulla Terra non riusciva mai a completarsi e che le giungeva ora nel suo sonno di pietra.

Prima di subire la mia sorte scaglierò il Potere dei Sogni in un luogo dove sarà custodito. Quel luogo è sulla Terra e solo tu potrai ritrovarlo. Non mi è concesso dire di più. Dono a te il mio potere e la mia anima.

Affido alle onde del destino l'ultimo sogno di colui che fu Morfeo. Dovunque tu sia, prima o poi ti raggiungerà.

Addio, Atena. Addio, Hoon. Addio, amore mio.

Il sogno si dissolse.

Hoon tornò alla realtà. Intorno a lei tutto era come prima, ma più lontano e sfocato. Niente papaveri rossi a perdita d'occhio, nessuna porta d'avorio, nessun cielo azzurro. Solo il porpora del cielo sopra il tempio, la fiamma pallida, le statue mute. Il tutto avvolto in un silenzio spettrale, senza che lei potesse sentire un profumo o il vento che la sfiorava. Era di nuovo prigioniera del suo incubo di pietra.

Ma un'incontenibile forza era rinata in lei dal profondo. Non doveva smettere di sperare. Atena non era ancora stata sconfitta.

Non ti abbandonerò mai, Jared.

Era il giuramento di una dea.

al Tempio

Le mura della Città degli Dei si innalzavano davanti a loro. Sid e Luce erano appena comparse sulla cima del monte Olimpo.

Sid si girò indietro un'ultima volta. Alle sue spalle, Drakos le strizzò l'occhio e le fece segno che era tutto okay.

— Forse ti preferivo prima — bisbigliò Sid osservando l'amica trasformata. Era davvero orribile.

— Io invece mi trovo mostruosamente bella — scherzò Luce agitando un artiglio. — Mi servirebbe solo un po' di smalto.

Continuando a scherzare per stemperare la tensione, arrivarono ai piedi delle mura imponenti. Quando videro una creatura enorme che impugnava un'alabarda che si faceva avanti a sbarrare il passo ammutolirono.

— Fermi! — tuonò l'essere. Doveva essere uno dei Tauri di cui aveva parlato Drakos. Era bardato con un'armatura scintillante. — Chi siete?

— Non mi riconosci? — sibilò Luce in tono sprezzante e con la vocetta stridula della creatura di cui aveva preso le sembianze. — Sono Drakos. Porto una nuova preda al Signore della Guerra!

Sid fece la faccia più imbambolata possibile, come se fosse stata ipnotizzata. Il Tauro la scrutò attentamente, poi si girò.

— Venite! — disse.

Sid e il suo finto carceriere lo seguirono e varcarono la soglia della città. Frammenti di immagini perdute riemersero dal passato. All'improvviso Sid ricordò i palazzi dorati costruiti da Efesto nella notte dei tempi, con i giardini e le fontane. A sprazzi vide l'Olimpo che aveva conosciuto come Artemide. Fino a quel momento a nessuna di loro era successo di ricordare qualcosa del loro passato di dee, per quanto anche questa volta si trattasse solo di brevi e rapidissime immagini.

Adesso i segni della guerra e della distruzione portati da Ares erano ovunque. Da ogni parte ardevano fuochi. C'erano grovigli di piante scheletriche e fontane seccate e in rovina. Tra gli edifici decrepiti si aggiravano branchi di orride creature simili a sciacalli con la testa di demone.

La Città degli Dei sembrava il regno del Male. Sid sapeva che l'Olimpo di Ares si stava corrompendo senza che la Fiamma d'Oro fosse stata ravvivata, ma lo scempio che vedeva andava oltre le sue peggiori previsioni.

Fu circondata da un nugolo di lingue saettanti e occhi di serpe. Luce le posò un artiglio sulla spalla e la spinse avanti, ordinandole di muoversi. Sembrava proprio Drakos, perfino più odioso di quello vero. Se Sid non l'avesse saputo, avrebbe giurato che era lui. Di ritorno a casa Luce doveva assolutamente farsi ingaggiare da suo padre per un programma in tv. Sempre che fossero tornate…

— Voi Lykaon, andate alla Torre Uranide! — ordinò il Tauro guardiano, rivolto al corteo di mostri. — Annunciate al Signore della Guerra che Drakos porta una nuova prigioniera.

Sid si sentì sollevata. Se Ares era in questa Torre Uranide, forse avrebbero avuto il tempo di trovare Hoon senza affrontarlo.

— E non una prigioniera qualunque! — stava dicendo Drakos. — Porto la dea Artemide!

Le viscide creature si ritrassero con un brusio di timore e ammirazione. Alcune corsero via.

Il corteo si mosse verso il Dodekatheon, che sovrastava la città con la sua cupola tronca. Sid intuì che l'amica aveva avuto il suo stesso pensiero. Dovevano approfittare dell'assenza di Ares.

Altri due Tauri sbarrarono l'ingresso del tempio incrociando le alabarde.

— Lasciate entrare l'eroico Drakos! — ordinò quello che le precedeva. I due mostri liberarono l'accesso.

Appena mise piede nel tempio Sid provò un senso di vertigine. I loro ultimi istanti da dee erano trascorsi lì, in quel luogo sacro. La Fiamma d'Oro brillava ancora al centro del tempio, anche se meno viva di allora. E intorno c'erano le statue in cui Ares aveva imprigionato gli dei divenuti suoi nemici.

Le passò in rassegna mentre si dirigevano verso il trono che un tempo era appartenuto a Zeus. Riconobbe Efesto con il possente maglio, Ermes dai calzari alati, Demetra con il sigillo a forma di spiga, Poseidone con il tridente, e poi…

Un atroce dubbio la sfiorò. Ma quante statue c'erano nel Dodekatheon?

Avrebbero dovuto essere otto, e invece erano nove!

Quella che stava guardando ora aveva il volto rigato da gocce luminescenti che sembravano lacrime. Un'ametista pendeva dal suo orecchino. Sembrava proprio…

— Hoon! — risuonò una voce stridula dietro di lei.

Sid si girò di colpo. Dietro di lei non c'era più Drakos, c'era Luce. Si era smascherata da sola. La pietra di Ermes non la proteggeva più. Da mostro scaglioso a dea della bellezza in mezzo secondo netto.

Luce si tappò la bocca con una mano. Troppo tardi. I Lykaon che le circondavano impiegarono un attimo a fiutare l'inganno, poi esplosero tutti insieme in un grido di rabbia.

— Prendetele! — muggì il Tauro guardiano.

— Luce, attenta! — urlò Sid all'amica, che sembrava non rendersi conto di quello che stava succedendo e se ne stava immobile con lo sguardo fisso sul turchese di Ermes che teneva in mano.

L'ossidiana di Sid si fece incandescente ed esplose in mille frammenti che si andarono a ricomporre in una doppia spada. Lei ne impugnò una per mano e le sventagliò intorno a sé per tenere lontani i nemici. Tutti indietreggiarono.

All'improvviso il pavimento vibrò.

— Il Signore della Guerra sta arrivando! — esclamò il Tauro. — Catturate le intruse!

Approfittando di quell'attimo di distrazione, il Tauro sferrò un poderoso colpo di alabarda e strappò di mano a Sid una delle spade.

Lei la vide roteare in aria. Recuperarla era impossibile. Se solo fosse riuscita a richiamarla…

Non fece tempo a finire il pensiero che la spada invertì la sua rotazione e vorticando le tornò in mano, in tempo per respingere il Tauro e le altre creature che si erano fatte avanti. Non aveva idea di come avesse fatto, ma non era il momento migliore per chiederselo.

Tenendo a distanza i Lykaon, Sid si ritirò verso la statua di Hoon, facendo scudo a Luce con il suo corpo. Avevano le spalle coperte, ma nessuna via d'uscita. Usare le pietre per tornare a Rainbow Hill avrebbe voluto dire abbandonare Hoon. Ma per quanto ancora sarebbero riuscite a respingere gli assalti?

Il pavimento tremò di nuovo.

— ARES ARRIVA AL TEMPIO!!! — muggirono i Tauri guardiani tutti insieme. Lo spaventoso annuncio rimbombò tra le mura del Dodekatheon.

— Luce, inventa qualcosa! — gridò Sid, spazzando via due Lykaon alla volta. — Non posso resistere ancora molto, e non siamo in grado di affrontare Ares!

— M-mi dispiace — balbettò Luce. Era paralizzata, incapace di reagire.

— Non c'è tempo per le scuse, adesso! — urlò Sid circondata dall'orda nemica. — Inventa qualcosa, prima che arrivi Ares!

il Sigillo di Demetra

Inventa qualcosa prima che arrivi Ares!

Come se fosse facile. Un Likaon riuscì ad arrivare a Luce. Le inflisse un colpo allo stomaco, la sollevò come se fosse una bambola di pezza e la buttò a terra. Lei sentì la pietra di Ermes scivolarle di mano. Tutto quel disastro era colpa sua.

Il suo assalitore, vedendola a terra immobile, concentrò la sua attenzione su Sid. Anche lei stava per soccombere sotto l'attacco incessante dei Lykaon. Per due che ne abbatteva, sembrava ne spuntassero altri dieci...

Inventa qualcosa prima che arrivi Ares!

Le parole dell'amica risuonavano nella mente di Luce. Inventare qualcosa... ma cosa? Il genio della loro squadra non era disponibile, rinchiusa in un blocco di pietra...

Le vennero le lacrime agli occhi per la disperazione.

Hoon era lì, a un passo da loro, e non sapevano come liberarla!

Hoon, aiutami! Dimmi cosa devo fare!

Quell'invocazione le era sgorgata da dentro, non l'aveva pensata coscientemente. Poi successe qualcosa.

Luce stava fissando la statua di Hoon, quando le sembrò di essere entrata in contatto con la sua mente. Sentì i poteri dell'amica che si trasferivano in lei e ne assorbì il segreto come una spugna.

A fatica si alzò da terra. Chiuse gli occhi disorientata. Quando li riaprì la scena era cambiata.

Vide se stessa in piedi lì davanti. Vedeva con gli occhi della statua. Era dentro la mente di Hoon.

Intorno a lei tutto era sfocato e si muoveva al rallentatore. Ogni rumore era cessato. Nel silenzio, Sid roteava le sue spade con gesti armoniosi e potenti falciando un Lykaon dopo l'altro. L'amica si girò lentissimamente verso di lei e gridò il suo nome senza che Luce sentisse alcun suono.

Luce doveva fare in fretta. Ora che aveva fatto suo il genio di Hoon, anche se solo per qualche istante, doveva cercare di ragionare come lei. Che cosa avrebbe escogitato al suo posto?

In un *clic* trovò la risposta.

Il sigillo di Demetra.

Il sigillo…?

Demetra, dea dei quattro elementi, sovrana delle forze naturali. Forse il suo potere avrebbe potuto riportare indietro Hoon dallo stato pietrificato…

Quel lungo attimo sospeso ebbe fine. Luce tornò a vedere con i propri occhi e ogni cosa riprese la sua velocità. Sid falciò un'altra fila di Lykaon. Il Tauro si avventò su di lei.

Era il momento di agire. Ora o mai più.

Luce approfittò di un varco aperto dai fendenti di Sid e si buttò verso la statua di Demetra. Un altro Lykaon, vedendola muoversi, si scagliò contro di lei. Luce lo schivò, si allungò disperatamente, toccò il cristallo che ornava la veste della dea e cercò di percepirne il potere. Sentì il cristallo diventare incandescente sotto la sua mano e lo vide emanare raggi giallastri. Si concentrò su uno di quei raggi e lo direzionò verso l'amica pietrificata.

Sperando che funzionasse.

Il raggio colpì la pietra che imprigionava Hoon.

Non successe niente.

Luce si sentì sconfitta. Il Likaon la raggiunse e si preparò a colpirla. Lei avrebbe potuto tentare di evitare il colpo, ma non aveva più la forza di reagire. Il mostruoso essere la colpì violentemente. Lei finì a terra senza un grido, con gli occhi fissi sul simulacro della sua amica.

Poi la statua si mosse, barcollando sul piedistallo. Il grigio della pietra svanì come un'onda e lasciò il posto ai colori vitali della pelle di Hoon, dei suoi abiti, dei suoi spettacolari occhi blu. La vita aveva ripreso a scorrere nel suo corpo.

— Luce... Sid... — mormorò, muovendo a fatica le labbra.

Luce trovò la forza di reagire. Evitando all'ultimo momento l'attacco del suo assalitore, lo fece schiantare a terra.

— Hoon! — esclamò piena di felicità.

La vide guardarsi intorno e i suoi occhi accendersi di una potente luce violacea. Hoon stava per evocare i fulmini. Una saetta si materializzò e travolse il Tauro che stava mettendo Sid in difficoltà.

Di nuovo esplose il muggito dei guardiani.

— ARES È QUI!!!

Luce guardò verso il trono. Un'ondata di puro orrore la travolse. Il Signore della Guerra era nel Dodekatheon. La sua figura terribile si stagliava oltre la folla degli assalitori.

— Come avete osato! — tuonò il dio. — Voi, traditrici, avete violato questo sacro tempio!

Ares innalzò la sua spada verso il cielo purpureo, la puntò contro di loro lanciando un grido terrificante e un ciclone si scatenò dal nulla all'interno del tempio. Ogni essere vivente fu risucchiato in alto. Luce e Hoon, i Tauri, Sid e le sue spade vennero tutti proiettati in aria insieme a decine di Lykaon.

— Sid, Hoon! — gridò Luce alle amiche prima di perderle di vista. — Le pietre, toccate le vostre pietre!

Sperò che in quel turbine infernale l'avessero sentita e strinse fra le dita la sua collana.

Poi cominciò a precipitare.

Mai più

Hoon si ritrovò stesa per terra a pancia in giù nel magazzino del Dream's Emporium. Le era sembrato di cadere da un'altezza incredibile.

— Hoon! — esclamò Luce a pochi passi da lei. Si avvicinò gattonando. — Come ti senti?

— In carne e ossa! E fa un gran bell'effetto!

Si abbracciarono.

— Voi due, aspettatemi! — le chiamò Sid emergendo da dietro il tavolo.

Tutt'e tre si strinsero forte e rimasero così per un po', in silenzio. Quando si sciolsero dall'abbraccio Hoon raccontò a grandi linee quello che le era successo, glissando sul sogno che le aveva mandato Morfeo.

— Ero sicura che sareste venute… — disse Hoon alla fine — … Non potrò mai sdebitarmi con voi.

— Troveremo il modo di farti ricambiare. E non faremo sconti — la minacciò Sid con un sorriso, raccontando come avevano fatto ad arrivare lì.

— In un certo senso ti sei liberata da sola — aggiunse Luce. — Non chiedermi come ho fatto, ma nel Dodekatheon ti sono entrata nel cervello!

— Detta così è rivoltante! — rise Hoon.

— Allora diciamo che ho preso in prestito uno dei tuoi *clic* — ribatté Luce.

— Io sono riuscita a recuperare la mia arma semplicemente con la forza del pensiero. E ho visto strane immagini, credo del passato dell'Olimpo. Non mi era mai successo prima — intervenne Sid.

— E io ho capito di poter usare i poteri degli esseri più orridi che esistano. E quelli racchiusi nelle pietre di tutti gli altri dei. Ma ho perso quella di Ermes — confessò Luce.

— Abbiamo sempre le nostre — cercò di rincuorarla Hoon, anche se si sentiva molto in colpa per la perdita dell'anello di Efesto. Jared le aveva raccomandato di conservarlo e invece lei se l'era lasciato portare via sotto il naso. Istintivamente tutt'e tre portarono le mani alle pietre, come per accertarsi che fossero ancora al loro posto.

— Comunque avevi ragione tu. I nostri poteri stanno crescendo — asserì Sid.

— Ma dobbiamo imparare a gestirli meglio — ammise Luce.

Si abbracciarono di nuovo.

— La cosa che mi preoccupa di più è quella che mi avete detto sul cielo della Sinfalide, sul fatto che la crepa si sta richiudendo — rifletté Hoon.

— Ringraziamo quel brutto muso di Ares — si lamentò Luce.

A sentire pronunciare quel nome, Hoon rabbrividì. Ora che l'aveva visto, aveva potuto rendersi conto della sua cattiveria e della sua ferocia. Allontanò dalla mente l'idea che prima o poi avrebbero dovuto affrontarlo.

— Sapete, mentre ero sua prigioniera ho pensato a quanto siamo state stupide nei giorni scorsi — riprese Hoon. — Se fossimo state più unite, le cose sarebbero andate diversamente.

— Hai ragione anche su questo — disse Sid. — Avevamo abbassato la guardia e ci siamo lasciate prendere di sorpresa.

— Ci siamo complicate la vita per delle stupidaggini. Non si ripeterà — convenne Luce. Poi si rivolse a Sid con aria maliziosa: — Però sembrava proprio che fossi gelosa di Dude…

— Ma figurati… — rispose Sid. — Per me è davvero un fratellone.

— Quindi non ti scoccia se faccio in modo che mi inviti a uscire? — scherzò Luce.

— Basta che non usciate quando si deve allenare con me! Anzi… visto che ormai gli piace tanto farlo con Sasha, uscite solo all'ora degli allenamenti! Comunque resto convinta che Mister Sorriso a Sproposito abbia qualcosa di lurido, ma Dude è abbastanza grande da accorgersene da solo.

— Povero Sasha, proprio non è il tuo genere — disse Luce. — Sai, Hoon, che ieri per poco Sid non lo prendeva a bastonate? Se non fossimo intervenuti io e Dude… E Sasha dovevi vederlo, era bianco come un cencio!

— Come mai, Sid? — fece Hoon ridendo.

— Non l'ho ancora capito — Sid arrossì leggermente. — Mi sono lasciata trasportare dall'istinto ed è stata una rovina!

— Mi sa che stava per esserlo soprattutto per Sasha! — disse Hoon.

— Però nessuno può sapere meglio di noi che la prima impressione non è sempre quella giusta — disse Luce. — La prima volta che ci siamo incontrate non è stato precisamente un colpo di fulmine…

— È vero, care vecchie cornacchie! — rise Sid.

Hoon si sentiva felice e serena per essere scampata al peggio, e si stava godendo ogni battuta, ogni sorriso e ogni risata delle amiche. Ma mentre non poteva fare a meno di apprezzare quella meravigliosa normalità, una parte del suo cervello continuava a riflettere su quello che aveva scoperto su Morfeo e a chiedersi dove fosse finito.

— Non vi ho ancora detto tutto di quello che è successo quando ero di pietra... — cominciò Hoon sentendo che era arrivato il momento.

Luce soffocò un grido.

— Guardate! — mormorò.

Hoon sobbalzò. Luce stava indicando un cumulo di roba vecchia accatastata in un angolo buio del magazzino. Qualcosa si stava muovendo là in mezzo.

Si guardarono senza sapere cosa fare. Sid fece segno che bisognava andare a vedere.

— Un attimo — sussurrò Luce cercando di afferrare qualcosa.

Hoon riconobbe l'assurda padella che aveva esaminato quella mattina.

— Ha già fatto il suo dovere — aggiunse Luce impugnando la sua curiosa arma.

Avanzarono a ranghi serrati verso l'angolo del magazzino. Fruscii e scricchiolii non lasciavano dubbi. Là sotto c'era qualcosa che stava per uscire allo scoperto.

Circondarono il cumulo di cianfrusaglie. I rumori venivano da uno scatolone socchiuso imbucato nell'angolo. Sid allungò una mano verso il coperchio. Luce alzò la padella. Hoon diede il segnale.

Sid spalancò il coperchio.

— Yong! — urlò Hoon. Dentro lo scatolone c'era accovacciato suo fratello.

Luce si fermò appena in tempo prima di colpire.

— D'accordo che i fratelli rompono, ma come abbiamo fatto a dimenticarci che dovevamo cercarlo? – sussurrò a Hoon.

— Cosa fate con quella padella? — biascicò Yong mettendo la testa fuori. — Ma siete normali?

— Normale come chi dorme in uno scatolone? — replicò Luce.

— Devo essermi appisolato ... — fece Yong guardandosi intorno smarrito. — Ma che ci faccio qui?

Hoon si voltò per non scoppiare a ridere. Anche le amiche facevano fatica a rimanere serie.

— Drakos ci aveva detto di averlo addormentato per prendere il suo posto — sussurrò Sid a Hoon.

— Yong, come ti senti? — chiese Hoon al fratello mentre lo aiutavano a uscire.

— Un po' strano — rispose lui. — E con una fame spaventosa, mi sembra di non mangiare da due giorni! Vado a farmi uno spuntino gigante!

E si avviò verso la porta.

— Ragazze, il mio Mercur... — mormorò Hoon.

— Ce l'ho io. Eccolo — fece Sid porgendole il supercellulare.

— Aspetta! — urlò Hoon. Inquadrò suo fratello e avviò la registrazione. — Hai una faccia...

— Io mi sarò addormentato dentro uno scatolone, ma anche tu non sei mica tutta a posto! — commentò Yong picchiettandosi la fronte con un dito e se ne andò.

— Allora? — chiese Luce a Hoon.

— Tutto okay — sorrise Hoon, mostrando la faccia stralunata di Yong sul display del Mercur. — Stavolta è proprio lui!

— Cavolo, sono già le cinque — fece Sid guardando l'ora. — Quand'è che tornano i tuoi?

— Mia madre ha detto che sarebbero rientrati per le sei! — sbottò Hoon — Vuol dire che alle cinque e cinquantanove la macchina si fermerà qui davanti! Lei e papà sono le persone più orribilmente puntuali che siano mai esistite! E guardate che disastro! Non solo sono indietrissimo, ma c'è perfino più disordine di prima! Come spiego a mia madre che ho buttato via l'unica giornata che...

— Niente panico — si lamentò Luce nel panico.

— Adesso mettiamo a posto prima che arrivino i tuoi

genitori, giusto per salvare le apparenze — intervenne Sid. Poi nei prossimi giorni ci occuperemo anche di questo.

— Giusto! Se siamo riuscite a portarti via dalle grinfie di Ares, dovremmo spuntarla anche con i tuoi! Dopo quel che ci è capitato oggi, mettere in ordine qui sarà una passeggiata.

Hoon ragionò un attimo. In effetti mezz'ora prima era in una situazione ben peggiore.

— Cos'è che non ci avevi ancora detto? — domandò Sid cominciando a raccattare da terra un ventilatore a pale fluorescenti. Hoon prese fiato per rispondere, ma Luce azionò il meccanismo di un troll con naso luminoso che cominciò a cantare un pezzo di musica country.

— Giuro che non l'ho accesso apposta! — si giustificò.

— Lo so! — le spiegò Hoon. — A volte parte da solo. Per bloccarlo devi dargli una botta in testa.

Luce lo fece e il troll tornò muto.

— Ti avevo fatto una domanda — insistette Sid.

— Lo so. Ma è una cosa importante. Ne parleremo con calma domani — rispose Hoon. — Adesso occupiamoci di questo sfacelo.

Nessuna delle altre aprì bocca, ma Hoon si accorse perfettamente che la stavano scrutando.

Altri Screzi

Hoon uscì da scuola insieme a Luce. La Johnson aveva passato il tempo a lanciarle frecciatine per la verifica in bianco, ma lei aveva ben altro per la testa per potersela prendere. La prima cosa che vide in cortile fu Sid che camminava nervosamente attorno a un albero.

— Muso lungo all'orizzonte — l'adocchiò Luce.

— Muso inferocito direi — disse Hoon.

Appena le si avvicinarono, Sid esplose.

— Cosa dicevamo della prima impressione su una persona? — cominciò a strepitare. — Be', ci si può sbagliare anche alla seconda, alla terza o alla centoventicinquemilasettecentotrentunesima!

Hoon e Luce si guardarono con aria d'intesa.

— Dude? — chiese Luce.

— Non voglio più sentire pronunciare il suo nome!

ERICO BERTOLUCCI 2008

La colonna sonora della mia vita?
Lo struscio delle scarpe in pedana
e il clangore di sciabole e fioretti.

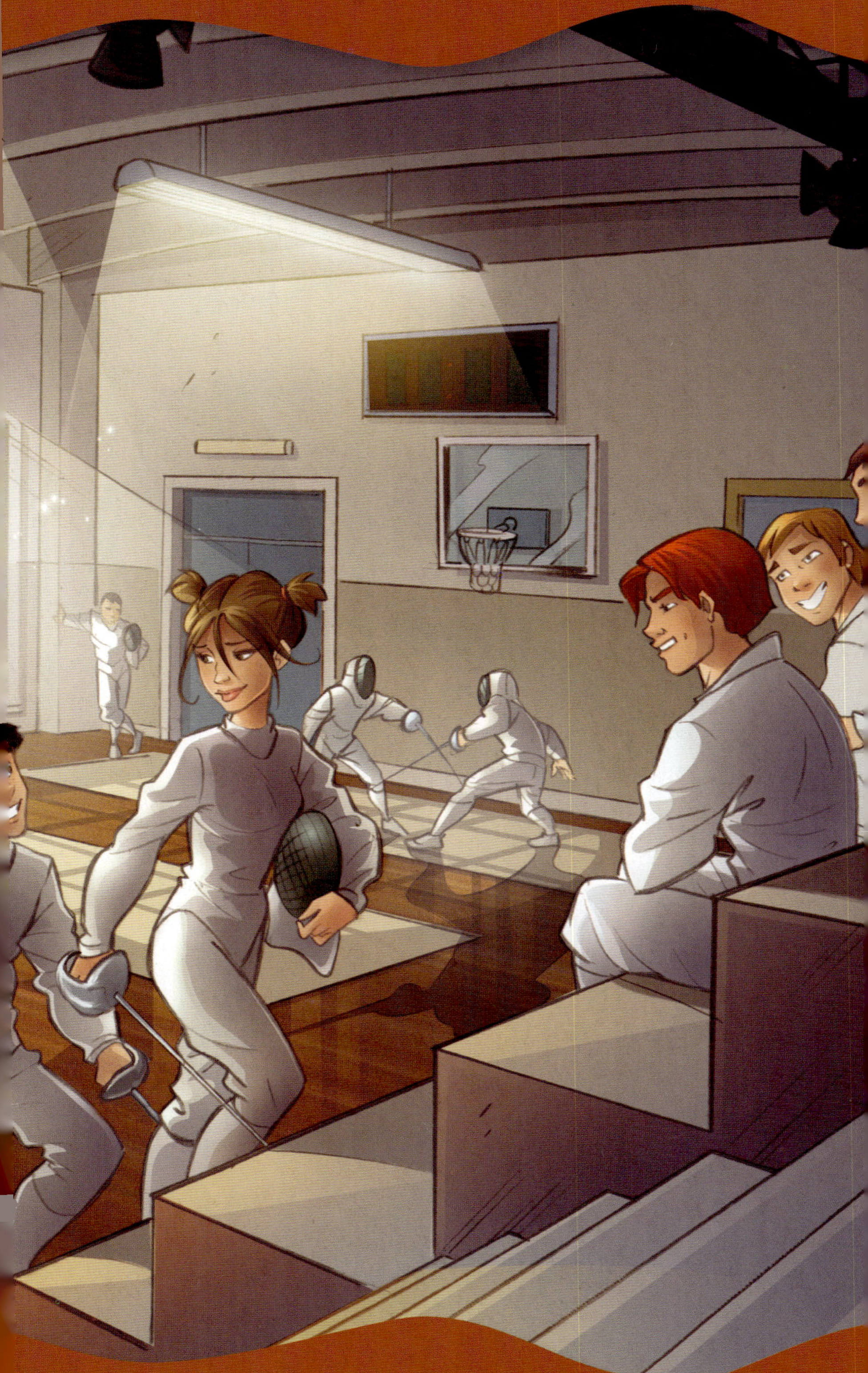

SE NON L'HAI TROVATO ALTROVE, LO TROVI QUI.
Ma se lo trovi qui hai bisogno di un dottore!

Perché tra tutti i miei fan
non c'è mai quello carino?!

La Sinfalide

L'ultimo dono di Afrodite alla gente dell'Olimpo.
L'unica zona in cui Ares non può arrivare.

R 2
GIO
0080464
6,00
OP. 0
SF 74

Da piccola papà mi faceva sempre ridere!
Vorrei che io e la mamma potessimo sentire
la sua risata un'ultima volta.

Servono prove che
i fratelli sono una pestilenza e i papà
dei disastri patentati? Eccole!
Ma forse è solo che la stranezza
fa parte del DNA della famiglia Song.

Io posso dire con assoluta certezza che Gingi è un macaco, mia madre ha un caratteraccio e mio padre è un distratto cronico.

Ma GUAI a chi me li tocca!

A te, Hoon,
dono il mio potere
e la mia anima.

D'ora in poi è solo un idiota al cubo o il fidanzatino di Mister Sorriso a Sproposito.

— Non avrei saputo dirlo meglio! Cosa ha combinato? — le chiese Luce.

Sid brontolò qualcosa. Si capiva solo che parlava di Dude e quelli che borbottava non erano complimenti.

— Se biascichi non ti capiamo — provò a dire Hoon con il tono di voce più dolce che riuscisse a emettere. Non era certo il caso di irritare Sid più di quanto già non fosse.

— Non c'è niente da dire. Non voglio più parlare di lui — sbraitò, poi continuò: — Prima l'ho aspettato qui all'uscita. Volevo proporgli di andare al cinema oggi pomeriggio, così potevo spiegargli di Sasha. Non volevo che lui sentisse solo una campana. Lui arriva, si volta dall'altra parte, tira dritto e va verso il suo amichetto del cavolo che lo aspetta dall'altra parte della strada. Sempre quel solito sorriso idiota stampato sulla faccia.

"Quasi cento parole in meno di trenta secondi" pensò Hoon. "Un vero record per Sid."

— Non posso crederci — commentò Luce. — Parliamo del Dud... ehm dell'idiota al cubo che conosciamo noi?

— Se vuoi uscire con qualcuno, te lo sconsiglio vivamente — rispose Sid con il broncio che cresceva a vista d'occhio. — Una stupida su tre può bastare. Figuratevi, dopo la scenetta che vi ho raccontato, ho pensato che Dude non mi avesse vista, o che fosse sovrappensiero. Gli corro dietro. Lui si gira con una faccia spiritata e me ne dice di tutti i colori. Che ho voluto vendicarmi con Sasha per la figuraccia in palestra. Che sono invidiosa perché lui è più bravo di me. E intanto Mister Sorriso ci guardava e ridacchiava. Non sapete cosa avrei dato per fargli passare la voglia di ridere! — Sid tirò il fiato. — Insomma, sono rimasta lì a bocca aperta come un'idiota e lui se n'è andato.

— Che razza di amico! — sbottò Luce infiammandosi subito. — Sarà anche carino a prima vista, ma a pensarci bene, anche lui è un mostro. Immaturo, stupido, e pieno di sé… Come tutti i ragazzi, del resto. Perché dobbiamo perdere tempo con gente simile, mi domando!

— Non proprio tutti, dai — disse Hoon sempre diplomatica.

— Ah, sì? Fammi un paio di nomi.

Hoon ci pensò un attimo. In quel momento passò Ace Adsbury, il convinto superfusto della scuola.

— Ehi, ragazze! — disse. — Oggi gioco al palazzetto dello sport. Se volete venire a vedermi…

— Grazie, Ace, preferiamo annoiarci a morte per conto nostro! — lo rimbeccò Luce con un sorriso soave che stonava completamente con le sue parole.

Ace fece una smorfia. Evidentemente aveva capito la battuta. Un record per lui! Forse si stava evolvendo, comunque tirò dritto cercando di ostentare il suo sorrisone a trentadue carati.

— Cosa dicevamo dei ragazzi? — Luce strizzò l'occhio a Hoon. — Aspetto ancora quei due nomi!

Sid intanto stava ancora brontolando.

— Sapete che vi dico? — intervenne Luce in soccorso. — Noi possiamo benissimo fare a meno di loro. Alla faccia di Dude e di quelli della sua specie, oggi ce ne andiamo al cinema noi tre, spettacolo pomeridiano con vagonata di patatine e maxibibita. Così festeggiamo anche te, Hoon. Per essere tornata qui con noi dopo quello che hai passato sull'Olimpo!

— Mmm, io dovrei mettermi sotto in magazzino — obiettò Hoon, anche se l'idea l'attirava molto. — Se costringo mia madre a chiamare dei facchini per sgombrare, dovrò lavorare tutta la vita per rimborsarla. Da ieri sera non ha detto una parola su questa faccenda, segno che è arrabbiatissima.

— Verremo da te dopo il cinema e lavoreremo sodo — suggerì Sid. A lei la proposta di Luce aveva già ridato un po' di colorito.

— Allora d'accordo! — approvò Luce. Come al solito prendeva le decisioni anche per gli altri.

Hoon la lasciò fare, perché in fondo le andava bene così. Passare qualche ora tranquilla avrebbe fatto bene a tutte. Soprattutto a lei che aveva bisogno di un momento adatto per parlare con calma di quello che le stava più a cuore.

Jared.

Addio ai Poteri

Quando uscirono dal cinema nel tardo pomeriggio erano letteralmente imbottite di popcorn e patatine.

— Assolutamente fa-vo-lo-so! — esclamò Luce con gli occhi ancora umidi. — Leth Garfan è l'attore più spaventosamente affascinante che abbia mai visto!

— Il mio parrucchiere recita meglio — osservò Hoon.

Sid era addirittura disgustata. — La prossima volta non ci casco, Luce — grugnì. — Questo film era un rivoltante frullatone di melassa, zucchero e miele.

— Un po' di romanticismo, Sid! — la rimproverò Luce. — Io sono capace di piangere davanti allo stesso film dieci volte di seguito. Però anche Hoon tirava su col naso. Non negarlo, Hoon, ti ho sentito!

— Confesso — ammise lei ridendo. — Ma non era tanto per il film in sé. È che mi ha fatto venire in mente delle cose.

Luce si fermò in mezzo al marciapiedi affollato. — Jared? — le chiese seria.

— L'avevi capito? — rispose Hoon dopo un attimo.

— Ti do una notizia! Sei un genio, ma non sei granché a nascondere quello che hai per la testa. Almeno alla sottoscritta.

— Devo dirvi un sacco di cose e vi devo delle scuse.

— Tu non ci devi niente — tagliò corto Sid.

— Mi sembra di avervi mentito e non mi piace — disse Hoon.

— Omettere qualcosa non è mentire. Lasciatelo dire da una professionista delle bugie — le strizzò l'occhio Luce. — I tuoi tentativi di nascondere l'argomento fanno solo venir voglia di sapere cosa c'è sotto.

— Comunque da oggi si cambia! — decise Hoon. — Quello che è successo ci deve insegnare a condividere tutto. E io non voglio più tenermi dentro questa cosa.

— Andiamo a parlarne da Fatty Sam! — disse Luce risoluta. — Ci sediamo il tempo necessario e poi di volata al magazzino.

Fatty Sam era il proprietario del bar frequentato dai ragazzi della scuola. Quel pomeriggio il locale era strapieno come al solito, con la musica sparata a tutto volume.

— Cosa vi servo, ragazze? — chiese Fatty mentre asciugava dei bicchieri dietro il bancone. Era un tipo piuttosto in carne con due grandi baffi.

— Tre frullati con dentro tutto quello che ti viene in mente — ordinò Luce. — Oggi vogliamo esagerare!

— Accomodatevi pure, ve li porto io.

— Luce, aspetta — sussurrò Hoon all'orecchio dell'amica. — Con quel che ho in tasca posso permettermi solo un gelato.

— Tu sei la festeggiata, quindi pensa a divertirti!

Si sedettero a un tavolino d'angolo lontano dalle casse, dove la musica era un po' meno forte. Agli altri tavolini o al bancone c'era praticamente metà delle loro classi, oltre a molti ragazzi più grandi.

— Dovremmo venirci più spesso! — commentò Luce guardandosi intorno interessata. — È un ottimo punto di osservazione.

— Io non devo venirci mai più! — fece Sid all'improvviso. — Idiota al cubo a ore sei!

Dude stava entrando nel bar in quel momento insieme a un paio di amici. Diede un'occhiata verso di loro e passò oltre, ma si era capito benissimo che le aveva viste.

— Ma è veramente un gran maleducato! — si infervorò Luce.

— Lascia perdere, non si merita tutta questa attenzione — disse Sid, ma era chiaramente mortificata.

Luce non ci vide più. Sentiva due colonne di fumo che le uscivano dalle orecchie. E partì all'attacco.

— Luce, no! — provò a fermarla Sid.

Troppo tardi.

— Luce, vi stavo portando i frull… — disse Fatty Sam incrociandola con il vassoio in mano.

— Dopo, dopo! — fece lei tirando dritto. — Adesso c'è qualcuno che ha bisogno di una lezione!

Dude era ancora in piedi con i suoi amici in cerca di un tavolino libero. Luce gli batté un dito sulla spalla.

— Si può avere udienza o sei troppo impegnato? — chiese in tono sarcastico.

— Ciao, Luce — disse Dude senza scomporsi.

— Alt, non provare a dirmi che non mi avevi vista! — lo anticipò lei.

— No, no, ti avevo vista — replicò lui. — È che non mi andava di parlare con Sid.

— Alla faccia della sincerità! — sbottò Luce. — Ragazzi, non vi offendete se ve lo rapisco un secondo, vero?

Prese Dude per un braccio e lo trascinò dove c'era il telefono del bar.

— Hai un bel coraggio a parlarmi così di Sid! — lo assalì. — Lo sai quanto ci sta male per come la tratti?

— Doveva pensarci meglio prima di aggredire un mio amico.

— Sarebbe Sasha? Ma se lo conosci appena! Sid è tua amica da sempre!

— Io so distinguere gli amici. Sasha mi ha perfino regalato un portafortuna per le gare. Sid non ha mai fatto una cosa del genere, perché pensa di esistere solo lei.

— Sei ingiusto — ribatté Luce offesa. — Sid è una delle persone più generose che ci siano.

— Ma da quando Sasha è arrivato in palestra è molto cambiata. In peggio, voglio dire. Non la riconosco più.

— Potrei dire lo stesso di qualcun altro. — Luce lo osservò bene. Aveva ragione Sid. Sembrava spiritato. — Allora non vuoi fare pace con lei?

— Fare pace? Prima deve chiedere scusa a Sasha. E anche a me.

Luce prese una decisione lì per lì. A mali estremi…

— Okay, l'hai voluto tu — disse. Lo fissò sbattendo le ciglia e sentì calore in tutto il corpo. — Adesso tu vai da Sid e le dici che c'è stato un equivoco. Vi date la mano e amici come prima.

— Non ci penso proprio! — replicò lui senza muovere un muscolo.

Luce rimase di stucco. Cos'era andato storto? Non ci aveva messo abbastanza impegno?

— Allora te lo ripeterò più chiaro — disse. — Guardami negli occhi!

— Veramente ti stavo guardando anche prima.

— Ecco, bravo — Luce sbatté le ciglia ancora più forte. — Dude, d'ora in poi tornerai a essere carino e gentile con Sid, perché lei è la tua migliore amica.

— Non sono sordo, Luce, ma si è comportata troppo male. C'è altro? Perché se no io andrei a sedermi.

Come un automa, Luce fece di no con la testa. Non c'era altro. Solo un'orribile verità.

Aveva perso i suoi poteri!

Tre Parole

Hoon lesse sulla faccia di Luce che qualcosa non era andato per il verso giusto.

— Hai combinato altri danni? — le chiese affettuosamente.

— Peggio, peggio! — si lamentò l'amica sedendosi al tavolino. Buttò giù mezzo bicchiere di frullato in un sorso. — Tenetevi forte, i miei poteri non funzionano più!

— Cioè? — saltò su Sid. — Non mi dirai che volevi usarli con l'idiota al cubo?

— Lo facevo per te, ma non è servito. Avrò sbattuto le ciglia settecento volte... Dite che non sono più una dea? — scherzò Luce con aria abbacchiata.

— Prova a vederla da un'altra prospettiva. — intervenne Hoon. — Magari è Dude che ha qualcosa che non va.

— Be', di sicuro è come ha detto Sid. Altro che spiritato, ha due occhi sbarrati che sembra uno zombi!

— Sasha ha avuto una cattiva influenza su di lui — mugugnò Sid. — Ve l'ho ripetuto cento volte, ma non mi avete creduto.

— Un conto sono le cattive amicizie — si difese Hoon — un altro conto è essere un emissario di Ares, come sostenevi tu. E hai già ammesso di esserti sbagliata. Comunque mi piacerebbe incontrarlo, questo tipo.

— Non ti sei persa niente, credimi. Sono io che ho perso un amico. Per fortuna ci siete voi!

— Su questo non c'è dubbio — disse Hoon dandole un buffetto sul braccio.

In quel momento spuntò quell'untuoso ramarro di Fred Rinoir.

— Hoon! — blaterò con la sua erre moscia. — La nostra artista delle verifiche in bianco.

Luce scattò come una molla. — Fred, non è proprio il momento! — Senza pensarci sbatté le ciglia verso di lui. — Perché non te ne vai al bancone e ci resti?

— Buona idea, Luce! Vado subito! — disse Fred con lo sguardo annebbiato e si fiondò al bancone del bar.

Rimasero tutte esterrefatte.

— Ma allora funziona! — mormorò Luce incredula. — Non ho perso i miei poteri!

— Il problema è solo con Dude — rifletté Hoon. — Eppure sappiamo che funzionava anche con lui. È come se fosse diventato immune all'improvviso...

— Non avrai ragione tu, Sid? — ipotizzò Luce. — Che Sasha c'entri in qualche modo?

— Io non dico niente. Mi avete trattata come una pazza!

— Possono esserci mille spiegazioni — osservò Hoon. — Dovremmo poter parlare un po' con Dude, ma se è inavvicinabile... L'importante è che i poteri siano okay.

— E il vostro compagno? — chiese Sid. — Volete lasciarlo lì al bancone per tutta la vita?

— Tutta la vita no, ma almeno finché restiamo qui noi — rispose Luce ridendo. — A proposito, Hoon, non eravamo venute per un motivo?

— Infatti — disse Sid finendo il suo frullato.

Hoon sorrise e si prese qualche attimo per vincere l'imbarazzo. Ma era ora di liberarsi da quel peso.

— In questi ultimi giorni vi sarò sembrata un po' strana... — cominciò, poi guardò Luce e si corresse: — Più strana del solito, voglio dire. Il vero motivo era che pensavo continuamente a Jared. Anzi, non ho mai smesso di pensarci dalla prima volta in cui l'ho visto. Anche se suppongo che aveste capito anche questo.

— Non importa. Vai avanti. — la incoraggiò Luce.

Hoon raccontò di aver avuto la sensazione che Jared rappresentasse qualcosa di speciale dalla prima volta che lui l'aveva contattata. Una sensazione stupenda che non aveva mai provato e che la spaventava. Ma dopo aver rivelato loro il segreto della loro natura divina, lui sembrava scomparso.

***

— Non ho fatto altro che guardare lo schermo del Mercur sperando che lui ricomparisse… — sospirò Hoon.

— Mi ero accorta anche di questo — sussurrò Luce.

— Quando sono cominciati i sogni di cui vi ho parlato l'altro giorno — continuò Hoon — ero sicura che fosse lui a mandarmeli. E infatti mentre ero prigioniera nel Dodekatheon, Jared è venuto da me e mi ha parlato.

— Hoon, tu eri una statua di pietra! — le fece notare Luce.

— Sì lo so, ma sull'Olimpo il sogno che qui si interrompeva sempre si è completato — rispose lei.

— Allora? — domandò Sid.

— Tanto per cominciare ora ho la certezza che Jared sia Morfeo come noi siamo Atena, Afrodite e Artemide. — sussurrò Hoon.

— Come avevi intuito la prima volta che siamo state nell'Olimpo — commentò Luce.

— Ma c'è parecchio di più. Ares ha condannato Jared all'esilio eterno e lui, per evitare che il Signore della Guerra si impossessasse del suo potere, se n'è separato e l'ha scagliato lontano in un luogo sicuro. Donandolo a me.

Le parole le erano uscite di bocca a velocità supersonica.

— Quando nel sogno lui me l'ha rivelato, ho fatto il mio giuramento — aggiunse con la voce sempre più bassa.

— Che giuramento? — esplose Luce preoccupata.

— Ho giurato di non abbandonarlo. Io salverò Jared, dovunque sia. E gli restituirò il suo potere, il Potere dei Sogni.

Luce e Sid si guardarono.

— Tanto per sapere, dove si troverebbe questo Potere dei Sogni? — le chiese Luce. — Sembra bello, detto così. Mi piacerebbe provarlo.

— È riservato a lei! — grugnì Sid. — Non ti allargare.

— Non lo so — rispose Hoon. — Jared ha accennato a un luogo sulla Terra senza specificare un punto preciso.

— Allora potrebbe essere dappertutto — rimuginò Sid. — Probabilmente anche Ares cercherà di impadronirsene.

— Jared ha detto che solo io potrei trovarlo, ma non so cosa intendesse — rispose Hoon. — L'unica cosa che so è che devo riuscirci al più presto. Lui può contare solo su di me.

— Su di noi — la corresse Luce. — Perché io e Sid ti aiuteremo, è ovvio.

— Una robetta da niente — mugugnò Sid. — Troveremo un oggetto misterioso chissà dove sulla Terra e poi correremo a salvare qualcuno chissà dove nell'Olimpo...

— Non qualcuno — puntualizzò Hoon. — Jared.

Luce la guardò piena di affetto e di comprensione. — Quanto ti angoscia questa cosa?

Hoon esitò un attimo. C'erano tre parole che non era ancora riuscita a dire. Qualcosa l'aveva frenata fino a quel momento, ma ora non le sembrava più così importante. Nel suo cuore e nella sua mente ora aveva una totale chiarezza.

— Io lo amo — rispose Hoon.

Ecco, l'aveva detto. Non era niente di così terribile.

— Da sempre — aggiunse. — E per sempre.

Le amiche rimasero in silenzio. Sid abbassò gli occhi, Luce era commossa.

Poi Hoon sentì qualcosa.

— Lo sentite anche voi? — chiese.

— Ti riferisci alla musica, alle risate, alla gente che parla o alla macchina del caffè? — replicò Luce.

— Al ticchettio — rispose Hoon, che udiva chiaramente un *pling, pling*...

— È il Mercur! — fece Sid indicando l'apparecchio posato sul tavolino.

Hoon trasalì. Il Mercur 3000 era acceso ed emetteva quel suono intermittente.

— Calma, magari è solo un contatto — provò a dire Luce. — Oppure hai pigiato un tasto per sbaglio.

— Non ho pigiato nessun tasto, non l'ho nemmeno sfiorato! — replicò Hoon incapace di contenersi. — Deve avere a che fare con Jared, con quello che ho appena detto! Il Mercur non ha mai fatto questo rumore!

— Ma cosa si vede? — chiese Sid allungando il collo.

Hoon mise l'apparecchio al centro del tavolino e tutte si sporsero in avanti per guardare. Sul display era visualizzata una cartina geografica. E in un punto della cartina pulsava un circoletto luminoso.

pling, pling, pling...

— Ma è il tuo gipi-coso! — esclamò Luce.

— Sì, è il gps — confermò Hoon. — Il navigatore si è attivato da solo. Però questo cerchietto non è il segnale delle altre volte... sembra una figura... una testa di civetta! Il simbolo di Atena! — spiegò Hoon incontenibile. — Forse ci sta indicando dove si trova quel posto! Seguendo il segnale arriveremo dove Jared ha nascosto il Potere dei Sogni!

— Certo che quell'aggeggio è davvero magico! — osservò Luce.

— Non corriamo troppo — intervenne Sid con i piedi per terra. — Ingrandisci un po' così vediamo cosa indica.

Hoon azionò lo zoom e l'area compresa nello schermo si ingrandì. Man mano i nomi delle località diventavano sempre più leggibili.

— Ecco, adesso si vede meglio — disse Sid.

Lessero il nome del luogo indicato dal simbolo lampeggiante.

BLUSTERY HILL

Hoon e Luce alzarono gli occhi su Sid nello stesso istante.

La loro amica era impallidita.

Bugie del Terzo Tipo

— Ti devi decidere, Hoon — disse Luce, continuando a spalmarsi sul viso una maschera al miele davanti allo specchio del bagno.

Era al telefono da un quarto d'ora con Hoon in vivavoce. Dovevano ottenere dai rispettivi genitori il permesso per andare a Blustery Hill, ma l'amica era nel pieno di uno dei suoi dilemmi. Voleva andare a tutti i costi e voleva anche mantenere il suo impegno con la madre. A volte Hoon si complicava talmente la vita a furia di pensare e ripensare che toccava a Luce intervenire.

— Come faccio a dire a mia madre che mollo tutto per fare una gita al parco! — si lamentava.

— Basta trovare una buona scusa — replicò Luce. — Diciamo che è per la scuola. Tipo che dobbiamo raccogliere delle foglie per una ricerca. Per il lavoro nel magazzino non preoccuparti, in fondo siamo a buon punto.

— È una scusa troppo debole. Le foglie si raccolgono alle elementari! — obiettò Hoon.

— Uff... Quanto la fai difficile... Perché non diciamo che è per quel concorso? Ti ricordi il manifesto che hai visto al centro commerciale? Ce ne andiamo al parco, intanto scattiamo qualche foto e il gioco è fatto!

— Questa è già meglio — fece Hoon. — Però mi scoccia dire una bugia...

— Senti, non tutte le bugie sono uguali e io sono un'autorità in materia — disse Luce con una punta di orgoglio. — Ce ne sono di tre tipi.

— E sarebbero? — chiese Hoon scettica.

— Ci sono le bugie che possono anche avere una motivazione valida, ma fanno del male a qualcuno o tradiscono la fiducia dei nostri genitori o dei nostri amici. Questo è il Primo Tipo.

— Come se io dicessi ai miei che mi fermo a dormire da te e invece vado in discoteca? — chiese Hoon.

— Esatto. Non funzionano a lungo perché ti fanno venire sensi di colpa cosmici. Poi ci sono le bugie gratuite. Quelle dette così per dire, ma che non fanno male a nessuno. E questo è il Secondo Tipo.

— Come se tua zia Pulcie ti telefonasse per invitarti al

compleanno di tua cugina Melissa la Rompi e tu dicessi che purtroppo devi studiare? — scherzò Hoon.

— Centro! — rise Luce. — Una piccola bugia totalmente innocua, detta solo per evitare un pomeriggio di noia mortale. Meglio non abusarne perché siano credibili, ma a piccole dosi sono consentite dal regolamento bugiologico.

— E l'ultimo tipo? — chiese Hoon incuriosita.

— Il Terzo Tipo è quando diciamo una bugia per una ragione molto seria senza far del male a nessuno. In casi eccezionali non c'è alternativa.

— Bugia necessaria e innocua? — ragionò Hoon.

— Esatto. Prendi il tuo caso. Tu vuoi andare a Blustery Hill per aiutare Jared, che è un ottimo motivo, ma non puoi certo spiegarlo ai tuoi. Se dici che vai a fare delle foto per partecipare a un concorso, in fondo non tradisci la loro fiducia, perché andrai veramente a Blustery Hill. La bugia è limitata al motivo per cui ci vai.

— Tanto non potrei dire la verità neanche volendo!

— Brava. Sei *costretta* a trovare una scusa.

In quel momento qualcuno bussò alla porta del bagno.

— Luce, è un'ora che sei chiusa lì dentro! — strillò sua madre Eloisa.

— Veramente sono cinque secondi! — protestò lei.

Poi di nuovo a Hoon: — Ti richiamo fra un po'. Qui non mi lasciano vivere.

— Intanto parlo con mia madre, poi ti faccio sapere — concluse Hoon in tono più sollevato. — E speriamo che Sid riesca a convincere Gail.

* * *

Sid prese la giacca a vento dall'armadio. Le previsioni davano bel tempo per il giorno dopo, ma vai a sapere. Daimon la osservava raggomitolato sulla sua coperta preferita.

Sid si mise a piegare il k-way sul letto. Dopo lo shock della scritta BLUSTERY HILL sullo schermo del Mercur 3000, era stata presa da una strana euforia. Si era ripetuta almeno un milione di volte che il mondo è pieno di coincidenze. Ma quella non poteva essere una coincidenza. Jared avrebbe potuto scegliere un qualsiasi altro punto del pianeta per custodire il suo potere e invece aveva scelto quello. Il bosco di Blustery Hill. Il posto in cui dieci anni prima suo padre era scomparso. Il posto in cui la sua vita era cambiata per sempre.

Perché proprio là?

Squillò il cellulare. Era Hoon.

— Mia madre mi ha dato il permesso — annunciò

a Sid. — Ha detto che il mio tempo posso gestirmelo come preferisco. Quello che conta per lei sono i risultati. Tra le righe vuol dire che se il magazzino non è a posto per il giorno stabilito dovrò lavare i piatti fino al Natale del 2070.

— Finiremo di sistemarlo in tempo o laveremo i piatti insieme — la rassicurò Sid. — Anche mia madre ha detto sì. Per adesso.

Aveva chiesto il permesso a Gail una mezz'ora prima, passando dal negozio. Sul momento lei aveva detto di sì, concentratissima su un lavoro che doveva finire in fretta. Ma Sid sapeva che prima o poi la domanda le sarebbe arrivata al cervello e allora sarebbe tornata alla carica.

— Sei sicura di voler venire? — le chiese Hoon dopo una piccola pausa. — Guarda che se non te la senti...

— Dove andate tu e Luce vengo anch'io — replicò Sid. — Discorso chiuso.

— Okay, allora, io mi rimetto al lavoro.

— Mi dispiace che tu debba continuare da sola.

— Avete già fatto tantissimo! Ma se domani perdiamo tutto il pomeriggio, preferisco lavorare finché non svengo dalla fame. Stasera cucina mio padre, per cui è impegnato ai fornelli e non mi frulla intorno. Vuoi fare un salto da noi?

— Non stasera, grazie lo stesso. Sto mettendo da

parte due o tre cose per domani e preferisco aspettare mia madre.

Poco dopo sentì Gail che rientrava in casa dal negozio.

— Sid, dove hai detto che volete andare? — le chiese sua madre comparendo sulla soglia della camera.

— Al parco di Blustery Hill — rispose lei continuando a piegare la giacca a vento. — Hoon deve fare delle foto da mandare a un concorso.

— Perché proprio là? — disse sua madre.

— È il posto più bello che ci sia dalle nostre parti — fece Sid sempre a occhi bassi. — Perfetto per fare delle foto in mezzo alla natura.

— Perderai l'allenamento.

— Mi allenerò di più la prossima volta. E poi la Dawson mi sta così addosso che non mi dispiace staccare per una volta.

Gail si sedette sul letto e cercò il suo sguardo.

— Tesoro, sei sicura di volerci andare? — le chiese come Hoon poco prima. — Quel posto sarà anche il più bello del mondo per un turista, ma per noi significa qualcos'altro. E tu non hai mai più voluto rimetterci piede, dopo...

— Lo so, mamma — rispose Sid, cercando di mostrarsi serena per tranquillizzarla. — Però il parco è grande e da allora saranno cambiate un sacco di cose. E poi io non mi ricordo più niente. Magari non ci avvicineremo neanche a… al posto in cui papà è scomparso.

Aveva dovuto farsi forza per dirlo. Sapeva che Gail non ne parlava volentieri. Però sapeva anche che non aveva mai smesso di sperare. Dal momento in cui sull'Olimpo aveva avuto la visione di quelli che avrebbero potuto essere gli ultimi istanti di quel pomeriggio, anche lei aveva sentito riaccendersi la speranza. Una speranza che era esplosa più forte quando sul Mercur 3000 era comparsa la scritta Blustery Hill…

Per togliersi d'impaccio si mise a compattare ben bene la giacca a vento, che però era già piegata e strapiegata in un minuscolo quadratino.

— Potremmo andarci insieme — propose sua madre con un sorriso. — Vi preparo uno squisito picnic e giuro che camminerò a venti… no, a cinquanta metri dietro di voi. Non vi accorgerete nemmeno che esisto.

— Non sono ammessi genitori, parenti e affini fino al settimo grado. E nemmeno compagni di classe — disse Sid. — L'autista di Luce verrà a prenderci all'uscita da scuola e tornerà più tardi a recuperarci. Staremo via due o tre ore al massimo.

— Ma sarete da sole…

— Mamma, è un parco, non la giungla equatoriale! Ci

sono le guardie forestali, c'è la pista ciclabile, il bar...

Gail annuì con aria triste.

— Perché hai preparato il k-way? Non è prevista pioggia — le chiese.

Entrambe sapevano benissimo che il giorno della scomparsa di David Madison, poco prima del terremoto, si era scatenato un temporale terrificante.

— Ti garantisco che per me non è un problema — continuò Sid. — Vuoi darmi un po' di fiducia?

— Okay, come preferisci — disse Gail, mentre il suo sguardo comunicava tutt'altro.

Sid le sorrise. — Grazie, mamma, ti adoro!

Gail si alzò e le fece una carezza affettuosa sulla testa.

Sid non disse niente. Dover mentire proprio a lei la faceva stare male. Gail era un'amica e un'alleata, non solo una madre e basta. Ma in quel caso non poteva certo raccontarle che andavano a Blustery Hill per conto di un tizio dell'Olimpo che Hoon aveva visto in sogno...

Sid infilò finalmente il k-way nel marsupio, insieme a un pacchetto di cracker e un succo di frutta. Daimon saltò sul letto e addentò la giacca a vento tirandola fuori.

— Buono, Daimon — disse lei ridendo. — Ci ho messo mezz'ora a piegarla! Cosa c'è, vuoi venire con me?

Daimon mollò la presa e si tirò su dritto sulle zampe posteriori abbaiando festoso.

— Mi piacerebbe portarti, ma non posso — disse Sid e lo prese in braccio. — Non so cosa ci aspetti a Blustery Hill e non voglio farti correre rischi.

Daimon si mise a guaire disperato.

Blustery Hill

— Grazie, Daniel — disse Luce aprendo lo sportello per scendere. — Ti telefono quando è ora di venirci a prendere.

— Okay, Luce — disse Daniel Paddington, il giovanissimo autista dei Grimaldi a cui lei ogni tanto chiedeva qualche strappo extra. — Buona giornata.

Luce scese dalla macchina e raggiunse le amiche, che avevano già fatto il biglietto anche per lei. Sid, con marsupio e scarponcini, si era bardata come se dovesse fare trekking sul K2. Hoon al contrario era vestita come tutti i giorni, con i colori che facevano a pugni per farsi notare.

— Certo che vi siete conciate bene per una passeggiata di un paio d'ore! — disse Luce.

— Cos'abbiamo che non va? — fece Sid.

— Ma tu ti sei vista? — aggiunse Hoon. — Ti mancano solo paletta e secchiello!

— Ti faccio notare che non c'è un solo accessorio fuori posto. Ammirate e imparate! — replicò Luce. — Maglietta smanicata in tinta con i sandali, leggings di un tono più basso, occhiali neri Last Fashion…

— L'unica cosa sensata sono gli occhiali, con questo sole — mugugnò Sid.

— Invece di guardare me, perché non vi muovete? — glissò lei.

— Sì, meglio non perdere tempo — disse Sid. — Ho giurato a mia madre che saremmo tornate presto.

— Accendo il navigatore — disse Hoon, prendendo il Mercur 3000. Era già acceso. — Okay, in marcia!

Varcarono il cancello sormontato dalla scritta PARCO NATURALE DI BLUSTERY HILL e si avviarono lungo un ampio sentiero in mezzo agli alberi. L'aria era fresca e profumava di verde.

Luce affiancò Sid mentre Hoon era scattata avanti di gran carriera, concentrata sul Mercur.

— Che effetto ti fa essere qui? — chiese Luce.

— Ancora non lo so — rispose Sid.

— È strano, però. Di tutti i posti che Jared avrebbe potuto scegliere, proprio Blustery Hill. Con quello che è successo a te…

— Ieri ci pensavo anch'io. Mi ci sono scervellata tutta la notte, ma non me lo spiego.

— E una coincidenza? — azzardò Luce poco convinta.

— È da un po' che ho smesso di crederci.

— Non sei la sola — concluse Luce. — Raggiungiamo Hoon?

— Sì, ci sta dando la polvere.

Allungarono il passo e proseguirono tutte insieme, incontrando ogni tanto altri visitatori. Qualche famiglia, ma per lo più sportivi o camminatori solitari, e un paio di guardie forestali.

— Il segnale com'è? — chiese Sid a Hoon sbirciando il Mercur.

— Forte e chiaro — rispose lei. — La direzione è giusta. Mi preoccupa un po' quando incontreremo qualche bivio. La piantina non arriva al dettaglio dei singoli sentieri. Purtroppo non c'è altro modo per trovare il posto che cerchiamo.

— Sperando che esista e che sia proprio qui — si lasciò scappare Luce.

— Certo che esiste, l'ha detto Jared — scattò Hoon. — E il Mercur non mi ha mai ingannata.

— Scusa, non volevo mettere in dubbio...

— No, scusa tu — disse Hoon subito pentita. — Se

troveremo quel posto, sarò all'altezza della prova che Jared mi ha preparato? E se non riuscissi a recuperare il Potere dei Sogni, cosa succederebbe a lui?

— Una cosa alla volta, Hoon — disse Luce per calmarla. — Ci penseremo al momento. E vedrai che sarai capacissima di superare qualsiasi prova.

— Piuttosto ricordati di scattare qualche foto per il concorso! — intervenne Sid. — Se tua madre volesse vederle…

— Ho già cominciato mentre voi ve ne stavate indietro a chiacchierare — sorrise Hoon.

A un certo punto si trovarono davanti a un bivio e si fermarono. Dal sentiero principale si separava un tracciato più stretto e meno battuto che si inoltrava in mezzo ad alberi molto alti.

— Mi pare che il segnale indichi quella direzione, ma non ne sono certa — disse Hoon.

— Se sbagliamo strada …— chiese Luce con un briciolo di apprensione nella voce.

— Dobbiamo provare — rispose Hoon decisa. — Però non voglio obbligare nessuno a seguirmi. Potete aspettarmi qui…

— Come no! In fondo siamo venute per lasciarti da sola sul più bello! — protestò Luce, quasi offesa dalla proposta.

Imboccarono insieme il nuovo sentiero. Via via gli alberi diventavano sempre più fitti e il sentiero sempre più buio. Da un po' non incontravano più nessuno.

— Ragazze, avete visto il cielo? — disse a un certo punto Hoon.

Sopra le cime degli alberi si stavano addensando nuvoloni scuri. Un tuono risuonò in lontananza.

— Acquazzone in arrivo! — brontolò Sid con un'espressione cupa — Fortuna che ho portato la giacca a vento!

L'istinto di Luce colse subito la sfumatura preoccupata nella sua voce.

A un tratto Hoon si piantò nel bel mezzo del sentiero.

— Cosa c'è? — sbottò Luce.

— L'ametista! — rispose Hoon toccandosi l'orecchino. — È diventata calda. Mi è successa la stessa cosa quando Drakos si era sostituito a mio fratello…

Le sue parole caddero in un silenzio innaturale.

— Siamo in pericolo? — mormorò Luce guardando da tutte le parti. Ma da tutte le parti c'era solo bosco, sempre più scuro. — Qualcuno ci starà seguendo?

Sid tornò indietro per una ventina di metri lungo il sentiero a dare un'occhiata. Ogni tanto sollevava gli occhi per tenere sotto controllo le nuvole.

— Non ho visto nessuno — riferì al suo ritorno.

— Comunque adesso si è raffreddata — fece Hoon.

— E se Ares ha mandato qualche suo emissario a cercare il potere di Jared? — suggerì Luce spaventandosi da sola. — Magari li abbiamo addosso…

— Se vuoi mandarci in ansia ci stai riuscendo alla grande! — protestò Hoon.

— E comincia anche a fare freddo — si lamentò Luce rabbrividendo. — Accidenti a me che mi sono vestita così!

— Vediamo di sbrigarci — tagliò corto Sid guardandosi intorno a disagio.

Accelerarono il passo mentre Hoon manteneva la rotta con il navigatore. Poi capitò qualcosa.

— Ragazze! — esclamò Hoon bloccandosi di colpo.

— Cosa c'è ancora? — chiese Sid.

— Il segnale, l'ho perso! Ha lampeggiato un po' più in fretta e poi *tac*, è sparito!

— Forse in questa zona non c'è campo — buttò lì Luce. — Gli alberi sono fittissimi.

— Non c'è campo?! — ripeté Hoon in tono sarcastico. — Ma non era mica un vero satellite a guidarci!

Luce si sforzò di sorridere. — Hai ragione. Sono un po' stanca a forza di camminare.

— Qualche guasto? — ipotizzò Sid.

— Funziona tutto — disse Hoon toccando qualche pulsante. — Io invece ho un'altra spiegazione.

— E cioè? — chiese Luce.

— Il segnale è sparito perché siamo arrivate.

Si guardarono in faccia.

Tutt'intorno a loro gli alberi presero vita. Intrecciando i rami, formarono una specie di volta che coprì la vista del cielo quasi del tutto. In fondo al sentiero si intravedeva un'apertura tra le foglie, che risplendevano come per attirare la loro attenzione.

Come per invitarle a entrare.

la Sfera Armillare

— Ragazze, avete visto anche voi gli alberi muoversi? — chiese Hoon rompendo il silenzio.

Sid e Luce annuirono lentamente.

— E adesso? — chiese Luce.

— Andiamo avanti — rispose Hoon cercando di mantenere la calma. — Siamo venute per questo.

Si fece forza e si diresse verso l'apertura. Le amiche la seguirono. Oltre la soglia si diramavano tre corridoi dalle pareti di foglie compatte come muri. Le foglie luccicavano come se fossero cosparse di brillantini che illuminavano le vie possibili.

— È un labirinto! — esclamò Hoon. — Jared ha nascosto qui il Potere dei Sogni e per proteggerlo ha creato questo posto. Adesso però bisogna trovare il percorso giusto!

— Be', se non ci riesci tu che sei Atena, non contare su di me — fece Luce.

Hoon concentrò tutta la sua attenzione sul problema da risolvere.

Osservando una strada dopo l'altra.

Immaginando le possibili diramazioni successive.

Rispecchiando nella sua mente la struttura del labirinto.

C'erano solo lei e il labirinto…

clic

Hoon sussultò. Nella sua mente si era fatta chiarezza.

— Ragazze, ho appena avuto uno dei miei *clic* — annunciò lei.

— Allora sai tutto? — esclamò Luce.

— Non come le altre volte — spiegò Hoon. — Finora i *clic* facevano emergere una risposta che credevo di non sapere… Adesso è stato diverso, come se mi si fosse allargata la mente. Più che la soluzione, ho trovato il metodo.

— In che senso? — chiese Luce aggrottando le sopracciglia.

— Nel senso che non so ancora quale sia il percorso giusto, ma ho scoperto come fare a capirlo.

— Diccelo, allora — brontolò Sid impaziente.

— Vi sembrerà un po' complicato, ma in sostanza si tratta di mettere dei segnali — provò a spiegare Hoon.

— Che tipo di segnali? — chiese Luce.

— Non so, potremmo usare dei sassi — rispose lei. — Ogni volta che sbuchiamo in un incrocio ci lasciamo dietro tre sassolini e prendiamo uno qualsiasi degli altri sentieri. Se però a un certo punto ci accorgiamo che da un incrocio siamo già passate, mettiamo un sassolino solo. Poi dovremo imboccare uno dei sentieri non ancora battuti e…

— Stop! — la interruppe Sid. — Non ci sto capendo niente.

— Io meno di te — si unì Luce. — Mi pare di aver visto una cosa simile in un cartone animato, ma non ci ho capito un'acca neanche lì.

— È più facile in pratica che in teoria — rise Hoon. — Ci conviene provare.

— Ma siamo sicure che funzionerà o vagheremo lì dentro per i prossimi due secoli? — chiese Sid.

— Fidati, ho tutto chiarissimo in testa — confermò Hoon.

— Beata te! — disse Luce.

— Non credete ad Atena? Comunque potete aspettarmi fuori. Io entro e poi ci ritroviamo qui.

— Ma è una fissazione la tua! Guarda che non stai

facendo shopping in libreria — le fece notare Sid.

— Allora facciamo scorta di sassolini! — disse Hoon felice.

Dopo essersi procurate ciascuna una manciata di sassi, scelsero a caso uno dei tre sentieri. Poco dopo sbucarono in un incrocio da cui si diramavano quattro vie.

— Qui all'uscita metto tre sassolini — spiegò Hoon, piazzando i suoi segnali bene in vista sul sentiero appena percorso. — Adesso prendiamo uno qualsiasi degli altri sentieri.

Sid e Luce la seguirono senza parlare. In vari altri incroci Hoon ripeté l'operazione, finché arrivarono a un incrocio in cui uno dei tre sentieri alternativi era già segnato con i sassolini. Evidentemente c'erano già passate, anche se niente lo distingueva dagli altri.

— Ecco, qui all'uscita ne metto uno solo — disse Hoon. — Adesso imboccheremo uno dei due sentieri rimasti e ci metteremo due sassolini.

— Perché due? — chiese Luce a cui stava fumando il cervello.

Il rombo di un tuono aveva quasi coperto la sua voce.

— Perché se dovesse capitarci di ripassare da questo incrocio sapremmo di aver già percorso questo sentiero in questo senso. I due sassolini ci evitano di rifare la stessa strada o di girare in tondo.

Hoon guardò le amiche con aria di incoraggiamento, ma uno strano scricchiolio tra le fronde le fece sussultare. Rimasero all'erta per qualche secondo, poi Hoon riprese a parlare, ma a volume minimo.

— Se non ci fossero sentieri nuovi, allora dovremmo scegliere quello con un solo sassolino, che è la garanzia di averlo già percorso solo in senso opposto, e aggiungerne un altro in modo che diventino due…

— Ci rinuncio, mi sta scoppiando la testa! — fece Sid.

— Io non ci provo neanche — concordò Luce. — Hoon, siamo nelle tue mani.

Ripresero il cammino raccogliendo via via i sassolini necessari. Le nuvole erano sempre più scure e dense. L'umidità rendeva l'aria soffocante. Camminarono a lungo, ripercorsero più volte sentieri già battuti e a un certo punto Hoon capì che la fiducia delle amiche nel suo metodo era molto diminuita. Lei cercò di farsi forza e cominciò a percorrere l'ennesimo sentiero. Sbucarono in una radura circolare senza altre diramazioni.

Era il centro del labirinto. Lo sentiva.

— Ci siamo — annunciò.

— E io che non ci credevo più! — esclamò Luce, passando in un baleno dallo sconforto all'entusiasmo.

Ma Hoon non l'ascoltava.

— Guardate — sussurrò.

Tutta la sua attenzione era riservata all'oggetto che si trovava nel mezzo della radura. Un oggetto composto da tanti cerchi che gravitava sospeso da terra emanando un'aura dorata.

— Cosa cavolo è quell'aggeggio? — chiese Sid.

— Non ne ho idea — rispose Luce. — E tu, Hoon?

— È una sfera armillare — mormorò lei assorta.

— Che è una sfera l'avevo capito — ironizzò Luce.

— Sfera armillare. Era uno strumento usato dagli antichi per rappresentare i rapporti tra cielo e terra. Ed è anche un simbolo della saggezza e della conoscenza. Jared l'ha creata per me, per Atena. Il sogno non mentiva.

— Secondo te il Potere dei Sogni sarebbe lì dentro? — chiese Luce.

Hoon fece cenno di sì con la testa. Ne era assolutamente certa.

— Allora devi andare a prenderlo — disse Sid. — Credo che solo tu possa farlo.

— Lo so.

I tuoni rombavano sempre più cupi. Il temporale sarebbe scoppiato a minuti. Hoon cominciò a respirare lentamente.

— Aspettatemi qui — disse.

Avanzò verso il centro della radura e si fermò davanti alla Sfera. Era meravigliosa con i suoi cerchi concentrici che ruotavano uno dentro l'altro. Con oggetti come quello, un tempo si erano svelati i misteri dell'Universo. Ora lei avrebbe fatto suo il segreto dei sogni.

Quello che Jared aveva destinato a lei.

Allungò una mano per toccare l'oggetto luminescente. Un fulmine scoccò dal cielo e colpì in pieno la Sfera. Hoon si sentì avvolgere in un manto di elettricità. Sentì le amiche gridare terrorizzate. Tenne la mano posata sulla Sfera finché una saetta non scaturì dal suo corpo e schizzò verso il cielo.

E allora vide.

Con gli occhi della mente vide spalancarsi la porta d'avorio. Ma questa volta non ne uscì in volo Morfeo.

Questa volta la porta d'avorio si era aperta per qualcun altro.

il Potere dei Sogni

Hoon correva veloce. La porta d'avorio era aperta per lei.

Spiccò il volo.

Non sapeva come ci era riuscita, ma era bellissimo. Sotto di lei il campo di papaveri era un mare rosso sotto un tramonto di fuoco. Jared era là che l'aspettava.

Hoon planò dolcemente e atterrò in mezzo ai fiori. Corse da lui. Erano uno di fronte all'altra. Finalmente.

Hoon.

Jared la guardò e lei si perse dentro quegli occhi dolci e tristi. Era commossa, non riusciva a parlare.

Guardati intorno. Questo è l'Olimpo di un tempo. Il mondo di serenità e bellezza per cui tu non hai mai smesso di combattere.

Hoon si rattristò. Quel mondo non c'era più, spazzato

via dalla violenza di Ares. Soltanto un sogno lo faceva vivere ancora.

Non sarà per sempre così, Jared. Ti libererò dalla tua prigione e insieme cambieremo il destino di questo mondo.

Jared le sorrise malinconicamente.

Non puoi. Ares mi ha esiliato in uno dei posti più terribili che ci siano nell'Olimpo. Un suo sortilegio mi impedisce di rivelare dove.

Ora che lo aveva ritrovato, Hoon non aveva più paura di niente. Sentiva di poter compiere qualsiasi impresa per poter riabbracciare davvero il suo antico amore.

Io ti troverò.

Era assolutamente certa di quello che diceva.

Jared avvicinò il viso al suo. Quel viso che lei non aveva più potuto dimenticare. Il suo cuore batteva a mille. Il suo respiro era accelerato.

Jared appoggiò la fronte alla sua.

L'anima di Hoon annegò nel suo sguardo.

Il tempo si fermò in quell'istante.

L'amore passato tra Atena e Morfeo e quello presente tra Jared e Hoon esplosero in un'unica danza. L'amore era l'unica verità possibile. Il loro amore.

Jared fece scivolare una mano tra i capelli di Hoon.

Lei chiuse gli occhi e il suo cuore accelerò ancora. Non aveva mai provato nulla di così travolgente. Si sentiva come se lei, Jared e l'universo intero fossero una cosa sola. Aveva dentro di sé fiumi in piena, mari in tempesta e turbini di vento.

Hoon sentì le labbra di Jared sulle sue. Con un bacio lui le donò il Potere dei Sogni.

tra Cielo e Terra

Ci fu un bagliore accecante.

Quando Sid riuscì a guardare di nuovo, la Sfera Armillare era sparita e il bosco intorno aveva ripreso il suo aspetto originario.

— Il labirinto! — esclamò. — È scomparso!

Hoon giaceva rannicchiata per terra. Sembrava sfinita.

— Hoon! — gridarono insieme Sid e Luce correndo da lei. La aiutarono a tirarsi su a sedere.

— Hoon, stai bene? — disse Luce angosciata.

L'amica aprì gli occhi e un gran sorriso le illuminò la faccia.

— Ragazze… — mormorò.

— Ci hai fatto prendere un accidente! — la rimproverò Sid affettuosamente.

— Ma cos'è successo? — chiese Luce. — Sei stata lì immobile in mezzo a tutti quei lampi e poi sei crollata per terra…

Hoon non rispose. Ma la sua espressione parlava per lei.

— L'hai visto? — saltò su Luce.

— Abbiamo parlato — sorrise Hoon.

— Raccontaci tutto — le intimò Luce. — Cosa ti ha detto?

Hoon si mise a ridere.

— Eravamo in un sogno. Ma era come se fosse vero. Ho il suo potere — disse. — Adesso l'unica cosa che mi importa è andare da lui. Quando sarà libero potrò abbracciarlo! E restituirgli ciò che gli appartiene.

— Ti ha detto dov'è? — chiese Sid con senso pratico.

— Sull'Olimpo — rispose Hoon senza smettere di sorridere.

— Grande novità — brontolò Sid.

— Conosco quei sintomi — disse Luce rivolgendosi a Sid. — Sorriso inestinguibile, sguardo perso, frenesia generalizzata. Ho l'atroce sospetto che una nostra comune conoscenza non si sia limitata a parlare.

Sid vide Hoon arrossire violentemente, in sette tonalità alternate.

— Ahem... — balbettò.

— Forse non dovevamo preoccuparci tanto, Luce — scherzò Sid.

— Io lo troverò! — esclamò Hoon fuori di sé dall'entusiasmo. — Sono la ragazza più felice di tutti i mondi!

— Allora muoviamoci — disse Sid guardando preoccupata il cielo.

Un tuono esplose sopra di loro e cominciarono a cadere le prime gocce di pioggia.

— Siamo pronte, Sid — le disse Luce.

— Sì, arrivo... — rispose lei. Ma non si mosse.

— Che cos'hai? — fece Hoon. — Non vuoi venire nell'O...

Sid rimase dov'era. Qualcosa aveva attirato la sua attenzione. Qualcosa che prima non aveva notato.

Poco oltre la radura, uno squarcio tagliava il terreno. Lo squarcio aperto dieci anni prima da un terremoto devastante.

C'era una bambina seduta sul bordo.

Lei.

Senza parlare Sid indicò alle amiche quello che stava vedendo. Ma Hoon e Luce erano immobili come in una fotografia. Hoon con la bocca socchiusa a metà di una frase. Luce bloccata mentre si girava verso di lei, con i lunghi capelli al vento che sembravano incollati all'aria.

Sid andò verso il crepaccio. Una scarica di tuoni e lampi la spaventò a morte, ma non si fermò. Arrivò sull'orlo del baratro e guardò giù dove guardava la bambina.

C'era un uomo aggrappato a una sporgenza.

Suo padre.

Vai via, Sidney...

Suo padre. Come quel pomeriggio.

Una lacrima rigò il viso della bambina e cadde nello squarcio. Aveva il colore della sua ossidiana.

La lacrima cadde nello squarcio e un attimo dopo balenò un fulmine nero.

Quando nella Sinfalide aveva rivissuto quella scena tutto era finito lì. Il padre scomparso per sempre, lei bambina che piangeva sull'orlo del crepaccio fino all'arrivo dei soccorritori.

Ma questa volta fu diverso.

Dopo il lampo, un arco luminoso discese dal cielo e si inabissò nel crepaccio come un ponte. Una ragazza vestita di colori comparve nella luce bianca e tese una mano verso il basso.

Dal fondo salì un'altra figura. Era suo padre che entrava dentro l'arco luminoso. Prese la mano della ragazza e un attimo dopo scomparvero insieme verso l'alto. Poi anche l'arco divenne trasparente e svanì.

Un altro tuono rimbombò nel bosco. Sid sussultò. Era

sul bordo del crepaccio, ma la bambina non c'era più.

— ... limpo! — finì di dire Hoon in quel momento. Luce finì di girarsi e i capelli le ricaddero sulle spalle.

Nessuna delle due si era accorta di niente. Quello che Sid aveva visto era successo fra un battito e l'altro dei loro cuori.

Solo a quel punto si accorsero del crepaccio e si avvicinarono.

— Allora è qui che è successo? — disse piano Luce.

Sid fece di sì con la testa.

— Sid, tu stai piangendo! — fece Hoon.

Lei si sfiorò una guancia.

— È la pioggia! — grugnì continuando a guardare davanti a sé.

— Andiamo via di qua — riprese Luce.

— Te la senti? — chiese Hoon.

Per tutta risposta Sid avvicinò la mano all'ossidiana che pendeva dal portachiavi. — Sono pronta.

Non disse niente di quello che aveva visto. Era stato un ricordo risvegliato in lei dal fatto di ritrovarsi in quel posto per la prima volta? Oppure solo un sogno che si era materializzato per l'influsso della Sfera Armillare? Non poteva saperlo con certezza. Ma era proprio nell'Olimpo che avrebbe potuto trovare una risposta.

il Lago delle Nereidi

Luce si guardò intorno. Una piana rocciosa che sembrava di seta. Ogni roccia era percorsa da striature che andavano dal marrone al rosso, al rosa. Ovunque si innalzavano camini di pietra degli stessi colori che sembravano voler toccare il cielo. Il paesaggio dai colori morbidi e cangianti, i camini rocciosi… Erano nella Sinfalide.

— Non avevate detto che la crepa si stava chiudendo? — fece notare Hoon. — A me non pare proprio.

Luce alzò gli occhi. La spaccatura nel cielo si era riaperta. Era di nuovo azzurra e limpida e squarciava la volta purpurea. Un piacevole tepore scendeva da lassù.

— È un miracolo… — disse Luce.

— Invece ha perfettamente senso — la interruppe Sid. — Drakos aveva detto che la crepa si stava chiudendo perché Ares aveva rotto l'incantesimo di Afrodite, dopo aver catturato Hoon. Ma con la sua liberazione tutto sta tornando come prima.

— Evidentemente gli servono i miei poteri per chiudere lo squarcio — concluse Hoon.

— È sicuramente così! — esclamò Luce entusiasta. — Sapete che è un bel sollievo?

— Laggiù c'è qualcuno! — fece Hoon indicando in direzione del villaggio sotterraneo.

— Se tutto sta tornando a posto, staranno tornando anche gli abitanti — rispose Luce scrutando la figura che veniva verso di loro. — Oh no! Quella è Eadris!

— Come facciamo ad affrontarla dopo quello che è successo a suo padre? — fece Sid.

Luce si irrigidì. L'ultima volta che aveva visto Sicano, il vecchio si trovava nelle acque della palude sotterranea brulicante di vermi urticanti dell'Antro Imogeo. Ogni volta che il suo sguardo di pietra le si era materializzato nella mente, aveva scacciato il pensiero con tutte le sue forze.

Eadris ormai le aveva raggiunte. Non era cambiata: gli occhi incavati in un viso pallidissimo avevano un'espressione indecifrabile.

Successe quello che Luce non si sarebbe mai aspettata. La ragazza fece un sorriso.

— Bentornate — le salutò Eadris con voce piatta.

Nessuna delle dee rispose. Luce, che detestava i silenzi imbarazzati e imbarazzanti, prese in mano la situazione.

— Sapevi che saremmo venute? — domandò lei.

— Sì — rispose la ragazza. — Sono stata mandata ad accoglievi.

— Da Auron? — chiese Sid.

— No, lui non è qui — rispose Eadris. — Quando il sortilegio che proteggeva la Sinfalide è stato infranto, ha deciso di guidare la popolazione il più lontano possibile da qui per sfuggire ad Ares. Ma adesso che la situazione è cambiata, stanno tornando tutti.

Luce notò che Sid faceva un sospiro di sollievo. Si stava comportando in modo strano, ma forse era ancora scossa per essere tornata a Blustery Hill.

— Allora chi ti ha mandato a riceverci? — chiese Hoon.

Eadris si avviò senza dire altro. Le ragazze si scambiarono un'occhiata incerta, poi le andarono dietro.

Scesero nel villaggio sotterraneo lungo il cunicolo rischiarato da una luminescenza blu delle rocce, l'ultimo dono di Eos, dea dell'Aurora, alla gente della Sinfalide.

Sid era visibilmente nervosa. — Questo percorso lo conosciamo — mormorò.

— Eadris ci sta riportando all'Antro Imogeo — disse piano Luce a Hoon, mentre proseguivano lungo la galleria.

— Me ne sono accorta — le rispose l'amica e lei notò che Sid teneva la mano sul portachiavi, pronta all'azione.

Arrivando nell'Antro Imogeo, Luce non lo riconobbe. Dove prima c'era una putrida palude sotterranea popolata da creature mostruose, ora c'era un lago meraviglioso.

— Il Lago delle Nereidi è tornato al suo antico splendore — disse Eadris e sorrise di nuovo, con una punta d'orgoglio.

Dove prima c'era una parete continua di roccia umida, ora c'erano aperture ad arco che lasciavano filtrare la luce rassicurante della Sinfalide che si rifletteva sulla superficie del lago. Luce non poté resistere alla tentazione di avvicinarsi.

Le acque argentee si incresparono e poco distante dalla riva del lago si creò un piccolo gorgo. Il gorgo cominciò a vorticare sempre più velocemente. Poi una sagoma emerse lentamente dalla superficie. La testa di un vecchio con gli occhi di pietra grezza.

— Sicano?! — esclamarono le ragazze tutte insieme.

— Siate le benvenute, Signore dell'Olimpo — disse il vecchio uscendo dall'acqua. — Sapevo del vostro ritorno.

Nonostante l'autorevolezza che Sicano esprimeva in ogni suo gesto, Luce non riuscì a trattenersi. Gli si buttò al collo e lo strinse più forte che poteva. Il dolore e la paura per la sua sorte, che fino a quel momento aveva trattenuto, svanirono in quell'abbraccio. E si trasformarono in pura gioia.

— Non sai come siamo contente di vederti! — esultò.

Sicano stava sorridendo.

Sid e Hoon li raggiunsero. Quando Luce ebbe finito di festeggiarlo, anche Hoon lo abbracciò e Sid gli strinse forte le mani.

— Cosa è successo a questo posto? — domandò Hoon.

— Non lo immagini? — chiese di rimando il vecchio.

Hoon scosse la testa e Luce si rese conto del suo imbarazzo.

— Ai tempi in cui eri Atena, tu mi hai affidato un compito. Quello di purificare l'Olimpo dal male quando si manifestava, di impedire al Signore della Guerra di rendere infetto questo mondo. Sono stato un vostro fedele servitore. Spero che un giorno possiate ricordarlo.

— Perdonatemi per tutto quello che l'altra volta ho detto contro di voi — si intromise Eadris.

— Lo abbiamo dimenticato — la rassicurò Hoon, poi si girò verso Luce. — Vero?

— Tutto dimenticato — rispose lei. Ma non aveva dimenticato affatto. Né aveva intenzione di farlo. Però il rispetto e l'affetto per Sicano la costringevano a dare a sua figlia una seconda possibilità.

— Cosa vi porta nella Sinfalide? — chiese lui. Luce sorrise. Avevano già potuto rendersi conto di quanto al vecchio con gli occhi di pietra non si potesse nascondere nulla.

— Anche questa volta siamo costrette a chiedere il tuo aiuto — rispose Hoon rivolta al vecchio.

— Chiedete pure.

— Cerchiamo il posto in cui Ares esilia i suoi nemici per l'eternità. Questa sorte è toccata a Morfeo.

— Non può essere che il Limbo delle Ceneri — rispose Sicano.

— Sai come possiamo arrivarci?

— Nessuno è mai tornato dal Limbo! — scattò Eadris, i cui occhi incavati scintillavano.

— Ho giurato di liberarlo — ribatté Hoon con un tono che non ammetteva repliche.

— Vi porterò io — disse Sicano.

— No — si oppose Hoon. — Questa volta ti limiterai a spiegarci dove andare.

Luce approvò la scelta. Non sarebbe riuscita a sopportare che gli succedesse di nuovo qualcosa.

— Fin dove vi accompagnerò non ci sono pericoli — replicò il vecchio sorridendo alla figlia. — Dopo starà a voi.

— Dove andiamo? — domandò Sid.

— In fondo al lago — disse Sicano.

La Maledizione

— In fondo al lago? — chiese Hoon. Non era sicura di aver sentito bene.

— Non abbiamo mica le branchie! — esplose Luce, poi fece la classica espressione di quando temeva di averne detta una di troppo.

Il vecchio sorrise. — Non abbiate paura — disse. — Voi non potete annegare nelle acque dell'Olimpo.

— Perché in fondo al lago? — intervenne Sid.

— Sotto la superficie dell'Olimpo scorrono innumerevoli fiumi — spiegò Sicano. — Lasciandosi trasportare dalla corrente sotterranea si può raggiungere qualsiasi luogo.

— Comodo come la metropolitana... — grugnì Sid perplessa.

— Non c'è un altro modo sicuro per raggiungere il

Limbo delle Ceneri — replicò il vecchio. — A voi la decisione.

Le ragazze non si guardarono nemmeno. La loro decisione era già stata presa.

— Ti seguiremo — rispose Hoon a nome di tutte.

Sicano entrò nelle acque.

— Per cominciare afferrate un lembo della mia veste — si raccomandò. — Non opponetevi alla corrente, lasciatevi trasportare.

Hoon scambiò un'occhiata preoccupata con le amiche, poi strinse la lunga veste di Sicano. Sid e Luce la imitarono e tutte insieme seguirono il vecchio sotto il livello dell'acqua, limpida come cristallo. Hoon non aveva resistito all'impulso di tapparsi il naso, ma si accorse presto che non serviva. Riusciva a respirare anche se l'acqua le entrava nelle narici e poteva tenere gli occhi aperti come sulla terraferma. I movimenti però erano rallentati. Sid le fece un segno per dire che era incredibile. E lo era davvero.

Il vecchio si mosse, trascinandole con sé. Si inabissarono in fretta e si infilarono in una grotta subacquea.

Là sotto la corrente diventò molto più veloce. Hoon si tenne stretta alla veste di Sicano, poi provò a lasciarla andare. Riusciva a muoversi nell'acqua come se non avesse fatto altro in vita sua. Sid e Luce la imitarono.

Attraverso una serie di cunicoli rischiarati dalla luminescenza di Eos, sbucarono in un nuovo lago e risalirono in superficie dentro un'altra caverna. Appena emersero dall'acqua, Hoon scoprì di non essersi minimamente bagnata.

— È stato fantastico! — esclamò Sid. — Lo rifacciamo anche al ritorno?

— Non c'è altro modo — disse Sicano divertito. — Ma adesso seguitemi, la nostra meta è vicina.

In fondo alla caverna c'era un'apertura che dava sull'esterno. Sicano le guidò fin sulla soglia.

— Io mi fermo qui — annunciò. — Davanti a voi c'è il posto che cercate.

Fuori il paesaggio era un deserto di ceneri. Qua e là c'erano dune e avvallamenti. Tutt'intorno si innalzava una parete di roccia scoscesa.

— Sembra un vulcano — osservò Hoon.

— *È* un vulcano, in sonno da millenni — confermò il vecchio. — Ares ne ha fatto un luogo di eterne sofferenze.

— Non sembra molto invitante — disse Luce.

— Non lo è. Nessun essere vivente può sopravvivere ai veleni esalati da quelle ceneri.

— Noi siamo esseri viventi, per ora — borbottò Sid. — Come facciamo ad andare là fuori?

In risposta, Sicano si sfilò tre bracciali di fiori intrecciati e li consegnò a ognuna di loro.

— Metteteli al polso. Questi bracciali di amaranti hanno il potere di assorbire i veleni delle ceneri, proteggendo chi li porta. Ma badate, a poco a poco appassiranno. Dovrete essere di ritorno qui prima che si dissolvano del tutto.

Ne diede un quarto a Hoon.

— Questo è per colui che cerchi.

— Come possiamo ringraziarti? — chiese lei.

— Il mio compenso è ciò che fate per il bene dell'Olimpo — rispose Sicano. — Ora andate. E ricordate che i bracciali non vi proteggeranno a lungo.

Hoon e le amiche si inoltrarono sul tappeto di cenere affondando con i piedi.

— Sembrano sabbie mobili! — fece Sid.

— Io non riesco a smettere di fissare il mio bracciale! — disse Luce angosciata.

— Se lo guardi non appassirà più lentamente — replicò Hoon.

— In un posto simile dove potrebbe essere prigioniero Jared? — si chiese Sid. — C'è solo cenere dappertutto.

— Più che altro mi chiedo come potrebbe sopravvivere — rifletté Hoon, mentre una devastante incertezza spezzava il suo ottimismo.

— Troviamolo in fretta — disse Luce. — I bracciali si stanno già consumando!

Era vero. I fiori si erano leggermente afflosciati.

— Proviamo a salire su quella duna — propose Hoon. — Da là avremo la visuale migliore.

Sid corse avanti e raggiunse per prima la cima della duna.

— È qui, lo vedo! — gridò gesticolando. — Hoon, corri!

Hoon ebbe un tuffo al cuore e raggiunse di corsa l'amica. Oltre la duna si vedeva una figura umana, immobile in mezzo al nulla.

Jared...

Hoon si precipitò giù dall'altra parte della duna, con le altre che la seguivano. Quando arrivò abbastanza vicina si accorse che qualcosa non andava. Era proprio Jared, ma perché non si muoveva?

Appena capì si sentì morire. Ares lo aveva pietrificato come aveva fatto con lei.

Si fermò ai piedi della statua, mentre Sid e Luce rimanevano qualche passo indietro.

Il viso del ragazzo era irrigidito in una smorfia di sofferenza. Hoon gli accarezzò dolcemente una mano, che sembrava tesa verso di lei in una richiesta di aiuto.

— Adesso come faccio a liberarti? — mormorò con un groppo in gola.

— Dobbiamo trovare subito una soluzione — disse Sid. — I bracciali sono già mezzi appassiti.

— Se solo avessi preso il sigillo di Demetra — gemette Luce.

— Riuscite a stare zitte per cinque secondi? — sbottò Hoon. — Non riesco a pensare se parlate continuamente!

Le amiche si tapparono la bocca. Hoon chiuse gli occhi e cercò di isolarsi nel suo mondo mentale. Era difficile riuscirci così sotto pressione, ma doveva farcela.

Per amore di Jared.

clic

— C'è una teoria della fisica… — recitò Hoon, improvvisamente lucidissima.

— Parli con noi? — le chiese Luce. Per lei era inconcepibile stare zitta per cinque secondi interi.

clic

— Un corpo sottoposto a una velocità superluminale può viaggiare nel tempo…

— Hoon, il tempo è quello che non abbiamo! — mugugnò Sid.

clic

— Dal presente al passato…

— Io non ti capisco! — si lamentò Luce.

Lei la ignorò e continuò a ragionare. Riportando la statua indietro nel tempo fino al momento della trasformazione, Jared sarebbe ritornato se stesso. Non sapeva se la teoria fosse giusta, ma doveva tentare. Era una dea, dopo tutto. E un esperimento del genere, impossibile sulla Terra per la quantità di energia necessaria, poteva funzionare nell'Olimpo.

— Ragazze, state indietro — disse alla fine riaprendo gli occhi.

— Ma cosa vuoi fare? — chiese Sid.

Hoon alzò le braccia per evocare i suoi poteri. I suoi occhi e la sua ametista emisero bagliori violacei. Tra le sue mani iniziò a concentrarsi una massa di energia, sempre più densa. Poi lei scagliò contro la statua un flusso azzurrastro e lo intensificò fino a fargli raggiungere una velocità superiore a qualunque altra esistente.

Mentre cercava di mantenere costante il flusso di energia, si sentiva svuotare dentro. Non si era mai spinta così in là nell'uso dei poteri. Sapeva di rischiare molto anche per se stessa, ma non le importava.

Ci fu uno scricchiolio. La pietra aveva cominciato a incrinarsi.

Hoon aumentò ancora l'intensità del flusso. Delle crepe seghettate si disegnarono per tutta la lunghezza della statua, finché Jared si mosse leggermente. Il grigio della pietra svanì e lasciò il posto ai colori vitali della sua pelle, alla profondità dei suoi occhi neri.

Hoon interruppe il flusso e lasciò ricadere le braccia. Era senza forze.

— Sei grande, Hoon! — esclamò Sid.

— Ma come hai fatto? — chiese Luce sbalordita.

Hoon cercò di tirarsi su. Il momento solenne era arrivato. Stava finalmente per abbracciare Jared. Lui era lì. Per la prima volta davanti a lei nel mondo reale e non in quello dei sogni. Il ragazzo abbassò lo sguardo su di lei. Nei suoi occhi c'era una malinconia infinita.

— Atena — disse — non ti dimenticherò mai.

— Jared, ma cosa…? — mormorò Hoon. Allungò la mano per stringere la sua, ma un rombo primordiale scosse la terra e una voragine infuocata si spalancò davanti a lei.

— Hoon! — gridò Luce.

— Vieni via di lì! — urlò Sid buttandosi su di lei, e trattenendola per impedirle di scivolare.

Jared precipitò nell'abisso.

La voragine parlò come una bocca mostruosa per emettere una terribile sentenza.

IL SIGNORE DELLA GUERRA HA DETTO:
MUOIA MORFEO PER MANO

DI CHI LO LIBERERÀ!
ORA MORFEO È NELL'ADE.
LA MALEDIZIONE DI ARES È COMPIUTA.

La voragine si richiuse di colpo come si era aperta e le ceneri la ricoprirono.

Ciao, Papà

Hoon aveva la bocca spalancata. Avrebbe voluto urlare, ma la voce non le usciva. Lo shock le aveva tolto il fiato, le parole, tutto.

— Dobbiamo andare via! — fece Sid tenendola stretta. Da sola lei non riusciva più a stare in piedi.

— I bracciali si stanno sbriciolando — disse Luce. — Ci resta appena il tempo per arrivare alla grotta!

Gli amaranti si erano ormai ridotti a un velo sottile che si sfarinava.

— Io non vengo. Voglio stare con lui — mormorò Hoon. — Andate voi.

— Non dire sciocchezze — replicò Luce. — Le ceneri non ti lasceranno scampo!

— L'ho ucciso io! — sussurrò Hoon. — Io ho innescato la maledizione!

— Non potevi saperlo…

Hoon si divincolò dalla stretta di Sid, si buttò a terra nel punto in cui si era aperta la voragine e si mise a scavare.

— Insomma, non hai il diritto di farci questo! — perse la pazienza Luce. — Né a noi come tue amiche, né alla gente dell'Olimpo che crede in te. Non sei padrona del tuo destino fino a questo punto!

Ma Hoon non la sentiva nemmeno. Continuava a scavare, ma più cercava di affondare le mani nelle ceneri, più queste diventavano solide e impenetrabili.

Uno dei suoi braccialetti di amaranto si sfarinò completamente e finì a terra. Lei se ne accorse e per un istante smise di scavare. Poi sentì che qualcuno la strattonava violentemente afferrandola per le spalle.

Si voltò terrorizzata.

Era Sid, che la rimise in piedi a forza e, senza dire una parola, la costrinse a camminare verso l'imboccatura della caverna da cui erano venute.

Hoon si lasciò trascinare via. La stretta di ferro di Sid non le lasciava alternativa. Lei non capiva e non sentiva più niente. Solo un immenso, devastante e sconvolgente dolore.

Arrivarono alla grotta un attimo prima che quel che rimaneva dei bracciali si dissolvesse in una scia di polvere.

Sicano le accolse con un'espressione grave.

— È successa una tragedia — gli annunciò Luce. — Ares aveva scagliato una maledizione su…

Il vecchio alzò una mano per fermarla. In qualche modo che a loro sfuggiva, sapeva già quel che era accaduto. Poi si rivolse a Hoon.

— Atena, ti abbandoni alla disperazione proprio tu che possiedi ogni sapienza?

— Morfeo è morto a causa mia — disse lei.

— Non esiste colpa quando le intenzioni sono buone. E niente è irreparabile.

— Che cosa vuoi dire? — chiese Hoon. Era pronta ad aggrapparsi al primo barlume di speranza come un cucciolo abbandonato a una mano tesa.

— Nell'Olimpo la morte non è per sempre. Scava nel passato, Atena, fruga nei tuoi ricordi. E scoprirai che già qualcuno provò a riportare tra i viventi una persona cara. — Sicano le sorrise. — Perché il potere che può vincere la morte lo hai già dentro di te. Ed è la forza del tuo amore.

Hoon si sentì di nuovo viva.

— Posso ancora sperare? — mormorò con un fil di voce.

— Il tuo futuro mi è precluso — rispose Sicano. — Ma sappi che strappare Morfeo agli Inferi sarà una prova terribile. Una prova che ora non saresti in grado di sostenere. La dea che è in te deve ancora crescere, prima di poter affrontare un luogo dal quale pochissimi sono tornati e nessuno vittorioso.

* * *

Quando riemersero sulla riva del Lago delle Nereidi, Eadris era lì ad aspettarle.

— Colui che volevi vedere è arrivato — disse a Sid.

Dall'imboccatura del cunicolo un uomo con una lunga tunica nera e il viso coperto da una maschera d'oro si stava dirigendo verso di loro.

— La nostra gente è già arrivata al villaggio — spiegò Eadris. — Appena Auron ha saputo della vostra presenza, ha voluto venire a rendervi omaggio.

— Certo, ma... — Sid prese da parte la ragazza mentre Luce e Sicano si occupavano di Hoon. — Auron vive nell'Olimpo da sempre come voi?

— No, non è qui da sempre — rispose la ragazza.

— Da quanto? — insistette Sid, sentendosi invadere da una vertigine. La risposta, in un modo o nell'altro le avrebbe cambiato la vita. Spegnendo per sempre le sue speranze o dimostrando che... non ebbe il coraggio di finire il pensiero.

Eadris lanciò un'occhiata verso Sicano, che era rivolto verso di loro con i suoi occhi di pietra. Il vecchio fece un cenno di assenso.

— Secondo il tempo della Terra — rispose allora Eadris — Auron è con noi da dieci anni.

Sid ebbe un tuffo al cuore. Ebbe l'impressione che il cervello le stesse per scoppiare. Si girò a guardare Auron che arrivava, ma non riusciva a metterlo a fuoco. Cercò di mettere in fila le cose che avrebbe voluto dire, ma le sembrarono tutte stupide e ridicole. Nel frattempo l'uomo le raggiunse.

— Bentornate, Signore dell'Olimpo — disse lui chinando il capo. Guardò Sid più a lungo delle altre. — Il popolo della Sinfalide vi è riconoscente. Grazie a voi, il pericolo è cessato e abbiamo potuto tornare alle nostre case.

— Non dovete ringraziarci — disse Luce ricambiando il segno di omaggio. — Abbiamo solo rimediato a un nostro errore. Ci siamo lasciate sorprendere da un attacco di Ares, ma non succederà più.

— Il nobile cuore di Atena è spezzato per la sorte di Morfeo — intervenne Sicano. — Ora lui è negli Inferi per i malvagi inganni di Ares.

Auron si irrigidì.

— Tornate a casa, Signore dell'Olimpo — aggiunse

il vecchio. — Per ora non c'è niente che possiate fare e che non abbiate già fatto.

— Sicano ha ragione — intervenne Luce. — Dobbiamo tornare sulla Terra. I nostri genitori si chiederanno dove siamo finite.

— Noi però torneremo, Sicano. — mormorò Hoon. — Torneremo presto. Abbiamo bisogno di parlare con te di molte cose.

Mentre Sicano le rispondeva, Sid si fece coraggio e si avvicinò ad Auron.

— Posso parlarti? — gli chiese. — Noi due da soli, voglio dire…

Vide le sue labbra sorridere affettuosamente nella fessura della maschera.

— Certo, Sid. Vieni.

Si allontanarono insieme di qualche passo lungo la riva del lago.

Sid non sapeva come arrivare al punto e la prese molto alla lontana.

— Sulla Terra, prima di venire qui — cominciò con il cuore in tumulto — eravamo nel bosco di Blustery Hill a cercare il Potere dei Sogni. Jared… cioè, Morfeo lo aveva nascosto lì per Hoon dentro una specie di sfera e lei l'ha trovato. Poi la sfera è esplosa e io ho avuto una visione. C'era un arco tutto bianco nel cielo, poi è apparsa una ragazza vestita di tanti colori...

— Iris... — rispose Auron. — La dea dell'Arcobaleno.

— Ah — fece Sid cercando di mantenere la calma. Allora il suo non era stato un sogno. — E... ehm, questa Iris che cosa fa esattamente?

— Quando gli dei volevano salvare qualcuno sulla Terra mandavano lei a prelevarlo — spiegò Auron. — L'arcobaleno è l'unica via per cui un mortale può arrivare nell'Olimpo. E il luogo in cui appare rimane magico per sempre.

Ecco perché Jared aveva scelto proprio Blustery Hill per custodire il suo potere, pensò Sid. Il bosco che si animava, la Sfera Armillare, la sua visione... Quel posto era come una porta aperta sui due mondi.

— Dopo che Ares ha usurpato il trono di Zeus — proseguì Auron — Iris si è rifugiata nel villaggio della Sinfalide insieme agli altri scampati alla distruzione. Da allora il suo aiuto è stato richiesto una sola volta.

— Una sola volta — ripeté Sid. Allora chiese piano, come se avesse paura della risposta: — E da chi, se gli altri dei erano stati pietrificati da Ares e noi tre eravamo rinate sulla Terra?

Auron la guardò. Nei suoi occhi, dietro la maschera, c'era della tenerezza.

— Tu lo sai, Artemide.

— Sono stata io? Da bambina? — sussurrò lei senza fiato.

L'uomo annuì.

— La lacrima di una dea bambina ha invocato l'aiuto dell'Olimpo e Iris è accorsa — disse, poi fece una pausa, visibilmente emozionato nonostante la maschera. — Per accompagnare qui tuo padre.

Sid non riuscì a parlare. Si sentiva un groppo in gola, aveva gli occhi lucidi. Non era stato un sogno. Tornare a Blustery Hill aveva tolto il velo che offuscava i suoi ricordi di dea. Ciò che aveva visto era realmente avvenuto.

— È successo dieci anni fa — mormorò lei con un incontrollabile tremito nella voce. — E tu sei qui da dieci anni.

Auron sembrò profondamente commosso.

— Non aggiungere altro, Sid — disse mettendole una mano davanti alla bocca. — C'è un tempo per ogni cosa e questo non è ancora arrivato. Puoi fidarti di me?

Sid strinse la mascella. — Adesso sì.

— Tornate sulla Terra — concluse lui. — Ci sono persone care che hanno diritto ad avervi con sé.

Lei fece di sì con la testa.

— Allora ciao, Sidney.

Auron girò subito la testa come per nascondere il viso,

ma Sid era sicura di aver visto una lacrima scivolare da sotto la maschera.

Dall'emozione non riuscì a spiccicare parola e si voltò per raggiungere le amiche che l'aspettavano.

Ma pronunciò dentro di sé quello che avrebbe voluto dirgli.

Ciao, papà.

Temporale

Sid e le amiche si ritrovarono vicino al crepaccio nel bosco di Blustery Hill.

Per Sid quel posto adesso aveva un significato tutto diverso. Non lo ricordava più come un incubo. Adesso le sembrava un posto meraviglioso in cui era avvenuto un miracolo. Adesso non aveva più paura.

C'era anche un'altra differenza, rispetto a quando erano partite: stava diluviando.

— Ragazze, muoviamoci o dopo aver attraversato il fiume dell'Olimpo senza nemmeno bagnarci, finisce che qui anneghiamo per un acquazzone! — esclamò Luce.

— Non sappiamo neanche da che parte andare! — la fermò Hoon. — Fatemi controllare il Mercur.

— Okay, però almeno mettiamoci al coperto — propose Sid.

Corsero al riparo di un grande albero frondoso. Sid insistette per dare a Luce la sua giacca a vento, dato che l'amica era la meno vestita di tutte. Hoon consultò il navigatore per capire in che direzione fosse l'uscita del parco.

— Macché, niente! — si lamentò. — Stavolta non c'è proprio campo.

— Allora come facciamo? — chiese Sid.

— L'unica è cercare un cartello che indichi l'uscita — rispose Hoon.

— Hoon, non stai dicendo che ci siamo perse, vero? — chiese Luce in ansia.

L'amica rimase zitta.

— E non posso neanche avvertire Daniel di venire a prenderci! — aggiunse Luce sull'orlo di un attacco isterico dei suoi. — Il mio cellulare ha zero tacche!

Nemmeno il telefono di Sid e il Mercur prendevano la linea. Erano isolate, non potevano comunicare con nessuno.

— E se aspettassimo qui che smetta di piovere? — disse Luce.

— Stare sotto un albero durante un temporale? — ribatté Hoon. — Non mi sembra una gran furbata.

— Non sei tu la dea dei lampi? — scherzò Luce con aria nervosa.

— Ma non posso farvi da parafulmine! — replicò Hoon.

Sid era colpita da come Hoon cercasse di resistere al dolore. Lei era tornata dall'Olimpo con una felicità immensa e l'amica con il cuore a pezzi.

— Tu hai fatto l'impossibile — le sussurrò. — Hai trovato il Potere dei Sogni e sei riuscita a liberare Jared. Dopo è andata com'è andata, ma tu sei stata grandiosa!

— Riuscirai anche a ritrovare Jared. Anzi ci riusciremo, perché dove vai tu veniamo anche noi! — aggiunse Luce.

Sid sentì che condividere il dolore di Hoon come se fosse di ciascuna di loro le rendeva più unite di quando non fossero mai state. Cinse le spalle dell'amica con un braccio e la strinse forte, facendo finta di guardare con lei lo schermo del Mercur.

Hoon accennò un sorriso, poi cambiò improvvisamente espressione.

— L'ametista è di nuovo calda — sussurrò.

— Stai scherzando? — sbottò Luce. — Per oggi non gradirei altre sorprese!

Sid si mise in allarme. Anche lei aveva una strana sensazione.

— C'è qualcosa qui vicino — concordò. — Molto vicino a noi.

— E scommetto che voi due wonder-woman volete andare a vedere! — disse Luce sconfortata. — Di scappare non se ne parla, vero?

Sid non rispose e si inoltrò fra gli alberi dai tronchi larghissimi. Le chiome facevano da ombrello e non lasciavano filtrare la pioggia, ma il fragore dei tuoni aumentava e le scariche dei lampi illuminavano a sprazzi il bosco.

— Chi c'è? — gridò Sid.

Silenzio.

— Sid, aspettaci — disse Luce andandole dietro insieme a Hoon.

— Stai attenta — aggiunse Hoon. — L'ametista scotta!

— C'è qualc… — chiamò ancora Sid, ma non finì la frase.

Perché dal bosco era emerso qualcuno.

— Sasha?! — esclamò Sid fermandosi di colpo.

Dalle ombre degli alberi era comparso proprio lui.

— Cosa ci fai qui? — chiese Sid mentre quella strana sensazione cresceva dentro di lei. La stessa che aveva provato in palestra quando lo aveva incontrato la prima volta. Paura.

Il ragazzo la guardò torvo e non rispose. Aveva una faccia da brividi.

— Allora eri tu? — gli chiese Luce in tono aggressivo. — Cosa vuoi?

— Lei! — rispose allora Sasha indicando Hoon.

Sid fece d'istinto un passo indietro per proteggere l'amica.

— Avete trovato il Potere dei Sogni — continuò Sasha. — Ma appartiene ad Ares e lo avrà!

— Maledetto! — esplose Sid. — Lo sapevo che eri una delle sue creature. Eri tu che cercavi di dividerci!

— Era la mia missione, ma voi vi siete unite più di prima — rispose Sasha rabbioso. — Ciononostante non vi basterà. Consegnatemi Atena!

— Hai sbagliato indirizzo! — si inalberò Luce. — Qui nessuno ti consegnerà niente!

Sasha tese un braccio in avanti. Dalla sua mano scaturì un vortice che investì Hoon in pieno e la scaraventò contro un albero. Sid e Luce la videro afflosciarsi a terra priva di sensi.

— Cosa le hai fatto? — gridò Luce.

Si mosse per soccorrere l'amica, ma Sasha si spostò con una velocità sovrumana e si piazzò tra loro e Hoon. Sid sentì crescere dentro di sé una rabbia gelida come non aveva mai provato.

— Lascialo a me — disse. — Io e Mister Sorriso a Sproposito abbiamo un conto in sospeso.

Sid fronteggiò il suo nemico e sentì i muscoli percorsi dalla stessa tensione che aveva sperimentato durante il loro duello coi bastoni. Ora però non si trattava più di trattenersi o di calibrare la forza. Ora si trattava di lasciar scatenare tutta la sua potenza.

Questa volta non preparò il colpo, non studiò l'avversario. Il pensiero e il gesto furono una cosa sola. Sid scattò avanti come una molla e scaricò un calcio micidiale. Sasha fu proiettato via come un pupazzo disarticolato.

— Brava, Sid! — esclamò Luce.

Aveva parlato troppo presto. Sasha si rialzò come se niente fosse.

— È tutto qui quel che sai fare, divina Artemide? — la schernì con il suo odioso sorrisetto. — Non sei ancora pronta per il Sicofante!

In quel momento alle sue spalle si materializzò qualcosa, una specie di fantasma incappucciato.

— Co-cos'è quello? — disse Luce ritraendosi impressionata.

— Preparati a volare, Sid! — esclamò Sasha. Ora la sua voce aveva un'eco tenebrosa, come se a parlare fossero in due.

Il ragazzo compì una giravolta su se stesso. Dal mantello del fantasma che era tutt'uno con lui partì una tremenda folata. Sid venne sollevata in aria e piombò al suolo dieci metri più lontano. Provò a rialzarsi, ma si sentiva addosso una spossatezza inspiegabile, come se il vortice le avesse risucchiato le energie.

— Io sono il Sicofante! — continuò Sasha. — Nessuna di voi è in grado di battermi!

In quel momento Sid cominciò a temere che avesse ragione. Il loro nemico sembrava davvero troppo forte.

il Sicofante

Hoon riprese i sensi lentamente. Era ai piedi dell'albero contro il quale era andata a sbattere. Il colpo ricevuto l'aveva lasciata priva di forze. Quasi non riusciva a muoversi.

Si spaventò vedendo Sid a terra più lontano. Ma il peggio fu vedere lo spirito oscuro che aleggiava alle spalle di Sasha. Sid aveva avuto ragione fin dal primo momento a sospettare di lui. Perché non le avevano dato retta?

— Arrendetevi — stava tuonando. — Nessuno ha mai sconfitto il Sicofante!

— Non farti illusioni! — sibilò Luce. — Ti sei dimenticato di me?

Hoon la vide concentrarsi sul nemico. Stava cercando di carpirgli il segreto del suo potere, ma fu inutile. Lo spirito lanciò un attacco col suo mantello e abbatté

Luce come un birillo. Era chiaro che in quel modo non potevano sconfiggerlo.

— Afrodite, sei tu la povera illusa! — sghignazzò Sasha. — Qui sulla Terra i tuoi poteri sono ridicoli. Ho reso immune perfino Dude! Quell'umano è fin troppo facile da manipolare!

— Pagherai anche per questo! — grugnì Sid cercando di rialzarsi.

— È stato un giochetto da bambini mettervi l'una contro l'altro. Ma anche con questa tua amica non ci sarebbe voluto ancora molto…

— Non è vero! — protestò Luce.

— Io tiravo semplicemente fuori tutto l'odio e le invidie che ci sono dentro di voi. — replicò Sasha con sarcasmo. — Questo è il compito del Sicofante.

— Non ascoltatelo! — riuscì finalmente a dire Hoon. Parlare le costava una gran fatica. — Sta cercando di dividerci anche adesso!

Sasha si girò di scatto.

— Quale onore, Atena! — disse. — In tempo per assistere all'epilogo della vicenda. Al *tuo* epilogo!

— Hoon, stai bene? — chiese Sid.

— Restate dove siete — rispose lei.

Sasha scoppiò in una risata che si perse nel rombo dei tuoni.

— Non mi sembri in condizione di sfidarmi! — disse. E non aveva tutti i torti, pensò Hoon.

— Ti strapperò il Potere dei Sogni che quel traditore di Morfeo ha negato ad Ares — continuò Sasha andando verso di lei. — Poi finirai per sempre a fare compagnia agli altri dei nel sacro tempio! E le tue amiche non verranno a liberarti, perché la stessa sorte toccherà a loro. Starete insieme per l'eternità!

Sentir parlare di Morfeo in quel modo sprezzante non fece che aumentare la determinazione di Hoon. Doveva trovare una via d'uscita. E subito. Sasha era ormai a un passo da lei. Potevano tentare di fuggire nell'Olimpo, ma così indebolite sarebbero state comunque in balia del Sicofante…

No, dovevano vincerlo lì. Sulla Terra.

Il bosco era rischiarato da continui lampi. Sembrava che le nuvole si accanissero a scaricare la loro elettricità su quella zona.

Lampi.

Il fantasma si chinò su di lei. Invece degli occhi aveva due sinistre fiammelle biancastre che evocavano i fuochi dell'inferno.

— Preparati, Atena — dissero insieme Sasha e lo spirito oscuro che lo animava. — È la tua ultima ora da mortale!

Il Sicofante allargò il mantello per richiuderlo sopra di lei.

clic

Adesso o mai più. Con un gesto disperato Hoon si tolse l'orecchino e lo tese davanti a sé.

— Ragazze, le pietre! — urlò.

Vide Sid che estraeva faticosamente l'ossidiana dal portachiavi e Luce che afferrava la sua collana. Allora lanciò un'invocazione.

— A me, folgore del cielo! — gridò Hoon puntando la pietra contro il Sicofante.

Un lampo trapassò la cortina degli alberi e centrò in pieno l'ametista, poi si sdoppiò e si congiunse alle pietre di Luce e Sid. Quando il triangolo si chiuse, al suo interno si scatenò un'accecante tempesta elettrica.

Sasha e il fantasma furono avvolti in un turbine violaceo e presero fuoco come foglie secche. Si contorsero spasmodicamente fra urla di rabbia e di dolore, finché vennero inceneriti.

Hoon abbassò il braccio lentamente. Il triangolo di folgori si spezzò e la tempesta elettrica cessò all'improvviso.

Il nemico non c'era più.

Ritorno

— Hoon, tutto a posto? — fece Sid correndo dall'amica. Le forze le erano tornate appena il loro nemico si era dissolto in una nuvola di cenere.

— Poteva andare peggio — sorrise Hoon tirandosi su.

— Ma come hai fatto a evocare il fulmine qui sulla Terra? — le chiese Luce, anche lei di nuovo in piedi.

— Non l'ho evocato, l'ho attirato — rispose lei. — E non ero neanche sicura che avrebbe funzionato.

— Be', tieni conto che questo posto è magico — osservò Sid tutta sorridente.

— E tu come lo sai? — domandò Luce.

— Ne parleremo — rispose Sid con aria misteriosa. — Ma prima vorrei le vostre scuse per avermi preso in giro su Sasha!

— Sei autorizzata a prenderci a calci fino a casa —

ammise Hoon ridendo. — D'ora in poi faremo le pulci a tutti quelli che incontriamo!

— Alla fine quel tipo non era poi così forte — osservò Luce. — Le ragazze dell'Olimpo battono Ares uno a zero! Anzi due, contando anche Drakos!

— Non è esattamente così — fece notare Hoon tristemente. — Ricordiamoci però che abbiamo dovuto unire le nostre pietre per sconfiggerlo. E anche noi possiamo vincere solo se siamo unite.

Se Sasha aveva potuto seminare la discordia tra di loro era perché gli avevano lasciato lo spazio per farlo. All'inizio si era concentrato su di lei, quindi aveva allargato la sua influenza a Dude. Il seme dell'odio aveva raggiunto Luce e poi anche Hoon. Aprendo un varco per l'azione di Drakos. Fortunatamente il piano di Ares era fallito. Sid si augurava solo che Dude tornasse in sé, ora che Sasha non poteva più condizionarlo. In quell'ottica, avrebbe potuto anche perdonarlo.

— Un momento! — esplose Luce con un'espressione preoccupatissima. — La prima emissaria di Ares aveva con sé la pietra di Efesto, Drakos aveva quella di Ermes. Anche questo *Psicoinfante* o come diavolo si chiama avrebbe dovuto averne una.

E aggiunse, guardandosi in giro: — Io qui non vedo niente.

— Strano — fece Hoon. — Cerchiamola insieme.

Ma non trovarono nulla.

— Se non l'aveva, come faceva a tornare nell'Olimpo? E come è arrivato qua? — si domandò Sid.

— Buona domanda. Dovremo pensarci bene — concluse Hoon. — Adesso è meglio andarcene davvero.

Il tempo stava peggiorando ancora ed era quasi sera. Uscirono allo scoperto e si misero a correre sotto la pioggia scrosciante. Poco dopo incrociarono un sentiero con un cartello segnaletico che indicava l'uscita. Si lanciarono in quella direzione. Il parco era completamente deserto.

Quando arrivarono in vista dell'uscita, Sid ebbe la sorpresa più bella che potesse immaginarsi. Sua madre stava oltrepassando il cancello d'ingresso con un grande ombrello in mano.

— Siiid! Ragazze! — chiamò Gail.

— A volte mia madre è adorabile! — disse Sid.

Le tre amiche fecero gli ultimi metri di volata e si rifugiarono sotto il megaombrello. Sid si strinse a sua madre. Pensando a tutto quello che avrebbe voluto dirle.

— Avete scelto il giorno giusto per le scampagnate — disse Gail, cercando di dissimulare la sua preoccupazione. — State tutte bene?

Sid vide che le puntava gli occhi addosso.

— Sì, mamma — rispose Sid. — Fradice, ma in forma.

Nell'auto Sid trovò ad aspettarla Daimon, che le fece un sacco di feste tutto scodinzolante.

— Sì, sto bene, sto bene! — esclamò lei ridendo. — Anch'io sono contenta di vederti!

Quando furono tutte finalmente all'asciutto, Gail si mise al volante e partì.

— Luce, Hoon, vi porto a casa nostra — disse. — Intanto che vi cambiate vi preparo qualcosa di caldo. Se volete avvertire i vostri genitori, dopo vi riaccompagnerò io.

— Grazie, li chiamiamo subito — rispose Luce prendendo il cellulare.

Mentre Luce telefonava a casa, Sid si accoccolò sul sedile con Daimon in braccio e si rilassò. Era sicura che se avesse chiuso gli occhi si sarebbe svegliata due giorni dopo. Accanto a lei, sua madre guidava attenta alla strada.

— Hoon, come mai sei così silenziosa? — chiese Gail a un certo punto.

— Stavo pensando — rispose lei dopo aver esitato per un lasso di tempo più che sospetto. — Devo organizzarmi per il nostro mercatino.

— Non preoccuparti, Hoon, in questi ultimi giorni

sistemiamo tutto — le andò in aiuto Sid. Aveva capito benissimo che l'amica aveva tutt'altro per la testa.

— Più che altro c'è il problema di convincere mio padre — continuò Hoon. — Sarà molto più difficile che riordinare il magazzino.

— Troveremo una soluzione anche a questo — disse Luce in tono allusivo. Sid intuì a cosa si riferiva.

— A proposito — riprese Gail — sto spargendo la voce e vi sto procurando un po' di clienti. Naturalmente io e Daimon non mancheremo.

— Grazie — rispose Hoon.

— Sei riuscita a fare qualche foto? — le chiese ancora Gail. Doveva essersi accorta dell'inusuale stato d'animo della ragazza e cercava di distrarla con un po' di conversazione.

— Come? — cascò dalle nuvole Hoon.

— Quelle per il concorso — l'imbeccò Luce.

— Ah, sì, ne ho scattate tante — disse allora Hoon. — Secondo me ce ne sono di belle, poi te le farò vedere.

Rimasero in silenzio per un po'. Mentre Daimon le dormicchiava in grembo, Sid fissava la strada bagnata che scorreva. Ma davanti agli occhi aveva ancora le immagini di quella incredibile giornata. Soprattutto quella del volto dell'uomo con una maschera d'oro.

— Tutto bene, tesoro? — le chiese sua madre dandole

un'occhiata. — Mi sembri strana. Ti sei spaventata per il temporale?

— Per niente, mamma — rispose lei. — Anzi, a parte la lavata che ci siamo prese, sono contenta di essere tornata a Blustery Hill.

— Be', questa è una notizia — disse Gail molto colpita. — Poi a casa mi racconterai.

"Se potessi raccontarti davvero tutto..." pensò Sid.

Sua madre aveva diritto quanto lei a conoscere la verità e a mettere fine a quell'attesa durata dieci anni.

Ma come faceva Sid a dirle che aveva ritrovato suo padre... nell'Olimpo?

sulla Torre Uranide

In cima alla torre più alta dell'Olimpo, Ares mandò un ruggito di furore.

Anche il Sicofante era stato annientato!

Come Drakos e la Sparti prima di lui. Perdite poco significative, tutto sommato. Ma quella testarda resistenza da parte delle nemiche era insopportabile. Nonostante ora fossero per metà umane, Artemide, Atena e Afrodite si stavano rivelando avversarie più tenaci del previsto.

Il Signore della Guerra spinse lo sguardo lontano. Il cielo era di porpora fino ai più remoti orizzonti. Ma l'Olimpo non era ancora suo.

In fondo, sopra la Sinfalide, la spaccatura creata da Afrodite si era riaperta come una ferita. L'illusione della conquista finale era durata poco. Le dee erano riuscite a ricongiungersi liberando Atena dal Dodekatheon e si erano anche impadronite del Potere dei Sogni! Che l'anima di Morfeo bruciasse nell'Ade per l'eternità!

In preda a una collera inestinguibile, Ares sferrò un pugno contro la fortificazione della torre. Un blocco di pietra si sgretolò sotto il colpo. La vittoria finale era di nuovo rimandata.

Ma il Sicofante non aveva fallito completamente. Aveva preparato il terreno per la rivincita. Il Signore della Guerra doveva controllare la sua furia, perché molto presto avrebbe avuto in campo un nuovo guerriero, ben più temibile di quelli che lo avevano preceduto. Doveva solo aspettare il momento in cui lo avrebbe arruolato nelle sue fila.

Le sue nemiche sarebbero state del tutto impreparate a combatterlo.

Perché era già fra loro.

Inaugurazione!

Luce era soddisfattissima. Il loro mercatino stava riscuotendo un successone. Tutto era stato preparato in tempo e quel pomeriggio all'apertura del Dream's Emporium rinnovato si era presentata un sacco di gente.

Contò a occhio una trentina di persone che curiosavano tra le loro bancarelle di fronte al negozio. Avevano scelto di vendere tutto a prezzi stracciati, praticamente simbolici, e le simpatiche cianfrusaglie del signor Song attiravano i clienti come le mosche.

Luce però era preoccupata per Hoon. Sapeva cosa c'era dietro il sorriso con il quale illustrava ai compagni di scuola o ai genitori i pregi inverosimili della loro mercanzia.

Anche Sid si dava un gran daffare, mentre sua madre Gail e Daimon girellavano curiosando qua e là. Perfino i suoi genitori avevano spostato di un'oretta un impegno per fare un salto lì.

Ma a un certo punto Luce si trovò davanti una persona che mai e poi mai si sarebbe aspettata di vedere.

— Prof Avvol… ehm, professoressa Johnson, che sorpresa! — salutò mordendosi la lingua. — Non mi sarei mai aspettata di vederla qui.

— Ho una vita anche fuori dalla scuola, Grimaldi! — gracchiò l'insegnante.

Luce ebbe la vaghissima sensazione che stesse addirittura sorridendo, ma sicuramente si sbagliava.

— Hoon, guarda chi è venuta a trovarci — annunciò all'amica con tono appena un po' ironico.

— Prof, che sorpresa! — esclamò anche Hoon. — Non mi sarei mai…

— Ho capito — la interruppe la Johnson. Non si era ancora grattata le mani. — Sarà meglio cambiare argomento. Avete anche qualche vecchio libro?

Hoon drizzò subito le orecchie interessata. — Libri? Glieli faccio vedere.

Luce osservò l'amica e la sua cliente inaspettata chiacchierare davanti a un libro illustrato. Poi si accorse che la prof Avvoltoio si era messa a parlare con atteggiamento sospetto e grattandosi le mani. Attivò la sua infallibile tecnica origliatoria.

— Song, riguardo alla tua verifica in bianco...

— La prego, prof, è stato un incid... — provò a implorarla Hoon.

— Lo so. Fatti interrogare entro quindici giorni.

— Sono già pronta. Verrò volontaria alla sua prima lezione — rispose Hoon di getto con un'espressione a metà tra l'incredulo e il soddisfatto.

"Sta' a vedere che anche gli avvoltoi hanno un cuore..." pensò Luce.

— Guarda un po' chi sta arrivando, Sid — notò Luce. — Oggi è il giorno delle visite shock.

Dude si stava dirigendo verso di loro dopo aver parcheggiato lo scooter. Con una faccia da cane bastonato.

— Ciao, Luce — la salutò con aria abbacchiata. — Sid, finalmente ti trovo.

Sid grugnì qualcosa guardandolo appena e continuò a servire una cliente.

— Come vanno gli affari? — provò ancora lui.

— Non c'è male.

Dude finse di interessarsi alla bancarella. Sembrava in piedi sui carboni ardenti.

— Ero venuto a dirti che... — riprese dopo un po' — dunque...

Pausa. Sguardo perso. Tentativo di girarsi e andare

via. Luce gli lanciò un'occhiata di incoraggiamento.

— Be', dunque... stavo pensando che forse... credo di doverti dire una cosa.

Altra pausa. Contrizione e affanno. Luce gli sorrise e gli fece cenno di continuare.

— Cioè... insomma... ecco...

Luce, intenerita e divertita, stava per scoppiare. "Ma quanto ci mette?" pensò.

— Ti devo delle scuse — proruppe alla fine Dude.

— Ah, sì? — fece Sid senza nemmeno alzare gli occhi. — Per cosa?

Luce si schiarì la voce rumorosamente e Sid incrociò il suo sguardo di rimprovero. Okay lasciarlo friggere un po', ma senza esagerare. Sembrava tornato il Dude di sempre.

— Mi sono comportato come uno scimmione psicotico — rispose Dude come se ogni parola gli costasse uno sforzo enorme. — E non so perché.

— Almeno te ne sei accorto — replicò lei.

— Sono perdonato? — fece Dude.

— Vedremo ... — rispose Sid senza pietà. A Luce sembrò che trattenesse un ghigno.

— D'accordo. — Dude stava per andarsene, poi cambiò idea. — E torna ad allenarti. Presto.

— E Sasha? — infierì Sid.

— Sono due o tre giorni che non si fa vedere. Ma non importa — rispose lui.

— Strano, non era tuo amico? Comunque, ho sentito dire che se n'è andato.

— Andato? In che senso? — si stupì Dude.

— Andato. Sparito. Via.

— Ma se si era appena iscritto in palestra... Mah, su di lui mi sono proprio sbagliato.

— Gli amici bisogna saperseli scegliere — fu l'ennesima stoccata di Sid.

— Lo so — fece Dude ancora più abbacchiato. — Allora ciao.

— Ciao, Dude.

Vedendolo allontanarsi con la coda fra le gambe, Luce non resistette più.

— Sid, hai esagerato! — disse. — Non era colpa sua. Era sotto l'influenza dello *Psicoinfante*...

— Era ora. Cominciavo a temere che avessi perso il vizio di difenderlo! — ridacchiò Sid.

Luce avvampò.

— Ehi Dude, stasera pizza? — gli urlò allora Sid da lontano. — Avrei un altro impegno, ma non ne ho tanta voglia.

— Puoi giurarci! A casa tua alle otto! E le pizze le porto io! — esclamò lui raggiante.

— Porta una pizza in più allora! — si autoinvitò Luce. E quando Sid la guardò con un sorrisino come per dire "Lo sapevo!", avvampò ancora di più.

In quel momento si avvicinò Hoon insieme alla signora Song.

— Mia madre vuole fare i complimenti anche a voi.

— Sì, avete dimostrato di sapervi gestire bene — confermò Hana Song. — E mi sembra che anche gli affari stiano andando a gonfie vele.

— Grazie, signora Song — rispose Luce. — Ma il merito è di Hoon. Come sempre è lei la mente del gruppo! Sid e io abbiamo solo eseguito gli ordini.

— Saper comandare fa parte del DNA di famiglia! — riprese la donna sorridendo. — Quello che mi ha davvero stupito è che siate riuscite a convincere tuo padre. Non ci contavo. Io non ci sono riuscita in quindici anni. Con voi invece ha ceduto senza battere ciglio.

— Ha detto bene, signora — fece Sid guardando Luce. — Il ciglio l'ha sbattuto qualcun altro...

Hana Song la guardò con aria interrogativa.

— Segreti del mestiere, mamma — disse Hoon strizzando l'occhio alle amiche.

Risero tutt'e tre con aria complice e Hana Song rientrò in negozio a vedere cosa combinavano suo marito e Yong.

Che giornata! Luce era entusiasta. Vedere tutte quelle persone che curiosavano tra le bancarelle, anche le più inattese... L'appuntamento di quella sera con Dude, che aveva fatto pace con Sid... Perfino la madre di Hoon che si era congratulata con loro...

Insomma, tutto era andato alla grande. E loro tre erano più unite che mai, la loro amicizia era ancora più forte. Nessuno sarebbe mai più riuscito a dividerle. In quel momento le sembrò che affrontare gli Inferi per recuperare Jared sarebbe stato semplicissimo, nonostante quello che aveva detto Sicano.

"Sì" pensò Luce "oggi è un giorno perfetto!"

un Giorno Perfetto?

Dude tenne premuto il dito sul campanello.

Dalla casa nessuna risposta. Il citofono rimaneva muto, le tendine alle finestre non si muovevano.

Che avesse ragione Sid? Possibile che Sasha se ne fosse andato così all'improvviso, senza lasciare detto niente?

Forse doveva andare a vedere. Magari il ragazzo si era sentito male e non aveva potuto avvertire nessuno. Certo che la casa non era molto invitante, così silenziosa…

Aprì il cancelletto d'ingresso e andò a bussare alla porta.

— Sasha? — chiamò. — Sasha, sono Dude. Ci sei?

Bussò ancora e sotto i suoi colpi la porta si socchiuse leggermente. Era aperta.

Il suo cuore accelerò i battiti. Quando nei film horror

succedevano quelle cose, tipo porte che sembravano chiuse e non lo erano… be', di solito non era un buon segno! Lui rideva sempre di quei personaggi che invece di tagliare la corda rimanevano lì a curiosare.

Ma non era così facile resistere alla curiosità. C'era qualcosa che lo spingeva a entrare. E poi quello non era mica un film dell'orrore. Quella era la realtà…

"Se ci fosse qui Sid" pensò "mi prenderebbe in giro per i prossimi quindici anni!"

Facendosi coraggio, spinse la porta e varcò la soglia.

— Sasha? — fece di nuovo, ma in tono molto meno deciso.

Nessuna risposta tranne l'eco della sua voce. La casa sembrava deserta. Anzi era deserta. Non c'erano nemmeno i mobili, come se fosse abbandonata da anni… A pensarci bene, il giorno che Sid stava per suonargliele, Sasha non lo aveva invitato a entrare!

Bah, quel tipo sarebbe rimasto un enigma. Aveva ragione Sid.

Dude infilò una mano in tasca e tirò fuori il portafortuna che Sasha gli aveva regalato. Se n'era quasi dimenticato e forse era il caso di lasciarlo lì. Lo osservò attentamente per la prima volta. C'era incastonato una specie di cristallo, una pietra di un rossastro opaco.

Scosse la testa deluso e fece per abbandonare il

portafortuna, quando gli sembrò che il cristallo avesse emesso un leggero bagliore. Impossibile. Non poteva trattarsi di un riflesso, perché la stanza era immersa nella penombra.

Lo avvicinò per guardarlo meglio. In quel momento dalla pietra scaturì una luce intensissima che illuminò a giorno tutta la stanza.

Dude non fece in tempo a gettare via il portafortuna che udì una voce.

No, non la udì. La sentì risuonare dentro la sua testa.

Benvenuto.

Una voce cavernosa.

Ti stavo aspettando.

Prigioniero dell'Ade

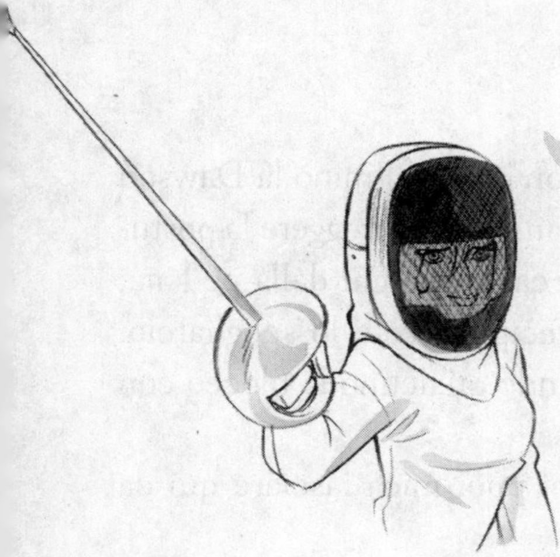

in Fuga

— Ottimo affondo, Madison! — si lasciò sfuggire Patty Dawson, la sua severissima allenatrice nonché ex-campionessa di scherma.

In un qualsiasi altro giorno, in un qualsiasi altro momento Sid Madison avrebbe esultato. La Dawson era un' ipercritica e se diceva che qualcosa era ottimo, voleva dire che era qualcosa di meglio. Ma quel giorno Sid non aveva il tempo di esultare. Invece di ringraziare, annuire o rispondere al complimento con uno dei suoi tipici grugniti, guardò l'orologio e pensò: "Taglia corto". Sapeva di essere braccata, e doveva riuscire a cambiarsi e a filare a casa in meno di cinque minuti.

— La prossima volta falli tutti così! — continuò la Dawson, riappropriandosi del suo approccio acido.

— Va bene, ma adesso devo andare. — Sid decise

di ignorare l'occhiataccia con cui la fulminò la Dawson prima di voltarle le spalle e andare a correggere la postura di un suo compagno. Si catapultò giù dalla pedana, si levò la maschera e si precipitò verso lo spogliatoio. Stava aprendo la porta quando qualcuno la bloccò con una stretta alla spalla.

— Dove scappi? Non mi puoi mica lasciare qui da solo!

— E invece sì, Dude! Vedrai che riuscirai a cavartela — ridacchiò Sid. Varcò la soglia e si chiuse la porta alle spalle con troppa foga. Praticamente gliela aveva sbattuta in faccia! Pazienza. Quel giorno non aveva tempo di chiedere scusa. Si sfilò le scarpe al volo e le lanciò nella sacca. Intanto immaginava l'espressione perplessa di Dude Morrison. Era il suo migliore amico dai tempi in cui alle elementari avevano smesso di suonarsele e cominciato a fare scherma insieme. Per fortuna lui aveva il carattere più allegro e solare che si potesse immaginare e avrebbe dimenticato l'incidente nel giro di sei millisecondi.

— Allora ci vediamo domani — risuonò la voce del ragazzo oltre la porta.

Meno di sei millisecondi. Probabilmente non se n'era nemmeno accorto. Oppure anche lui aveva un piano. A velocità ultrasonica Sid finì di cambiarsi. Mise la sacca a tracolla e sgusciò nel magazzino degli attrezzi. Da lì scese nel seminterrato e superò gli scalini con un salto. Di fronte all'uscita secondaria si fermò un attimo e prese fiato. Socchiuse la porta di ferro cercando di non far rumore. Un'occhiata all'ingresso principale della palestra e…

Accidenti!

Il suo incubo era già lì e si gingillava guardandosi in giro, ravviandosi i lunghi capelli biondi di tanto in tanto: Luce l'attendeva al varco. Come sempre negli ultimi tempi. Sid aspettò che si voltasse e sgattaiolò fuori, raggiunse un camioncino posteggiato davanti al marciapiede e ci si nascose dietro. Finché fosse rimasta lì, la sua persecutrice scatenata non l'avrebbe vista. Non che avesse voglia di restarsene per ore acquattata in quel modo, ma se avesse tentato di muoversi sarebbe stata colta sul fatto.

Luce Grimaldi, che con Hoon Song era una delle sue due migliori amiche, era dotata di un talento incredibile nell'accorgersi di quello che passava nella testa delle persone. L'ultima volta che si erano viste, Sid stava meditando il suo piano di fuga e Luce l'aveva fissata come se la stesse analizzando ai raggi X. «Tu stai meditando qualcosa!» le aveva sussurrato con un sorrisino furbetto. Lei aveva borbottato un'infinità di parole sconnesse prima di riuscire a farle cambiare argomento. Nascondere qualcosa a Luce era la più impossibile delle missioni impossibili. Poteva dipendere dai suoi poteri e da quello che era stata. Oppure era proprio un suo talento personale. Comunque fosse, Sid non si poteva permettere di fare un solo passo. L'unica cosa sensata era aspettare che Dude e gli altri uscissero. Luce avrebbe raggiunto il suo obbiettivo e lei avrebbe potuto tornarsene a casa tranquilla, senza dover percorre "il tragitto del fantasma".

Si sedette sul marciapiede, si infilò le cuffie del lettore mp3, tanto per non annoiarsi troppo nell'attesa, e si lasciò sfuggire una risatina. Luce doveva essere eccezionale per costringerla a comportarsi in quel modo. E in effetti lo era, per quanto non avesse niente in comune con lei. La prima volta che si erano incontrate si erano suscitate una vicendevole quanto assoluta antipatia. Poi tutto era cambiato. Lei, Luce e Hoon avevano scoperto di essere nate nello stesso giorno e di aver condiviso un passato comune: tutte e tre, in una specie di vita precedente di cui non conservavano alcuna memoria, erano state dee di quel mondo che i mortali chiamavano Olimpo. Un giorno avevano pianto strane lacrime calde e colorate che si erano condensate in pietre, le pietre dei loro poteri di dee da cui non si separavano mai.

Hoon portava la sua ametista viola in un orecchino. Con i suoi splendidi occhi blu incastonati in un viso orientale, era stata Atena. Sulla Terra era semplicemente un genio. Poteva contare su strani *clic* che la mettevano a conoscenza di cose che non sapeva di sapere. Sull'Olimpo dominava i fulmini e altre strane forme di energia.

Luce indossava una collana da cui pendeva un quarzo luminoso, di una tonalità che andava dal rosa al rossastro. Era l'anima di ogni festa che in festa trasformava ogni momento della sua vita. Ed era stata Afrodite. Sulla Terra riusciva a "convincere" chiunque a fare quello che voleva semplicemente sbattendo le ciglia. Sull'Olimpo entrava in contatto mentale con i suoi nemici riuscendo a utilizzarne i poteri.

E infine lei, Sid, era stata Artemide. Portava la sua ossidiana nera attaccata al moschettone che pendeva dal passante dei suoi jeans. Sulla Terra eccelleva nel combattimento diretto, sostenuta da grande coraggio e straordinarie doti fisiche. Sull'Olimpo poteva trasformare la sua pietra nell'arma più adatta all'avversario che trovava di fronte.

Sid si sporse quel tanto che bastava per dare una sbirciatina a Luce. Aveva appena smesso di tenere d'occhio l'ingresso per tirare fuori uno specchietto dalla borsa e controllarsi i capelli. Probabilmente qualcosa non la convinse, perché fece un gesto di stizza, usò gli occhiali da sole come un cerchietto e provò a cambiare pettinatura. Il risultato generò un secondo gesto di rabbia. Come se Afrodite avesse bisogno di spostare una ciocca di qua o di là per ottenere quello che voleva! In quel momento Sid avrebbe voluto trasformare la sua ossidiana in un martellone di gomma per darglielo in testa. Si risistemò sul marciapiede e sobbalzò. Sul suo lettore era appena cominciata una delle canzoni preferite di Luce, che Sid non poteva soffrire. Ecco perché l'amica se l'era fatto prestare… L'aveva riempito di un'accozzaglia di lamentosità romantiche di una noia mortale! Questa volta non poteva passarla liscia. Ci voleva uno scherzo cosmico con cui…

— Sei stata troppo carina a uscire prima per stare un po' di tempo con me!

Disastro! Sconfitta e fine del mondo!

Era la voce di Luce.

Colpo di Coda

Lui era stato un dio tra gli dei. Ares. Il dio della guerra. Il più temuto, il più inclemente, il più selvaggio. Aveva cercato di impadronirsi dell'Olimpo ed era riuscito a sconfiggere otto delle dodici divinità superiori che adesso erano prigioniere nel Dodekatheon, trasformate in statue di pietra. Il simbolo della sua gloria passata. Su ciascun simulacro splendeva la pietra con i poteri del dio prigioniero. Una corniola conteneva quelli di Efesto e un'acquamarina quelli di Poseidone. Un'ambra quelli di Demetra e un turchese quelli di Ermes. Otto erano i suoi prigionieri e otto le sue vittorie. Le tre dee maledette, le tre Signore dell'Olimpo, invece, erano la sua eterna sconfitta. Atena, Afrodite e Artemide gli erano sfuggite. Poco prima di essere travolte dalla sua guerra imponente, avevano deciso di rinascere come mortali sulla Terra e gli avevano strappato la vittoria dalle viscere. Lui le aveva cercate a lungo e quando finalmente le aveva ritrovate, aveva messo sulle loro tracce tre valenti guerrieri: Megan, la Sparti generata da un dente di drago, l'orrido Drakos e il Sicofante, lo spirito oscuro. Le dee, nonostante vivessero nei corpi di tre inutili ragazzine, li avevano eliminati tutti. Ares ruggì di furia antica. Il Sicofante, che per ultimo era stato sconfitto, non aveva fallito completamente. Aveva lasciato sulla Terra il rubino di Dioniso, nelle mani di un mortale che stava diventando il suo nuovo guerriero. Attraverso quella pietra, nella quale aveva infuso il suo volere maligno, Ares poteva costringerlo a ubbidirgli. Non importava quanto lui cercasse di opporgli resistenza. Prima o poi avrebbe ceduto.

Dal suo seggio divino, Ares osservò la Fiamma d'Oro che si affievoliva inesorabilmente. Tutto l'Olimpo si stava consumando con lei. Per sottometterlo definitivamente e schiacciare una volta per tutte le sacche di ribellione della Sinfalide, avrebbe dovuto ravvivare il fuoco con i suoi poteri insieme a quelli degli altri undici dei superiori. Per farlo doveva catturare le tre dee. Ma aveva un'alternativa molto più allettante.

Un Tauro guardiano armato d'ascia si presentò al suo cospetto.

— Le vedette sono al loro posto — muggì.

Il Signore della Guerra non lo degnò di uno sguardo. Sapeva che prima o poi le dee sarebbero tornate. Nel frattempo il suo guerriero avrebbe agito, senza che loro se ne accorgessero.

il Tragitto del Fantasma

Sid alzò gli occhi e vide Luce davanti a sé con un'espressione divertita e vittoriosa. Le sue labbra dicevano cose gentili, ma il suo sguardo era inequivocabile, diceva: "Ti ho beccata". Incerta tra il darsi un tono e lo scoppiare a ridere, Sid scelse una via di mezzo.

— Passavi di qui per caso anche oggi? — chiese con aria strafottente e complice allo stesso tempo.

— Un'intuizione degna di Hoon — gongolò Luce. — Meglio che ci spostiamo e andiamo di fronte all'ingresso. Se Dude ci vedesse nascoste qui dietro, potrebbe pensare che vogliamo evitarlo!

— E noi non vogliamo che pensi niente di male, vero? — ridacchiò Sid. — Quando vi deciderete a uscire insieme senza bisogno darmi il torment…

— Eccolo! — cinguettò Luce.

Senza troppi complimenti agguantò Sid e la trascinò con sé. Sid sospirò. Il tragitto del fantasma era appena cominciato con le solite modalità. Luce vede Dude e le si illuminano gli occhi, Dude vede Luce e si fa venire la faccia da tonto. Infine tutti e due cominciano a guardarsi e a chiacchierare dimenticandosi della sua presenza. O quasi.

— Non dovervi andartene prima? — chiese Dude a Sid, ma guardando Luce.

— Sì — intervenne Luce — ma mi ha incontrata qui fuori, abbiamo perso tempo in chiacchiere e così abbiamo deciso di aspettarti per fare la strada insieme, vero? — chiese a Sid, ma guardando Dude.

Sid si risparmiò lo sforzo di replicare, tanto nessuno dei due l'avrebbe ascoltata.

— Oggi il motorino lo spingo io! — mormorò. Come se fosse una novità. Né Luce né Dude le risposero. Lui, con un'espressione beata stampata in faccia, era troppo occupato ad ascoltare lei che cinguettava allegra e ne raccontava più di quante ne sapesse. E Sid era diventata invisibile. Trasparente come un fantasma. O almeno così si sentiva. Finse di far fatica a spingere il motorino per rimanere indietro e lasciare soli i due sospiratori folli. Le sembravano carini insieme, e aveva più volte tentato di far capire a tutti e due che secondo il suo parere, magari non troppo esperto in materia, erano cotti l'uno dell'altra. Ma sia Dude che Luce, ogni volta che lei toccava l'argomento, riuscivano a svicolare. Lui arrossiva, faceva finta di non aver sentito o cominciava a inanellare battute sconnesse, e Luce le rispondeva che il loro comune amico era solo uno dei suoi molti fan.

Mentre camminava, Sid pensò che avrebbe saltato la prossima lezione di scherma per dare modo ai suoi due amici di stare soli. Per ora doveva limitarsi a spingere il motorino, e senza nemmeno la possibilità di ascoltare musica decedente nel frattempo!

"Non potrebbe andare peggio" pensò. E tanto perché l'universo si divertiva a contraddirla, si mise a piovere. Non una piacevole acquerugiola, proprio un acquazzone.

— Sbrighiamoci! — le urlò Dude tornando di corsa verso di lei, seguito da Luce. Il ragazzo saltò sul suo scooter e mise in moto.

— Sali che ti accompagno a casa — disse dando gas e guardando Luce.

Sid non riuscì a trattenersi.

— *Ti*? — sogghignò. L'espressione di Dude fu impareggiabile. Sgranò gli occhi imbarazzatissimo e fece saettare lo sguardo tra lei e Luce senza riuscire a spiccicare parola.

— Ma è ovvio che debba accompagnare a casa te… Insomma tu hai fatto gli allenamenti e se ti infradici magari ti ammali — intervenne Luce, che non sopportava i silenzi imbarazzati ed era anche una specialista di scuse e bugie (e se non si fosse trattato di Dude ne avrebbe inventata una di gran lunga migliore).

Sid trattenne a stento una risata.

— Ho messo la maglietta della salute — replicò. — E comunque vado io a casa a piedi… abito più vicino.

Non era vero niente, ma era la prima volta che la sparava più grossa dell'amica. Vide l'espressione grata e felice di Dude, che fece segno a Luce di salire sul motorino.

— Allora a domani! — esclamò lui partendo.

Sid guardò i due amici allontanarsi. Poi vide che Luce si voltava verso di lei e le strizzava l'occhio. Non poté fare a meno di sorriderle.

***

Sid arrivò a casa completamente inzuppata. Il telefono stava squillando e, cercando non bagnare troppo il pavimento, corse in sala a rispondere. Era Hoon.

— Allora ti aspetto tra un'oretta?

— Magari un po' di più. Devo asciugarmi e sistemare il materiale che mi hai chiesto — rispose lei.

— Ha funzionato il tuo piano?

— Diciamo di sì, adesso Luce e Dude dovrebbero essere da soli, ma è stato soprattutto merito dell'acquazzone. La nostra Afrodite è riuscita comunque a intercettarmi — brontolò Sid, poi qualcosa di imprevisto attirò la sua attenzione. — Scusami adesso, Hoon, ci vediamo dopo.

Sul tavolo della sala c'era un'enorme gardenia avvolta nella carta trasparente del fiorista, con tanto di fiocco d'oro e abominevole putto portabiglietto. Era interrata in un ripugnante vaso azzurrino, decorato con orridi cuoricini alati rosa bebè. Sul tavolo un bigliettino già aperto, indirizzato alla madre:

Carissima,

conto i minuti che mi separano

dal nostro appuntamento.

Questa notte sognami!

Hugh

Sid s'infiammò all'istante. Se avesse potuto vomitare a comando, l'avrebbe fatto su quel biglietto. Come si permetteva quello spider-macaco di avvicinare sua madre? E le dava pure degli ordini. “Sognami”! E poi magari pulisci il portico e cucimi i calzini! Sognami! Ma chi si credeva di essere? Morfeo? Con il suo pancione a cocomero, i baffettini unti e sottili, la fronte chilometrica e il riportino a ricciolo, era solo un gran presuntuoso. E osava chiedere a sua madre di uscire! Per quanto la riguardava, quell'Hugh poteva contare i minuti quanto voleva, ma lei avrebbe preferito fargli contare i pugni che voleva dargli.

— Perché proprio adesso? — sbottò Sid.

L'ultima volta che era stata sull'Olimpo, aveva scoperto che suo padre David era ancora vivo. E che non era altri che l'uomo con la maschera d'oro: Auron. Aveva scoperto di essere stata lei a salvarlo il giorno del grande terremoto, una decina d'anni prima. Tutti credevano che David Madison fosse stato ingoiato da un crepaccio. Ma con una lacrima nera di dea bambina Sid aveva invocato Iris, e la dea dell'Arcobaleno aveva impedito che suo padre precipitasse nello squarcio, trasportandolo nell'Olimpo.

Per Sid era stata una gioia talmente grande scoprire che il padre era vivo, che aveva impiegato ore prima di esserne certa. Poi erano cominciate le domande. Perché Auron non era mai tornato sulla Terra? Perché non le aveva detto tutta la verità la prima volta in cui lei aveva messo piede sull'Olimpo? E, soprattutto, perché non aveva voluto ammettere apertamente chi era quando lei gli aveva parlato? «C'è un tempo per ogni cosa e questo tempo non è ancora arrivato» le aveva detto. Che cavolo di frase! Anche Sicano, il vecchio con gli occhi di pietra, aveva suggerito a Hoon di non scendere nell'Ade con la scusa che la dea che era in lei doveva ancora crescere. Sembrava che tutti non facessero altro che stabilire cosa loro dovessero fare e cosa no, e quando potessero farlo o non farlo. In pedana Sid non era abituata ad aspettare che qualcuno le dicesse quando e come attaccare. Lo decideva lei. E voleva farlo anche nella sua vita.

Notò di nuovo il ripugnante vaso azzurrino. Sua madre era sempre stata convinta che David sarebbe tornato. Perché, proprio nel momento in cui avrebbe potuto scoprire di aver avuto ragione, aveva smesso di credere?

E cosa doveva fare lei? Rivelarle tutta la verità o tacere almeno fino a quando avrebbe chiesto delle spiegazioni ad Auron?

Molte domande, zero risposte. Ma forse una ce l'aveva. Ed era la risposta alla domanda "Cosa ci si può fare con un vaso azzurrino a cuoricini rosa". Sid caricò i muscoli del braccio e sferrò un colpo sul vaso. Un colpo che lo fece volare dalla parte opposta della stanza e infrangersi a terra. Il rumore del coccio che andava in pezzi le infuse un senso di profonda soddisfazione. Stava ancora gongolando quando sua madre irruppe nella stanza.

— Cosa è successo? — le domandò.

— Perché lo stupido Hugh ti manda degli stupidi fiori? — chiese Sid di rimando, con l'espressione più imbronciata di tutta la gamma che aveva a disposizione.

Colpevole

«Una prova che ora non saresti in grado di sostenere. La dea che è in te deve ancora crescere.» Tra le ultime parole che le aveva detto Sicano, queste erano certamente le più dolorose, e non smettevano mai di rimbombare nel cervello di Hoon. Ovunque fosse, qualsiasi cosa facesse, quelle due frasi erano lì. Si erano impossessate della sua mente e non la lasciavano mai. La prova che lei non poteva sostenere, secondo il loro più saggio e potente alleato sull'Olimpo, era la cosa che Hoon voleva fare più di ogni altra: scendere nelle profondità dell'Ade a liberare Jared, il suo amore di sempre. Come lei, Sid e Luce, anche Jared era stato un dio. Era stato Morfeo, dio dei sogni, e insieme a loro aveva combattuto Ares. Nel tempo degli dei, Atena e Morfeo si amavano, e adesso, nel tempo degli uomini, Hoon e Jared avevano scoperto che nulla era cambiato.

Era stato Jared a rivelare a lei e alle altre il segreto della loro natura divina. Poi era scomparso: il Signore della Guerra l'aveva pietrificato e condannato all'esilio eterno nel Limbo delle Ceneri, ma l'ultimo atto di Morfeo era stato per lei.

Le aveva donato la cosa più importante che avesse. Le aveva donato il suo potere, il Potere dei Sogni. Lei era tornata sull'Olimpo per salvarlo dal Limbo e dalla sua prigione di pietra. Ma era andata diversamente. Non l'aveva salvato. L'aveva ucciso.

— Hoon! — L'urlo della signora Song risuonò per tutta la casa.

La ragazza sospettò che la frase successiva sarebbe stata "C'è bisogno d'aiuto in negozio" e si mise sulla difensiva.

— Ho un sacco da fare! Chiedi a Yong! — replicò, prendendo una penna dal suo porcellino portamatite, che le sfuggì di mano non appena la porta della sua stanza si aprì.

— Vuoi che lei si metta a chiacchierare con tuo fratello? — chiese la madre ferma sulla soglia, indicando Sid.

— No, scusa. Ero sovrappensiero.

— Lo sei sempre ultimamente, e parecchio più del solito. Il che significa che hai raggiunto livelli cosmici di distrazione! — Mamma Song scrutò attentamente la figlia e poi se ne tornò in corridoio chiudendosi la porta alle spalle.

Hoon rispose con un sorriso allo sguardo complice di Sid, che si lasciò cadere sul suo letto basso e appoggiò la testa su un orsacchiotto di peluche.

— Novità? Funziona il tuo nuovo potere? — domandò Sid.

— No. A meno che non agisca indipendentemente dalla mia volontà e senza che io ne sappia nulla!

Hoon vide che Sid estraeva un pacco di fogli stampati dalla sua sacca.

— Questo è tutto il materiale che ho trovato. Magari c'è qualcosa di utile. — Prima che l'amica finisse di parlare, Hoon si era già tuffata sul letto di fianco a lei a consultare i risultati della ricerca.

— Ti ho già detto che sei un mito? — trillò.

— Stamattina a scuola. Ma prima di crederci davvero, meglio che troviamo in questa pappardella qualcosa che ci serva.

Con uno scricchiolio la porta della stanza si aprì di nuovo. E di nuovo comparve sulla soglia la figura della signora Song.

— Allora dovete davvero studiare insieme! — si stupì.

— Abbiamo una raffica di interrogazioni e verifiche — si inalberò Hoon. — Solo domani ne abbiamo due io e tre lei. E siccome abbiamo gli stessi insegnanti in parecchie materie, possiamo prepararci insieme.

La signora Song parve molto delusa dalla notizia, ma non si diede per vinta.

— Appena avrete bisogno di una pausa per riposarvi la mente dallo studio, scendete in negozio. Ho un lavoro divertente per voi!

— Faremo di tutto per riuscire ad aiutarla, signora — sorrise Sid, un po' troppo teatralmente. Hoon vide sua madre meditare per un attimo sulla risposta, poi parve soddisfatta e le lasciò di nuovo sole.

— Credo di aver capito da chi hai preso la tua volontà di ferro — rise Sid.

— Io non definirei mai un lavoro "divertente" — ribatté Hoon, poi si rituffò sulle carte.

Lesse attentamente quello che Sid aveva trovato riguardo alle leggende che parlavano del Potere dei Sogni o dell'Ade, ma dopo mezz'ora non aveva scovato nulla di utile. Alla fine cominciò ad allineare i suoi pupazzi sul letto. Sentiva su di lei lo sguardo di Sid e fu molto contenta che non le chiedesse a cosa stesse pensando.

clic

Dominare un nuovo potere significa crescere. Le venne in mente improvvisamente.

Continuò a schierare i pupazzi e, quando furono tutti in fila, comunicò quello che aveva deciso.

— Sabato i genitori di Luce portano Gingi a un parco a tema per il week end. Noi racconteremo ai nostri genitori che dormiamo da lei e invece andremo sull'Olimpo. Se per allora avrò capito come funziona questo mio nuovo potere, vorrà dire che sarò cresciuta come dea. E scenderò nell'Ade.

Dopo aver parlato si accorse che Sid aveva stretto le mascelle. Sembrava arrabbiata.

— Verrete sull'Olimpo solo se siete d'accordo! — aggiunse Hoon per evitare che l'amica pensasse che voleva prendere il comando.

— Ma ti ascolti quando parli? — brontolò Sid.

— Cosa ho detto?

— Che *scenderai* nell'Ade. Ed è un grosso errore perché, casomai, *scenderemo* nell'Ade. Abbiamo deciso così fin dall'inizio e così sarà.

Hoon si sentì invadere da un'ondata di gratitudine. Avrebbe voluto piangere e abbracciare stretta Sid per tutta la vita.

— Io non so come… — Non fece in tempo ad aggiungere "ringraziarti", perché Sid aveva ricominciato a borbottare.

— Neanche io so come faremo, ma abbiamo ancora qualche giorno per accumulare materiale.

Hoon sorrise accorgendosi che Sid aveva fatto finta di fraintenderla per evitare di essere ringraziata.

— È ora che prendiamo in mano i nostri destini e tiriamo diritto. Dobbiamo agire! Non possiamo fare sempre quello che ci dicono gli altri... — continuò Sid. — Se non troveremo risposte, torchieremo Sicano. Se lui non vorrà aiutarci, Luce sbatterà le ciglia e lo convincerà. Problema risolto.

Hoon notò che la foga con cui aveva parlato l'amica aveva qualcosa di strano. Rimasero per un attimo in silenzio.

— Ricordati solo che quello che è successo a Jared non è stata colpa tua. Stavi cercando di salvarlo, non potevi prevedere che fosse una trappola — aggiunse Sid a voce bassa.

— Vorrei tanto poterci credere... — sussurrò Hoon pensando alla malinconia infinita che aveva visto negli occhi di Jared prima che precipitasse nell'abisso.

— Stai già meditando come tornare a prenderlo. Non ti servono altre prove — tagliò corto Sid.

Per la terza volta la porta della stanza si aprì sulla

signora Song al suo terzo tentativo di "arruolamento". — Ho sentito che stavate chiacchierando, quindi avete giusto bisogno di una pausa.

Hoon sentì disperatamente la mancanza di Luce. A lei sarebbe bastato un battito di ciglia per ordinare a sua madre di non interromperle in continuazione!

Due minuti dopo le ragazze stavano prezzando i nuovi arrivi sugli scaffali del Dream's Emporium, il megastore dei signori Song il cui slogan era: "Se non l'hai trovato altrove, lo trovi qui". Ci si vendeva di tutto, dalle merendine ai pezzi di antiquariato, dai quadri semoventi ai rossetti fosforescenti.

— Perché Luce non arriva? — chiese Hoon.

— Sarà ancora con Dude. Magari è la volta che quei due polli si mettono insieme. Ma ci conto poco — mugugnò la schermitrice. — Su quanta roba dobbiamo mettere i prezzi? Io dovrei davvero studiare un po' per le verifiche di domani.

— E non sei la sola! È che a mia madre non si può dire di no! Dobbiamo farci venire in mente qualcosa — sospirò Hoon.

— Sei tu la dea della sapienza e dei neuroni attivi! — la sfidò Sid.

Hoon lanciò all'amica un'occhiatina furba. Per qualche secondo fece vorticare la prezzatrice su una fila di barattoli per sale e zucchero a forma di mucca e poi si voltò verso la madre che stava alla cassa.

— Mamma, Sid ha dimenticato del materiale importante a casa sua. Dobbiamo andare a prenderlo, e per non perdere altro tempo mi fermerei lì anche a dormire — proruppe senza smettere di prezzare a velocità ultrasonica e notando l'espressione ammirata dell'amica.

Hana Song la scrutò a lungo. — E perché dovrei darti il permesso?

— Perché siamo all'ultimo mese di scuola e i voti che prendo sono importanti, ma soprattutto perché passerò i primi due giorni delle vacanze estive a tua completa disposizione.

— Una settimana — rilanciò la madre.

— D'accordo! — rise Hoon.

Mezz'ora dopo le due amiche stavano entrando in casa Madison. Appena varcarono la soglia, Hoon si accorse che qualcosa non andava. Un silenzio inconsueto avvolgeva la stanza.

Tre Trolley Rosa

Di solito la casa di Sid aveva una sua colonna sonora speciale, fatta di guaiti e latrati. Daimon, un microscopico bouledogue francese, era un cagnetto da dodici chili scarsi, ma si credeva un T-Rex. Ogni volta che Sid entrava dalla porta d'ingresso, le correva incontro abbaiando e scodinzolando. Quel pomeriggio non si fece vedere.

— Dov'è Daimon? — chiese Hoon.

— Con mia madre. Prima che io venissi da te abbiamo litigato e l'ha portato a fare un giro.

— Faccio fatica a immaginarvi ai ferri corti — si stupì Hoon.

— Infatti non succede spesso e non mi piace — proruppe Sid — ma ho fracassato un vaso con un pianta che le ha regalato un tizio che la corteggia. E lei ha un debole per le piante. — Accennò alla questione del biglietto, a quanto Hugh Boiler non le piacesse e al fatto che sua madre stava considerando l'ipotesi di accettare il suo invito. Poi cambiò discorso. — Andiamo a studiare?

Sid non aveva ancora detto a nessuno della sua scoperta su Auron. Non ne aveva fatto parola nemmeno con Hoon e Luce. Non perché non si fidasse di loro o non avesse voglia di dirlo. Semplicemente riteneva giusto che la prima a saperlo fosse sua madre. Non vedeva l'ora di andare sull'Olimpo per mettere le cose in chiaro con lui.

Le ragazze si misero a studiare in camera. Hoon leggeva sdraiata sul letto e lei alla scrivania, di fianco all'armadio con i suoi trofei di scherma. Teste sui libri e silenzio. Ogni tanto una di loro mugugnava qualcosa o sbuffava. Sid si rendeva conto che l'atmosfera era strana. Teneva lo sguardo fisso sul libro, ma al suo cervello non arrivavano le formule matematiche che scorreva con gli occhi. La sua mente era concentrata sul loro futuro viaggio sull'Olimpo, sull'eventuale discesa nell'Ade e su quello che avrebbe detto a suo padre. Era sicura che per Hoon fosse la stessa cosa e che i suoi sospiri non fossero dedicati al test di biologia, ma a Jared.

All'ennesimo sospirone di Hoon, il campanello si mise a squillare all'impazzata.

— Chi cavolo è che suona così? — sbottò Sid precipitandosi verso la porta d'ingresso seguita dall'amica, mentre gli squilli si susseguivano a ritmo folle. — Se è quel Boiler gli sbatto la porta in faccia! — sibilò infastidita dall'ennesima scampanellata.

Sid aprì la porta e fu travolta dall'incontenibile entusiasmo della persona più entusiasmabile che conoscesse.

— Luce! — sussultò. E non fece tempo a dire altro perché la nuova arrivata le si buttò addosso e la stritolò in un abbraccio.

— Sììì! Fatemi i complimenti! Ce l'ho fatta! Sono più affascinante di Venere in persona!

— Non per il gusto di contraddirti, ma tu *sei* Venere! È come dire Afrodite — riuscì a osservare Hoon un attimo prima che Luce travolgesse anche lei.

— Lo sarò stata, ma un miliardo di anni fa! In questo momento mi importa solo di stasera! — esultò Luce. — Aiutatemi a portare dentro le valige!

Sid sobbalzò. Fuori dalla porta c'erano tre trolley in tonalità progressive di rosa.

— Vuoi trasferirti qua? — le chiese.

— Solo per poco — fu la pronta risposta di Luce. — Mi dovete aiutare!

— Spiegati, una volta per tutte — grugnì Sid mentre trascinava in casa le valige.

Luce, se possibile ancora più su di giri, afferrò le spalle di Sid e le strinse fortissimo.

— Stupendoman mi ha chiesto di uscire! Stasera! Io e lui! Da soli! Vi rendete conto?

Sid alzò gli occhi al cielo. Dude… *Stupendoman*?

— Allora non hai avuto tempo di cercare materiale sull'Ade e il Potere dei Sogni! — mormorò Hoon con una sfumatura di delusione nel tono della voce che fece desiderare a Sid di essere altrove. Non sopportava di vederla così triste.

— Trolley in cucina — ordinò Luce perentoria.

Raggiunta la stanza, si fece passare da Sid il bagaglio più piccolo e assunse un'espressione teatralmente tragica.

— Nonostante qualcuno pensi che io sia un'egoista, un'insensibile e una menefreghista, non è così! — esclamò.

Tirò fuori dal trolley una fornitura di caramelle e gelatine multigusto, cioccolatini e snack che avrebbero fatto crepare di invidia tutti i ristoratori della zona.

— Merenda — annunciò — anche se non ve la meritate!

Mise mano alla valigia media, estrasse un faldone di fogli spiralati e copertinati e li sbatté sul tavolo.

— … E ricerca — sentenziò.

— Come ci sei riuscita? Quando l'hai fatto? — chiese Hoon con gli occhi che le si illuminavano.

— Come dice sempre mio padre, chi non ha tempo demanda le incombenze! — rispose Luce.

— Eh? — Sid non aveva capito un accidente.

— Uffa... — si spazientì Luce con l'aria di chi si trova costretta a spiegare i dettagli meno interessanti della vita segreta delle cimici. — Lo sapete anche voi che l'autista di mio padre non è capace di dirmi di no! Così gli ho chiesto di fare la ricerca al posto mio! E lui l'ha fatta.

— Ma Daniel si è offerto volontario o *qualcuno* ha usato i suoi poteri?

— Cambia qualcosa? Comunque sì, li ho usati, ma solo per velocizzare la faccenda. E se ve lo state domandando, sì, li ho usati anche con Dude, ma solo un pochino.

— Cosa intendi per "solo un pochino"? — ridacchiò Sid.

— Vuol dire che quando ci siamo trovati davanti a casa mia, siamo rimasti a chiacchierare un po'...

— Sotto l'acqua? — la punzecchiò Sid.

— No, sotto il pergolato dell'ingresso al giardino. Però effettivamente pioveva un sacco, e siccome sapevo che lui prima o poi me l'avrebbe chiesto, l'ho guardato, ho sbattuto le ciglia, gli ho suggerito di invitarmi a uscire e lui l'ha fatto.

— Cerca di non abusare dei tuoi poteri con Dude. È stato molto vicino a Sasha e non vorrei che in qualche modo potesse intuire qualcosa sulla nostra altra vita — disse Hoon.

Al solo sentire nominare Sasha, Sid trasalì. L'ultimo emissario che Ares aveva messo sulle loro tracce si era presentato come un ragazzo normalissimo nella palestra della Dawson. Lei aveva percepito immediatamente che quell'odioso sbruffone dal sorriso irritante aveva qualcosa di strano. L'aveva messa ko con una velocità e una destrezza superiori a quelle della sua allenatrice, che era un'ex campionessa. Purtroppo non era riuscita a dimostrare i suoi sospetti e così il Sicofante, questo era il suo vero nome, era riuscito a mettere le tre amiche l'una contro l'altra. Per raggiungere il suo scopo aveva persino condizionato Dude, aizzandolo contro di lei e rendendolo insensibile ai poteri di Luce. Alla fine, dopo che lo avevano sconfitto, Dude Morrison era tornato quello di sempre: il suo allegro e simpatico migliore amico. Ma il nome di Sasha le suscitava ancora un fastidio palpabile.

Oltretutto, c'era qualcos'altro che non le tornava: gli emissari di Ares avevano sempre con sé una pietra contenente i poteri di uno degli dei che Ares teneva prigionieri nel Dodekatheon. Servivano per viaggiare dall'Olimpo alla Terra e con la sconfitta le abbandonavano. Ma il Sicofante non aveva lasciato nessuna pietra. Sid non riusciva a capire come e perché potesse essere successo, e non le piaceva. Non le piaceva affatto.

La voce di Luce la riportò al presente.

— Insomma, questi poteri dovranno pur darci qualche vantaggio! Se li utilizzassimo solo per non farci ridurre in poltiglia dagli amichetti di Ares non sarebbero tanto divertenti! Allora, mi aiutate o no?

Se resistere a Luce era già normalmente difficile, resisterle quando era così su di giri era matematicamente impossibile. Sid lanciò un'occhiatina a Hoon per capire se anche lei era d'accordo nel mollare compiti e ricerche e accettare i programmi della loro amica. Per tutta risposta Hoon le strizzò l'occhio, appoggiò i faldoni sul tavolo e si rivolse a Luce.

— Ma se noi adesso ti aiutiamo a prepararti, sabato farai quello che io e Sid abbiamo programmato?

Sid pensò che le continue trattative con la signora Song avevano fatto di Hoon un'artista del mercanteggiare. Luce non volle nemmeno sapere quali fossero i loro piani, li approvò immediatamente. Aveva troppa fretta di aprire il trolley ancora chiuso e cominciare a prepararsi per la sua serata.

In breve la cucina di Sid si trasformò nel negozio di vestiti più fornito di Rainbow Hill.

Serpente a Sonagli

Dude era in garage. Non aveva capito bene come fosse successo, ma aveva chiesto a Luce di uscire insieme quella sera. Ultimamente gli succedeva spesso: faceva le cose e poi non riusciva a capire perché le avesse fatte. Gli sembrava che la testa gli fluttuasse nel vuoto e spesso aveva vuoti di memoria. Prese un canovaccio e si mise ad asciugare il motorino, fischiettando. Passò velocemente lo straccio sulla carrozzeria e non fece molta attenzione nel lucidare lo specchietto retrovisore, che gli rimase in mano.

— Sono proprio scemo! — bofonchiò ridacchiando.

In quel momento il cellulare che aveva in tasca prese a vibrare. Mentre lo estraeva, qualcos'altro gli uscì di tasca e finì per terra. Appoggiò lo specchietto sulla sella dello scooter e contemporaneamente rispose al telefono.

— Dude, sono Elise! — squittì una stridula voce femminile all'apparecchio.

Lui non aveva la più pallida idea di chi fosse.

— Chi?

— Elise McNamira. Sono l'amica di Claude Boula. Ci siamo conosciuti settimana scorsa fuori dalla palestra...

Dude smise di ascoltarla appena lei cominciò a vomitare i dettagli del loro primo incontro. Lui non se lo ricordava affatto e mentre la ragazza parlava, raccolse l'oggetto che gli era caduto dalla tasca.

Il portafortuna che gli aveva dato Sasha. Una pietra rossastra splendeva nel centro di una piastra di metallo. Dude non sapeva cosa farsene. Non pensava fosse il caso di tenersi il regalo di un ragazzo che era risultato parecchio sleale. A dire il vero all'inizio gli era sembrato simpatico, mentre Sid l'aveva detestato dal primo istante. E aveva avuto ragione lei. Sasha si era rivelato un bugiardo assoluto e di punto in bianco era sparito senza salutare nessuno.

— Allora ti ricordi di me? — chiese quella Elise al cellulare.

— Veramente no — rispose sinceramente Dude.

— Senti, tu eri con due tizie: una bruna scontrosa e una biondina con l'aria da diva — spiegò Elise con un tono di voce sprezzante.

Dude, riconoscendo Sid e Luce dalle descrizioni, si irritò. — Sono mie amiche.

— Comunque tu alla fine mi hai abbracciato — perseverò lei imperterrita.

— Allora mi confondi con qualcun altro. Visto che non so nemmeno chi sei, dubito di averti abbracciato — le rispose seccato. Pensando a una scusa per tagliare quella conversazione che stava diventando sgradevole, cominciò a giocherellare con il portafortuna.

— Cosa fai stasera? — gli chiese la ragazza.

— Eeeh? — brontolò Dude, acido, mentre passava il pollice sulla pietra rossastra.

— Era così per dire — si difese Elise.

La pietra emise un bagliore e diventò caldissima.

— Fatti trovare davanti all'Art Bar, verso le nove! — disse Dude.

— Visto che ti ricordi di me? — civettò la ragazza e interruppe la comunicazione.

Dude infilò in tasca cellulare e portafortuna. — E adesso come cavolo lo aggiusto questo specchietto?

***

Luce era davvero felice. Dude le piaceva da un sacco di tempo. Anzi, a dire il vero l'aveva trovato carino dal primo istante in cui l'aveva visto, quando ancora Sid le stava antipatica. Da quel momento le era piaciuto ogni giorno un pochino di più, sempre un pochino di più finché, senza nemmeno accorgersene, si era trovata a non riuscire a pensare ad altro o ad altri.

— Allora l'insieme va bene? — domandò alle amiche indicando la camicia rosa con i jeans chiari.

— Per la diciottesima volta, *sì*! — rise Hoon. — E andrà bene anche fra venti secondi come fra tre ore!

— Allora tu devi truccarmi e farmi gli occhi come i tuoi! — chiese Luce di rimando.

— Hai portato delle lenti a contatto colorate? — la punzecchiò Sid.

Luce alzò gli occhi al cielo: Sid avrebbe avuto bisogno di un corso accelerato su tutto quello che aveva a che fare con bellezza e fascino.

— Con il contrasto dei colori dell'ombretto si può quasi modificare la forma dell'occhio, renderlo più lungo o più corto, sottolineare lo sguardo e un sacco di altre cose! Dovresti provare a farti truccare da Hoon: nel campo lei è un asso! Usa pennelli, matite e cipria esattamente come tu usi le armi.

Luce si distese sul divanetto della cucina e chiuse gli occhi. Sentì Hoon che le stendeva il correttore sul viso canticchiando. Poche cose erano rilassanti come quella.

All'improvviso ci fu uno strano rumore: sembrava...

— Un coso a sonagli! — gridò. Saltò in piedi sul divano, si arrampicò sullo schienale e si guardò intorno nel panico. Nulla al mondo le faceva senso quanto i serp... Bastava la parola. Appollaiata sul divano con il terrore di vedere un *coso* strisciare per la cucina, si accorse che Sid e Hoon ridevano di gusto, e le ci volle un attimo per capire quello che stava succedendo.

Il suono dei sonagli si interruppe e fu sostituito da un rullo di batteria e poi da un tizio con la voce roca che cantava.

— Sid! — urlò Luce all'amica di fianco allo stereo acceso.

— Dovevi aspettartelo! Oppure devi spiegarmi come ha fatto il mio lettore mp3 a riempirsi *da solo* di melensaggini! — ghignò la schermitrice.

— Sono disposta a scusarmi, ma togli questa robaccia. Se sento di nuovo quel suono potrei svenire qui e subito.

— Niente di meno! — ridacchiò Hoon.

— No, davvero — ribatté Luce con un'espressione serissima. — Tutto quello che riguarda i *cosi* che strisciano mi fa sentire male!

— Intendi i serpenti? — domandò Sid.

— Non dire quella parola! — urlò Luce con un'aggressività che non aveva né previsto né voluto.

Si accorse che Sid la scrutava, mentre spegneva lo stereo.

— Grazie — le disse sinceramente.

Luce si sdraiò di nuovo sul divano e Hoon ricominciò a truccarla.

— A proposito, Sid: tu che conosci bene Dude, dimmi tutto quello che dovrei sapere su di lui.

— Non saprei cosa dirti...

— Ma se lo conosci da sempre!

— Be'... Fino a un po' di tempo fa in allenamento si decideva ad attaccare solo quando era sotto di punteggio. Ultimamente invece ha imparato a farlo per primo.

— Veramente non era quello che volevo sapere.

— Okay — sorrise Sid. — Oltre che per la scherma va pazzo per il bowling, lo sci e il suo motorino. È un tipo tranquillo, e di solito va d'accordo con tutti.

Luce ci pensò un attimo e poi sembrò soddisfatta.

— C'è qualcosa che dovrei evitare? — chiese di nuovo.

— Dovresti evitare di farti tutti questi problemi! — le rispose Sid. — Siete nati l'uno per l'altra.

— Magari... — sospirò Luce con una gran voglia di crederle.

Appuntamenti

A casa Madison, Gail stava preparando la cena. Un dolcissimo profumo di spezie arrivava fino nella stanza dove Sid e Hoon si erano rimesse a studiare dopo che Luce era uscita per raggiungere Dude (lasciando lì tutti i suoi trolley).

— Sai cosa detesterei vedere? — domandò Sid.

— Cosa? — chiese Hoon che aveva notato l'espressione serissima dell'amica.

— Mia madre che, per uscire con quell'untuoso di Boiler, si comporta come Luce con vestiti, trucchi… eccetera.

Hoon si mise a ridere e Sid sgranò gli occhi.

— Guarda che parlo sul serio!

— C'è una sola cosa che tua madre faccia come Luce? — chiese Hoon senza smettere di ridere.

— Effettivamente no — grugnì Sid.

Hoon notò che la tensione era scesa solo di mezzo grado, per cui fece appello a tutte le sue capacità di razionalizzare.

— Il fatto che tua madre abbia deciso di uscire con quel tizio, non significa che lui le interessi. Magari vuole solo passare una giornata rilassante.

Sid le diede l'impressione di considerare l'ipotesi.

— Ragazze! È pronta la cena! — strillò Gail dalla cucina.

Hoon trascino Sid con sé. Di solito le Madison andavano d'amore e d'accordo, la loro casa era sempre allegra e accogliente, e i suoni che si sentivano più spesso al suo interno erano le risate intervallate dai guaiti di Daimon. Oltretutto era stata Gail a trasformare le loro pietre in gioielli e, a differenza dei signori Grimaldi, si era fatta dare quasi subito del tu. Luce che litigava con la madre era la normalità, ma una lite tra le Madison sembrava l'annuncio di una catastrofe imminente.

— Eccoci qua, Gail — disse Hoon appena entrata in cucina, che come sempre era tanto caotica quanto confortevole. Mobili gialli e arancione come il lampadario centrale e il camino acceso. Daimon le andò incontro per darle di nuovo il benvenuto ed estorcerle la dovuta quantità di coccole e grattini. La signora Madison, con i movimenti contorti di chi non ha il minimo talento per la cucina, le fece un cenno con il gomito, mentre rovesciava carne e verdure in una *tajin* di terracotta.

— Cosa ti metti domani, mamma? — chiese Sid con uno sguardo indagatore che non prometteva niente di buono. Hoon ringraziò mentalmente il cielo che Gail non avesse incrociato i suoi occhi, occupata com'era a non ustionarsi con la pentola rovente.

— Che razza di domanda è, Sid? — si stupì la signora Madison. — Quello che capita, come al solito. Perché dovrei pensarci adesso?

Hoon puntò gli occhi su Sid con un'aria da "Te l'avevo detto". L'amica le fece un cenno per darle ragione, ma non sembrava convinta fino in fondo.

— Sid è ancora traumatizzata dalla seduta/sfilata con Luce — rise Hoon, e la tensione di Sid sembrò sciogliersi. Almeno di un altro mezzo grado.

La serata proseguì come tutte le cene a casa Madison: Sid che si serviva in continuazione, Gail che scherzava con loro e Daimon che tendeva assalti improvvisi alle ginocchia dei commensali nella speranza di convincerli ad allungargli un pezzo di qualsiasi cosa. Come suo solito Gail aveva cucinato abbastanza per sfamare loro tre, tutti gli abitanti del quartiere e il settimo cavalleggeri.

— Chi ne vuole un altro piatto? — chiese.

— Se mangiassi una sola briciola di pane potrei esplodere — declinò Hoon.

In quel momento squillò il telefono. Sid andò a rispondere e poco dopo rientrò in cucina con aria lugubre e il portatile in mano.

— È il tuo spasimante — sibilò a voce bassissima porgendo il cordless alla madre.

— Ti ho già detto che Hugh non spasima — sussurrò Gail asciutta, poi rispose.

Hoon non sapeva dove guardare e per levarsi dall'imbarazzo cominciò a sparecchiare. Sid la imitò.

— Mi dispiace, Hugh! Non posso darti una risposta adesso. Domani devo consegnare i bozzetti di una collana. Sono a buon punto, ma non ho finito.

— Visto com'è insistente? È pazzo di mia madre quel ramarro! — sussurrò Sid in un orecchio di Hoon, mentre caricavano insieme la lavapiatti.

— Facciamo così. Se riesco a concludere il lavoro in tempo ti chiamo — disse Gail al telefono.

Sid strinse le mascelle mentre la madre ascoltava la risposta del suo interlocutore. Poi rispose: — Davvero, adesso non posso dirti nulla. Se vuoi organizzarti diversamente non ci sono problemi. Sarà per un'altra volta.

— Insistente e irritante — mormorò acida Sid.

Hoon non poté contraddirla e notò che Gail sbuffava sommessamente.

— D'accordo. Ci sentiamo domani mattina. Ti chiamo io — rispose la signora Madison poi chiuse la comunicazione.

— Vedete un po' di tv con Daimon, adesso? — chiese Gail, sorvolando apertamente sulla conversazione che si era appena conclusa.

— Purtroppo dobbiamo studiare ancora — le rispose Hoon, mentre Sid sistemava la tovaglia.

— Allora vi preparo la cioccolata della buonanotte per quando avrete finito. Poi vado a dormire, ma se vi servisse qualcosa, svegliatemi.

Di punto in bianco Sid si voltò verso la madre e le schioccò un bacio sulla guancia. Lei le rispose scompigliandole i capelli.

***

Era quasi sera e aveva smesso di piovere. Nell'aria c'era un intenso profumo di primavera. Luce era emozionata. Anzi, forse qualcosa di più. Non era la prima volta che usciva da sola con un ragazzo, ma era la prima volta che incontrava da sola un ragazzo che le piaceva così tanto. Se avesse tirato dritto verso Piazza Camille, dove aveva appuntamento con Dude, si sarebbe presentata in anticipo. Sarebbe stato un errore imperdonabile. Poteva dare l'impressione di aver atteso quel momento per giorni. Ovviamente era così, ma non poteva certo ammetterlo, almeno non subito!

Se avesse dato retta ai suoi piedi si sarebbe messa a correre fino alla sua meta, così per tenerli a freno si sedette su una panchina sulle rive del Potamok, l'azzurrissimo stretto che spezzava in due la città di Rainbow Hill e che congiungeva i due mari che la circondavano. Il sole stava per sparire dietro il Monte Pumkal, che si ergeva dietro i palazzi della riva ovest della città.

Luce controllò l'orologio e stabilì che non si sarebbe alzata fino a tramonto avvenuto. Aprì la borsa per cercare lo specchio, ma ci trovò un foglio colorato. C'era disegnato un quadrupede, un misto tra una mucca, un porcello e un orso, con lo stile inconfondibile di quell'impiastro artistico che era Sid. Sotto c'era una dedica.

Siamo con te. Stendilo! Hoon

Sid

Luce sorrise. Le ragazze dovevano avergliela infilato nella borsa, mentre lei era in bagno a controllarsi il trucco. Quando l'ultimo raggio di sole brillò oltre il monte, Luce si alzò e si avviò verso la sua meta.

Di nuovo i suoi piedi le suggerirono di mettersi a correre, il problema era che quello destro le diceva di precipitarsi verso il luogo in cui Dude l'aspettava, il sinistro invece le diceva di filarsela dalla parte opposta nel timore che la serata si rivelasse un fiasco. Tra i due suggerimenti contrari, Luce riuscì a mantenere un'andatura rispettabile. Appena sbucò in piazza Camille, si accesero i lampioni. Sentì il cuore martellarle il petto a ipervelocità, mentre con lo sguardo cercava l'insegna dell'Art Bar. La vide e si accorse che Dude era già lì.

Ma non era solo.

Vicino a lui c'erano due orride bertucce: una ragazza bruna con il naso a punta, l'aria da faina e dei leggings beige, e un'altra castana con un completino leopardato che sembrava appena scappata da uno zoo.

Cosa ci facevano lì quelle due? Insomma, Dude aveva dato appuntamento a lei! E quando aveva sbattuto le ciglia, non gli aveva certo suggerito di estendere l'invito ad altre! Luce si avvicinò al gruppetto con tutte le migliori intenzioni di fare piazza pulita della concorrenza.

— Ciao, Dude — esordì con nonchalance. — Scusa il ritardo!

— Così è lei che stavamo aspettando — s'intromise la Faina.

Dude non le rispose, ma si rivolse a Luce con un'aria imbarazzatissima.

— Ehm. Scusa tu. È che non mi ricordavo di aver dato appuntamento ad altr...

— Comunque io sono Kesse — intervenne la Leoparda.

— E io Elise — aggiunse la Faina con una vocetta fastidiosamente stridula.

Luce si era accorta dello sguardo d'intesa che le due si erano scambiate al suo arrivo. Ricordò di aver già visto Elise la Faina all'uscita della palestra insieme a Dude.

— Vogliamo entrare? — chiese la Leoparda prendendola sottobraccio e trascinandola verso l'entrata dell'Art Bar.

Così questa era la loro strategia. Kesse doveva distrarla, per fare in modo che Elise facesse coppia con Dude. Luce non aveva la benché minima intenzione di lasciare che le rovinassero la serata.

Appena furono nel locale, si accorse che l'ultimo tavolino libero aveva attorno un divanetto e due seggiole. Non poteva permettere che la Faina si appropriasse del posto vicino a quello di Dude.

— Ragazze, chi è quel fantabiondone che vi sta salutando? — chiese con tono da angioletto, indicando un tavolo con una compagnia di almeno trenta ragazzi alle spalle delle intruse.

— Dove? — domandarono loro all'unisono voltandosi indietro.

— Vicino al ricciolino — inventò Luce, tenendo d'occhio Dude che si sedeva sul divanetto e fiondandosi al suo fianco.

— Io non vedo nessun biondone — si lamentò Elise.

— Forse mi sono sbagliata! — cantilenò Luce porgendo un menu a Dude e spostando l'altro di fronte alle due seggiole.

Avrebbe voluto fare una foto alle espressioni inferocite delle due bertucce quando si voltarono e si accorsero che lei e Dude erano seduti vicini e stavano consultando insieme un solo menu. Ma a quei volti sconfitti poté dare solo un'occhiatina, perché tutta la sua attenzione era dedicata a lui.

— Superburger con triplo tutto! E gigabibitone — si ingolosì Dude.

— Per me lo stesso! — trillò Luce. — E patatine.

— Ci sto anch'io — ribatté lui. — Non credevo che riuscissi a mangiare quanto Sid!

— Non siamo amiche per caso. E comunque dubito che riusciresti a reggere il ritmo dei nostri snack party!

— infierì Luce. Sapeva bene che i ragazzi non possono resistere alle sfide.

— Sono pronto a dimostrarti il contrario. Quando li organizzate?

Dude aveva abboccato.

— Praticamente ogni volta che ci vediamo. Potremmo invitare anche te, se davvero te la senti — sorrise Luce provocatoria.

— Ci sto! — accettò Dude. — Ma ricordati che dovrete organizzare quadruple porzioni di tutto.

— Perché non ordiniamo tutti la stessa cosa? — propose la Faina con l'evidente intenzione di introdursi nel discorso.

— Facciamo che il primo che riesce a farsi notare dal cameriere mangia gratis e gli altri pagano? — suggerì Luce.

A quelle parole la Leoparda scattò, si mise in piedi sulla seggiola e cominciò a gesticolare come un'ossessa, saltellando, strillando e agitando il menu.

— Cameriere! Venga qua subito! Presto! Presto!

Si era certamente fatta notare da tutti i camerieri, da ciascuno dei presenti e da qualche passante che l'aveva adocchiata dall'esterno. Il tutto senza suscitare la minima simpatia. Luce sgranò gli occhi e intercettò lo sguardo stupefatto di Dude. Scoppiarono a ridere insieme.

— Tolga i piedi dalla sedia, per favore! — biascicò gelido il cameriere che si era avvicinato con l'aria di chi si dirige al patibolo, poi prese le ordinazioni.

Luce pensò che le sue rivali forse non erano così pericolose.

— Ho sentito che stai con Vince Van Doren — le sibilò Elise. Luce si era appena sbagliata. La Faina era pericolosa. Lo Stupido Vince si era inventato di essere il suo fidanzato. Lo aveva raccontato a mezza scuola e l'ultima cosa che lei desiderava era che quella storia arrivasse a Dude.

Fammi un Piacere

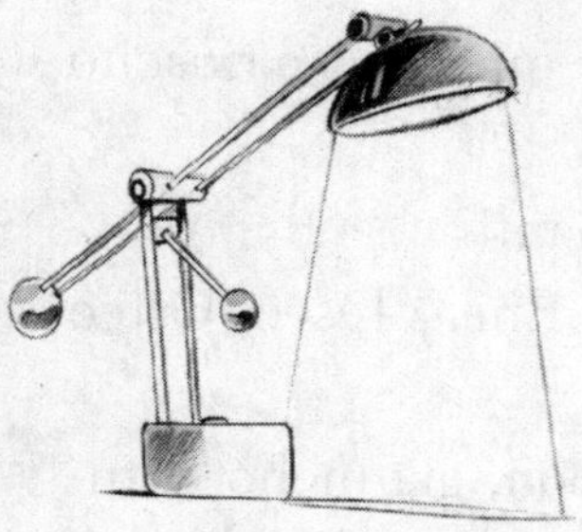

La stanza era illuminata dalla lampada vicino al letto e da quella sulla scrivania. Le persiane erano aperte, come sempre e la luce della luna filtrava dalla finestra. Sid si alzò dal letto di scatto.

— Ci rinuncio. La matematica è l'opinione di un pazzo! — sbottò. — Se non faccio una pausa, do fuoco a questa equazione, al libro e domani anche alla prof!

— Vogliamo parlare della biologia? Se solo potessi evocare i miei *clic* a comando, farei a meno di studiare! — esclamò Hoon. — Non sono nemmeno riuscita a dare un'occhiata alla ricerca di Luce.

— Io sì e ho trovato qualcosa di interessant… — annunciò Sid, ma prima che riuscisse a finire la frase si ritrovò Hoon di fianco, con gli occhi che le scintillavano.

— Aggiornami! — la incitò.

— Secondo le leggende, nell'Ade qualcuno è riuscito ad arrivarci.

— Ottimo! — gioì Hoon. — Quanti?

— Per ora ho trovato Persefone, Enea, Teseo, Orfeo e Psiche — rispose Sid.

— Solo cinque — mormorò Hoon, già meno entusiasta.

— Non sarà un via vai tipo Kohinoor Center il sabato pomeriggio, ma è già qualcosa.

— Forse non è il caso che prendiamo tutte queste cose per oro colato — rifletté Hoon ad alta voce. — Non sappiamo né se siano vere né quanto possano essere attuali. Da allora la Terra è cambiata e anche l'Olimpo.

— Idea! — esplose Sid. Portò la mano al portachiavi e toccò l'ossidiana. — Posso dare un'occhiatina.

— Non così… — urlò Hoon, ma Sid era già sparita in un lampo nero.

Ricomparve un attimo dopo con aria scontrosa.

— Porca miseria! — sbottò.

— Sid, non possiamo precipitarci là senza sapere null…

Altro lampo. Sid non l'aveva nemmeno ascoltata e aveva di nuovo toccato la pietra. Ma ancora ricomparve quasi subito.

Di nuovo Hoon cercò di fermarla, ma... altro lampo. Questa volta Hoon si tenne pronta. Appena Sid ricomparve le si buttò addosso.

— Adesso basta — sbottò.

— Basta di sicuro — concordò Sid. — Da qua non ci si arriva. Evidentemente le pietre ci possono trasportare sull'Olimpo, ma non nell'Ade.

— Non mi pare un problema così terribile. Quando andremo nella Sinfalide, chiederemo a Sicano di indicarci l'ingresso agli Inferi — ribatté Hoon. — Ma non fare mai più niente del genere. Non possiamo affrontare rischi senza essere ben preparate.

— Volevo dare solo una sbirciatina. Sarei tornata subito — borbottò Sid. — E poi sono stufa di aspettare sempre — aggiunse tuffandosi sul letto. — Comunque ho trovato anche dell'altro.

— Cioè? — domandò Hoon che non stava nella pelle dalla curiosità.

— Sul Potere dei Sogni.

Hoon fece un sorriso di quelli che avrebbero potuto illuminare a giorno la città.

— Ti ho già detto che sei un mito?

— Oggi è la terza volta — le ripose Sid, poi cominciò a leggere: — "Morfeo figlio di Ipno, dio del sonno, con i suoi fratelli Fobetore e Fantaso" bla bla bla... Ecco la parte interessante: "Consentiva la manifestazione degli esseri umani nei sogni sfiorando le palpebre del dormiente con un mazzo di papaveri."

— Papaveri... — mormorò Hoon. — Spesso nelle visioni che Jared mi ha mandato prima di precipitare nell'Ade c'erano dei papaveri.

— Pensavo a quel biglietto che lo spider-macaco ha scritto a mia madre. Alla fine le diceva "Sognami!" e noi l'accontenteremo. Ma lo metteremo in una luce del tutto *particolare* — suggerì Sid con un sorriso rassicurante come i denti di uno squalo bianco.

Hoon non le sembrò convinta. Sid avrebbe voluto spiegarle che non era questione di vendetta, gelosia o antipatia nei confronti di Boiler. O forse non solo. Il fatto importante era che sua padre era vivo. Sull'Olimpo, ma vivo. Lei non poteva permettere che la mamma cominciasse una nuova vita, quando quella che aveva desiderato tanto negli ultimi anni poteva essere ancora a portata di mano.

— Vuoi che io provi a indurre un sogno a tua madre? — domandò Hoon perplessa.

— Puoi provare a farle sognare quel Boiler che si comporta malissimo. Così mia madre deciderà di non andare al loro appuntamento — sussurrò Sid con aria serissima, e siccome Hoon non le rispondeva aggiunse:

— Non chiedermi di spiegarti altro, ma è importante che tu lo faccia.

Sid si accorse che Hoon ci stava pensando seriamente perché, come succedeva sempre quando rifletteva, aveva cominciato a mettere in fila quello che aveva sottomano: in quel caso si concentrò sulle innumerevoli biro del suo astuccio formato baule.

***

All'Art Bar Dude si stava proprio divertendo. Se solo la cosa fosse stata possibile, Luce sembrava anche più bella del solito. E aveva detto che tra lei e Vince Van Doren non c'era nulla. L'unica nota stonata della serata era la presenza di Elise e Kesse. Non riusciva proprio a capire chi fossero. Le due tipe sostenevano che era stato lui a dare appuntamento a Elise. Lui però non se lo ricordava affatto. Un altro vuoto di memoria che non si riusciva a spiegare. Prima o poi gli sarebbero passati, o almeno così sperava. Era stufo di tutte queste ragazze che gli si presentavano con l'idea che lui le aveva invitate di qua o di là, o che aveva organizzato questo o quello. Aveva persino pensato che ci fosse in giro una specie di suo sosia che si divertiva a metterlo nei guai, ma poi aveva scartato l'idea. Le ragazze parlavano sempre di circostanze, momenti e luoghi in cui lui avrebbe potuto trovarsi davvero.

— Che ne dite di andare al bowling adesso? — stava proponendo Luce.

Dude esultò. Quella ragazza era proprio speciale.

— Che spasso — borbottò Elise.

— Sai giocare? — chiese Dude a Luce.

— Non lo so! Non l'ho mai fatto! Però mi piacerebbe provare! — trillò lei.

Dude non perse tempo. — Andiamo!

Si alzò e si infilò una mano in tasca per prendere le banconote e pagare. Vicino ai soldi c'era il portafortuna di Sasha. E in quel momento sembrava caldo.

***

In fila di fronte alla cassa, Dude mise un braccio attorno alle spalle della Faina. Luce avrebbe voluto saper evocare i fulmini come faceva Hoon sull'Olimpo per ridurla in cenere. Perché Dude aveva cambiato atteggiamento di colpo? Perché dopo aver passato la serata riservando a lei la maggior parte delle attenzioni, all'improvviso si metteva ad abbracciare Elise? Le venne il sospetto che si fosse comportato in quel modo perché era troppo cotto dell'orrida Faina per essere spigliato con lei. Ricacciò indietro il pensiero, un po' perché non voleva nemmeno considerare l'ipotesi, un po' perché le sembrava che quell'idea non avesse il minimo senso.

Insomma, quella doveva essere la *sua* serata con Dude! E quelle due bertucce erano comparse per il solo gusto di rovinargliela. Luce avrebbe voluto usare i suoi poteri, ma il discorso che le aveva fatto Hoon era ragionevole. Non poteva fare proprio nulla. Mentre pagava per sé e per un terzo del conto della Leoparda, vide che Dude si era fermato vicino a uno dei tavoli per fare due chiacchiere con dei suoi amici. Kesse ed Elise lo aspettavano all'uscita... Kesse ed Elise erano sole... Kesse ed Elise non erano state mai vicino a Sasha. Con loro poteva agire quanto voleva! Luce non perse un secondo. Si precipitò da loro, puntò gli occhi su quelli della Faina e sbatté le ciglia: — È ora che andiate a casa — le sussurrò dolcemente.

Elise la guardò imbambolata per una frazione di secondo, poi si voltò verso Kesse.

— Andiamo a casa! — sibilò.

Kesse sgranò gli occhi.

— Dico, ma sei scema? — squittì. — Non vorrai fare quello che dice questa qui!

Luce cercò di intercettarne lo sguardo, ma la Leoparda teneva gli occhi sull'amica con aria di rimprovero.

— Kesse! — la chiamò Luce con un tono perentorio e un po' più alto del necessario.

La Leoparda fece l'errore di lasciarsi guardare negli occhi.

— Anche tu vuoi tornartene a casa — sussurrò di nuovo Luce sbattendo le ciglia.

Le due bertucce voltarono i tacchi e se ne andarono senza salutare.

Senza Papaveri

— Cos'è questa specie di tuono? — chiese Hoon mentre in punta di piedi raggiungeva la camera di Gail insieme a Sid.

— È la mamma — ridacchiò sommessamente Sid. — Russa anche più di Daimon!

Aprì la porta senza il minimo rumore e in punta di piedi raggiunse il letto di Gail. Hoon la seguì.

La stanza della signora Madison era allegramente caotica, esattamente come lei e la sua cucina. In sottofondo c'era un caldo profumo di sandalo e uno strano odore di spezie che proveniva dal portagioie appoggiato sul comodino. Di fianco al cofanetto c'era la foto della famiglia Madison parecchi anni prima. Il signor Madison stava carponi e portava a cavallo Sid che si teneva aggrappata ai capelli del padre, mentre Gail rideva di gusto.

Hoon non credeva alla riuscita dell'esperimento che stavano per fare. Ma Sid aveva insistito tanto che lei non era stata capace di dirle di no. Da una parte sperava che il tentativo le desse un indizio su come evocare davvero il potere di Morfeo. Razionalmente lo riteneva parecchio improbabile, se non impossibile. Ma il rischio era minimo. Al massimo avrebbe indotto a Gail uno stupido sogno, per cui si poteva provare.

— Non abbiamo i papaveri — sussurrò.

— E tu immaginali! — le suggerì l'amica.

Hoon cercò di concentrarsi. Immaginò una distesa di papaveri rossi sotto un cielo azzurro. — Sogna Hugh Boiler — sussurrò a Gail che continuava a russare.

Si fermò un attimo in attesa che succedesse qualcosa, ma non accadde nulla. Per cui proseguì: — Lui cammina verso di te e tu ti accorgi che lui... — Non le venne in mente nulla di adatto a mettere in cattiva luce lo spidermacaco. Vide Sid che a gesti, per non interromperla, cercava di darle un suggerimento tappandosi il naso.

— Ti accorgi che lui puzza?! — mormorò Hoon, cercando di non ridere.

La situazione le sembrava davvero assurda. Non aveva niente a che fare con le evocazioni di poteri magici o cose simili. Sid le fece segno di esagerare.

— Puzza moltissimo! — aggiunse.

Sid si levò una scarpa.

— Ha delle scarpe orribili — continuò Hoon, quasi non riuscendo a credere a quello che stava dicendo.

Sid fece un segno di diniego, si sfilò un calzino e se lo portò vicino alla faccia.

— E si mangia i calzini? — proseguì Hoon, ridacchiando.

Sid alzò gli occhi al cielo, pensò un attimo, poi si indicò le narici e fece finta di grattarsi furiosamente imitando Daimon.

Hoon provò a interpretare: — Sogna Hugh che si fruga il naso con le dita, si spulcia e sbava.

Sid le fece segno di okay. Hoon le segnalò con la mano che voleva smettere. Le sembrava un po' inquietante giocare in quel modo con i poteri. E poi non sentiva nulla di speciale. Niente che le dicesse che stava utilizzando il dono di Jared. Né uno dei suoi *clic* che la rassicurasse. Non sentiva niente di niente. Solo voglia di ridere, quando Sid le dava i suoi suggerimenti assurdi. Come ora che con aria furtiva stava estraendo il portafoglio della madre dalla sua borsa.

— Sogna Hugh che ti ruba il portafoglio — sussurrò Hoon.

c-c-clic

Questa volta, fu un *clic* senza un contenuto preciso.

Sembrava un barlume di idea avvolto nella nebbia. Nella mente di Hoon si addensarono pensieri oscuri. Ares aveva fatto l'impossibile per sottrarre a Jared il Potere dei Sogni. Se lei e Sid fossero riuscite a convincere Gail a considerare Hugh un mostro, nello stesso modo il Signore della Guerra avrebbe potuto convincere chiunque a diventare suo schiavo.

— Adesso basta — sussurrò a Sid, invasa da una sensazione spiacevole.

***

Luce e Dude erano di nuovo sotto il pergolato del cancello di casa Grimaldi. Ormai era buio, ma le luci nascoste tra i viticci della vite americana creavano un'atmosfera piacevole. Luce suonò il campanello.

— Sono qua sotto, mamma. Puntuale come avevi chiesto! — annunciò.

— In ritardo di cinque minuti — gracchiò il citofono distorcendo la voce di Eloisa Grimaldi. — Vedi di sbrigarti, domani devi andare a scuola.

Il tono acido della madre si disperse nell'aria. Luce era concentrata a guardare Dude che le stava sorridendo, a cavallo del motorino. Da quando le due ragazze se n'erano andate, la serata era proseguita in modo folle.

Sembrava che la scomparsa di Kesse ed Elise avesse dato a Dude una sferzata di energia. Non era stato l'appuntamento romantico che lei si aspettava, ma era stato divertente. Avevano cercato di arrivare al bowling, ma ogni tre passi c'era qualcuno che salutava Dude e si fermava a fare due chiacchiere, o ragazze che gli si avvicinavo per invitarlo a bere qualcosa in un posto o a fare in uno spuntino in un altro. E lui aveva detto di sì a tutti.

Era stato un tour in tutti locali della città, alcuni dei quali lei non aveva mai visto né sentito nominare. Dude aveva stretto la mano a tutti i ragazzi e abbracciato tutte le ragazze. Però non aveva mai abbracciato lei.

Luce sapeva che Dude conosceva un sacco di gente, ma di solito si trattava di maschi. Quella sera sembrava che tutti, ragazzi e soprattutto ragazze, venissero travolti dal suo fascino.

— Cos'hai in tasca che continui a giocarci? — gli chiese.

Dude tirò fuori la mano di tasca. — Niente, un portafortuna.

— Allora ci vediamo domani — sospirò lei. Non voleva che quella serata finisse.

— Okay — rispose lui continuando a fissarla sorridente, ma senza mettere in moto lo scooter.

— Ehm… allora ciao — mormorò Luce aprendo il cancello e voltandogli le spalle.

— Ciao! — rispose Dude. Questa volta mise in moto.

— A proposito… — iniziò lui. Luce si voltò.

— Dimmi!

— Aspetta. — Dude spense il motore.

Scese dallo scooter e si infilò le chiavi in tasca. Luce ebbe una vertigine. Aveva le gambe molli, la vista annebbiata e le sembrava di sentirci pure male perché l'unico suono che riusciva a udire era quello dei suoi battiti cardiaci. O erano cannonate?

Di sicuro erano molto più simili a cannonate quando Dude le si avvicinò e le sfiorò i capelli con una mano.

— Ti era caduta una foglia in testa! — annunciò soddisfatto buttandola a terra.

— Grazie — mormorò Luce delusa, che si aspettava qualcosa di leggermente diverso dalla crisi del meticoloso giardiniere.

— Be'… allora ciao! — ripeté lui tornando a bordo.

Luce ci rinunciò. Evidentemente quella non era la serata giusta per dare inizio alla storia d'amore del secolo. Vide Dude che si infilava la mano in tasca alla ricerca delle chiavi, gli fece un cenno di saluto e varcò il cancello.

Ebbe il tempo di fare tre passi, quando sentì che lui l'afferrava per le spalle. La fece voltare e l'abbracciò forte come se non la volesse far andare via mai più. Luce si stava sciogliendo. Le mancava il respiro. Dude le prese il viso tra le mani e le diede un bacio. Ma al contrario di quello si era aspettata, Luce sentì una spaventosa sensazione di gelo e di tristezza infinita. Come se lui le stesse rubando l'anima.

Non riusciva a capire perché. Si ritrasse. Provò a sorridere… ma Dude le aveva già voltato le spalle ed era salito sul motorino.

Studiare Fa Male

In camera di Sid, Hoon stava pensando all'ultima volta che aveva visto Jared, nel Limbo delle Ceneri. In realtà era stata anche la prima volta che l'aveva incontrato davvero, e non in un sogno o attraverso uno schermo.

Lei era appena riuscita a liberarlo dalla sua prigione di pietra. Il ragazzo l'aveva guardata con una malinconia infinita. I loro occhi si erano incrociati per una frazione di secondo. Poi un rombo primordiale aveva scosso la terra e una voragine infuocata aveva inghiottito Jared, mentre nell'aria rimbombava la maledizione di Ares.

MUOIA MORFEO PER MANO
DI CHI LO LIBERERÀ!

Ed era stata lei a liberarlo. Difficile credere che la colpa di quello che era successo non fosse sua, nonostante quello che diceva Sid.

Hoon pensò che era meglio concentrarsi su quello che stava facendo. Studiare l'aiutava ad anestetizzare il dolore. Sbadigliò e, lottando contro il sonno, cercò di ricordarsi cosa fosse un mitocondrio. Buio assoluto. Riaprì il libro di biologia e lo sguardo le cadde sull'immagine di chissà cosa. La didascalia parlava di "tessuto epiteliale". Aveva dei colori bellissimi. Qualche stilista avrebbe dovuto farci un abito con quelle tinte, anzi un'intera collezione. Hoon cominciò a immaginare chilometri di tessuto che svolazzavano in una danza concentrica e andavano a formare una gonna a balze e pieghe attorno ai fianchi di una modella. Poi le salivano sulle spalle a formare una camicetta. La modella si voltò e guardò Hoon con aria stralunata: aveva il volto di suo fratello Yong! Lei indietreggiò cercando di allontanarsi da quell'orribile visione. Era terrorizzata. Yong si mise a ballare. Lei si voltò e cominciò a camminare più in fretta. Era certa che qualcuno, o qualcosa, la stesse inseguendo. Cominciò a sentirne i passi, sempre più veloci e sempre più vicini. Accelerò e si mise a correre, ma anche il suo inseguitore lo fece. Hoon sapeva che non sarebbe mai riuscita a liberarsene se non avesse escogitato qualcosa di geniale. Troppo occupata a correre e pensare, andò in confusione e cadde a terra. L'inseguitore la raggiunse. Hoon si rese conto che si trattava di Sid, ma aveva un'espressione insolitamente folle.

— Sai cos'è questa? — le urlò sventolandole sotto il naso la sua ossidiana.

— La pietra del tuo potere! — bisbigliò Hoon come se cercasse di non farsi sentire, nonostante lì non ci fosse nessun altro.

Sid trasformò il suo cristallo in un'alabarda nera e scoppiò a ridere.

— Sto andando a cercare il pretendente di mia madre e appena l'avrò trovato... *zac!* — ululò tirando un fendente nell'aria.

Pretendente? *Zac*? Perché Sid parlava in quel modo? Hoon si alzò decisa a chiedere spiegazioni, ma l'amica era già lontana. Dietro di lei correva Yong, sempre ballando.

Hoon stabilì che non era il caso di occuparsi di loro: aveva le verifiche e doveva assolutamente portare a casa un voto decente. Si diresse verso la scuola, ma quando si trovò davanti all'austero edificio, si bloccò. Aveva paura di essere impreparata. "Se non ci provo nemmeno, avrò solo rimpianti" pensò. Cercò qualcosa da fissare per ritrovare la calma e si concentrò sul portone d'ingresso.

Era aperto. Ebbe l'impressione che si allargasse poco per volta.

— Non hai studiato abbastanza. Perdi sempre il tuo tempo con la testa tra le nuvole e a pensare alle sciocchezze — le disse il portone, che per l'occasione si era trasformato in un'enorme bocca.

Hoon avrebbe voluto ribattere, ma la sua attenzione fu attratta da Luce che arrivava con un abito rosa shocking e uno strascico lungo almeno dieci metri.

— Fai come me! Io ho smesso di essere una dea. È facile, basta volerlo! — cinguettò con voce soave.

La scuola si intromise: — Tu invece Hoon non puoi smettere. E non puoi smettere nemmeno di essere una studentessa. Né di amare Morfeo. Ma non potrai fare tutto. Non ce la farai. Sei sull'orlo di un precipizio. La tua mente sta per crollare.

— *Tu* stai per avere un crollo! — urlò Hoon. Improvvisamente si sentiva arrabbiata, più arrabbiata di quanto fosse mai stata, anche perché non era proprio da lei farsi trascinare dalla furia.

La scuola cominciò a emettere scricchiolii sinistri. Hoon sentì tonfi, cigolii e strani botti.

— Mi fanno male i tramezzi… ho un dolore strutturale… un'onda mi travolge… entro in risonanza… — sibilò la scuola.

Poi l'edificio cominciò a ondeggiare, sempre più velocemente e con movimenti sempre più netti. Implose con un boato e scomparve in una nuvola di polvere. Hoon ne sentì l'odore, intenso, acre e soffocante. Sapeva che avrebbe dovuto essere preoccupata, ma non lo era affatto. Anzi era proprio contenta, e per festeggiare la scomparsa dell'odiato edificio se ne andò in un bar decisa a premiarsi con sette porzioni di spuntini diversi. Quando si trovò di fronte a tutto quello che aveva ordinato, allungò la mano per afferrare un tramezzino farcito. *Gnam*. Daimon fu più veloce. La scena si ripeté sette volte: lei allungava la mano e il bouledogue mangiava. Alla fine il cane scese dalla seggiola su cui era salito e le saltò in braccio. Lei sentì una voce. Una voce roca che sussurrava il suo nome.

— Hoon.

***

Hoon aprì gli occhi. Era in camera di Sid seduta davanti alla scrivania. Il libro di biologia era aperto alla pagina con l'illustrazione del tessuto epiteliale. Daimon le dormiva in braccio. Sid, in pigiama, le sorrideva.

— Ti sei addormentata sul libro — le disse.

— Uh? — fu la sua brillante risposta.

— Ti ho preparato il letto, e qui c'è la tua cioccolata della buonanotte! Vieni! Studiare ancora non ti servirà a nulla.

L'aroma di cacao che proveniva dalla tazza aiutò Hoon a risvegliarsi. Prese il cane e lo mise per terra. Daimon non fu molto soddisfatto che il suo sonno fosse stato interrotto e trotterellò verso la sua cesta. Dopo cinque secondi russava beato.

— Ho fatto dei sogni allucinanti. Quanto ho dormito? — chiese a Sid che le porgeva la tazza.

— Poco più di un quarto d'ora. Ho deciso di svegliarti quando mi sono resa conto che rischiavi di tirare fino a domani mattina. E comunque non sei la prima a reagire con un incubo al cous cous di mia madre.

— Hai fatto bene a chiamarmi. — Hoon sorseggiò la bevanda calda che la rincuorò notevolmente, ma qualcosa del sogno le era rimasto appiccicato addosso. Qualcosa di angosciante e sgradevole.

***

Dude si infilò a letto. Si sentiva stanchissimo e confuso. La questione dei vuoti di memoria cominciava a preoccuparlo. Decise che ne avrebbe parlato ai suoi. Quella sera era andata anche peggio del solito. L'ultima cosa che ricordava con precisione era l'istante in cui Luce gli proponeva il bowling, poi… buio assoluto. Erano veramente andati lì? Non avrebbe saputo dirlo. L'unica cosa di cui era certo era di essersi ritrovato sul motorino da solo parecchio tempo dopo, poco distante da casa.

Sbuffò irritato e si rivoltò una decina di volte sotto le coperte. Poi le lanciò in fondo al letto e rimase per un po' a guardare il soffitto.

A un tratto la sua mente fu attraversata da una serie di flash di immagini, a colori ma senza sonoro. Luce sotto il pergolato illuminato da luci nascoste, una foglia sui capelli della ragazza, lui che la abbracciava.

"Ti piacerebbe che fosse successo davvero!" pensò ridendo.

Si sentiva scosso da un'inspiegabile agitazione di sottofondo. Di dormire non se ne parlava. Pazienza! Poteva sempre farlo la mattina dopo nell'ora di filosofia.

Si alzò e andò ad accendere il computer: un videogioco era esattamente quello che ci voleva. Mentre si sedeva fece cadere a terra i pantaloni che aveva lanciato sulla seggiola. Dalla tasca uscì il suo portafortuna. Dalla pietra rossastra scaturì una luce intensissima che illuminò la stanza. E dentro la sua testa risuonò una voce cavernosa.

Occupati delle altre due, adesso.

Polvere nell'Aria

Per una volta, Sid non aveva fatto troppa fatica ad alzarsi. In parte perché l'aveva svegliata la luce dell'alba insieme alle chiacchiere di Hoon, in parte perché non vedeva l'ora di scoprire se l'esperimento della sera precedente aveva fruttato qualcosa. Quando entrò in cucina, sentì il profumo dolce dello sciroppo d'acero. Immediatamente fu travolta da un'ondata di buon umore. Si accorse che la madre aveva preparato la colazione dei giorni di gran festa, con la tavola apparecchiata e piatti colmi delle meraviglie fritte che adorava. Pura felicità.

— Dormito bene, mamma? — chiese con un gran sorriso andando a sedersi vicino a Hoon.

— Sì, tesoro — rispose Gail mentre rovesciava quantità industriali di frittelle nei piatti. — Anche meglio del solito.

Sid e Hoon si scambiarono uno sguardo interrogativo. Nascondeva la stessa silenziosa domanda. In che senso "meglio del solito"?

— Intendi dire che non hai sognato niente? — indagò Sid.

— Non mi pare — ribatté la mamma. — Comunque la notte porta consiglio. Mi sa che non andrò all'appuntamento con Hugh.

Secondo sguardo interrogativo e antenne dritte.

— Come mai? — insistette Sid, mentre Hoon rimaneva con gli occhi fissi sulla mezza frittella infilzata nella forchetta sospesa per aria.

— Non ne ho voglia — rispose Gail. — Ma soprattutto credo che avessi ragione tu. Boiler mi dà l'idea di essere un tipo che fa cose strane.

Terzo sguardo tra Sid e Hoon e stato di massima allerta.

— Per esempio? — la incitò a proseguire Hoon.

Gail, con l'aria di meditarci sopra, servì Sid, appoggiò sul carrello il piatto da portata e scoppiò a ridere.

— Al momento riesco solo a immaginarlo che si mette le dita nel naso con i calzini in bocca. Non so perché, ma mi aspetto anche che puzzi o abbia le pulci! — esclamò Gail e, continuando a ridere, aggiunse: — Voi uscireste con un elemento simile?

Doppio scambio di sguardi. Quello di Sid diceva: "Porca miseria! Ha funzionato!" Quello di Hoon rispondeva: "L'abbiamo fatta grossa!"

— Dovevi solo farci un giro, mamma, mica affidargli la tua borsa! — infierì Sid.

Hoon sgranò gli occhi e si ficcò in bocca la frittella.

— Per non ritrovarci portafoglio? — ridacchiò Gail.

Hoon diventò paonazza e cominciò a tossire. Sid le versò dell'acqua. Atena sconfitta da una frittella di sua madre... roba da non credersi! Hoon, squassata dai colpi di tosse, rifiutò il bicchiere e scattò in piedi. Gail le rifilò tre poderosi colpi sulla schiena e finalmente la ragazza riuscì respirare.

— Tutto a posto, grazie! — mormorò con voce strozzata. In quell'esatto momento squillò il telefono.

— A quest'ora non può essere per me! — disse Sid, cercando di spedire la madre nell'altra stanza a prendere il cordless. E appena fu sola con Hoon non riuscì a trattenersi.

— Ce l'hai fatta! Hai il Potere dei Sogni! Ti rendi conto di quello che significa?

— Non proprio, ma è un primo passo! Sinceramente non me l'aspettavo — ribatté Hoon con uno sguardo felice che da tempo non le scintillava negli occhi.

Sid si mise in ascolto e si portò l'indice sulle labbra.

— *Ssst!* Vieni… — sussurrò.

Trascinò Hoon con sé dietro la porta della cucina per origliare meglio la conversazione.

— Ti avevo detto che ti avrei richiamato io, Hugh! E comunque no, oggi proprio non posso.

Sid abbracciò Hoon. — Ti devo un grande favore.

— Certo, sarà per un'altra volta! — concluse Gail.

— Torniamo a sederci — bisbigliò Sid, ma appena si voltarono scoprirono Daimon arrampicato su una sedia: stava finendo di ripulire il piatto di Hoon che fino a trenta secondi prima debordava di frittelle.

— Cagnaccio golosastro! — si sforzò di sgridarlo Sid, ma poi scoppiò a ridere nel vedere il bouledogue che saltava giù dalla sedia e si accucciava composto, con il muso sporco di zucchero a velo e l'espressione indifferente di chi non sa proprio nulla del "caso delle frittelle scomparse".

— Facciamo che non lo sgrido e ti cambio il piatto? — propose a Hoon. Anche Daimon aveva il diritto di festeggiare una mattinata grandiosa.

***

Corso Maront. Via vai di studenti zainomuniti, facce assonnate. Niente pioggia. Poche nuvole bianche e spumose. Cielo azzurro. Non fosse stato per le verifiche che le aspettavano, sarebbe stata una gran bella giornata. L'inizio almeno era stato perfetto: Hoon aveva il Potere dei Sogni, quindi era cresciuta come dea e avrebbe potuto salvare Jared. Accese il Mercur 3000, il megacellulare superaccessoriato che le aveva regalato Luce e attraverso il quale era riuscita a comunicare con Morfeo. Non un telefonino qualunque, ma una specie di complice magi-elettronico.

Bloing.

— C'è un messaggio di Luce! — annunciò. — Ci aspetta...

— ... esattamente a venti metri da noi — ridacchiò Sid.

Hoon fece appena in tempo a rimettere il Mercur nella borsa e alzare la testa, prima di essere travolta da una Luce in versione felicità esplosiva, che la strapazzò in un abbraccio strettissimo.

— È stata la serata più bella della mia vita! — cinguettò l'amica.

— Nel senso che è andato tutto male e che la tua vita di solito è anche peggio? — scherzò Sid.

— Raccontaci le tue novità e noi ti diremo le nostre — propose Hoon.

— Cominciate voi — ribatté Luce con un sorriso che

nemmeno l'annuncio dell'imminente fine del mondo avrebbe potuto spegnere.

Mentre andavano verso la scuola, Hoon l'aggiornò sulle decisioni che avevano preso la sera prima e sulle scoperte che avevano fatto quella mattina. Luce l'ascoltò con aria vaga. Anche una talpa in occhiali da sole si sarebbe accorta che aveva la testa altrove. Con il suo inestinguibile sorriso, sembrava camminare a un metro da terra. Poi toccò a lei raccontare. Con un tono di voce anche più squillante del solito, fece un dettagliatissimo resoconto della sua clamorosa serata, in cui tutto era stato stupendo, meraviglioso, magnifico, eccezionale, incantevole e straordinario. Poi abbassò la voce e, come se stesse aggiungendo un particolare di poco conto su cui non voleva soffermarsi, disse del bacio.

— Cavoli, non lo facevo così intraprendente il nostro Dude! — si stupì Sid.

— Infatti subito dopo è scappato via — spiegò Luce. — Ma è stato meglio così.

— Perché? — chiese Hoon.

— Forse mi sono lasciata prendere dal panico. Io volevo che accadesse, ma quando è successo credo di essermi spaventata, perché ho sentito una bruttissima sensazione. Se fosse rimasto non avrei saputo nemmeno cosa dirgli — sussurrò Luce.

— Quindi avresti preferito che Dude non avesse... — domandò Sid.

— No. Avrei preferito non terrorizzarmi. La prossima volta non succederà! — concluse Luce di nuovo radiosa.

Hoon si guardò attorno. Nel vicolo che avevano imboccato e che le avrebbe portate dritte nel piazzale della scuola, c'era un'atmosfera strana. Sembrava che vi aleggiasse una nebbia sottile e rada, solo che non era nebbia. Non c'era nemmeno la minima umidità. Era come se ci fosse qualcosa in sospensione nell'aria che assorbiva la luce. Pulviscolo, forse. Di solito da quel punto si cominciavano a sentire le voci degli studenti assembrati davanti all'ingresso. Invece c'era un silenzio irreale.

— Ragazze, non vi sembra che ci sia uno strano odore di... di...

— Di pessimi voti nelle verifiche di oggi, visto che ieri non ho aperto libro — la interruppe Luce. — Ma ne valeva la pena. Quello che non ho studiato ieri lo posso sempre imparare domani. Una serata così non mi capiterà più in tutta la mia vita.

— È odore di polvere — disse Sid corrugando la fronte. — O di gesso.

— Ci saranno lavori in corso — suppose serafica Luce.

Senza sapere perché, Hoon era certa che Luce si sbagliasse. Quell'odore era strano, non era da lavori in corso, tuttavia da qualche parte lei l'aveva già sentito. Ma dove? Dove?

clic

Hoon rivide sprazzi del sogno della notte prima.

— C'è qualcosa che non va… — mormorò con un fil di voce. Lo sapeva, lo sentiva, ma non riusciva a metterlo a fuoco. Cominciò a girarle la testa. I contorni delle case che imprigionavano la strada si fecero confusi. Era come se il suo cervello la spingesse a rifugiarsi in un luogo sicuro, per non vedere e non sentire più niente. Hoon chiuse gli occhi. Fece un respiro profondo e li riaprì.

Ci vedeva di nuovo bene e la prima cosa che colpì il suo sguardo fu il volto di Sid.

— Tutto okay? — le stava chiedendo.

— Non lo so.

Nonostante quello strano odore persistesse, come anche quella strana luce e il silenzio irreale, Hoon cercò di scuotersi. — Meglio che ci sbrighiamo. La verifica di biologia è alla prima ora — sussurrò.

Accelerò l'andatura. Sid e Luce fecero altrettanto. Anche loro adesso erano silenziose. L'unico suono che rimbombava nel vicolo era quello dei loro passi sull'acciottolato.

Hoon ebbe l'impressione che il tempo fosse dilatato. Per percorrere quello stramaledetto pezzo di strada ci stavano mettendo un'eternità.

Quando sbucarono sulla piazza della scuola, quello che le si presentò allo sguardo era un incubo. In quel momento Hoon avrebbe voluto essere in qualunque altro posto. E invece era lì. Chiuse gli occhi sperando che sparisse. Ma quando li riaprì non era cambiato nulla.

il Crollo

— Cosa cavolo è successo? Quando? Come? — grugnì Sid.

— Non è possibile… — mormorò Luce.

Hoon non riusciva a parlare. Si limitava a guardare. Le transenne. Una ragazza che piangeva. Le macerie. E il vuoto. Il vuoto che aveva preso il posto della scuola. L'edificio era crollato, esattamente come nel suo sogno.

clic

— Nooo! — urlò Hoon.

clic

— Nooo! — gridò di nuovo.

clic

— No…

Con tutte le sue forze Hoon tentava di ignorare quello

che i suoi *clic* le stavano dicendo. Ma i suoi poteri erano più forti sia della sua mente sia della sua volontà.

— Calma, Hoon! — le intimò Sid afferrandola per un braccio.

— Va tutto bene! — le disse Luce abbracciandola.

Per qualche momento rimasero lì, vicine e immobili, senza parlare. Hoon sentiva il calore dell'abbraccio di Luce e della presa di Sid. Vedeva la gente davanti alle macerie e le sembrò che i pochi che si muovevano lo facessero al rallentatore. Si accorse del sottile brusio provocato dagli studenti assiepati davanti alle transenne. Nessuno parlava ad alta voce. Come se farlo rendesse più vero il disastro.

— Come cavolo è successo? — ringhiò di nuovo Sid.

Hoon non poté più ignorare i suoi *clic*.

— Sono stata io.

***

— Che cavolata — mugugnò Sid. — Eri a casa mia stanotte e…

— E ho sognato *esattamente* questo — disse Hoon.

— Sognare qualcosa non significa farla accadere — replicò Luce.

— Invece sì, se detieni il potere del sogno.

L'idea di Hoon non era così folle, ma Sid non era propensa ad accettarla.

— Può essere stata una premonizione — brontolò. — Vado a vedere se scopro come è successo. Voi aspettatemi qui.

Si allontanò rapidamente. Aveva adocchiato il professor Kowalaski e lo sottopose a un interrogatorio in piena regola. Seppe che il crollo era avvenuto nella notte, quando l'edificio era vuoto. Non c'erano stati feriti, e girava voce che si trattasse di uno di quei rarissimi casi in cui gli edifici crollano per essere entrati in risonanza.

Sid girò i tacchi per tornare sui suoi passi e informare le amiche quando intravide Dude. Anche lui, insieme ai suoi due compagni di classe preferiti, Jamar e Craig, teneva lo sguardo fisso sulle macerie della scuola senza spiccicare parola.

— Sid… hai visto che roba? — le disse appena la notò.

— Purtroppo… Non avrei mai pensato che la scuola mi potesse mancare — gli rispose lei.

— Andiamo via — propose Jamar. — Tanto qui non abbiamo più niente da fare.

— Credo anch'io — concordò Dude con aria triste. — Vieni con noi? — aggiunse rivolto a Sid.

— Sono con Hoon e Luce. Mi stanno aspettando vicino al Beltrob Store.

— Fai venire anche loro — insistette Dude con aria vagamente speranzosa.

La ragazza ci rifletté un attimo. Luce sarebbe stata entusiasta dell'invito, ma con tutto quello che stava succedendo a Hoon, era necessario glissare.

— Sento cosa vogliono fare. Se riusciamo a raggiungervi ti chiamo al cellulare e mi dici dove siete. E comunque complimenti per ieri sera! — ammiccò Sid rifilandogli un amichevole cazzotto sulla spalla.

Dude sgranò gli occhi, sobbalzò e assunse un'aria persa.

— Complimenti... per cosa?

Quella risposta fece desiderare a Sid di avere in mano una clava. Gliela avrebbe rotta in testa molto volentieri. E la sua espressione doveva essere stata inequivocabile perché Dude si mise sulla difensiva.

— Non fare quella faccia! Davvero non capisco di cosa...

— Duuuuude — echeggiò una vocetta stridula alle sue spalle.

Sid inquadrò subito la tizia che si stava avvicinando: Elise la Faina. Vide Dude voltarsi verso la nuova arrivata e sbuffare, mentre Jamar e Craig ridacchiavano.

— Non vedevo l'ora di trovarti — squittì l'intrusa, e senza tanti complimenti prese sottobraccio l'oggetto delle sue attenzioni. Dude fece un passo indietro, liberandosi dalla presa.

— Sì, ehm, già… — bofonchiò guardando ovunque tranne che in direzione di Elise. Alla fine fece spallucce. — Be', noi stavamo andando via! — biascicò. Salutò Sid e raggiunse Jamar, ficcandosi le mani in tasca.

Poi con un istantaneo dietrofront, prese Elise per un braccio. — Tu vieni con noi! — le ordinò.

Sid era rimasta senza parole. Ma aveva troppa fretta di tornare dalle amiche per occuparsi di Dude ed Elise, quindi le parole fece in modo di trovarle.

— Attento a quello che fai, Dude, o ti spezzo le ossa una per una — ringhiò.

La diplomazia non era mai stata il suo forte.

Scendi dalla Cassa

Daimon che le mangia la colazione, il crollo della scuola, ma anche Sid che cerca di fare a pezzi Boiler, Luce che vuole smettere di essere una dea e suo fratello Yong che va in giro vestito da donna. Hoon era appena riuscita ricostruire gli elementi fondamentali del suo sogno pazzesco. Sid stava per raccontarle quello che aveva detto Kowalasky, ma lei anticipò la questione della risonanza.

— Credete ancora che possa trattarsi di una premonizione? — chiese Hoon alla fine.

— Perché no? — cercò di incoraggiarla Luce.

— Dopo quello che è successo a Gail? Avevo visto anche Daimon che mi mangiava la colazione, ed è esattamente quello che è successo.

— Vuol dire poco. Quando hai indotto il sogno a mia

madre eri sveglia. Quanto a Daimon… lui è convinto che qualsiasi oggetto commestibile gli appartenga. Sono tutte cose che sarebbero potute succedere a prescindere da te — ragionò Sid.

— Tu useresti la tua ossidiana contro Boiler? E tu Luce, vorresti smettere di essere una dea? — domandò Hoon serissima.

La sonora risata delle amiche la sollevò. Non molto, ma almeno un po'. Forse c'era ancora speranza che ciò che aveva visto quella notte fosse un misto di sogni assurdi e premonizioni. Forse l'ansia per la tempesta di verifiche e quella per la sorte di Jared avevano giocato la loro parte. Ma sarebbe stata la prima volta che i suoi *clic* si sbagliavano. E i suoi *clic* erano stati chiari. L'avevano accusata del crollo.

— Ehi, guardate! — le chiamò Sid, indicando il preside Kerchaks che si inerpicava a fatica su un blocco di cemento con un megafono in mano.

— Ragazzi, ascoltate — annunciò lui ottenendo immediatamente l'attenzione di tutti. — Per motivi di sicurezza dovete allontanarvi da questa piazza. Avvertite i vostri genitori che state bene e tornate a casa. Appena avremo individuato una nuova sede, verrete contattati e informati sul vostro futuro scolastico.

— Grandioso! — esplose Luce.

Sid era altrettanto contenta: — Insomma, nessuno si è fatto male, quell'edificio era orribile, e noi abbiamo scampato una valanga di votacci! Secondo me è il momento di andare da Fatty Sam!

— Io non me la sento — sospirò Hoon, perplessa. — Voglio andare a casa. Voi comunque potete…

— Accompagnarti — brontolò Sid troncando il discorso sul nascere.

***

Camminarono fino alla loro meta quasi senza spiccicare parola. Quando arrivarono al Dream's Emporium, si accorsero che era ancora chiuso. Dall'interno provenivano urla e musica sparata a tutto volume. Hoon cominciò a frugare freneticamente nello zaino alla ricerca delle chiavi.

— Scendi dalla cassa! — urlò una voce che a Luce parve quella della signora Song.

— Ditemi che non sta succedendo. Ditemi che Yong non c'entra — mormorò Hoon con tono lugubre.

— Hai sentito cosa ha detto tua madre: scendi subito di lì! — echeggiò la voce del signor Song.

Hoon tentò per tre volte di infilare la chiave nella toppa, ma non ci riuscì. Le tremavano le mani. Luce e

Sid si scambiarono uno sguardo d'intesa e, mentre Sid tratteneva delicatamente Hoon per le spalle, Luce le prese le chiavi dalla mano e aprì.

La prima cosa che videro fu Yong con addosso un vestito da donna dai colori stranissimi. Colori da tessuto epiteliale. Il ragazzo ballava allegramente sulla cassa tenendo in mano uno stereo a forma di coccodrillo, uno dei più tipici oggetti del Dream's Emporium. Inutilmente i suoi genitori tentavano di farlo smettere.

— Mio fratello non avrebbe mai fatto una cosa simile se io non l'avessi costretto con il mio sogno — gemette Hoon.

Luce si avvicinò rapidamente al ballerino, dando mentalmente ragione all'amica.

— Vieni a ballare anche tu? — le chiese lui.

Per tutta risposta lei intercettò il suo sguardo e lo fissò intensamente. Sbattendo le ciglia come solo lei sapeva fare, gli sussurrò: — Scendi di lì, spegni lo stereo, togliti quel vestito assurdo e vattene a dormire.

Sotto lo sguardo esterrefatto dei signori Song, Yong ubbidì. Scese dalla cassa con un salto. Spense lo stereo-coccodrillo, si levò il vestito, lo piegò per bene, lo sistemò nel cellofan e lo rimise al suo posto nello scaffale dell'emporio. Per un attimo rimase in piedi nel suo improbabile pigiama azzurro con gli orsetti e si guardò in giro con aria inebetita. Mentre trotterellava verso l'appartamento che stava sopra l'emporio, Hana Song preoccupatissima si rivolse a Luce.

— Ma come hai fatto? — chiese inquisitoria.

Luce intercettò anche il suo sguardo e sbatté le ciglia.

— Era solo uno scherzo. Non c'è niente di cui preoccuparsi. Potete riaprire il negozio e passare una giornata tranquilla come le altre.

Hana Song non poté fare altro che ubbidire all'ordine mentale di Luce, ma Shin Song cominciò a strepitare.

— Io chiamo il medico. Se mio figlio si comporta in quel modo qualcuno me ne deve spiegare la ragione.

Luce tranquillizzò il signor Song esattamente come aveva fatto con la moglie. Poi si avvicinò alle amiche.

— Andiamo in camera tua — sussurrò a Hoon.

Raggiunsero la stanza in silenzio e appena ci arrivarono Luce si accorse che gli occhi di Hoon scintillavano di una granitica risolutezza.

— Pensate ancora che si tratti di sogni premonitori? — chiese.

Né Sid né Luce furono in grado di difendere quell'ipotesi. L'assurdità della situazione a cui avevano appena assistito dimostrava, quasi senza alcun dubbio, che l'idea delle premonizioni era sbagliata.

— Ma Sid e io non ci siamo comportate come nel tuo sogno — azzardò Luce.

— Non aspetterò di vederlo! — asserì Hoon. — Quello che è successo dipende da me! Non riesco a controllare quello che sogno. Potrei radere al suolo la città semplicemente andandomene a dormire!

— Pensiamoci un attimo — intervenne Luce. — Magari troviamo una soluzione.

— No! — rifiutò Hoon decisa, ma con un tremito nella voce. — E se sognassi di non riuscire a liberare Jared o qualche altra catastrofe?

— In questo ha ragione — biascicò Sid, come se dire quello che stava dicendo le dispiacesse da morire.

— Io vado sull'Olimpo! — concluse Hoon mentre consegnava a Luce il Mercur 3000. — Tienilo tu. Magari riuscirò a contattarvi come faceva Jared.

— Aspetta. Prima dovrem… — provò a dire Sid mentre Hoon infilava il suo zaino nell'armadio.

Luce vide che l'amica sfiorava con la mano il suo orecchino di ametista e si dissolveva in un lampo viola. Non aveva fatto nemmeno in tempo a dirle ciao.

Senza Speranza

La Sinfalide: la zona dell'Olimpo in cui Ares non poteva mettere piede, grazie allo squarcio azzurro e limpido che ne attraversava il cupo cielo purpureo. Hoon si trovava nella Piana dei Camini. Si diresse verso il camino più grande che nascondeva l'ingresso al villaggio in cui vivevano Auron, Sicano e sua figlia Eadris. Scese nella galleria sotterranea rischiarata dalla luminescenza di Eos: striature blu nelle pareti di roccia.

In qualsiasi altro momento si sarebbe fermata a pensare, a mettere in fila gli eventi per riuscire a risolvere la situazione. Invece cominciò a camminare a vuoto, procedendo a casaccio e sperando che il vecchio con gli occhi di pietra grezza le stesse andando incontro. Si sentiva perduta. Quando aveva visto precipitare Jared nell'Ade, Hoon si sarebbe lasciata ingoiare dal gorgo maligno che l'aveva inghiottito. Ma Sid l'aveva trattenuta. Da allora aveva cercato di usare tutte le sue forze per non lasciarsi abbattere. Ma rendersi contro di essere la responsabile del crollo della scuola aveva polverizzato tutte le sue speranze.

Si accorse di aver raggiunto una zona che non aveva mai visto. Una specie caverna con un altissimo soffitto dalla quale si diramavano numerosi cunicoli. Alcuni scendevano in profondità, altri si inerpicavano nelle costole della collina. Troppo confusa e addolorata per concentrarsi o cercare di evocare uno dei suoi *clic*, Hoon ne imboccò uno a caso.

Pensò a quando l'orrendo Drakos era riuscito a catturarla a Rainbow Hill e a portarla nel Dodekatheon. Il ricordo della ferocia che il Signore della Guerra trasmetteva con la sua sola presenza le dava ancora i brividi. Ricordò il terrore che aveva provato nel vederlo, l'immensa disperazione di quando si era resa conto che lui la stava pietrificando di fianco alle statue degli altri otto prigionieri, l'angoscia di quando aveva evocato un ciclone, proiettando lei, Sid e Luce verso il soffitto del tempio. Fino a poco tempo prima era convinta che la guerra che erano costrette a combattere fosse in una situazione di parità. Ora le sembrava che fossero riuscite a malapena a difendersi. Quando avevano dovuto fronteggiare direttamente Ares erano solo riuscite a scappare. E avevano perso Morfeo. Hoon aveva sperato che l'ultimo dono di Jared l'avrebbe messa in condizioni di liberarlo dall'Ade. Ma invece di renderla più forte, l'aveva trasformata in un pericolo per tutti quelli che la circondavano.

"Più che un dono sembra una condanna" pensò. E si odiò per averlo pensato: sapeva con quanto amore Morfeo le aveva affidato il suo potere e le sembrò di averlo tradito.

Si guardò intorno. Non capiva dove fosse.

Un paio di uomini e tre donne con lunghe tuniche uscirono da una delle gallerie. La videro, chinarono la testa in segno di rispetto e passarono oltre. L'avevano riconosciuta. O meglio. Avevano riconosciuto Atena, la dea della ragione e della sapienza. La dea con i poteri della mente. La dea che aveva fatto in modo di rinascere sulla Terra per non piegarsi alla vittoria di Ares.

Così avrebbe voluto e dovuto sentirsi Hoon. Come la potentissima dea che era stata. Ma di quella vita non ricordava più nulla. Si sentiva solo una ragazzina confusa, dotata di poteri che non sapeva controllare. Una ragazzina che non era riuscita a salvare il suo amore di sempre ed era finita in trappola come una stupida. Una ragazzina in fuga da se stessa che aveva camminato un sacco senza sapere dove andava. E si era persa sotto terra.

Hoon si lasciò scivolare su una panca intarsiata nella roccia. Si mise la testa tra le mani e rimase immobile. Non si era mai sentita così inutile, sciocca e impotente. Da quando aveva visto Ares, si era quasi convinta che lei Sid e Luce non sarebbero mai riuscite a sconfiggerlo. In quel momento un ultimo dubbio le attraversò la mente. Se Sicano non avesse potuto insegnarle a controllare il suo nuovo potere, non sarebbe potuta tornare a casa.

— Cavolo e stracavolo! Si può sapere perché catacavolo non ci hai aspettate?

Hoon alzò gli occhi. Davanti a lei c'erano Luce con le mani sui fianchi e Sid con le braccia conserte.

— La prossima volta cerca di non gironzolare a vuoto, così non perdiamo ore a cercarti! — mugugnò Sid.

— Non pensavo che sareste venut…

— Cosa avremmo dovuto fare? Andar per funghi? — brontolò Sid allungandole un fazzoletto che dava l'impressione di aver soggiornato nella sua tasca una ventina di mesi.

A Hoon era bastato vederle per riprendere fiato. Sentire i loro rimbrotti, notare l'aria offesa di Luce e l'espressione imbarazzata di Sid, che si sarebbe trovata più a suo agio in mezzo a una rissa che di fronte alle lacrime di una persona a cui voleva bene, le avevano riacceso la speranza. Si era fatta travolgere dalla paura. Giurò a se stessa che non sarebbe più accaduto.

— Siamo venute a prenderti nel Dodekatheon affrontando i Tauri e non so bene che altre bestiacce. Raggiungerti qui è stata una passeggiata! — infierì Luce.

— Comunque per tutti siamo a casa Grimaldi, mentre per la signora Grimaldi siete da me — l'aggiornò Sid.

— E abbiamo il permesso di starci tre giorni. Senza nemmeno studiare — aggiunse Luce con un sorrisino che la diceva lunga su come aveva ottenuto quei permessi.

— Dobbiamo cercare Sicano o qualcuno che ci dica dove sia — disse Hoon.

— Già fatto — le rispose Sid.

***

Nel cortile in cui avevano trovato Sicano si respirava un'inconsueta atmosfera di pace e tranquillità. Due ingressi, con una porta e un cancello in ferro battuto ciascuno, lo mettevano in comunicazione con altrettanti cunicoli che si inoltravano nelle viscere della collina. Sulle volute dei cancelli si inerpicavano i viticci di un rampicante carico di fiori viola, che ricopriva anche tutte le pareti di roccia. Era un posto incredibile, soprattutto perché i cortili, visti dalla Piana dei Camini, non sembravano altro che crateri.

Luce era seduta vicino a Sicano e gli teneva una mano. Non l'aveva mai visto così stanco. Era accasciato su una sedia di giunco. Teneva la testa bassa e si muoveva a fatica. Aveva raccontato alle ragazze quanto negli ultimi giorni il suo compito di purificare l'Olimpo dal male lo avesse sfiancato. Era come se quel mondo, oltre a subire le conseguenze dell'affievolirsi della Fiamma d'Oro, non sopportasse più la morsa di Ares. In quel momento Hoon gli stava riferendo gli ultimi sviluppi. Sid era in piedi in fondo al cortile e teneva d'occhio il cancello istoriato da cui erano arrivate. Sembrava che aspettasse qualcosa o qualcuno.

— Dalla notte dei tempi nessun dio ha mai rinunciato al suo potere a favore di un altro — mormorò Sicano con voce affaticata. — Posso solo immaginare che provando a esercitare il Potere dei Sogni sulla madre di Sid, tu l'abbia innescato. Ma i poteri di Atena amplificano e distorcono quello di Morfeo, tanto da renderlo incontrollabile.

Luce notò lo sguardo deluso di Hoon. Nessuna di loro si sarebbe mai aspettata che Sicano non fosse in grado di aiutarle.

— Posso imparare a gestirlo? — chiese Hoon, che non sembrava volersi perdere d'animo.

— In un certo senso domini già il Potere dei Sogni, Atena. Almeno finché sei sveglia. Ma quando dormi tutto quello che sogni diventa reale. La miscellanea dei poteri che possiedi prende il sopravvento su di te.

Hoon sospirò. Luce si sentiva male nel vederla così preoccupata. Aveva voglia di scoppiare. Non sopportava quello che Ares le aveva fatto. Da quando la loro nuova vita di dee era cominciata, Hoon aveva dovuto affrontare il peggio. E in quel momento nessuno sembrava in grado di darle una mano.

— Ma insomma! — sbottò. — Lei ha sognato che la scuola crollava e quella è crollata. Ma ha sognato anche che io volevo smettere di essere una dea e non è successo. Ha sognato Sid che usava le sue armi contro quel Bonder, Boller... va be', quel tizio, ma non è successo. Questa fissazione che è tutta colpa sua non è credibile. Io la conosco. Lei non farebbe mai niente di male a nessuno!

Il vecchio Sicano le sorrise con dolcezza: — Nessuno pensa che l'abbia fatto volontariamente, Afrodite. E se voi due non foste state dee, vi sareste comportate come facevate nel sogno di Atena.

— Cosa devo fare, Sicano? Non posso tornare a Rainbow Hill se non rischiando di combinare altri disastri. E non posso vivere senza dormire mai. Credi che il Potere dei Sogni sia attivo anche qui sull'Olimpo? — chiese Hoon.

— Di questo sono certo — bisbigliò il vecchio.

— Allora non posso stare nemmeno qui — concluse la ragazza.

l'Unica Chance

Fino a quel punto Sid aveva cercato di trattenersi. Ma a quel punto esplose.

— Ti ricordi cosa avevamo detto ieri? Cosa avevamo deciso di fare? Be', facciamolo! Senza perdere tempo a farci domande senza risposta.

Hoon la fissò per un attimo e cominciò ad allineare i bicchieri metallici che si trovavano sul tavolo di giunco tra lei e Sicano.

***

A Rainbow Hill, Dude sentì un dolore lancinante trafiggergli la testa. Non riusciva a tenere gli occhi aperti. Era da Fatty Sam con Jamar, Craig ed Elise.

— Tutto bene? — gli chiese Jamar.

— A parte il fatto che sono meno in forma di mio nonno che sta per compiere novantotto anni, benissimo — biascicò. — Però adesso vado a casa. Ci vediamo più tardi.

— Ma non puoi lasciarci così — miagolò Elise.

— Serve un passaggio? — la ignorò Jamar.

Dude fece cenno di no con una mano e uscì dal bar. L'aria fresca gli diede un po' di sollievo, ma non fu sufficiente per cancellare quell'insopportabile fitta pulsante che gli attraversava il cranio.

Si incamminò verso casa, cercando di pensare a cose piacevoli che gli rendessero più tollerabile il dolore. E la cosa più piacevole a cui riuscì a pensare fu Luce.

Chissà se l'aveva vista quella mattina. Non se lo ricordava più. La scuola era crollata… poi aveva parlato con Sid… e si era ritrovato da Fatty Sam. Tutto quello che c'era in mezzo… buio assoluto. Di nuovo.

Si ritrovò seduto su uno scoglio a picco sul Potamok. Non aveva la più pallida idea di come ci fosse arrivato. "Mi sto rimbecillendo" pensò.

Sentì una vampa di calore sprigionarsi nella sua tasca. D'istinto tirò fuori quello che c'era dentro. Il portafortuna di Sasha. Dalla pietra rossa e incandescente scaturì una luce intensissima che quasi l'accecò. Dude sentì una voce risuonare dentro la sua testa.

Tocca la pietra.

Lui lo fece. E cominciò a precipitare. Cadde per un tempo infinito, vide albe e tramonti, montagne sconosciute e mari profondi, sentì grida di dolore e risate folli, profumo di fiori e odori putridi. Poi più nulla.

***

— Scusate tanto se oso intromettermi negli affaracci vostri, ma di cosa state parlando? — domandò Luce.

— Sid vuole scendere nell'Ade — mormorò Hoon.

— Non siete pronte! È ancora presto! — si animò Sicano.

— Sì lo so, dobbiamo crescere come dee e bla bla bla. Ma non ci riusciremo restando qua a guardar crescere l'erba! — ringhiò Sid. Era la prima volta che Luce la sentiva rivolgersi a Sicano in quel modo.

— Sid — cercò di calmarla — sacrificarci non salverebbe Jared. E non sarebbe di aiuto a nessuno.

— Dovresti ascoltare Afrodite. Se anche riusciste a scendere nell'Ade e a trovare Morfeo, ma per qualsiasi motivo non riusciste a salvarlo, non potreste più riprovarci. I guardiani non concedono a nessuno una seconda occasione — intervenne Sicano. — Io intanto potrei aiutare Hoon a non dormire per un po'. Ricordatevi che Morfeo non è l'unico ad aver bisogno di voi.

— Ma siamo noi ad aver bisogno di lui. Lui conosce bene il Potere dei Sogni, lui ha conservato i nostri ricordi di dee e solo lui può restituirceli per farci tornare forti come siamo state. Quindi se vogliamo crescere dobbiamo andarlo a riprendere. Da qualsiasi punto di vista la si guardi, scendere negli Inferi è l'unica scelta che abbiamo.

— Certo che è così. Farlo subito però è una follia — sbottò Luce.

— Rimandare non cambierà nulla — ribatté Sid sicura. Poi si avvicinò a Hoon. Le mise una mano sulla spalla mentre lei continuava fissare i bicchieri allineati.

— La scelta sta a te. Sai come la penso, ma qualsiasi cosa deciderai, io sarò dalla tua parte. — Sid aveva l'aria di voler chiudere il discorso. Poi si voltò verso Sicano. — Non volevo aggredirti — borbottò.

— Non l'hai fatto — le sorrise Sicano. — Conosco il tuo coraggio.

— Dammi il Mercur, Luce — aggiunse Sid.

Lo prese, lo avvicinò alla bocca e disse ad alta voce: — Auron. — Sul display si accese il navigatore che riportava una mappa piuttosto precisa della Sinfalide. In un angolo lampeggiava una testa di civetta, il simbolo di Atena, che indicava la posizione di Auron. Esattamente come era successo nel bosco di Blustery Hill, quando grazie al Mercur le ragazze avevano scovato la posizione della Sfera Armillare in cui Jared aveva nascosto il Potere dei Sogni.

— Visto Hoon? È così che abbiamo trovato Sicano e anche te. Abbiamo uno strumento in più e possiamo usarlo a nostro vantaggio. Considera anche questo quando farai la tua scelta. Io intanto devo parlare con Auron.

— Perché adesso? — chiese Luce.

Sid non le rispose. Sparì nel cunicolo con gli occhi puntati sul display del Mercur.

Telos

Seguendo le indicazioni della mappa sul Mercur 3000, Sid raggiunse una scalinata scavata nella roccia che portava all'esterno. Rispetto alla Piana dei Camini, doveva essere dall'altra parte della collina. Al termine della scala c'era un piazzale. Il perimetro, coperto da enormi glicini arrampicati sulle pareti di roccia, era intervallato da torri costruite con grandi massi. Al centro dello spiazzo, insieme a un gruppo di giovani armati c'era un uomo con una tunica nera e una maschera d'oro. Auron. Appena lo individuò, Sid si precipitò giù. Quando la vide anche lui, le andò incontro a passo veloce.

— Sidney! — la chiamò. Non Artemide. Non Sid. Sidney. Come la chiamava da piccola.

La ragazza sentì che una parte di lei avrebbe voluto abbracciarlo. Un'altra parte avrebbe voluto chiedergli come chiamarlo: se Auron, David o papà. Decise di ignorare entrambi i desideri.

— Cosa sta succedendo? — gli chiese indicando il gruppetto armato da cui Auron si era separato.

— Lo chiedo a te: perché sei qui? — ribatté Auron con tono preoccupato.

— Hoon voleva parlare con Sicano. — Sid si tenne sul vago e indicò di nuovo il gruppetto.

— La situazione sta peggiorando — le spiegò il padre. — La Fiamma d'Oro è sempre più debole e l'Olimpo si corrompe ogni giorno di più. In certe zone l'aria è irrespirabile, in altre le falde acquifere sono diventate putride come era successo al Lago delle Nereidi, la vegetazione secca all'improvviso e qua e là divampano orrendi fuochi senza che nessuno li abbia appiccati. Tutto questo e le legioni di Ares rendono impossibile la vita a chiunque.

Mentre il padre parlava, Sid notò una delle ragazze armate che portava sull'avambraccio sinistro un'armilla a forma di rapace. La vide allontanarsi dal gruppo e andare ad aprire il portone di una delle torrette. Ne uscirono strani animali, imponenti e maestosi, sellati e brigliati come cavalli, ma con due differenze non irrilevanti: erano grossi più del doppio e sembravano volatili. Avevano potenti gambe da struzzo, ma più forti e robuste, ali enormi di un magnifico piumaggio blu e becchi adunchi che avrebbero potuto recidere un piccolo tronco d'albero senza difficoltà.

— La Sinfalide è una delle poche zone ancora vivibili dell'Olimpo. Noi cerchiamo di accogliere tutti quelli che ce lo chiedono. Vedi quei leucrota? — disse Auron indicando gli strani animali che la ragazza aveva portato al centro del piazzale e sui quali stava facendo salire i suoi compagni.

— Sarebbe difficile ignorarli — rispose Sid, mentre il più piccolo di quegli uccelli, che non era né sellato né brigliato, le si avvicinava. Sembrava incuriosito dalla sua presenza.

La ragazza sentì Auron fare uno strano fischio e tutti i leucrota scomparvero all'istante. La cosa più stupefacente era che i cavalieri erano rimasti sospesi a mezz'aria. Anche le selle e le briglie fluttuavano nel vuoto.

Sid sentì che qualcosa la sfiorava e poi Auron che faceva un altro fischio, diverso dal precedente. L'animale che si stava avvicinando riapparve di fronte a lei.

— Hanno il dono dell'invisibilità!? — esclamò Sid.

— Sono piume mimetiche. Dobbiamo andare a recuperare un gruppo di persone a Nazan. Nasconderemo noi stessi, i nostri ospiti e i finimenti sotto le loro ali. I servi di Ares non riusciranno a individuarci.

Sid fece una carezza al leucrota che le si era avvicinato. Sembrò che lui non aspettasse altro, e più lei lo accarezzava più lui le stava addosso con tutta la sua stazza di cucciolone formato gigante.

— Ha un nome? — domandò Sid.

— Telos — rispose Auron. — I leucrota sono creature incredibili: sensibili, resistenti, coraggiose e perfettamente addestrate. Lui è uno dei più giovani, ma ha un talento speciale in tutto quello che fa.

Poi sospirò: — E tu hai sempre avuto un talento speciale con gli animali.

Fino a quel momento Sid non aveva trovato il coraggio di fare le domande che aveva in serbo per Auron. Ma quel riferimento al loro passato le impedì di trattenersi.

— Non dirmi che non è il tempo delle risposte, perché non l'accetterò come risposta! — esplose d'un fiato. Poi più a bassa voce e continuando ad accarezzare il leucrota fece la domanda che più di tutte le altre le faceva bruciare l'anima: — Perché non sei mai tornato a casa?

Auron abbassò la testa.

— Come avrei potuto? Non sono una divinità e non possiedo alcuna pietra dei poteri — mormorò.

— Ma tu sei arrivato attraverso l'arcobaleno di Iris — insistette Sid.

— Dopo avermi portato qui, la dea dell'Arcobaleno è stata fatta prigioniera da Ares — le rispose lui.

All'improvviso Sid si sentì più leggera. Quello che temeva, che temeva più di ogni altra cosa al mondo, più dell'idea di affrontare Ares in persona, era che fosse stato Auron a non voler tornare. Ora che quel dubbio era svanito, fare le altre domande sarebbe stato più facile.

— Perché non mi hai detto che eri tu la prima volta che mi hai visto?

— Tutte voi avevate appena scoperto una nuova identità, una nuova vita e un mondo di cui non ricordavate l'esistenza. Ho pensato che rivelarmi subito sarebbe stato per te troppo duro da sopportare — spiegò lui. — È probabile che io abbia sbagliato...

Sid non disse nulla.

— L'ultima volta che ti avevo vista, avevi poco più di tre anni. Piangevi e sporgevi le braccia verso lo squarcio in cui stavo precipitando. Non sono riuscito a capire subito che non sei più la bambina di allora. E non l'ho capito nemmeno l'ultima volta che abbiamo parlato, quando ho tentato di rimandare le spiegazioni che ti devo. Per quanto io sappia che tu sei anche Artemide, per me resti la mia piccola Sidney.

A quel punto Sid si sentì immensamente felice. Tanto

che ebbe l'impressione che nel piazzale fosse aumentata la luce. Poi ebbe un'idea.

— Hoon, Luce e io abbiamo tre pietre! Adesso puoi tornare! Ti darò la mia ossidiana in modo che tu raggiunga Rainbow Hill. Luce e Hoon verranno con te. Poi una di loro mi riporterà la mia pietra e tornerò anch'io. La mamma sarà felicissima! Lei ha sempre creduto…

Nel vedere Auron sussultare, Sid si bloccò. Immaginò un'espressione cupa sotto la maschera d'oro.

— Io non… — fece lui.

— È ora! — urlò la ragazza che aveva portato i leucrota.

Auron mise una mano sulla spalla di Sid, ma lei si irrigidì.

— Devo andare, ma ti prometto che ne riparleremo.

"Grazie al cavolo! Se non vuoi tornare basta dirlo" pensò Sid, ma non disse nulla. Si limitò a guardare il padre che si allontanava. Avrebbe avuto voglia di rompere la faccia a qualcuno. Di tirare di scherma fino allo sfinimento. O di scendere nell'Ade. Non le importava niente di quello che sarebbe potuto succedere.

Mentre gli altri leucrota si alzavano in volo con in sella i loro cavalieri, Telos le diede un colpetto con la testa, come se fosse offeso dal fatto che lei aveva smesso di considerarlo.

— Vedo che anche tu sei rimasto solo — sospirò la ragazza. Abbracciò il petto dell'animale e affondò il volto nel suo morbido piumaggio. Non voleva vedere suo padre diventare evanescente tra le ali mimetiche dei leucrota. Non voleva vederlo scomparire. Non di nuovo.

Fischi a Raffica

Luce versò da bere a Sicano che era ancora seduto sulla sedia nel cortile.

— Riuscirò mai a dominare il Potere dei Sogni come faceva Morfeo? — gli chiese Hoon.

Il vecchio scosse la testa pensieroso.

— Puoi immaginare Afrodite che rotea sciabole come Artemide? O Sid che sbatte le ciglia con il fascino di Afrodite?

Luce sentì l'ennesimo, profondo sospiro di Hoon. Evidentemente quello che aveva chiesto Sicano era l'ultima cosa che voleva sentirsi dire.

Il rumore metallico del cancello annunciò l'arrivo di Sid, con l'aria di essere di pessimo umore. Aveva con sé una specie di sacco con dentro qualcosa, ma non si capiva cosa fosse.

— Allora… che si fa? — ringhiò.

— Si fa come volevi tu, ignorando il mio parere — rispose Luce teatralmente. Non era per niente d'accordo con la scelta di Hoon, ma era pronta a scendere negli Inferi. Insomma… non si è amiche per caso. — Però se torneremo a casa, per tre settimane deciderò io i film che vediamo al cinema. E saranno tutti mooolto romantici.

— *Quando* torneremo a casa — puntualizzò Sid.

— Vi prego, Signore dell'Olimpo. Vorrei non aver acceso in voi speranze vane. Per quanto sia possibile raggiungere l'Ade, da quando Ares domina questo mondo nessuno ci è più riuscito — provò di nuovo a dissuaderle Sicano.

Sid si portò il Mercur 3000 alla bocca con l'aria di chi sa perfettamente dove vuole arrivare.

— Il tragitto per l'ingresso all'Ade — sussurrò.

L'immagine sul display mostrò una mappa. Due teste di civetta presero a lampeggiare sui due spigoli opposti dello schermo a indicare la loro posizione nella Sinfalide e quella della loro meta.

Sid consegnò il Mercur a Hoon.

— Sembra lontanissimo — sospirò lei.

Sid non le rispose, ma si portò le dita alla bocca e fece un fischio.

Luce sgranò gli occhi.

— Hai preso una botta in testa? — sbottò.

Sid fischiò di nuovo e fece un gesto di stizza. Provò ancora e ancora. Luce non sapeva cosa pensare, ma appena vide l'espressione orgogliosa scolpita sul viso di Sicano decise di non dire nulla. Almeno per una ventina di secondi. All'ennesimo fischio, Sid fece un aria soddisfatta.

— Posso chiederti cosa cavolo hai fatto? — domandò Luce, ma non riuscì a capire il gesto di risposta di Sid che sorridendo puntò il dito verso l'alto e si mise a guardare il cielo. Allora si rivolse a Sicano.

— Piuttosto… dov'è Eadris? Non mi va di lasciarti qui da solo.

— Lo ignoro — rispose il vecchio con una ruga che gli scavava più profondamente la fronte. — Ma so badare a me stesso.

Un'improvvisa raffica di vento attraversò il cortile. Pochi secondi dopo la luce si abbassò come se fosse calata improvvisamente la sera e il cielo fosse precipitato su di loro.

Sid fischiò nuovamente.

Appena Luce si accorse del gigantesco volatile che era comparso sulla tettoia urlò e si buttò su Hoon, scaraventandola a terra.

— Attenta! — gridò disperata.

***

Con la faccia a terra e Luce spiaccicata addosso, Hoon sentì Sid ridere di gusto.

— Lui è Telos! Ci accompagnerà nell'Ade!

— Non sei cambiata, Artemide — sussurrò Sicano. — Il tuo impeto e la tua decisione non hanno mai conosciuto ostacoli ed è ancora così.

Luce guardava l'animale con sospetto.

— Non morde? Cioè... non becca? Cioè... non è che ci vede come spuntini? — chiese Luce sollevandosi da terra e liberando Hoon che si sentiva tutta acciaccata.

Sid si avvicinò a Telos, che spiegò un'ala per farsela salire in groppa. Lei gli tese una mano e lui le avvicinò il becco per farsi accarezzare. Con la testa le diede una spinta e la issò su.

Hoon sorrise. Per quanto imponente e maestosa, quella creatura emanava una dolcezza spaccacuore.

— Aehm — borbottò Luce per niente convinta. — Immagino che tocchi a me...

Si avvicinò a Telos come se stesse andando al patibolo e lui le offrì l'ala come aveva fatto con Sid. La ragazza allungò la mano e toccò una piuma con incertezza.

— Ma è morbida! — trillò sollevata.

Hoon smise di osservarla e si avvicinò a Sicano.

— Non pensare che non abbia considerato il tuo parere. È solo che...

— Anche saper decidere da sole significa crescere. — le sussurrò commosso il vecchio con gli occhi di pietra.

— Grazie — mormorò Hoon. Voleva bene a Sicano. Sin dalla loro prima volta sull'Olimpo, era stato la loro guida. Il suo parere contava molto. Era l'unica certezza che avevano in quel mondo ancora sconosciuto. Pensò che forse non l'avrebbe rivisto. Ma per Jared avrebbe osato anche di più.

***

Nei cieli purpurei dell'Olimpo, imparare a comunicare a Telos la direzione da seguire e chiedergli di mimetizzarsi non era stato semplice. Sid e Luce si erano contese il ruolo di "pilota". I loro ordini contraddittori avevano mandato in tilt il povero animale, che aveva perso l'assetto di volo un paio di volte, rischiando di farle precipitare al suolo. Alla fine Luce si era resa conto che Telos aveva un rapporto più intenso con Sid che con lei e le aveva concesso il privilegio di guidarlo. Da quel momento il volo era andato meglio e tutte e tre erano riuscite a rimanere nascoste sotto le sue ali mimetiche.

Hoon, con gli occhi puntati sul display del Mercur, si sentiva più leggera. Quello che era successo a Jared l'aveva tormentata e resa infelice. Adesso, mentre la possibilità di salvarlo come aveva giurato si avvicinava, era serena. Improvvisamente sentì il vuoto sotto di lei.

— Tenetevi! — gridò Sid. — Sta puntando in picchiata verso terra!

Hoon riuscì appena a dare un'occhiata al Mercur. Erano quasi arrivate. Senza aver ricevuto alcun ordine, Telos aveva cominciato a scendere, come se la vicinanza all'ingresso degli Inferi lo avesse messo in allarme.

Quando fu vicino al suolo planò dolcemente e atterrò. Distese un'ala per far scendere le ragazze e si accucciò a terra per riposarsi. Sid aprì lo strano telo che si era portata dietro. Appena il leucrota ne vide il contenuto sbatté allegramente le ali. Era una specie di tubero gigantesco. Sid glielo avvicinò al becco e lui lo afferrò con compiaciuta delicatezza.

— Allora avevi previsto tutto! — esclamò Luce ammirata. — Non sei andata da Auron, ma a cercare...

— Ho veramente visto Auron. Ma ho anche conosciuto Telos. Ho pensato che il suo aiuto ci potesse essere utile e ho preso questa specie di... di...

— Megasnack per gigafalchi? — propose Luce.

Sid sorrise.

Hoon si guardò in giro, tenendo d'occhio anche il Mercur. Si trovavano in quella che sulla Terra sarebbe potuta essere la radura di un bosco di alberi altissimi, ma il suolo era di sabbia. Il rumore del corso d'acqua vicino al quale si era accucciato Telos riempiva l'aria, carica di un odore dolciastro.

— Andiamo? — chiese Hoon.

Sid e Luce salutarono Telos e la raggiunsero. Percorsero la prima parte del tragitto chiacchierando. Ma più si allontanavano dal punto di partenza, più l'aspetto degli alberi cambiava. In peggio.

— Che schifo di posto — si lamentò Luce, senza la minima ironia nella voce.

ai Piedi del Trono

Sulla Torre Uranide il Signore della Guerra spinse lo sguardo lontano: aspettava il segnale delle sue vedette. Finalmente, sotto il cielo di porpora, una luce giallastra illuminò il cielo. Le sue nemiche erano comparse esattamente dove lui si aspettava. Se Atena fosse stata sapiente come tutti pensavano, si sarebbe guardata dal tentativo di scendere negli Inferi. Ma come lui ormai aveva capito, era pronta ad affrontare il peggio per quella sottospecie di dio minore che era stato Morfeo.

Ares rise sprezzante dell'amore che l'aveva resa vulnerabile. Prima che le sue nemiche gli sfuggissero, rinascendo come mortali sulla Terra, aveva sprecato legioni e armate per sconfiggerle. Ma Atena, Artemide e Afrodite avevano ribattuto colpo su colpo ai suoi attacchi. Se allora avesse saputo che per sconfiggerle sarebbe bastato far leva su un sentimento così patetico, avrebbe ottenuto la vittoria parecchio tempo prima. E proprio approfittando di quella ridicola emozione, il suo guerriero terrestre aveva già rubato una stilla del potere di Afrodite. Ora gli mancavano solo quelle di Atena e Artemide, ma presto sarebbero state sue. Era sicuro che le sue nemiche avrebbero piegato quel meschino terrestre con estrema facilità, ma per farlo avrebbero dovuto utilizzare i loro poteri. E così gliene avrebbero consegnato una piccola parte.

— Ecco colei che cercavi — muggì il Tauro guardiano appena entrato sulla sommità della torre. Ghermiva la spalla di una ragazza magrissima e tremante, con gli occhi incavati in un viso pallidissimo e le gambe arabescate come corteccia d'albero. La scaraventò a terra e tornò da dove era venuto.

— È ora che tu mantenga la promessa — tuonò il dio.

— Se tu manterrai la tua — rispose la ragazza senza smettere di tremare, mentre cercava di alzarsi.

Il Signore della Guerra liberò il suo disprezzo in una risata arrogante.

— Quanto coraggio da parte un rifiuto della Sinfalide. Tuo padre Sicano sarebbe fiero di te, Eadris.

— Ricorda che quando avrai vinto, dovrai risparmiarlo — insistette la ragazza in ginocchio.

— Non ti fidi della parola di un dio? — ghignò Ares. — Comincia a fare la tua parte. Nel bosco all'ingresso dell'Ade troverai il corpo di un mortale. Strappagli il rubino di Dioniso e portamelo. Se le dee se ne fossero già impossessate, fattelo consegnare!

La Spianata delle Illusioni

Hoon si sentì percorrere da un brivido. Seguendo le indicazioni del Mercur, lei e le amiche erano finite in un acquitrino in mezzo a orrendi alberi anneriti. Sembravano bruciati. I tronchi evocavano le pose distorte di figure umane deformate dal dolore. Dai rami pendevano rare foglie nere che fluttuavano allo spirare del vento. Il nero degli alberi e il porpora del cielo si riflettevano sulla superficie dell'acqua.

— Gli alberi soffrono — sussurrò Luce.

Per quanto quell'affermazione suonasse assurda, Hoon non la contraddì. Non aveva mai visto niente di più agghiacciante. Sapeva che di fianco a lei c'erano Sid e Luce, ma si sentiva sola. Quel posto era maligno, cercava di fermarle. Ogni passo era più difficile e pesante del precedente. I piedi le affondavano nella sabbia sul fondo, come se volessero radicarsi definitivamente nel punto in cui si appoggiavano.

— Non ce la faccio. Voglio andare via — sussurrò Luce con voce tremante. E si fermò come se i muscoli le impedissero di proseguire. Hoon cercò di non guardarla. Temeva che se avesse visto il terrore sul suo viso si sarebbe fermata anche lei.

— Nessuna di noi è sola — mormorò, senza convinzione.

Luce non le rispose. Nonostante la sua intenzione di procedere, Hoon si rese conto di non essere più in grado di muoversi. Pochi metri davanti a lei anche Sid si bloccò. Portò la mano al portachiavi, come se avesse avvertito un pericolo. L'ossidiana, la pietra dei poteri di Artemide, esplose in mille frammenti e si andò a ricomporre in una spada. Sid la puntò contro una foglia che si era staccata dall'albero e vorticava pigramente verso la superficie rossastra dell'acqua. Nel punto esatto in cui cadde, si addensò l'immagine di una figura umana che pulsando si sollevò dalla superficie. Con un affondo Sid cercò di colpire quella creatura, prima di punta poi di taglio.

La trapassò da parte a parte più volte, ma quella era totalmente incorporea e le fluttuava vicino senza alcun timore. Poi assunse le sembianze di Gail. Sid smise di attaccare e Hoon si rese conto di quanto fosse assurdo quello che stava vedendo. All'improvviso, come se l'amica non l'avesse nemmeno voluto, l'arma esplose in mille frammenti e si ricompose nell'ossidiana sul portachiavi.

Una raffica di vento maligno fece staccare dagli alberi una pioggia di foglie nere che a contatto con l'acqua generarono altre figure umane. In un lasso di tempo che Hoon non avrebbe saputo calcolare, le ragazze si ritrovarono circondate da persone che conoscevano. Nessuna di loro riusciva a muoversi o a parlare.

"Spettri" si disse Hoon. Ma vedeva suo padre e sua madre. Vedeva Yong. Gail. Auron. I genitori di Luce. Gingi. Tutti loro sorridevano malignamente. E più si avvicinavano più sembravano veri e reali. Ma i loro corpi non proiettavano ombre.

"Spettri" si disse di nuovo Hoon, credendoci sempre di meno.

***

Sid ebbe l'impressione che sua madre le stesse dicendo qualcosa, ma non riusciva a udire alcun suono. Uno strano torpore si stava impossessando di lei. Era stanca… Avrebbe solo voluto dormire. Si accorse che anche Auron le si stava avvicinando. Ma aveva troppo sonno. Abbassò le palpebre. Con gli occhi chiusi le sembrò di sentir risuonare la voce di Gail. «Perché non mi hai detto che papà è ancora vivo?» Lei sapeva di aver avuto un buon motivo per non parlare, ma in quel momento non le venne in mente. Non sapendo cosa rispondere, non disse nulla. Non sapendo cosa fare, non si mosse.

***

Luce chiuse gli occhi per smettere di vedere le espressioni malevole dipinte sui volti dei genitori e di Gingi. Non sapeva come ci fossero arrivati, ma era sicura che la loro presenza lì fosse sbagliata. Le venne in mente il profumo di vaniglia che la sera spruzzava sulle lenzuola. E la sensazione di quando se ne stava avvolta nelle coperte senza essere davvero sveglia, ma non ancora addormentata. Era stupefacente il passaggio da quello stato al sonno. Era come cadere all'indietro ed essere accolte in un abbraccio caldo e morbido. Quell'abbraccio che lei desiderava più di ogni altra cosa. Si lasciò andare. Finalmente stava bene.

***

"Non è Yong. È solo uno spettro" pensò di nuovo Hoon combattendo contro il sonno. Non poteva permettersi di dormire. Proprio non poteva. Se l'avesse fatto avrebbe potuto radere al suolo il villaggio della Sinfalide. E uccidere chiunque si fosse trovato intrappolato al suo interno. Avrebbe potuto fare del male a Sid e Luce, senza nemmeno volerlo. Non poteva, non voleva e non doveva dormire. Pensò di evocare i suoi poteri. Non riuscì a farlo come non sarebbe riuscita a sollevare una macchina da sette tonnellate. Le si stavano chiudendo gli occhi. Vedeva l'acquitrino e gli alberi neri attraverso la sottilissima fessura tra le ciglia. Vicino agli spettri di Gail e Auron c'era Sid… o non era lei? Aveva la testa piegata in avanti come se dormisse. Al posto delle gambe un tronco annerito. C'era Luce, con foglie nere tra i capelli biondi e le braccia che sembravano rami. Hoon non poteva sopportare la vista di quell'orrore, ma non poteva nemmeno combatterlo. Gli spettri ormai le erano vicinissimi. Riuscì a sollevare una mano per afferrare quella di suo fratello Yong che le stava di fianco. Fu come stringere un soffio di fumo.

Hoon cedette al sonno. Pensò che non sarebbe mai riuscita a raggiungere Jared.

la Dimensione della Notte

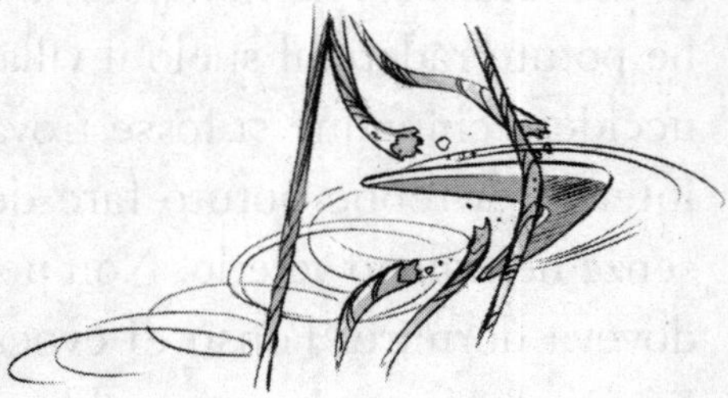

Fu questione di un attimo. Nel momento in cui aveva ceduto al sonno, Hoon aveva pensato a Jared. Quel pensiero l'aveva risvegliata subito, come se si fosse ricordata all'improvviso di qualcosa di importante. Ma attorno a lei tutto era cambiato. Era notte. Al posto degli alberi neri c'erano persone, giovani e adulti dell'Olimpo e soprattutto lykaon e tauri. Tutti erano immobili, incatenati nelle alghe melmose che salivano dalle acque rossastre dell'acquitrino. C'era Sid con gli occhi spalancati e fissi. Senza reagire guardava gli spettri senza volto che le attorcigliavano le alghe attorno alla vita. Le gambe ne erano già avviluppate.

— Non combattere. Lasciati andare — sentì dire dallo spettro senza volto che aveva di fronte. Hoon si concentrò e si accorse che quell'essere le stava mettendo addosso le stesse alghe, lunghe come liane, con cui gli altri stavano intrappolando Sid. Sentendo il tocco della mano dello spettro, Hoon si accorse che adesso era corporeo.

Improvvisamente si rese conto di avere gli occhi chiusi. Li aprì e di nuovo il panorama cambiò. Era di nuovo giorno. Di nuovo c'erano gli alberi neri. Sid sembrava addormentata, o almeno quello che di Sid rimaneva. Il suo corpo fin quasi alla vita si era trasformato in un tronco. Gli spettri di Gail e Auron le fluttuavano intorno con i loro sorrisi maligni.

Hoon chiuse gli occhi e di nuovo fu notte. Vide le creature senza volto che circondavano Sid di alghe e i prigionieri incatenati. Li riaprì e vide gli alberi neri e Sid in versione albero. Chiuse gli occhi e vide le creature informi attorno a Luce che aveva busto, gambe e braccia intrappolate dalle liane acquatiche. Li aprì e vide che la sola parte del corpo di Luce che fosse ancora riconoscibile era il volto: il resto era corteccia nera.

Era come se loro tre fossero sospese a cavallo di due dimensioni, in cui illusioni e realtà si intrecciavano. Nella prima era giorno, Sid e Luce erano addormentate e si stavano trasformando in alberi, nella seconda era notte e gli spettri le intrappolavano con le alghe. Nella dimensione del giorno gli alberi erano solo alberi, in quella della notte Hoon riusciva a vedere quello che erano davvero: uomini, tauri e lykaon imprigionati.

Nel giorno gli spettri avevano quasi tutti le sembianze dei loro famigliari ed erano incorporei: impossibili da attaccare sia per il loro aspetto che per la loro consistenza. Nella notte erano capaci di imprigionare con le alghe. Chi ne veniva ricoperto nella dimensione notturna, diventava un albero riarso in quella diurna.

Hoon era confusa, Non poteva muoversi né riusciva a immaginare una via di fuga o a capire cosa fosse vero e cosa illusorio. Sid e Luce non sembravano in grado di aiutarla. Nella dimensione della notte non reagivano, in quella del giorno dormivano...

clic

Era così semplice, così ovvio che non ci aveva pensato. Hoon aprì gli occhi e vide le sue amiche addormentate tra gli alberi neri e circondate dalle loro famiglie spettrali. Ignorò i volti di Yong, della madre e del padre che le stavano vicino. Pensò alla distesa di papaveri rossi ed evocò il Potere dei Sogni. L'unica sua speranza era riuscire a usare il dono di Morfeo sulle altre come aveva fatto con Gail.

— Sid — mormorò Hoon — usa i tuoi poteri. Puoi farlo.

Non successe nulla. Nella dimensione del giorno Sid,

o quello che rimaneva di lei oltre la corteccia, continuò a dormire. Hoon chiuse gli occhi. Nella dimensione della notte vide Sid muovere un braccio e afferrare il portachiavi sotto le alghe che l'avvolgevano. Quando l'ossidiana esplose, i frammenti lacerarono le liane acquatiche e si andarono a ricomporre in un boomerang dai bordi taglienti.

Sid colpì gli spettri informi che aveva di fronte e loro si dissolsero in vortici scuri. Continuò a colpire, colpire e colpire.

Hoon aprì gli occhi. Nella dimensione del giorno Sid era ancora addormentata e immobile, ma il suo il corpo non era più un tronco. Gli spettri di Gail e Auron persero la loro fisionomia umana e si rimpicciolirono. Cominciarono a fluttuare, e vorticarono verso i rami degli alberi neri. Quando li raggiunsero si erano trasformati in orrendi rapaci dello stesso colore delle piante.

Hoon valutò che l'arma di Sid aveva funzionato perfettamente, ma non sapeva se in quella situazione i poteri di Luce le si sarebbero potuti ritorcere contro. Sull'Olimpo Afrodite sapeva usare i poteri dei suoi nemici, ma era già successo che dei suoi nemici assorbisse anche l'identità. Hoon non volle rischiare.

— Sid, libera anche Luce e me — mormorò.

Chiuse gli occhi e tornò nella dimensione della notte. Vide Sid che lanciava il boomerang verso gli spettri che circondavano Luce. Quando vennero colpiti si tramutarono in un vortice impazzito. Poi si rifugiarono tra le alghe che avvolgevano gli altri prigionieri. Luce si mosse leggermente. Sid richiamò l'arma e la lanciò contro di lei.

Hoon si sentì morire. Vide il boomerang roteare verso la sua amica. Avrebbe dato qualsiasi cosa per poterlo fermare, ma non poteva ancora muoversi. Lì, nella dimensione della notte, gli spettri dei suoi famigliari continuavano ad avvolgerla con le alghe, stringendole una liana attorno al collo.

Il boomerang era a un centimetro dal corpo di Luce.

Poi le arrivò addosso.

Appena l'arma recise le liane, Sid la richiamò.

Hoon tirò un sospiro di sollievo. Avrebbe dovuto fidarsi dei poteri di Artemide! Quando vide il boomerang di Sid saettarle contro, non ebbe paura. Appena fu libera dalle alghe, provò a muoversi e ci riuscì. Aprì gli occhi e si accorse che nella dimensione del giorno gli spettri erano scomparsi, ma tra i rami contorti degli alberi erano appollaiati i rapaci neri. Luce e Sid sembravano ancora addormentate.

— Sid, libera gli altri prigionieri — sussurrò Hoon, nonostante tra questi ci fossero soprattutto gli scherani di Ares.

Chiuse gli occhi, ma non vide nulla. La dimensione della notte era svanita.

il Guerriero di Ares

Sid sussultò. Ebbe l'impressione di essersi svegliata di soprassalto nel bel mezzo di un incubo atroce. Sui rami contorti degli alberi neri vide appollaiati orridi uccelli che la scrutavano con malevolenza. Sua madre e Auron erano scomparsi. Come erano scomparsi anche Yong, Gingi e tutti gli altri.

— Ma cosa cavolo…

Non riuscì a finire la frase. Rabbrividì quando gli uccelli presero il volo. Il frenetico sbattere delle loro ali coprì ogni altro suono. Fu come se la loro fuga stesse trascinando via tutto. Gli alberi neri e l'acquitrino lasciarono il posto a normalissime piante con corteccia marrone e foglie verdi su un suolo sabbioso.

Hoon si lasciò cadere a terra. Sembrava stanchissima.

— Qualcuno sa spiegarmi cosa è successo? — chiese Luce agitata.

— Abbiamo affrontato… ehm… diciamo, spettri. Hanno assunto la forma dei nostri famigliari per impedirci di attaccarli, ci hanno addormentate e… trasportate nella loro dimensione, suppongo. Hanno tentato di intrappolarci trasformandoci in alberi neri, come credo abbiano fatto con tutti coloro che hanno tentato di raggiungere l'Ade prima di noi.

— Vuoi dire che gli alberi neri erano…

— Umani, lykaon e tauri prigionieri. Ho provato a dire a Sid di salvare anche loro, ma dopo che mi ha liberata, la dimensione in cui ci avevano portate gli spettri è svanita.

— Io ti ho liberata? — domandò Sid.

— Hai liberato tutte noi.

— Eh? Mi sembrava di aver parlato con mamma…

— Ho usato su di te il Potere dei Sogni. Quello che ti dicevo di fare nella dimensione in cui dormivi aveva conseguenze anche nell'altra — spiegò Hoon.

Sid si sentì molto fiera della sua amica e l'aiutò a rialzarsi.

— Brava — mormorò. — Ti ho già detto che sei un mito?

Hoon le sorrise.

— Ma i prigionieri? Cioè gli alberi neri e tutto il resto… dove sono finiti adesso? — domandò Luce.

— Non lo so — sospirò Hoon.

— Comunque gli spettri non avevano l'aspetto solo dei nostri famigliari. Io ho visto anche Auron… — la interruppe Luce.

Sid trasalì. E non solo per quello che aveva appena detto Luce, ma anche e soprattutto per la figura che era appena sbucata dagli alberi di fronte.

— Dude?! — ringhiò portando immediatamente la mano alla sua pietra.

— Io veramente non l'ho visto — sentenziò Luce.

— Alle tue spalle — spiegò Sid.

L'ossidiana esplose in mille frammenti e si ricompose in un giavellotto.

***

Luce rimase senza fiato mentre lo spettro di Dude avanzava minaccioso verso di loro.

Aveva in mano una piastra di metallo nel cui centro splendeva una pietra rossastra. La sollevò e dalla pietra scaturì una pioggia di raggi e scintille, che saettarono verso di loro. Le ragazze li scansarono buttandosi a terra.

— Pensavo avessimo sconfitto gli spettri! — esclamò Luce.

— Pare di no, ma questa volta non li lasceremo avvicinare — asserì Sid, e si preparò a scagliare il giavellotto. Gli occhi di Hoon erano già accesi della stessa potente luce violacea di cui risplendeva l'ametista del suo orecchino. Alzò le braccia ed evocò un fulmine per schiantarlo su Dude. Ma lui sollevò la piastra e la pietra assorbì il lampo rompendolo in mille fasci di luce. In quell'istante l'ombra del ragazzo si stagliò sul suolo.

— Cavoli! Gli spettri dell'acquitrino non avevano ombra! — urlò Luce. Troppo tardi.

Sid aveva già scagliato il giavellotto che stava per colpire il bersaglio. Ma Dude la intercettò con la pietra della piastra. Al contatto tra le due armi lampeggiarono scintille nere, poi quella della dea finì a terra.

— Non fate nulla — mormorò Luce.

Sid si limitò a richiamare l'arma.

Ci fu un attimo in cui nessuno si mosse. L'essere con l'aspetto di Dude non replicò all'attacco e rimase fermo a fissare le dee.

— È possibile che sia davvero lui? — disse Hoon titubante.

Per saperlo Luce doveva entrare in contatto con la mente di chi aveva davanti, chiunque fosse.

— Chiunque sia dobbiamo prendergli quella pietra! — mugugnò Sid.

Luce escluse dai pensieri tutto quello che la circondava. Si avvicinò lentamente a Dude tendendogli le mani.

— Luce! — lo sentì mormorare.

Non c'era niente che provasse che quello a cui si stava avvicinando fosse davvero Dude, nessun potere divino che gliene desse la conferma. Ma solo una persona pronunciava il suo nome in quel modo, con quel tono dolce e allegro allo stesso tempo. E quella persona era Dude. Il suo Dude, che abitava a Rainbow Hill e con cui era uscita la sera prima, anche se adesso le sembrava che fosse passato un secolo. Luce si concentrò. Sentì che stava riuscendo a stabilire il contatto.

— Sta indietreggiando — l'avvertì Hoon, ma la sua voce veniva da lontano.

Luce ebbe l'impressione che dentro quel corpo con l'aspetto di Dude non ci fosse nulla. Non vedeva altro che riflessi accecanti. Non sentiva altro che un vuoto silenzio. Improvvisamente scintillò una luce rossastra, all'interno della quale vide ragazze con corone d'edera in testa che ballavano in preda a una frenesia assoluta. Cantavano e suonavano. Musica bellissima. Luce avrebbe voluto essere con loro. Quella musica era trascinante. Qualcosa di più di un richiamo. La ragazza cominciò a ondeggiare e poi si lasciò trascinare da quegli strani suoni.

— Luce! Luce! — qualcuno la stava chiamando. Forse una delle ragazze danzanti.

— LUCE! — echeggiò un grido.

La musica si interruppe. Il contatto mentale si era spezzato e Hoon era di fronte a lei.

— Dov'è Dude? — chiese.

— Allora era lui? — fece Hoon di rimando. E cominciò a correre trascinando Luce con sé.

— Credo di sì! Ma dov'è? E dov'è Sid? E poi perché stiamo correndo?

— Mentre ti avvicinavi lui ha fatto dietrofront ed è scappato. Sid lo sta inseguendo — ansimò Hoon.

Luce odiava correre. Ma se in ballo c'era Dude, avrebbe partecipato alla maratona saltellando su una gamba sola.

Finalmente intravide Sid. Era accucciata a terra. Davanti a lei una macchia rossa. Luce cercò di mettere meglio a fuoco l'immagine. Non era una macchia. Era la maglietta di Dude. E lui era a terra.

— No! Sid, cosa hai fatto? — fu l'unica cosa che Luce riuscì a gridare.

L'Ultimo Dono

Sotto un albero carico di bacche violacee, Sid era sconvolta. Non aveva più dubbi. Ora che se lo trovava vicino, sapeva di non potersi sbagliare. Quello che aveva di davanti era proprio Dude. Con una ferita aperta sul collo. Gli appoggiò l'orecchio sul petto. Il cuore batteva ancora. Sentì Luce che gridava e poi la sentì piangere. La vide precipitarsi vicino a Dude e prendergli una mano.

— Anche se ci ha attaccate, lui è Dude! Il nostro Dude. Non dovevi... — singhiozzò

— È vivo e io non ho fatto proprio niente. Mi ha distanziata e poi l'ho trovato così — mugugnò Sid. — Ha sempre corso più forte di me!

Luce piangeva.

— Dude... parlami! Svegliati! Ti prego...

— Quello che dovremmo capire è come è arrivato qua e perché ha fatto quello che ha fatto — disse Hoon.

Sid si alzò. Stava per risponderle "non lo so", ma poi capì. Fu come trovare la tessera di un puzzle che cerchi da giorni. Mille volte si era chiesta perché Sasha, il Sicofante, non avesse rilasciato alcuna pietra. Eppure doveva possederne una, perché le aveva raggiunte sulla Terra e sulla Terra le aveva attaccate. La risposta era semplice e lei, che l'aveva avuta sempre davanti agli occhi, non era riuscita a capirla.

— Sasha gli ha dato la sua pietra! Ecco cos'era quella specie di rubino in mezzo alla piastra che ha usato per attaccarci! — esplose alla fine.

— Avremmo dovuto pensarci. E chiunque l'abbia ridotto così, si è anche preso la pietra — aggiunse Hoon con espressione funerea.

Sid strinse le mascelle.

Sembrava che nulla stesse andando per il verso giusto. E la loro discesa agli Inferi non era ancora cominciata.

— Comunque dobbiamo tornare indietro — decise Hoon indicando Dude. — Non possiamo lasciarlo qua.

Sid fece un cenno d'assenso. Mise una mano sulla spalla di Luce. Lei continuava a piangere. Sentì uno scricchiolio indistinto e scattò all'erta, stringendo la lancia.

— Hai sentito? — sussurrò a Hoon.

— Sì!

Entrambe si prepararono a usare i loro poteri, puntando il posto da cui erano provenuti i rumori.

***

— Eadris! — esclamò Sid appena vide comparire la ragazza con i lunghi capelli neri, il viso pallido e le gambe arabescate.

— Mi manda Sicano. Mi ha chiesto di offrirvi tutto il mio… — rispose la nuova arrivata, ma si interruppe quando notò Dude a terra e Luce in lacrime.

— Cosa è successo? Chi è lui? — domandò.

— Viene dal nostro mondo, dalla nostra città. Ares è riuscito ad arruolarlo temporaneamente tra le sue schiere, ma lui è senza colpa — le spiegò Hoon.

— Mio padre conosce l'arte della medicina. Se volete posso riportarlo al villaggio — propose Eadris accucciandosi vicino a Luce.

Hoon avrebbe voluto dire subito di sì. Era arrivata fin lì per salvare Jared. Il dolore che aveva provato da quando lui era scomparso era enorme e adesso Luce stava provando qualcosa di molto simile per Dude. Lo stesso doveva essere per Sid, che lo conosceva da una vita. Ma se per Luce era naturale essere triste e piangere, Sid aveva tutto un altro modo di reagire. Un modo che a volte lei le invidiava. Di fronte a quello che la feriva, Sid aveva bisogno di combattere e decidere.

— È un'ottima idea, se credi di potercela fare — stava dicendo a Eadris.

***

Eadris sospirò. Finalmente sola.

Afrodite aveva pianto e strepitato, ma quando Artemide aveva proposto che accompagnsse lei Dude al villaggio, aveva cominciato a blaterare cose strane riguardo all'amicizia ed era andata via con le altre dee.

Eadris guardò il ragazzo steso a terra. Al contrario di quello che aveva previsto Ares, l'aveva trovato vivo. Aveva dovuto attaccarlo a tradimento per portargli via quello che il Signore della Guerra voleva. Il rubino di Dioniso. Eadris lo tirò fuori dalla tunica e lo guardò. Le sembrò ben poca cosa. Niente in confronto a quello che il dio della guerra le aveva promesso in cambio. La vita di Sicano, una volta che Ares si fosse impossessato definitivamente di tutto l'Olimpo. Le dee erano pazze se pensavano di potergli resistere. Avevano già perso in passato. Non c'era motivo di prolungare quella lotta impari. Tanto prima o poi quel mostro avrebbe vinto. E l'unica cosa di cui le importava era Sicano. Colui che l'aveva adottata strappandola agli scherani di Ares. Colui che per lei aveva rinunciato ai suoi occhi.

Diede un ultimo sguardo al ragazzo terrestre. Magari sarebbe tornata davvero a prenderlo. Ma prima di ogni altra cosa doveva portare a termine il suo compito e consegnare la pietra ad Ares. Il rubino emise un bagliore e una voce cavernosa risuonò nella mente di Eadris.

Portamelo immediatamente.

i Tre Guardiani

Luce si ripeté che sarebbe andato tutto bene. Che l'avrebbe rivisto Dude al villaggio. Che l'avrebbe trovato in forma. Che lui avrebbe capito tutto della sua doppia vita. Che non l'avrebbe odiata per quello che gli era successo e non avrebbe avuto paura di lei. Le era pesato da morire affidarlo a Eadris. Non solo perché avrebbe voluto portarlo personalmente al villaggio. Il problema era che quella ragazza non le piaceva e non le era mai piaciuta. Ma era pur sempre la figlia di Sicano, e nel momento in cui Luce aveva dovuto decidere, non aveva avuto scelta. Certo non avrebbe potuto permettere che Sid e Hoon scendessero nell'Ade da sole.

— Dovremmo esserci — disse Hoon che aveva appena dato un'occhiata al display del Mercur 3000.

— Essere dove? — ribatté Luce. — Cavolo, siamo

davanti a un lago. Non possiamo più andare avanti e qui non c'è un bel niente.

Non aveva ancora finito di parlare che un'onda spumosa increspò la superficie silenziosa dell'acqua. A differenza di tutte le onde che Luce aveva visto, era perpendicolare alla riva. Con un rombo sommesso e profondo l'onda si gonfiò. La schiuma vorticava e roteava creando oscuri mulinelli in quelle acque che fino a poco prima erano immobili. La cresta si aprì creando due onde che si allontanavano una dall'altra, buttandosi verso opposte direzioni. Il lago si stava ritirando.

Nel punto in cui il fondo era scoperto, si aprì una voragine da cui emersero le figure di tre uomini, dai volti impenetrabili e severi. Vestivano tuniche amaranto, avvolte in lunghi scialli gialli lunghi fino ai piedi.

— Noi siamo… — provò a dire Hoon.

— Sappiamo chi siete. Le dee che hanno sconfitto i nostri Oneiron — disse il più vecchio.

Luce si chiese chi diavolo fossero quegli *onercosi*.

— Quelli che avete chiamato spettri e che noi avevamo messo a guardia dell'Averno — rispose il guardiano più giovane.

Accidenti! Luce si rese conto che doveva stare ben attenta a quello che pensava!

— Ci vorranno giorni prima che tornino a proteggere

il nostro regno — continuò il guardiano giovane, mentre gli altri due osservavano silenziosi e le scrutavano come se volessero leggere le loro anime.

— I vostri Oneiron sono creature crudeli — mormorò Hoon.

— Sono in grado di proteggere l'Averno da qualunque aggressore — replicò sempre il guardiano più giovane.

— E i loro prigionieri? — ringhiò Sid.

— Solo noi, Guardiani dell'Ade e Giudici di anime, possiamo stabilire se e quando avranno il diritto di essere di nuovo liberi. Non tutti loro avevano intenti nobili. E voi?

— Noi siamo qui per riprenderci Morfeo perché Ares... — cominciò Hoon.

Il guardiano anziano alzò una mano per chiedere silenzio. Lei ammutolì all'istante.

— Non ci interessano le vostre guerre! — tuonò. — Sconfiggendo gli Oneiron vi siete guadagnate il diritto di essere messe alla prova. Se riuscirete a liberare colui che cercate ne saremo lieti, perché l'Ade non è fatto per accogliere gli dei, ma sappiate che noi non potremo aiutarvi.

Per quanto il guardiano avesse detto di non essere interessato alle guerre che squassavano l'Olimpo, quel riferimento al fatto che l'Ade non era fatto per accogliere gli dei, a Luce parve un'accusa ad Ares. Nemmeno troppo velata.

— Noi Signori dell'Ade e Giudici di anime vi chiediamo: accettate le nostre prove? — chiesero i tre uomini all'unisono.

— Naturale — rispose Luce per tutte.

Il guardiano più giovane si rivolse a lei.

— Io Eaco, Signore dell'Averno e Giudice di anime, ti chiedo: vuoi davvero scendere negli Inferi, Afrodite?

— Non sono certo venuta per un'allegra scampagnata! — sbottò lei, e se ne pentì subito perché la gomitata che le diede Hoon le perforò una costola.

— Ehm... sì, signore! — cercò di correggersi.

Eaco estrasse da una tasca nello scialle uno specchio e glielo mise davanti al volto. Luce vide il suo viso invecchiare e deformarsi, con le guance che si facevano cadenti e gli occhi che si gonfiavano. I suoi bellissimi capelli biondi diventarono radi e spenti.

— Questo potrebbe diventare il tuo aspetto se scendessi nel nostro regno. Ti chiedo di nuovo... vuoi veramente scendere negli Inferi?

Guardando il suo volto deforme Luce rabbrividì. Dude avrebbe mai potuto amarla se avesse avuto quell'aspetto? Chiuse gli occhi. "Non è il momento. E il trucco fa miracoli!" si incoraggiò.

— Come ho detto prima: sì, voglio scendere nell'Ade. — Ma ebbe l'impressione che la sua voce suonasse poco convincente.

Aprì gli occhi e vide di nuovo l'immagine riflessa del suo volto. Era tornato normale. Eaco ritrasse lo specchio. A Luce sembrò che stesse trattenendo un sorriso.

***

Il secondo guardiano si rivolse a Sid.

— Io Radamanto, Signore dell'Averno e Giudice di anime, ti chiedo: vuoi davvero scendere negli Inferi, Artemide?

— Prima possibile — replicò Sid asciutta, e irritata da quella specie di interrogatorio.

Radamanto estrasse da una tasca nello scialle una maschera d'oro come quella di Auron e gliela mostrò.

— Puoi dirmi chi si cela sotto questa effigie? — le chiese.

Sid sussultò. Quella domanda non se la sarebbe mai aspettata. Ma sapeva di non poter mentire.

— Mio padre. Anche se non mi sembra giusto che siate voi i primi a saperlo! — ringhiò.

Con la coda dell'occhio vide Luce a bocca aperta. Poi

si voltò verso Hoon che aveva l'aria di chi ha appena perso un pugno allo stomaco. Si sentì in colpa.

— Mi dispiace... volevo riuscire a parlarne prima con la mam...

— Non c'è problema — eruppe Luce serafica come se stesse commentando un bel vestito in una vetrina. — Almeno si capisce perché nell'acquitrino c'era anche lui!

Sid sentì che Hoon le stringeva un braccio e il messaggio di quella stretta era: "Non ti preoccupare. Sono con te."

Le sue amiche erano davvero speciali.

Radamanto chinò leggermente la testa in segno di rispetto e ripose la maschera.

***

Minosse, oltre che il più anziano, sembrava il più severo dei giudici. Eaco aveva mostrato un briciola di simpatia nei confronti di Luce, Radamanto sembrava rispettare Sid, ma il volto dell'ultimo guardiano sembrava scavato nella pietra. Hoon non aveva la più pallida idea di cosa potesse passargli per la testa. Il Signore dell'Ade estrasse una piccola ampolla trasparente dalla tasca.

— Io Minosse, Signore dell'Averno e Giudice di ani-

È questo il momento che aspettavo? Non riesco a sentire nient'altro che i miei battiti... O SONO CANNONATE?

Formato gigante, ma sei pur sempre un cucciolo! Chissà se andresti d'accordo con quella peste di Daimon...

CI SONO SOGNI CHE NON DOVREBBERO AVVERARSI...

La Spianata delle Illusioni

Ares pagherà. Pagherà per tutto.
E fosse l'ultima cosa
che faccio, sarò io
a fargliela pagare.

ARES

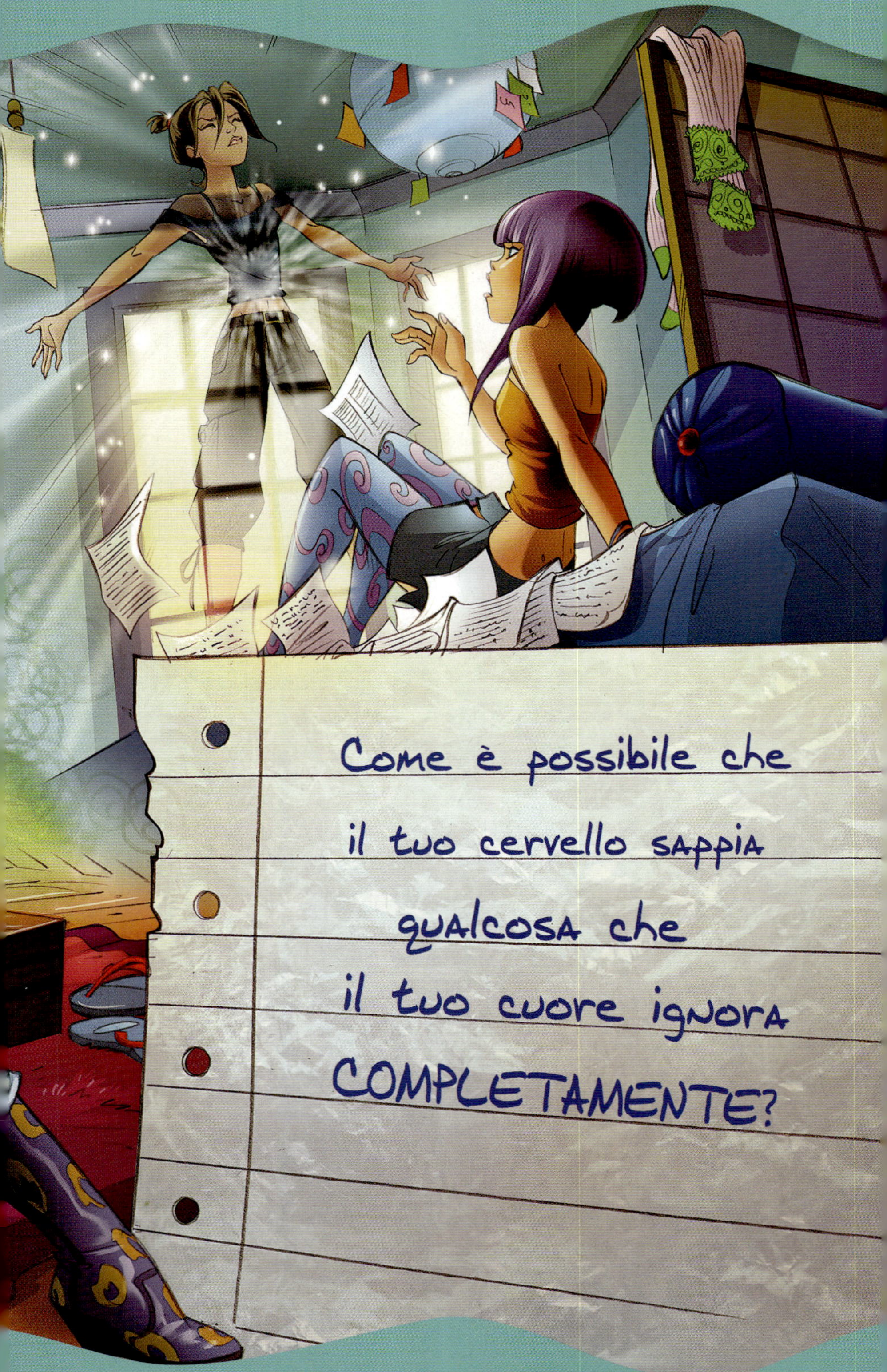
Come è possibile che
il tuo cervello sappia
qualcosa che
il tuo cuore ignora
COMPLETAMENTE?

Dude
DUDE!
Dude!
DUDE
Dude
Dude
Dude
Dude
Forse ho una leggerissima fissazione per lui? Ma che ci posso fare? È così stupendo!!

Inutile sperare di vincere.
Ares mi ha fatto
una promessa e dovrà
mantenerla.

me, ti chiedo: vuoi davvero scendere negli Inferi, Atena?

— Più di ogni altra cosa al mondo — rispose lei sinceramente.

— Noi giudici sappiamo che tu più di tutte vuoi entrare nel nostro regno — disse Eaco.

— Per questo chiediamo a te di dimostrare quanto sia grande il tuo desiderio — continuò Radamanto.

A quel punto Minosse le mostrò l'ampolla.

— Perché possiate accedere all'Averno, Atena, dovrai bere l'acqua del fiume Lete. Ma se lo farai, dimenticherai il tuo amore per Morfeo nel momento esatto in cui uscirai dall'Ade.

Hoon non ci pensò nemmeno. Gli strappò di mano l'ampolla e bevve. Evitò accuratamente di pensare alle conseguenze di quello che aveva appena fatto e rese la boccetta a Minosse.

— Non siete cambiate, Signore dell'Olimpo — si compiacque Eaco.

— Siete unite, sincere e risolute — aggiunse Minosse.

— Autorizziamo il vostro ingresso nell'Ade per la prima e ultima volta — sancì Radamanto.

— Evvai! — gioì Luce.

— Se riuscirete a liberare Morfeo, ricordatevi che dopo non potrete parlare con nessuno se non tra di voi, fino a quando non uscirete dall'Ade. Se rivolgerete la parola a uno solo dei nostri ospiti, vi ritroverete nel luogo da cui siete venute e senza colui che cercate. E non potrete tornare mai più — disse Radamanto.

— Lo stesso se cercherete di portare via dal nostro Regno una sola anima che non sia quella di Morfeo — aggiunse Minosse.

— Buona fortuna, Signore dell'Olimpo! Il Gorgo dello Spasimo vi condurrà da colui che cercate — sorrise Eaco.

Un lento vortice di nebbia si materializzò intorno alle dee.

l'Erpestrem

La nebbia si diradò. Buio e gelo. Luce non riusciva a smettere di rabbrividire. Fino a quel momento aveva pensato che l'acquitrino che avevano attraversato fosse il posto peggiore del mondo. Ora sapeva di essersi sbagliata. Il freddo le entrava nelle ossa. Folate di vento le sferzavano il volto.

Appena fu in grado di guardarsi attorno, si accorse che erano finite in quello che sembrava uno spazio aperto senza confini né luce. L'unico chiarore era quello emanato dai corpi dei dannati degli Inferi. Un tempo persone come tutte, ora sembravano fatti di nebbia. Ombre bianche che scorrevano attorno a loro, senza andare in nessun posto, senza provenire da nessun posto e senza fermarsi mai. O almeno quella era l'impressione che diedero a Luce. Era il loro turbinare ad alzare quel vento gelido. Appena si accorsero della presenza delle dee, le circondarono e cercarono di ghermirle, tra urla e gemiti.

— Riportami a casa — la supplicò un ragazzo. O meglio quello che un ragazzo doveva essere stato.

— Sai qualcosa di mio figlio? Si chiama Leron… — implorò una donna.

— Vi prego… liberateci da quest'incubo! — le scongiurò un uomo.

"Non ascoltare" pensò Luce che non riusciva a resistere a tutte quelle invocazioni di aiuto senza fare nulla. Riusciva a percepire le emozioni delle ombre bianche e tutte gridavano una sfumatura diversa di dolore o disperazione.

— Guardate cosa ci ha fatto Ares! — gemette una ragazza dal volto sfigurato.

Le ombre bianche si ammassavano intorno alle dee, accerchiandole sempre più.

— Non abbandonateci — urlò una donna.

— Aiutateci! — pianse un'altra.

A Luce parve di impazzire. A un tratto sentì che il suolo sotto i suoi piedi cedeva. E cominciò ad affondare in una sostanza vischiosa e gelida.

***

Stava affondando da chissà quanto, quando la sostanza vischiosa la espulse su una superficie dura. Hoon si guardò intorno. Era da sola in una specie di grotta umida. Sid e Luce non erano in vista. Il pavimento cedette di nuovo, divenne nuovamente viscido e la inglobò trascinandola ancora più in basso. Successe di nuovo e di nuovo. E poi ancora. Per l'ennesima volta Hoon cadde su una superficie dura. Questa volta il suolo non si sciolse. La ragazza lo toccò più volte per assicurarsi che reggesse davvero e per trovare il coraggio di rimettersi in piedi. Quando alzò la testa per rendersi conto di dove fosse finita, lo vide.

— Jared! — esclamò.

L'aveva ritrovato finalmente. Ma pallidissimo e prigioniero della creatura più mostruosa che Hoon avrebbe mai potuto immaginare. Un colosso antropomorfo, alto come dieci uomini e con tre teste di iguana. La parte anteriore del suo corpo disgustoso non era ricoperta né di pelle né di piume, ma di migliaia di rettili che sibilavano e soffiavano contro di lei. Quattro serpenti più grossi tenevano Jared legato alla gamba destra del mostro, mentre quelli legati alla gamba sinistra gli strisciavano attorno alle caviglie. La parte posteriore del corpo dell'orrendo gigante faceva parte della parete della caverna.

Nonostante tutto, nonostante quanto fosse impressionante e disgustoso il mostro, Hoon non poté che sentirsi felice almeno per un attimo. Aveva trovato Jared. Lui sembrava distrutto e intontito. Teneva lo sguardo fisso davanti a sé come se non vedesse nulla. Però era lì. E Hoon doveva liberarlo.

— Chiunque tu sia, consegnami Morfeo! — intimò al mostro cercando di comunicargli con la voce una sicurezza che non aveva. Si sforzò di guardarlo il meno possibile, di tenersi a debita distanza e di concentrare lo sguardo su Jared.

Le voci sibilanti delle teste d'iguana soffiarono all'unisono la risposta.

— Io sono l'Erpestrem e il prigioniero è mio.

Come se ce ne fosse bisogno, i serpenti sottolinearono quel rifiuto con mille sibili. Alcuni di loro si allungarono verso di lei, altri innervositi affondarono i denti sul corpo di Jared. Forse era proprio il loro veleno a tenerlo in quello stato.

Hoon sentì un tonfo alle sue spalle. Subito dopo un secondo.

— Oddio… che schifo — urlò Luce. — Che schifo! Che schifo! Che schifo!

— Non guardarlo! — le disse Sid. — E stai indietro.

Appena Sid fu al fianco di Hoon, le indicò l'Erpestrem.

— Attacchiamo insieme?

— Non abbiamo altra scelta — ribatté Hoon, e appena vide che l'antro era illuminato dalla luce violacea irradiata dai suoi stessi occhi, evocò una tempesta di fulmini che scatenò sulle tre teste dell'Erpestrem. Per ogni saetta che lo colpì, il mostro emise un soffio aspro e penetrante. Ma non sembrò riportare alcun danno.

— I fulmini non lo scalfiscono nemmeno! — si disperò Hoon.

— Andatevene, intruse! — sibilò una delle teste di iguana.

Sid aveva trasformato la sua ossidiana in un arco armato di frecce affilatissime con cui stava tempestando il mostro. Spesso le serpi riuscivano ad afferrarle al volo con la bocca e anche se qualcuna di loro veniva colpita, ne rimanevano sempre troppe. Hoon cercò di ricreare il fascio di energia con cui aveva liberato Jared dalla sua prigione di pietra. Lo scagliò contro l'Erpestrem e lo colpì in pieno. Ma l'unico risultato che riuscì a ottenere fu che le serpi che erano tramortite ripresero vita.

Si sforzò di immaginare un'alternativa.

— Mira alle teste — suggerì a Sid.

Lei tese l'arco e scoccò. Il dardo raggiunse la testa sinistra dell'iguana, rimbalzò e finì a terra. Hoon si sentì persa.

— Non c'è modo di abbatterlo — gemette.

Le teste dell'Erpestrem sibilarono vittoriose: — Venite. Vicino al mio prigioniero c'è posto anche per voi.

Hoon si guardò in giro. Non c'erano via di fuga. I sibili dei rettili impazziti si facevano sempre più intensi. Uno dei quattro serpenti attaccati alla coscia sinistra del mostro sciolse le sue spire e strisciò rapidamente verso di lei.

Prigionieri

Luce capiva che la battaglia si stava mettendo male, anzi malissimo. Ma non riusciva a fare nulla. Non poteva reagire, né pensare, né aiutare le amiche. Era solo in grado di tremare, di paura e di disgusto. I ser… quei *cosi* non li aveva mai potuti tollerare. Solo sentire i loro incessanti sibili la paralizzava. Quando si rese conto che uno di loro si stava avvicinando, si rannicchiò contro la parete di roccia. Batté un piede sul pavimento sperando che di nuovo il suolo si sciogliesse e la inglobasse, ma non successe. Udì Sid e Hoon che le urlavano qualcosa, ma non riuscì a distinguere una sola parola di quello che dicevano. Non c'e ne era bisogno, per capire che erano disperate. Sentì che qualcuno la strattonava.

— Aiutaci! Fai qualcosa! — era Sid. — Un serpente sta per prenderla!

Luce si costrinse a guardare. Uno di quei cosi strisciava rapidamente verso Hoon. Altri tre lo seguivano. Lei saltò di lato, ma la maledetta bestiaccia srotolò un'altra spira e le saettò dietro. Sid lo stava puntando con una delle sue frecce, scoccò, ma con un movimento fulmineo il serpente la evitò. Luce non ce la fece più. Distolse lo sguardo ed esplose in un pianto dirotto.

— Mi fa orrore anche il loro nome… Come faccio anche solo a guardarli? — singhiozzò.

— Cavolo, Luce… e tu chiamali *patuffoli*! Pensa che siano belli! — si indispettì Sid.

— Hoon, aiutala! Usa il potere di Morfeo! I ser… i patuffoli si possono ipnotizzare. Luce potrebbe fare qualcosa…

— Ma io no! — urlò Hoon.

Due secondi dopo, però, Luce chiuse gli occhi e si sentì investire da uno strano calore che distrusse il masso gelido che aveva nel cuore. In qualche modo Hoon doveva aver usato il Potere dei Sogni su di lei. Allora riaprì gli occhi. Poteva guardare il mostro senza disgusto né paura. Squadrò l'Erpestrem usando i poteri di Afrodite e ne carpì il segreto. Non si trattava di una singola creatura, ma di un mostro con tre teste da iguana che aveva imprigionato non solo Jared, ma anche le migliaia di *cosi* che aveva addosso.

Vide quello che stava avvolgendo Hoon tra le sue spire e Sid che gli stava puntando contro l'ennesima freccia. Luce agguantò la caviglia di Sid facendole perdere l'equilibrio. La freccia che la ragazza aveva appena lanciato finì contro la parete.

— Ti ha dato di volta il cervello? — sbraitò Sid. — Se vuoi, non collaborare, ma almeno non intralciare!

Luce le fece cenno di tacere e non muoversi. Strisciò verso l'aggressore di Hoon e lo fissò. "Noi non vi faremo più alcun male!" gli sussurrò con la mente e sbattendo le ciglia.

Sentì il desiderio di libertà di tutti i prigionieri del mostro. Li vedeva in modo diverso ora. Le sembravano belli e le facevano tenerezza. In passato era riuscita a entrare nelle menti degli scherani di Ares e persino in quella di Hoon. Mai avrebbe pensato di farlo con quelle di migliaia di serpenti aggrovigliati.

Serpenti! L'aveva appena pensato. Senza tremare. Senza rabbrividire. Senza piangere né urlare.

"Voi siete tanti! Lui è uno solo! Noi vi aiuteremo se lascerete andare Jared e non ci attaccherete" continuò a comunicare col pensiero.

I rettili che ricoprivano l'Erpestrem smisero di sibilare. Quello che aveva circondato Hoon con le sue spire si fermò. E guardò Luce negli occhi.

— Sid… usa una lancia e punta alla testa centrale, sotto la cresta — sussurrò Luce.

Il serpente allentò le spire con cui aveva intrappolato Hoon.

— Cattura l'intrusa! Perché l'hai lasciata? — gli sibilarono le teste d'iguana.

Sid richiamò le frecce che con l'arco esplosero in mille frammenti e si andarono a ricomporre in una lunga lancia. Prese la mira e scagliò.

***

Nel momento esatto in cui la lancia colpì il suo bersaglio, le due teste laterali del mostro si afflosciarono. Quella centrale emise un fischio acutissimo. Sembrava che facesse tremare ogni molecola delle pareti di roccia. Contemporaneamente i rettili che ricoprivano il corpo dell'Erpestrem si rivoltarono contro il mostro e lo morsero a ripetizione.

— Voi maledet… — sibilò la testa centrale, poi si piegò all'indietro, silente.

I rettili cominciarono a staccarsi dal corpo del mostro. Atterrarono con tonfi sordi e strisciarono lontano, infilandosi in ogni fessura disponibile. Il serpente più grosso aveva appena liberato Hoon e lei si stava già lanciando verso Jared. Sid l'agguantò e la trattenne. Il pavimento brulicava di rettili in fuga. A lei non facevano così senso, ma tra questo e correre incontro a loro c'era una bella differenza. Quanto a Luce… dopo tutte le scene che aveva fatto, adesso li guardava sorridendo con affetto. Neanche fosse la loro regina.

I quattro grossi animali che tenevano Jared legato nelle loro spire, le svolsero con delicatezza e lo appoggiarono a terra. Poi si staccarono dal corpo dell'Erpestrem e strisciarono via. Del mostro rimaneva solo una sagoma informe. Sid lasciò andare Hoon.

— Jared! — urlò. E corse da lui.

nello Stesso Mondo

Hoon si avvicinò a Jared. Lui era sdraiato a terra, terribilmente pallido, ma come sempre di insopportabile bellezza. Aveva gli occhi aperti e lo sguardo fisso. Non la vedeva. Lei avrebbe dato qualsiasi cosa per farlo tornare in sé, ma non poteva fare nulla. Si lasciò sfuggire un gemito.

Luce li raggiunse. Teneva in mano un giovane serpentello color corallo come se fosse il più tenero dei cuccioli.

— Lui può darvi una mano. Il suo veleno può agire come parziale antidoto a quello degli altri rettili. Aiuterà Jared a riprendersi e a stare in piedi, almeno per un po' — le disse.

— Dovrei permettergli di morderlo? — tremò Hoon.

— Dovresti permettergli di aiutarlo e… sì! Servirebbe un morso — rispose Luce.

Nonostante fosse stata lei a indurle un sogno in cui i serpenti erano la cosa più bella del mondo, Hoon non riusciva a capacitarsi che avesse funzionato. Il problema era che quel sogno l'aveva diretto solo a Luce, non a se stessa.

— Tu ti fideresti se lo facesse a Dude? — le chiese.

Luce le sorrise. Lasciò scivolare il serpentello su un braccio di Jared. Con la delicatezza di un carezza, il piccolo rettile morse il polso del ragazzo e subito si rifugiò sulla mano di Luce, che si allontanò accarezzandolo.

Hoon tornò a guardare Jared. Lui sbatté le palpebre e finalmente riuscì a vederla.

— Atena — mormorò.

In quel momento Hoon seppe cos'era la felicità. Aver ritrovato Jared. Sentire la sua voce. Essere insieme nello stesso mondo e nello stesso momento. Vicini, i loro sguardi intrecciati.

— Atena… — sussurrò ancora Jared, cercando di alzarsi. Quando ci riuscì, barcollò e subito Hoon lo afferrò per sorreggerlo.

Jared la strinse in un abbraccio che non aveva bisogno di parole.

Quella era la felicità.

A Hoon sembrò che il senso di ogni cosa fosse lì. Non c'era gloria, non c'era successo, non c'era meraviglia che potesse reggere il confronto. In quel momento c'era tutta la sua vita. C'erano tutte le sue *vite*: quella della dea e quella della ragazza di Rainbow Hill si stavano fondendo in un solo istante, in un solo gesto.

Jared le appoggiò una mano sui capelli e se la avvicinò al petto.

Quella era la felicità.

Il pavimento cedette e si sciolse, inglobò gli dei abbracciati e questa volta li trascinò verso l'alto. Il Gorgo dello Spasimo li riportò tra le schiere dei dannati. Luce e Sid arrivarono subito dopo.

— Se rivedremo i nostri tre amichetti all'ingresso, gli dirò di munire l'Ade di un ascensore migliore di questa poltiglia! — eruppe Luce appena li raggiunse. Ma appena si accorse che i senza colore erano di nuovo lì con il freddo del loro dolore, cambiò espressione.

— Non abbandonateci — gridò un ragazzo.

— Non potete portar via solo Morfeo! — urlò un altro indicandolo.

— Come possiamo lasciarli così... — gemette Luce. — Non avete idea di quanto stiano soffrendo.

Continuando ad abbracciarla e ad appoggiarsi a lei, Jared cercò lo sguardo di Hoon.

— Usa il Potere dei Sogni — le suggerì parlando a fatica.

Lo sforzo lo fece barcollare di nuovo. Hoon lo sorresse cercando di capire a cosa alludesse. Non era sicura di come fosse riuscita a usare quel potere su Luce, tanto meno riusciva immaginare come potesse utilizzarlo per aiutare le ombre bianche. Da sola non ce l'avrebbe fatta. Prese fiato per chiedere spiegazioni a Jared.

Sid le diede un cazzotto su un braccio senza troppi complimenti.

— Non ti azzardare a parlargli! — ringhiò.

Hoon stava per commettere un errore che le sarebbe costato carissimo. Eppure i guardiani erano stati chiari. Se avessero rivolto la parola a qualcuno, sarebbero state scaraventate fuori dall'Ade e senza Jared. A quel punto non sapeva più cosa fare e le disperate invocazioni delle ombre bianche non la aiutavano certo a concentrarsi.

— Io vengo da Betsaia. Quando tornerete al mondo, occupatevi della mia famiglia — la implorò qualcuno.

— Signore dell'Olimpo, perdonatemi se potete — echeggiò un'altra voce. Una voce che conosceva. La persona a cui apparteneva non avrebbe dovuto essere lì, ma quando lei si voltò, la vide. Eadris, senza colore, in mezzo agli altri dannati, fatta di nebbia.

***

Appena Luce la identificò, fu invasa dal terrore. A Eadris avevano affidato Dude.

— Io vi ho tradito e Ares mi ha uccisa! — gemette la ragazza. Sid esplose in un grido di rabbia.

— Perdonatemi. Ho sbagliato tutto. Ora lo so, ma non capivo… Non avevo capito — continuò la figlia di Sicano.

Luce si sentì invadere dalla voglia di prenderla a schiaffoni, ma si trattenne. Ne sentiva lo sconforto e il senso di colpa. Cominciò a cercare il volto di Dude tra quelli delle ombre, sperando di non trovarlo.

— Sono stata io a colpire il vostro amico, io gli ho strappato il rubino di Dioniso come il Signore della Guerra mi aveva chiesto di fare!

Non c'era una sola ombra simile a Dude, ma ce n'erano talmente tante che la cosa non era così rassicurante. Anche se lui fosse stato lì, anche a pochi passi da lei, Luce avrebbe potuto cercarlo per ore senza trovarlo. L'unica cosa che poteva fare era tenere gli occhi puntati su Eadris, per farla continuare a parlare.

— Il rubino contiene una stilla dei poteri di ciascuna di voi che Ares vi ha fatto strappare dal vostro amico. Non so a cosa gli servano.

Le altre ombre bianche stavano trascinando Eadris lontano dalle dee.

— Avevo fatto un patto con Ares: io gli avrei consegnato la pietra di Dioniso e lui non avrebbe torto mai un capello a mio padre. Volevo salvarlo, ma ho fallito. Vi prego, proteggete voi Sicano.

"Lo faremo di certo, ma non perché ce lo hai chiesto tu. Adesso dicci di Dude, accidenti!" pensò Luce.

— Perdonatemi. E chiedete a mio padre di perdonarmi — urlò Eadris sempre più lontana. — Non abbiate mai paura di Ares! È stata la paura a farmi perdere le speranze e portarmi al tradimento.

— Ehi Sid, non credi che noi dee sappiamo perdonare quando ritroviamo un amico? — urlò Hoon.

Luce pensò che l'avesse detto per far capire a Eadris che era perdonata. Poi sentì la risposta della figlia di Sicano.

— Giuro che se Ares non mi avesse ucciso, avrei portato in salvo il vostro Dude!

Accidenti… Hoon era sempre il solito maledetto genio! Fingendo di fare una domanda a Sid, aveva portato Eadris a parlare di Dude. Luce avrebbe voluto dirle quanto era fiera di lei, ma non aveva voglia di parlare.

***

Circondata dalle ombre e dalle loro grida di dolore, Hoon si accorse che nel punto in cui erano arrivate si stava di nuovo addensando la nebbia. Dovevano andarsene.

— Usa il nostro potere su di loro — le sussurrò di nuovo Jared, indicandole le ombre.

Di nuovo lei non capì cosa intendesse. Lo guardò e sospirò. Sapeva che non avrebbe potuto amarlo più di così. Quello che provava era così immensamente potente che non credeva possibile dimenticarlo. Nonostante l'acqua del Lete.

Si lasciò annegare nei suoi occhi, sperando che lui sentisse tutto quello che non poteva dirgli. Con un bacio Jared le aveva donato il Potere dei Sogni. Con un bacio Hoon glielo restituì. E con esso gli diede anche tutto il suo amore, quello passato, quello presente e quello futuro che non avrebbe più potuto essere.

— Hoon, la nebbia... — sentì dire a Sid.

Hoon lasciò andare Jared, ma lui la trattenne vicino a sé. Di nuovo in possesso del suo potere, agitò una mano verso i dannati che li circondavano. Si alzò uno strano vento profumato e caldo, che investì tutti. Accarezzate dal vento dei sogni, le ombre bianche cambiarono: le espressioni disperate divennero felici, le urla di dolore si tramutarono in canti. A poco a poco pallidi colori illuminarono i loro corpi. Hoon cercò Eadris. Adesso anche lei sorrideva. Poi riportò i suoi occhi in quelli di Jared e lui le sorrise con dolcezza.

— Andiamocene di qui — mugugnò Sid indicando a Luce il lento vortice di nebbia.

Hoon guardò Sid farsi spazio tra le pallide ombre, penetrare nel vortice e sparire. Abbracciò Jared più forte che poteva. Una parte di lei avrebbe voluto rimanere lì per sempre. Con lui e vicino a lui.

Luce le lanciò uno sguardo triste e anche lei sparì nella nebbia.

Hoon si avvicinò al vortice tenendosi stretta al ragazzo che amava. Lo guardò ancora una volta e si annullò nei suoi occhi. Gli accarezzò il viso.

"Questa è la vera felicità" pensò, tentando di fissarsi nel cuore la memoria di quello che stava provando. Senza smettere di stringerlo entrò nella nebbia. Ebbe la sensazione che qualcosa le stesse estirpando l'anima. Poi si sentì completamente vuota. Aveva rinunciato all'amore, per amore.

Triste Ritorno

Nel bosco in cui avevano sconfitto gli Oneiron, Sid correva. Era furiosa. Con Eadris, ma soprattutto con se stessa per averle affidato Dude. Aveva già distanziato gli altri. Lei era più allenata e più veloce di Hoon e Luce. Jared, con tutto il veleno che aveva ancora in corpo, si reggeva in piedi a stento. Se avevano capito bene la risposta di Eadris, avrebbero trovato Dude esattamente dove l'avevano lasciato, vicino all'albero con le bacche violacee. Sid lo riconobbe da lontano e accelerò. Ma aveva già capito. Aveva già visto. Dude non c'era.

Non poteva crederci. Pensò di essere nel posto sbagliato, pensò di rifare il tragitto a ritroso, chiuse e riaprì gli occhi sperando che l'amico ricomparisse. Lo cercò e corse ovunque disperata. Ma Dude non c'era. Alla fine prese un bastone e lo spaccò contro l'albero per scaricare la rabbia. Quando vide arrivare Luce e si accorse della sua espressione prese un altro bastone e glielo diede. — Rompilo — le suggerì. Ma lei invece scoppiò in lacrime.

***

Avevano cercato Dude ovunque, poi si erano dovuti arrendere all'evidenza. Telos li stava riportando al villaggio e di sicuro percepiva la loro tristezza. Mentre volava perfettamente mimetizzato nel cielo purpureo emetteva strani guaiti e acuti pigolii. Allora Sid lo accarezzava, ma i lamenti del leucrota cessavano solo per poco. L'atmosfera era lugubre. Da quando erano uscite dall'Ade, Hoon non aveva più aperto bocca. Aveva smesso di abbracciare Jared e si teneva a distanza da lui. Sid si era trovata costretta a spiegargli tutto quello che era successo e a chiarirgli la causa dello strano comportamento di Hoon. Gli aveva raccontato del patto che lei aveva stretto con Minosse e di come avesse accettato di bere l'acqua del Lete e dimenticare il loro amore per poter accedere agli Inferi. Jared si era limitato a rispondere «Io non ho dimenticato nulla né lo dimenticherò». Adesso sembrava sfinito. La prigionia dell'Erpestrem lo aveva sfiancato. Aveva usato tutte le sue forze per uscire dall'Ade, per indurre sogni felici alle ombre bianche in modo che la loro permanenza laggiù non fosse così dolorosa. Si era sforzato ancora per cercare Dude e aveva consolato Luce. Più che altro ci aveva provato. Ma anche lui, una volta montato su Telos era crollato.

Luce aveva finito tutte le lacrime che aveva a disposizione. Quando si era arrampicata sul dorso di Telos, aveva smesso di piangere, si era rannicchiata tra le sue piume e non si era più mossa. Non aveva nemmeno controllato che il suo viso fosse quello di sempre, nonostante l'avvertimento di Eaco.

Quanto a Sid, non riusciva a immaginare la sua vita a Rainbow Hill senza Dude. Da quel momento in avanti le sue giornate avrebbero avuto un solo scopo: trovare il modo di farla pagare ad Ares. Sebbene Eadris le avesse tradite, l'unico vero colpevole di quello e di tutto il resto era il Signore della Guerra. E adesso che Jared era con loro, avrebbe potuto aiutarle a combatterlo e a sconfiggerlo. Loro tre sarebbero state più forti. Non avrebbero più aspettato le mosse del nemico. Gli avrebbero dato la caccia. Sid si rese conto di quanto quel pensiero le desse sollievo.

Ormai erano nella Sinfalide e stavano cominciando a scendere verso il piazzale in cui aveva conosciuto Telos. Improvvisamente il leucrota impennò verso l'alto. Luce gridò, e Sid udì un fischio. Un altro leucrota comparve di fianco a loro. Lo montava Auron.

***

A terra, nel piazzale, Sid vide Auron scendere con un balzo dalla sua cavalcatura alata e correre da lei. Non era particolarmente felice di vederlo. Si sentiva di pessimo umore e non aveva dimenticato che lui non voleva tornare a Rainbow Hill.

— Ce l'avete fatta… — le disse il padre sollevato e incredulo, mentre aiutava Luce a scivolare a terra lungo l'ala di Telos.

— Anche voi mi pare — gli rispose Sid, indicando l'assembramento di rifugiati accampati nel piazzale. Di loro si occupavano quelli del gruppetto armato che erano partiti con Auron. La ragazza con l'armilla dava da bere a una vecchia con lunghi capelli bianchi raccolti in uno spillone d'argento. Mentre Sid accarezzava il collo di Telos, Hoon e Jared smontarono e salutarono l'uomo con la maschera d'oro.

— Stavo tornando a cercarvi. Quando Sicano mi ha detto cosa avevate in mente… — cominciò lui.

— Tornando? — chiese Hoon.

— Quando sono rientrato da Nazan, Sicano mi ha

informato delle vostre intenzioni. Io sono venuto a cercarvi, ma sul bassopiano di Cachroè ho visto un ragazzo a terr…

A Sid esplose il cuore.

— Quale ragazzo? Com'era? L'hai soccorso? Dov'è? Sta bene? — lo investì Luce che sembrava essersi risvegliata all'improvviso.

Le stesse domande che Sid non aveva fatto in tempo a rivolgergli.

— A questo punto immagino che voi sappiate chi è. L'ho portato qui al villaggio. È malconcio, ma si stanno prendendo cura di lui!

Luce non si trattenne. Saltò al collo di Auron abbracciandolo e riempiendolo di ringraziamenti. Anche Hoon e Jared erano decisamente sollevati, ma Sid dovette chiudere gli occhi. Quella notizia l'aveva travolta.

— Dov'è? Possiamo vederlo? — chiese Luce.

— È al Mederon, con Sicano — rispose Auron.

Nel sentire pronunciare quel nome, Sid si sentì persa. Incrociò lo sguardo di Hoon che evidentemente stava pensando la stessa cosa. Come avrebbero fatto a dirgli di quello che era successo a Eadris?

Solo la Verità

Hoon camminava lungo uno dei cunicoli rischiarati dalla luminescenza di Eos insieme a Luce e Jared. L'effetto dell'antidoto sul ragazzo era decisamente calato. Camminava come se i suoi arti fossero ogni istante più rigidi e tutti e tre procedevano a rilento. Auron aveva trattenuto Sid con sé per occuparsi di Telos. Quando l'aveva vista allontanarsi, il leucrota aveva cominciato a lamentarsi e non aveva smesso finché lei non era tornata sui suoi passi. Al più presto anche loro li avrebbero raggiunti. Hoon avrebbe voluto allontanare il più possibile l'incontro con il vecchio dagli occhi di pietra. Stava pensando al modo migliore per comunicargli l'accaduto, quando se lo trovò davanti.

— La notizia del vostro successo vi ha preceduto, Signore dell'Olimpo. E la vostra presenza è la prova che mi ero sbagliato. Mai un mio errore mi ha reso così felice! — esultò appena le vide. Il suo viso si illuminò quando si accorse che c'era anche Jared.

— Morfeo, il Signore dei Sogni! L'Olimpo intero trarrà giovamento dalla tua salvezz...

Il volto del vecchio si trasformò in una maschera di dolore.

— Cosa è successo?

Hoon aveva già avuto la prova che con i suoi occhi di pietra Sicano riusciva a vedere ciò che era nascosto ai più, ma non aveva il coraggio di rispondere. Gli si avvicinò e gli appoggiò una mano sul braccio.

— Io non so come... — cominciò, ma si interrupe appena vide normalissime lacrime sgorgare dagli occhi di pietra di Sicano.

— Eadris, vero? — sussurrò il vecchio. Nel tempo di una frase sembrò invecchiare di mille anni. Le rughe che gli scolpivano il volto si fecero più profonde e impietose.

Ci fu un attimo di silenzio. Hoon avrebbe voluto potergli dire che sarebbero scese nell'Ade a recuperare la figlia, ma i guardiani erano stati chiari. Avevano concesso alle dee il loro primo e ultimo ingresso.

— Posso fare in modo che il tuo dolore sia meno devastante — gli offrì Jared.

— Voglio la verità — ribatté Sicano. — Qualunque sia. Spiegatemi tutto.

— La verità è che l'ultimo pensiero di Eadris è stato per te. Ci ha chiesto di dirti quanto ti vuole bene — cominciò Hoon, ma non riuscì a proseguire.

Nessuna logica, nessun ragionamento, nessun colpo di genio sarebbe servito a rendere meno doloroso quello che stava per dire. Non solo Eadris era caduta, ma lo aveva fatto dopo aver tradito tutti, compreso il padre che combatteva Ares da sempre. Anche se lo aveva fatto per amor suo. Hoon lanciò un'occhiatina a Luce, sperando che le venisse in aiuto, ma anche lei sembrava annaspare nell'incertezza.

— Io posso solo offrirti tutto il mio appoggio. Da questo momento il mio potere è al tuo servizio — ebbe il coraggio di dire Jared.

— Cosa è successo? — insistette Sicano.

— È stato Ares — disse Luce.

Sul volto del vecchio le rughe raccontarono mille storie di disperazione e rabbia.

— Quel maledetto ha fatto in modo che tua figlia si sentisse perduta. Le ha tolto ogni gioia e ogni speranza. E poi l'ha costretta a fare una cosa terribile — proseguì Luce. — L'ha obbligata a scegliere tra te e se stessa. E lei ti voleva bene. Ha scelto te.

Hoon considerò che, per quanto Luce fosse la regine delle frottole, in quell'occasione non aveva mentito. Quello che aveva detto non era una bugia. Era la verità di Eadris.

— Ti amava più di quanto amasse la sua stessa vita — aggiunse Jared. — E ti posso assicurare che ora è felice. Felice grazie ai ricordi di quello che ha vissuto insieme a te.

Sicano si lasciò andare a un pianto silenzioso. Luce e Hoon non poterono far altro che abbracciarlo. Jared gli appoggiò una mano sulla schiena.

Poi Hoon e Jared si staccarono, ma Luce continuò a stringere il vecchio, come se ne condividesse completamente la sofferenza.

— Io ho un padre sulla terra — mormorò. — Si chiama Manuel. Ma Afrodite ha un altro padre qui sull'Olimpo. E sei tu.

Sicano la guardò commosso.

— Anche se non saremo mai come Eadris, io, Hoon e Sid ti vogliamo bene. E per te ci saremo sempre.

— E io ci sarò sempre per te, Hoon — sussurrò Jared.

Lei lo guardò negli occhi e si sentì strana. Con il cervello si ricordava benissimo ciò che era successo e quello che avevano fatto l'una per l'altro. Con il cervello ricordava di averlo amato più di qualsiasi altro, di aver condiviso il suo potere e di aver bevuto l'acqua del Lete che le aveva dato Minosse. Con il cervello ricordava che poco prima di uscire dall'Averno aveva tentato di fissarsi nel cuore la memoria di quello che stava provando. Con il cervello ricordava tutto. Ma il suo cuore non sentiva più niente.

— Va bene… — mormorò Sicano. — Non è questo il momento di abbandonarsi al dolore.

Hoon si sentiva confusa. Aveva bisogno di pensare, e a lungo, a tutto quello che era accaduto per riordinarlo, per mettere ogni cosa e ogni sentimento, vivo o morto, al suo posto. La frase di Sicano l'aiutò a scuotersi.

— Ci ha detto Auron che ti sei preso cura di Dude, il ragazzo… — disse a Sicano.

— Il compito che mi hai affidato un tempo, Atena, è quello di estirpare il male, ovunque si annidi. Che sia in un fiume o in un lago. In un fiore o in un corpo. Il ragazzo è vivo. Vi accompagnerò da lui.

Hoon seguì il vecchio saggio che faceva strada, ma dopo pochi passi Jared si fermò immobile e con gli occhi sbarrati.

— Presto! Al Mederon — decise Sicano.

***

La stalla alla base della torre era enorme e luminosa. Al centro sfavillavano le acque di una sorta di laghetto, che doveva essere stato creato da un fiume sotterraneo. Per il resto era una scuderia comune, solo sovradimensionata, a misura di cavalcature olimpiche. Sid era lì insieme ad Auron e Glauce, la ragazza con l'armilla sul braccio che si era rivelata l'addestratrice dei leucrota. Si stavano occupando degli animali che avevano viaggiato. Auron stava preparando una specie di pastone.

— Usa questo sulle piume che hanno sul collo — suggerì Glauce a Sid porgendole una specie di spazzola con setole appena più dure del morbido piumaggio degli uccelli. Sid si mise a strigliare Telos, che sembrò gradire le sue cure emettendo un lungo e allegro mugolio.

— Gli piaci molto — le spiegò Glauce. — Il fatto che abbia preteso che fossi tu a occuparti di lui dopo il viaggio significa che ti ha scelto come suo alter ego senza penne né piume. Ciascuno di questi animali ne ha uno e tu ora sei il suo.

— Cosa significa con precisione? — domandò Sid.

— Che hai trovato uno dei migliori amici che tu possa avere. Io lo addestrerò meglio che posso come ho fatto con gli altri, ma lui ha scelto te. E se noi gli chiedessimo due cose diverse nello stesso momento, lui ascolterebbe te.

Sid era molto contenta e fece una lunga carezza a

Telos. Poi pensò a Daimon, il suo pestifero e irresistibile bouledogue. Si domandò se sarebbe andato d'accordo con il leucrota.

Uno dei rifugiati entrò nella stalla. Accompagnava la vecchia con i capelli raccolti nello spillone. I due si avvicinarono ad Auron, che smise di occuparsi del pastone, dedicando a loro tutta la sua attenzione.

— Nobile Auron — disse l'uomo — mia madre vuole parlarti.

La vecchia abbassò la testa e Sid, senza smettere di occuparsi del piumaggio di Telos, si mise ad ascoltare con attenzione. Era la prima volta che vedeva il padre da solo nel suo ruolo. Fino a quel momento l'aveva sempre osservato a fianco di Sicano ed Eadris.

— Voglio ringraziarti a nome mio e della mia famiglia. Sappiamo il rischio che avete corso venendo a Nazan e ve ne saremo per sempre grati. Tutti i nostri beni sono tuoi — biascicò la donna, che aveva l'aria di averne passate tante.

— I vostri beni vi appartengono — le sorrise Auron.

— Coloro che ti hanno chiamato nobile non sbagliano — sospirò lei. Si inchinò e aiutata dal figlio lasciò la stalla.

Sid si rese conto di quanto poco conoscesse il padre.

Auron tornò al suo pastone. Lo rovesciò in un gigantesco trogolo a misura di leucrota. Di colpo Telos sembrò dimenticarsi di Sid e senza nemmeno salutarla si precipitò a mangiare. Lei fece una smorfia stupita.

— Questi uccelli sono golosi quanto affettuosi! — commentò Glauce, esplodendo in una risata cristallina e contagiosa. — È stato un onore conoscerti, Artemide — concluse avviandosi verso il portone. — Spero di incontrarti ancora.

Rimasta sola con il padre, Sid non sapeva bene cosa dire. Ma fu lui a rompere gli indugi.

— Dobbiamo parlare.

a Te la Scelta

— Dovrei raggiungere le altre. E Sicano. E Dude — rispose Sid, guardando l'uscita con aria persa. Aveva paura di quello che le avrebbe detto il padre.

— Dammi solo un momento — insistette Auron — poi andremo da loro insieme.

Sid deglutì e si sedette su una trave orizzontale.

— Va bene… — mormorò.

Auron si appoggiò alla trave vicino a lei e con la testa bassa cominciò a parlare.

— Mi hai offerto la possibilità di tornare a Rainbow Hill con te. Sappi che una parte del mio cuore non desidera altro dal momento in cui ho messo piede sull'Olimpo.

Il cuore di Sid prese a battere a mille. Le sembrava che il cervello le volasse via dalla testa. Non riusciva nemmeno a capire se dovesse essere contenta. Adesso sembrava che il padre volesse tornare. D'altra parte quella frase faceva presumere che ci fosse un ma…

— Okay — fu l'unica cosa che riuscì a dire.

— Per te e per Gail tornerei senza neppure pensarci.

— Allora cosa ti trattiene qui?— grugnì Sid, cercando di affrontare subito e per sempre quello che le dava fastidio.

— I miei doveri e tu — rispose Auron.

Sid sobbalzò e saltò giù dalla trave.

— Io ti trattengo qua? E perché? — ringhiò.

Il padre le si avvicinò e le afferrò le braccia, con una presa delicata e gentile.

— Posso far felice la Sid che è solo una ragazza tornando a casa, ma credo di poter aiutare meglio quella che è anche Artemide rimanendo sull'Olimpo. Ed è qui che corri i rischi maggiori.

Sid sentì un groppo in gola.

— Dimentichi la mamma. Non sai quanto le manchi. — brontolò.

— Lei mi manca altrettanto. Ma ama te più di quanto ami me o se stessa, e credo che anche lei deciderebbe che io restassi qui a proteggerti.

— Allora hai deciso di non tornare? — gli chiese Sid,

rendendosi conto che quell'ipotesi non era più così dolorosa come le era sembrata in passato. Adesso, sapeva che non era dettata dalla mancanza d'affetto, ma dal suo esatto contrario.

— Non ho deciso. Voglio che lo facciamo insieme. E che stabiliamo insieme cosa dire a Gail. E quando dirglielo.

Fra tutte le ipotesi che Sid aveva elucubrato, quell'opzione era l'unica che non aveva mai considerato. E si rese conto che era anche il miglior modo di affrontare la situazione. Capì che il padre la stava trattando come un'adulta, da pari a pari, e che le stava dando la possibilità di scegliere. Solo che adesso lei non sapeva cosa rispondere.

— Perché porti quella maschera? — gli chiese cercando di cambiare discorso. O forse per prendere tempo. O per cercare di conoscerlo meglio.

— Non sempre riusciamo a evitare le schiere di Ares — disse Auron. Si portò le mani dietro la nuca, sciolse la maschera e se la tolse.

Sid sentì il cuore contrarsi. Finalmente riconosceva il volto che aveva visto tante volte nelle foto. Invecchiato, ma con la stessa espressione. Quello che non avrebbe dovuto esserci era la profonda cicatrice che lo attraversava.

Le venne voglia di fare una cosa, una cosa che Luce avrebbe fatto senza pensarci due volte, ma che a lei riusciva difficile.

— Posso abbracciarti? — chiese al padre.

Le sembrò che Auron non aspettasse altro. Tenendo la maschera in mano la strinse tra le braccia. Sid riconobbe quell'abbraccio. Quando era piccola lui l'abbracciava nello stesso, identico modo.

***

Il Mederon non era altro che una specie di infermeria. Il chiarore della luminescenza di Eos era molto meno intenso che nel resto del villaggio sotterraneo, forse per permettere ai pazienti di riposare meglio. Luce era seduta su uno sgabello di ferro battuto di fianco al letto di Dude. Lui dormiva profondamente, per effetto dei medicinali che gli avevano somministrato. Su un altro letto c'era Jared. Sicano gli stava mettendo delle strane pietre nere sul corpo. Quando una pietra trovava il veleno, si attaccava alla pelle del ragazzo come se fosse una ventosa e lo assorbiva. Per quanto immobile, Jared era vigile. Hoon invece se ne stava in piedi a mettere in fila le mille boccettine che c'erano sul tavolo.

Sid e Auron entrarono nella stanza. Tra loro aleggiava

una strana complicità. Luce notò immediatamente che nello sguardo di Sid c'era una luce diversa, una nota di gioia che non aveva mai fatto parte dei suoi occhi. Svanì appena vide il vecchio.

— Sa già tutto — mormorò Luce ai nuovi arrivati.

— Dioniso era il dio della natura selvaggia — si mise a spiegare Sicano. — Poteva aprire le menti di coloro che gli stavano intorno ma anche condurli alla pazzia. Dominava la natura ed era in grado di instillare nelle creature femminili una specie di furia estatica. A capo di un esercito di Menadi ha affrontato quello di Ares. L'esito della battaglia è stato disastroso. Ma questo non ha importanza adesso. Quello che volevo dirvi è che non sarà stato facile per il vostro amico sopravvivere al suo potere e utilizzarlo senza perdere la ragione.

Luce guardò Dude. Le vennero in mente i suoi strani comportamenti. Quando si erano incontrati all'Art Bar, Kesse ed Elise sostenevano che fosse stato lui a invitarle. Ma lui diceva di non ricordarselo. E forse era vero. Dopo averle dedicato tutte le sue attenzioni, si era messo all'improvviso ad abbracciare Elise. E tutte le ragazze che incontravano, che lui le conoscesse o meno, lo invitavano dappertutto. Infine le venne in mente la sensazione spaventosa di gelo che aveva provato quando lui l'aveva baciata.

— Possedere la pietra di Dioniso può avergli fatto dimenticare quello che faceva? — domandò Sid.

— È possibile che abbia dimenticato le azioni compiute mentre era plagiato dai poteri del rubino. Trovo difficile immaginare come la mente di un mortale possa trattenere ricordi divini — rispose Sicano, mentre sistemava un'altra pietra sul collo di Jared.

Luce guardò Sid con aria interrogativa. Avrebbe dato qualsiasi cosa per sapere a cosa alludesse. Ma Sid non aprì bocca e roteò l'indice come a dirle "Ne parliamo dopo".

— In realtà ignoro in che condizioni si troverà il vostro amico al suo risveglio. Ho fatto il possibile per lui, ma non so se sia bastato — mormorò Sicano. — Potrebbe non essere più il ragazzo che conoscevate. O addirittura non ricordarsi nemmeno chi è.

Per un attimo Luce si sentì persa. Poi guardò Dude. Non le sembrava diverso da quello che era sempre stato. Ma forse era solo quello che lei sperava.

— Io lo conosco da sempre. So come combatte, in palestra — si intromise Sid. — A prescindere da come attacca o difende, non perde mai la sua posizione.

— Forse ha combattuto contro i poteri che cercavano di dominarlo — ribatté Sicano — ma alla fine ha ceduto. E nessuno di noi può prevederne le conseguenze.

Luce non poté ribattere. E anche Sid tacque.

— Abbiamo anche un altro problema — si inserì Hoon, smettendo di allineare le boccettine. — Ares possiede una stilla dei nostri poteri e non sappiamo cosa voglia farsene.

— Per ravvivare la Fiamma d'Oro gli servite voi. Non gli basterebbe una stilla del vostro potere — le rispose Jared. — Mentre voi sarete nel vostro nuovo mondo, noi cercheremo di saperne di più.

Auron annuì.

— Già... dobbiamo tornare a casa — mormorò Luce, come se la cosa non le fosse nemmeno passata per la testa. — Ma come facciamo con Dude?

— Non possiamo certo lasciarlo qui — le rispose Hoon. — La sua vita è a Rainbow Hill e lì lo riporteremo.

— Sono d'accordo, ma come? — Luce era in confusione totale. — Non ha più il rubino di Dioniso!

Fu Auron a risponderle, e questa volta la maschera d'oro non riuscì a nascondere il suo orgoglio.

— Questo te lo può dire Sid.

Jenny Dudoni

Il piano di Sid non faceva una piega. Lei avrebbe prestato la sua pietra a Dude e Luce lo avrebbe accompagnato a Rainbow Hill usando il suo quarzo. Poi sarebbe tornata indietro e avrebbe riconsegnato l'ossidiana alla sua legittima proprietaria. Più o meno nello stesso modo le due amiche avevano portato Drakos sull'Olimpo, utilizzando la pietra di Ermes. Anche Luce avrebbe potuto pensarci, ma semplicemente non le era venuto in mente. Controllò un'ultima volta di avere tutto il necessario: il Mercur 3000 di Hoon era in tasca e il suo quarzo al collo. Poi sistemò nella mano di Dude l'ossidiana di Sid.

— Siamo pronti per tornare a casa! — cinguettò. — Prima però vorrei parlare un secondo con Sid.

Luce la trascinò nell'antisala del Mederon.

— Cosa intendevi con quel gesto? Di cos'è che dovevamo parlare... dopo? — le domandò.

— Quando è crollata la scuola e sono andata a parlare con Kowalaski, ho incontrato anche Dude.

— Be'... non mi sembra una gran notizia!

— Non è questo il punto, infatti. È che... — fece Sid e s'interruppe di nuovo.

— Che?

— Credo che Dude non si ricordi assolutamente nulla di quello che è successo tra voi.

— Oh — si limitò a commentare Luce.

— Mi dispiace — mormorò Sid.

— A me no — rispose Luce, il cui volto si stava illuminando di un sorriso. Non aveva dimenticato la spaventosa sensazione di gelo e di tristezza infinita che aveva provato quando Dude l'aveva baciata. Aveva pensato di essersi spaventata, ma non ci aveva mai creduto fino in fondo. Adesso tutto le era più chiaro. Non si era spaventata. Solo che tra lei e Dude non c'era stato proprio niente. Tra lei e un ragazzo posseduto dai poteri di Dioniso, forse. Ma quello non era davvero Dude.

— Io credo che sia stato in quel modo che ti ha strappato una stilla del tuo potere. Sul bassopiano di Cachroè io e Hoon l'abbiamo attaccato e il rubino ha reagito al suo fulmine quanto alla mia arma. Ma tu non l'hai aggredito.

— È terribilmente possibile, ma va bene così — commentò Luce. E notando l'espressione incredula di Sid continuò: — L'unica cosa di cui mi importa è che quando Dude si sveglierà, sia quello di sempre.

— È quello che preme anche a me — brontolò Sid.

— Posso sempre ricominciare a venirvi a prendere fuori dalla palestra… — disse Luce sforzandosi di ridere, e rientrò nel Mederon.

***

Luce sollevò Dude con l'aiuto di Hoon e Sid. Si sedette alle sue spalle, lo abbracciò e sfiorò il suo quarzo.

— Torno subito — mormorò mentre svaniva in un lampo rosa.

Insieme a Dude precipitò per un tempo che le sembrò infinito, vide albe e tramonti, montagne sconosciute e mari profondi, sentì grida di dolore e risate folli, profumo di fiori e odori putridi. Si ritrovò sull'erba, sotto un albero nel parco cittadino di Rainbow Hill. Di fianco alla Fontana degli Specchi. Esattamente dove aveva sperato di arrivare.

Era l'imbrunire. Si guardò in giro sperando che nessuno

notasse due ragazzi sdraiati a terra, uno dei quali dormiva della grossa. Una coppia camminava verso di loro. L'ultima cosa che le serviva. Riprese la pietra di Sid e se la infilò in tasca. Cercò di sistemare Dude in modo che sembrasse seduto. Accidenti quanto pesava! Cominciò a parlare e ridere da sola facendo finta che il ragazzo le sussurrasse nell'orecchio. La coppietta li affiancò.

— Certo che ne hai di fantasia — cinguettò Luce, sentendosi vagamente stupida.

E poi rise come se Dude le avesse risposto. L'uomo e la donna li superarono. Probabilmente non li avevano nemmeno notati.

Luce tirò un sospiro di sollievo e distese il ragazzo a terra, sull'erba umida. Afferrò il Mercur 3000 e compose il numero delle chiamate d'emergenza.

— Presto — urlò appena qualcuno le rispose. — C'è un ragazzo svenuto al Parco, di fianco alla Fontana degli Specchi. Deve essere stato aggredito o qualcosa del genere. Sembra incosciente. Mandate un'ambulanza. Subito! E con dei medici strepitosi.

— Chi parla? Come si chiama lei? — le domandò una voce maschile.

Ops... domanda imprevista.

— Jenny Dudoni! — rispose lei. — E fate presto.

Poi interruppe la comunicazione. Jenny Dudoni...

Nessuno avrebbe creduto a un nome così idiota. Dude emise un gemito di dolore e socchiuse gli occhi.

— Luce... — biascicò. E si rimise a dormire. I medicinali stavano per esaurire il loro effetto soporifero. In poco più di cinque minuti un'ambulanza sarebbe arrivata. I medici avrebbero potuto curare il corpo del ragazzo, ma non la sua mente esposta ai poteri di Dioniso. Lei sperava che sarebbe tornato quello di sempre. Voleva crederci. Doveva. Ci teneva troppo a lui. Questa volta era una cosa vera. Fino a quel momento aveva avuto l'abitudine di innamorarsi di un ragazzo diverso ogni quindici giorni. Ma non le era mai piaciuto nessuno, non per davvero. Non come Dude. E se n'era resa conto quando l'aveva visto a terra sotto l'albero con le bacche violacee. In quel momento aveva pensato al peggio. Era stato come perderlo per davvero. Adesso avevano un'altra possibilità. Le sarebbe piaciuto convincerlo con un battito di ciglia a tornare il suo Dude. Almeno provarci. Ma dopo quello che aveva detto Sicano, non avrebbe mai più potuto usare i suoi poteri su di lui. Nemmeno per convincerlo a uscire insieme. Ma non le importava. Le bastava che tornasse quello di sempre.

Luce sentì la sirena dell'ambulanza che si avvicinava. Sospirò. Fece una carezza a Dude e si nascose tra i cespugli.

Trauma Cranico

Hoon si sentiva vuota. Era seduta su uno dei letti liberi del Mederon vicino a Sid. Auron, con il volto coperto dalla maschera d'oro, era in piedi di fianco alla porta d'ingresso.

— Ho fatto tutto quello che potevo. Adesso è solo questione di tempo — mormorò Sicano rivolgendosi a Jared.

— Ti sono debitore — rispose lui.

Il vecchio con gli occhi di pietra era visibilmente stanco. Malfermo sulle gambe e provato dal dolore. Auron si offrì di accompagnarlo nel suo alloggio. Portò Sid con sé. Hoon rimase sola con Jared. Non sapeva bene cosa dire né come comportarsi.

Quando lo guardò, lesse l'amore nel suo sguardo e si

sentì addosso un'immensa malinconia. Lei non provava nulla. Ricordò che prima di lasciare l'Ade aveva pensato "Questa è la felicità". Ma adesso erano solo tre parole, prive di significato.

— Non ti preoccupare. So cosa è successo — la tranquillizzò lui.

Forse fu quella frase, o il modo in cui lui l'aveva pronunciata... fatto sta che tutte le sgradevoli sensazioni che la infastidivano svanirono in un soffio. Aveva molte cose da discutere con Jared, domande da fargli, piani da elaborare. E finalmente poteva farlo. Ma non sapeva da dove cominciare.

— Comunque se anche dovessi deciderlo adesso, scenderei lo stesso a prenderti negli Inferi — sentì dire alla sua voce.

Aveva in mente tutt'altro, ma le era uscita quella frase.

— Lo so — le sorrise Jared. — Ma credo che tu abbia ben altro da chiedermi.

Hoon sussultò. Neanche avesse la fronte trasparente.

— Puoi leggermi nel pensiero? — gli chiese.

— Quando sei rinata sulla Terra, hai dimenticato il nostro passato di dei. Ares ha interferito con la mia rinascita e io ricordo tutto. Dei poteri. Di Artemide, di

Afrodite, di te e della vita che abbiamo diviso insieme. Ti conoscevo, Atena. Conoscevo le tue reazioni e i tuoi atteggiamenti. Non ho dimenticato nulla di te. E non sei cambiata, Hoon.

— Già… dimenticare è una mia prerogativa al momento — sorrise lei. — Ma è proprio di questo che ti vorrei parlare, in un certo senso.

— Chiedimi quello che vuoi.

— La prima volta che ci hai contattate, hai detto che io avevo deciso che tu rimanessi sull'Olimpo per preparare il nostro ritorno. E che avevi salvato i nostri ricordi di dee. Ci hai condotte fino allo Specchio di Afrodite in cui abbiamo visto gli ultimi momenti della nostre vite passate. Quello che voglio sapere è se hai salvato altri ricordi.

— Sì, e li ho nascosti in varie zone dell'Olimpo perché Ares non potesse impossessarsene — rispose Jared.

— Puoi ritrovarli?

— Appena riuscirò a muovermi, lo farò.

L'atmosfera era strana, ma piacevole. Hoon stava parlando con Jared con la complicità che si concede all'amico di sempre. Aveva dimenticato l'amore, ma molto era rimasto. Anche se lei non riusciva a dargli un nome.

— Missione compiuta! — cinguettò Luce ricomparendo in un lampo rosa. — Hanno trovato Dude. Ma dove sono finiti tutti? E dov'è Sid? Ho qui la sua pietra!

***

Sid era con suo padre. Avevano appena lasciato Sicano, distrutto, nel suo alloggio e stavano tornando al Mederon.

— Sei sicura di quello hai deciso? — le chiese Auron.

— Non è che ho deciso. È che per il momento mi sembra davvero meglio che tu resti qua. Ho visto i volti della gente di Nazan. Qui stai facendo qualcosa di importante. E posso sempre venire a trovarti…

Si interruppe per un attimo. Silenzio.

— Se sei d'accordo… — aggiunse.

— Tutte le volte che vuoi.

— Sottolineo che ho detto di restare qua *per il momento* — continuò Sid, e osservò sospettosa la reazione del papà.

— Se e quando cambierai idea, ti basterà farmelo sapere — fece lui.

Sid si sentì felice come non lo era mai stata. Ma c'era ancora una sfumatura buia in tutto quello che stava capitando. Sua madre non ne sapeva nulla. E per il momento nulla lei le avrebbe detto. Troppe cose da spiegare. E poi… come avrebbe reagito Gail se prima di uscire le avesse comunicato che stava andando sull'Olimpo ad affrontare i mille mostri più orrendi che mente umana potesse concepire? La sua vita, invece di migliorare, sarebbe peggiorata. In teoria Gail avrebbe preferito la verità, ma in pratica… era tutto da vedere.

***

Dude aprì gli occhi. Si sentiva debole.

— Luce… — mormorò.

— Finalmente! — disse una voce.

I contorni confusi di un viso si misero a fuoco. Una donna lo stava fissando, con aria dolce e preoccupata.

— Come stai, tesoro? — domandò la tizia.

Lui si domandò chi diavolo fosse. Aveva l'impressione di averla già vista da qualche parte.

— Sei caduto da un albero al parco. Ora sei in ospedale. Ma va tutto bene — continuò la sconosciuta. — Hai un braccio e una gamba ingessati e punti di sutura sul collo. Quindi dovresti cercare di non muoverti.

— Io non salgo sugli alberi — biascicò lui.

Gli sembrava che tutto fosse immerso in una fastidiosa

luce rossastra. Poi gli venne in mente un albero. Con delle bacche violacee.

— L'albero aveva delle bacche viola? — domandò.

— Non lo so, tesoro — rispose la donna. — Io non l'ho visto.

Ma perché quella tizia continuava a chiamarlo tesoro?

— Chi sei tu? — chiese ancora Dude.

Gli occhi della donna si riempirono di lacrime.

— Sono la mamma — gli rispose lei con voce rotta.

— La mamma di chi? — insistette lui.

— La tua.

Dude vide un lampo rosa. Il viso di Luce. Una luce rossastra. Ragazze con corone d'edera in testa che ballavano in preda a una frenesia assoluta. Cantavano e suonavano. Musica bellissima. Si lasciò trascinare da quegli strani suoni.

Ma sentiva delle strane voci in sottofondo, che disturbavano la musica.

— È presto per preoccuparsi, signora Morrison.

— Non mi ha riconosciuta!

— Può essere un effetto transitorio dovuto al trauma cranico. Gli dia tempo.

Quelle voci erano insopportabili. Le escluse dalla sua mente e si concentrò sulla luce rossastra e sulla musica.

Piede a Rotelle

Solita città. Solita strada. Solito bar. Tavolino d'angolo lontano dalle casse. Fatty Sam, il proprietario del locale, ondeggiava tra bancone e tavoli, tenendo tutto sotto controllo. Sorrideva sempre, ma era altrettanto pronto a ricordare il suo passato da pugile a chiunque ne combinasse una di troppo. Hoon, seduta tra Luce e Sid, cercò di godersi per un attimo quel beato stato di calma apparente. Prima di tornare a Rainbow Hill, aveva tempestato Jared di domande riguardo a Dioniso. Voleva essere sicura che sarebbe riuscita a individuare il primo e più piccolo segno strano che Dude avesse rivelato. Nella speranza che fosse davvero piccolo. Non poteva ancora saperlo, perché il ragazzo, in ospedale, era inavvicinabile.

La madre non permetteva a nessuno di fargli visita e

Sid era riuscita a parlare con lei solo un paio di volte. La prima volta la signora Morrison agitatissima l'aveva cacciata via senza tanti complimenti. La seconda le aveva detto che il figlio cominciava a star meglio. Ogni successivo tentativo di contatto era andato a vuoto. La signora teneva il cellulare staccato. Cosa che non faceva presagire il meglio.

— Odio quella donna — esplose Luce, smettendo di sorseggiare il frappé che Fatty Sam le aveva appena portato.

— Dai, in fondo la si può capire — ribatté Hoon.

— E io invece non la capisco affatto. E soprattutto non capisco perché non voglia farci vedere Dude. Miseriaccia. Di cosa ha paura? Che lo bastoniamo a morte? — Luce non voleva sentire ragioni. — Non sappiamo ancora come sta e io sto impazzendo — continuò sempre più arrabbiata. — E poi…

— Siamo tutte preoccupate — la interruppe Hoon.

— Conosco Klelia Morrison. Sta solo proteggendo suo figlio come farebbe qualsiasi genitore — commentò Sid.

Luce e Hoon si guardarono. Da quando erano tornate dall'Olimpo e avevano ripreso la loro vita normale, l'argomento Auron non era più stato toccato. Almeno non in presenza di Sid.

— A proposito di genitori — cominciò Hoon. — Io e Luce ci chiedevamo come comportarci riguardo all'argomento "uomo con la maschera d'oro". Vuoi parlarne? Preferisci evitarlo? Insomma, noi faremo quello che preferisci tu, ma non sappiamo cosa tu preferisca.

Sid fece un'espressione strana, come se stesse cadendo dalle nuvole.

— Be'… che altro c'è da dire? Ormai sapete tutto!

— Veramente non sappiamo niente. Né come l'hai capito, né quando. E soprattutto non sappiamo cosa ne pensi.

— Ne penso che sono felice! — cominciò Sid. E raccontò tutta la storia. Dal sospetto che aveva avuto durante il primo incontro con Auron sull'Olimpo al patto che c'era tra loro riguardo a un suo eventuale ritorno a Rainbow Hill.

— Accidenti — sopirò Luce. — Non penso che sarebbe potuto succederti niente di più meravigliosamente fantastico.

— Assolutamente vero — sorrise Sid. Stava per aggiungere qualcosa, ma suonò il suo cellulare. Lei lo estrasse dalla sacca e guardò sul display.

— Chiamata da casa di Dude! — annunciò, poi premette un tasto e si mise in ascolto.

— Buongiorno, Klelia — disse.

— La malefica odiosastra — biascicò Luce, ma poi tacque notando l'occhiataccia di Hoon, che le faceva cenno di tacere.

Sid si alzò di scatto, rovesciando la seggiola e attirando gli sguardi ironici di tutti i ragazzi presenti in quel momento da Fatty Sam.

— Veniamo subito, allora! — esplose e riattaccò.

Luce, che si era alzata a raccattare la seggiola, la lasciò di nuovo cadere a terra.

— Cosa succede? Cosa? — le chiese.

— Dude è tornato dall'ospedale due ore fa. Sua madre dice che sta meglio e che vuole vederci! — gioì Sid.

— Se la Cerbera ci concede di vederlo è un buon segno! Vuol dire che Dude sta bene! Questa è la notizia del secolo! — esclamò Luce. — Ho bisogno di un po' di tempo per cambiarmi e ritruccarmi e poi…

— Vai benissimo come sei — tagliò corto Hoon con uno sguardo che non sembrava condividere l'entusiasmo delle sue amiche.

— Non sei contenta della grande notizia? — chiese Luce.

— Mi domando solo perché abbia subito chiesto di vedere noi. E se si ricordasse tutto? O se avesse trattenuto qualcosa dei poteri di Dioniso?

Luce ci rimase malissimo.

— Certo che voi cervelloni vedete sempre tutto nero — mormorò. E non aggiunse altro.

***

Sid avvicinò la mano al campanello. Poi la ritrasse. Si voltò verso le amiche. Hoon con aria grave la incitò a suonare. Luce fece la stessa cosa, ma con un'espressione che si sforzava di essere incoraggiante.

— Vedrai che andrà tutto bene! — la rassicurò.

Sid suonò il campanello. Klelia Morrison aprì poco dopo con un gran sorriso.

— Entrate ragazze — le invitò immediatamente. — Dude è…

— Dietro di te, mamma! E mi vedono benissimo! — ridacchiò lui.

Sid, Hoon e Luce lo scrutarono senza parlare. Sembrava normale, a parte i gessi e la faccia sbattuta.

— Vi lascio da soli — sorrise la signora Morrison spostandosi dalla soglia e avviandosi verso un'altra stanza.

Sid continuò a osservarlo in silenzio. Lo stesso stavano facendo Luce e Hoon.

— Perché quelle facce? Ho solo un paio di ingessature. Non sono ridotto così male! — protestò Dude.

Il solito, allegro, solare, vecchio Dude.

— Ben tornato! Alla faccia dei profeti di sventura! — cinguettò Luce abbracciandolo e stampandogli un bacio sulla guancia. Lui sembrò esterrefatto dal suo commento, ma ricambiò allegramente l'abbraccio.

Sid lanciò a Hoon un'ironica occhiatina d'intesa. — Qualcuno non perde tempo da queste parti — le sussurrò in un orecchio, poi lasciò che anche lei salutasse.

Quando fu il suo turno scoppiò a ridere. — Piede a rotelle?!

— Guarda e impara — le rispose Dude con l'aria di essere molto orgoglioso della sua invenzione. Aveva incollato sul gesso che aveva al piede due rotelle da triciclo. Imbracciò le stampelle e condusse le ragazze in soggiorno facendo leva sul piede sano, mentre le ruote scivolavano sul pavimento e trascinavano la gamba ingessata. Poi si lasciò cadere sul divano e appoggiò le grucce.

— Devi dire alla Dawson che per un po' non mi vedrà in palestra — disse rivolto a Sid.

— Ti risparmierai un buon numero di sconfitte — lo provocò lei.

Dude sorrise. Era decisamente tutto tornato normale. Solo Hoon sembrava ancora perplessa.

— Come mai ci hai volute vedere così presto? In fondo sei appena rientrato — gli chiese con aria teatralmente svagata.

— Mi mancava qualcuno che mi prendesse in giro. Non potevo più resistere senza Sid! — scherzò lui. Poi assunse un'aria cospiratoria. — Non ti è mai capitato di romperti niente?

— No — rispose Hoon.

— Non te lo auguro! Perché in quel momento tua madre si ricorderà di quando eri piccolo e solo perché hai un braccio rotto... tenterà di imboccarti!

— L'ha fatto davvero? — chiese Luce sgranando gli occhi.

— Ci ha provato — rise Dude.

Finalmente anche Hoon si rilassò e comincio a divertirsi insieme a loro. Ma dopo neppure un quarto d'ora la signora Morrison entrò in soggiorno con il cordless.

— Un'altra delle tue spasimanti — annuciò a Dude.

Sid vide l'espressione di Luce e sperò che non esplodesse.

in Scena

Invece di prendere il telefono, Dude cominciò a gesticolare. Fece finta di strozzarsi e di soffocare. Scosse la testa e sbuffò. La madre, incorruttibile, glielo piantò in mano. E lui chiuse la comunicazione.

— Caduta la linea! — decretò con aria angelica.

La madre gli voltò le spalle e si allontanò.

— Mi rifiuto di farti ancora da segreteria telefonica. Arrangiati da solo.

— Che problema c'è? — gli chiese Sid.

Dude sembrava infastidito e nervoso.

— Il problema è che mi chiamano un sacco di ragazze che io non conosco e non voglio conoscere. Solo che loro mi danno il tormento e sostengono le cose più assurde.

— Tipo?

— Che le conosco. Che ho dato loro qualche appuntamento, che siamo stati insieme da qualche parte e che ne so.

— Magari è uno scherzo — azzardò Hoon, pensando alla teoria di Luce secondo la quale Dude, mentre era in possesso della pietra di Dioniso, avesse un particolare ascendente sulle ragazze. Anche se nessuna si era trasformata in una Menade invasata e furiosa.

— L'avevo pensato anch'io. Ma poi ho dovuto scartare l'idea. Adesso so solo che non le sopporto più! — brontolò lui.

Hoon lo osservò. Non aveva niente di dionisiaco né di selvaggio. Nulla di strano. E pensò che in fondo Luce aveva ragione su una cosa che la riguardava direttamente. Doveva smettere di vedere nero e di cercare di prevedere tutti i possibili disastri per arginarli.

Il telefono squillò di nuovo. Dude alzò gli occhi al cielo.

— Sid, rispondi tu e fatti passare per la mia ragazza. Magari la piantano.

Lei agguantò il telefono, ma lo passò a Luce. — Tra noi è lei l'attrice più brava!

La faccia di Dude assunse una sospetta tonalità bordeaux, quella di Luce si tinse di diciotto sfumature di rosso. Lei indossò un'espressione di rivalsa tipo "Adesso te la faccio vedere io!", sfoderò tutto il suo talento teatrale e rispose alla chiamata.

— Ciao, carina. Scusa, ma non ho capito chi sei — recitò con un'irriconoscibile voce melliflua e zuccherina.

Hoon, Dude e Sid cominciarono a ridere senza ritegno, ma a volume basso.

— Mi dispiace tanto, ma il mio Dudy sta riposando. — Stessa vocetta, altra cascata di sghignazzi. — No, è meglio che non richiami perché Dudy deve dormire molto per recuperare. Lasciami il tuo numero e appena potrà ti richiamerà lui.

Finse di scrivere il numero nell'aria con il dito.

— Grazie, carina! — concluse e chiuse la comunicazione.

A quel punto le risate si scatenarono a volume massimo.

— Sei assunta come segreteria telefonica anti-scocciatrici! — esplose Dude divertito.

Era decisamente tutto normale. Hoon scattò in piedi.

— Io e Sid abbiamo un appuntamento adesso. Però ti lasciamo qui Luce — annunciò.

Di nuovo Luce diventò paonazza. Questa volta con diciannove sfumature di rosso. Di quel passo avrebbe stabilito un record.

Solo un Sogno

Se quando Sid e Hoon se n'erano andate le avrebbe strozzate molto volentieri, adesso Luce le avrebbe abbracciate entrambe. Stava benissimo con Dude. Meglio di quanto fosse stata in qualsiasi altro momento.

— Scherzi a parte, come ti senti? — gli chiese.

— Scherzi a parte? — fece lui di rimando.

Luce sgranò gli occhi.

— Certo.

Dude sospirò.

— Fisicamente benissimo. A parte il prurito sotto i gessi. Ma quando dormo ho degli incubi ricorrenti. Sono pazzeschi.

— Anch'io faccio sogni ricorrenti — azzardò Luce.

— Questi però sono strani. Sono più… densi. Sai quando ti sembrano veri…

Luce trattene il respiro.

— E ci siete anche voi. Tu, Hoon e Sid.

Lei si sentì gelare. L'atmosfera era cambiata all'improvviso. Dude sembrava serissimo. Non l'aveva mai visto così. Aveva voglia di andarsene, di non ascoltare. Aveva paura che fosse il segnale che Hoon aveva cercato.

— Cosa sogni? — domandò.

Ormai l'aveva detto. Non poteva tornare indietro, per cui andò a sedersi di fianco a lui.

— C'è un bosco. A terra non c'è erba ma sabbia. E una ragazza pallida. Ha degli strani segni sulle gambe. Come corteccia. E una tunica. Mi si avvicina e mi porta via il portafortuna che mi aveva regalato Sasha. Te lo ricordi?

— Sì, ma preferisco non pensare a certi personaggi — fu la sua pronta risposta.

— Il problema è che il portafortuna è sparito davvero! — brontolò Dude.

"Qui ci vuole un'ottima bugia!" pensò Luce.

— Tua madre ha detto a Sid che sei caduto da un albero al parco e che sei rimasto a terra privo di sensi per un po'. Non è da escludere che… qualcuno ti abbia ripulito nel frattempo! Magari anche se eri stordito, te ne sei accorto e adesso stai sognando il rapinatore con dei dettagli un po' strani.

— Un rapinatore stupido. Ha preso il portafortuna e mi ha lasciato i soldi.

— Dove lo tenevi il portafortuna?

— In tasca.

— Un'altra ipotesi allora è che ti sia semplicemente scivolato, mentre cadevi. E poi magari la ragazza che sogni è una che ti si è avvicinata mentre eri a terra. Al parco c'è un sacco di gente.

Dude sembrò pensarci un attimo.

— Probabilmente hai ragione. Dicono che sia stata un certa Jenny Dudoni a chiamare i soccorsi. Magari una di quelle che sostengono di conoscermi. Lei però non ha più chiamato. Le avrei risposto. Ho chiesto alla mamma di informarsi, ma pare che il numero da cui ha chiamato fosse irrintracciabile.

Luce sentiva il cuore che le batteva a mille. E non solo per la vicinanza di Dude.

— Ma tu mi hai visto quel giorno al parco? — continuò lui.

— Certo che ti ho visto! Ma ho deciso di lasciarti lì perché mi stai antipatico — scherzò Luce senza la minima voglia di scherzare.

— Ho fatto una domanda cretina.

— Non ci sono domande cretine, se servono per capire — lo rassicurò lei. — Sogni altro?

— Siamo in una specie di bosco. Ci sono anche Sid e Hoon, ma non sono proprio loro. Hoon ha gli occhi viola che le scintillano in modo strano e Sid ha in mano una lancia. Mi guardano con odio come se non sapessero che sono io.

Luce inghiottì. Le mancava l'aria.

— E...? — domandò con voce strozzata.

— E ci sei tu che mi vieni incontro tendendomi le mani.

— E cosa faccio?

— In realtà niente. Ma è come se tu sapessi chi sono. Poi vedo delle luci rosse e delle tizie che ballano con delle corone d'edera in testa. E sento musica bellissima.

Luce riconobbe la visione che aveva avuto quando era entrata in contatto mentale con lui, sull'Olimpo.

— Forse uno strizzacervelli ti saprebbe dire cosa significa. Io posso solo pensare che l'incidente che hai avuto ti abbia un po' scombussolato.

— Sì, lo penso anch'io. Sai... prima dell'incidente mi capitava spesso di aver vuoti di memoria. Adesso, a parte i sogni strani, mi pare che sia tutto passato. Il medico dice che può essersi trattato di sovraffaticamento, stress e tutta quella roba lì — mormorò Dude.

Luce gli sorrise. In qualche modo la mente di Dude doveva aver cercato di resistere ai poteri di Dioniso e al volere di Ares. E nei momenti in cui era riuscito a respingerli, i ricordi gli si erano impressi nel cervello. Ma sembravano più che altro flash di memoria. La sua mente umana e razionale non poteva spiegarli e li scambiava per sogni. E forse proprio perché Dude era riuscito parzialmente a opporsi che sull'Olimpo aveva smesso di attaccarle. Nonostante i timori di Sicano, ce l'aveva fatta. Aveva resistito a tutto. Nemmeno il vecchio con gli occhi di pietra poteva immaginare un mortale così stupendo da poter resistere ai poteri divini.

— Sei in gamba, Dude — si lasciò sfuggire.

— Mi aspettavo che avresti detto qualcosa tipo "Sei proprio fuori di testa".

Ci fu attimo di silenzio.

— Mi piace parlare con te — fece Dude.

"E a me piaci tu" pensò Luce. Ma non lo disse.

***

Hoon aveva deciso che poteva stare tranquilla. Almeno per il tempo che le serviva per recuperare la calma. Aveva stabilito di godersi il bello di ogni momento della sua vita. Anche se si trattava di starsene a cena con i suoi e Yong che raccontava barzellette inascoltabili.

— Dopo vai a ritirare il cartellone delle offerte di oggi

— disse all'improvviso papà Song nel bel mezzo della cena — Me ne sono dimenticato.

— Tanto per cambiare — commentò asciutta mamma Song.

Hoon sospirò. — Lo faccio subito e mi levo il pensiero.

Appoggiò sul tavolo il bicchiere con lo stelo a forma di panda. Scese in negozio, uscì sul marciapiede e ritirò il cartellone. Stava per rientrare quando le cadde l'occhio sull'insegna. Il nome del negozio dei suoi la fece sussultare. Era come se lo vedesse per la prima volta. Faceva talmente parte del suo ambiente che era come se non ci fosse nemmeno. "Dream's Emporium", l'Emporio del Sogno. Era un caso. Doveva esserlo.

Sistemò il cartellone delle offerte dietro la cassa, tornò in casa e si sedette di nuovo a tavola.

— Perché avete chiamato il negozio Dream's Emporium? — domandò.

— Fai la finta tonta? — le chiese suo fratello Yong con aria offesa.

— Non può ricordarselo. Era piccola — lo redarguì la madre.

— Prima dell'apertura, non riuscivamo a trovare un nome che ci piacesse — cominciò a dire suo padre con la classica espressione di quando moriva dalla voglia di partire per la tangente con uno dei suoi racconti. — Tu avrai avuto tre o quattro anni e ti piaceva giocare con tutte le cose che avremmo messo in vendita. Una notte mi sono alzato perché avevo sete e sono passato in camera tua per salutarti. Ma non c'eri.

— Avresti dovuto vedere la reazione controllata di tuo padre — ridacchiò la mamma. — Ha cominciato a correre avanti e indietro per tutta la casa, gesticolando come un pazzo. E nell'ordine ha ipotizzato: che tu fossi scappata di casa, che qualcuno ti avesse rapita, e che questo qualcuno fosse a bordo di un'astronave aliena. Poi mi ha fatto chiamare la polizia, perché lui non era in grado di usare il telefono.

Immaginando suo padre che correva in pigiama per casa, lanciando allarmi per i rapimenti alieni, Hoon scoppiò a ridere.

— Solo dopo la chiamata mi è venuto in mente di cercarti in negozio. Tu eri lì, seduta per terra che giocavi con dei papaveri di plastica. Mi hai guardato e hai detto che avevi trovato il nome per il negozio. L'hai inventato tu quella notte ed effettivamente ci ha portato fortuna.

L'Emporio del Sogno. I papaveri. Hoon non aveva bisogno di sapere altro.

— Io resto del parere che quello che avevo trovato io

fosse di gran lunga migliore — si lamentò Yong, agitando la forchetta.

— Certo! — rise suo padre — Yong Song il re del ping-pong! E chi non entrerebbe in un negozio con un nome simile?

— Almeno faceva rima — borbottò il ragazzo.

Mezz'ora dopo Hoon era a letto. Chissà quante delle scelte che aveva fatto erano dipese dalla sua vita di dea. Chiuse gli occhi. Non riusciva a dormire e cominciò a pensare all'incarico che aveva lasciato a Jared. Quando finalmente lui le avrebbe mostrato i suoi ricordi di dea, avrebbe saputo ogni cosa e tutto avrebbe avuto più senso. Quello che sperava era di riuscire a elaborare qualcosa che le permettesse di liberare l'Olimpo da Ares una volta per tutte. Perché anche questa volta il loro successo era stato parziale. Erano riuscite a trovare Jared, ma Eadris era caduta. Hoon non si sentiva di accusarla. Forse per suo padre avrebbe fatto lo stesso. Non sapeva se Sicano si sarebbe mai ripreso. In compenso Ares si era impossessato di una stilla dei loro poteri. Hoon avrebbe dato qualsiasi cosa per sapere come intendesse usarle.

Sid aveva ragione. Non era più tempo di aspettare. Dovevano prendere in mano il loro destino. Il Signore della Guerra aveva già provocato abbastanza dolore. Andava fermato. Hoon sperava che i suoi ricordi di dea l'avrebbero resa abbastanza forte da affrontarlo. Ripensò ad Ares, nel Dodekatheon, il giorno in cui l'aveva pietrificata. Ne sentì di nuovo la crudele ferocia.

Hoon.

Sentì mormorare all'improvviso. Era la voce di Jared.

Nel dormiveglia lo vide. Era sicura che non fosse un sogno, perché sapeva che se avesse voluto avrebbe potuto aprire gli occhi. Ma non li aprì.

Puoi sentirmi?

— Sì — rispose lei.

Non posso ancora andare a cercare i vostri ricordi, ma per il momento posso mostrarti i miei. Se tu lo vuoi.

— Va bene.

Hoon alzò gli occhi. C'era il cielo sopra di lei. Azzurro. E ai suoi piedi una distesa sconfinata di papaveri rossi ondeggiava come un mare, anche se non c'era vento. Atena e Morfeo stavano uscendo da una porta d'avorio.

Tornerà

Sid era nella sua stanza, insieme a Daimon. Prese in braccio il bouledogue e scese in cucina. Cominciò ad apparecchiare. Stava sciacquando un piatto quando vide Hugh Boiler uscire in fretta da casa sua, con il pancione a cocomero che gli rimbalzava a ogni passo. Cosa diavolo ci faceva lì lo spider-macaco?

Subito dopo sua madre entrò in cucina. Sembrava sottosopra.

— Cosa succede? — domandò Sid.

Gail fece una smorfia inorridita.

— Avevi ragione tu! Hugh spasimava eccome!

A quel punto Sid non sapeva se ridere o restare seria.

— Si era messo strane idee in testa! Mi ha fatto tutto un discorso che… *bleah!*

La reazione della mamma era la migliore che Sid potesse immaginare. Alla fine scoppiò a ridere.

Gail scosse la testa.

— Ah, ma ti posso assicurare che gli è passata. E dubito che lo rivedremo qua attorno.

— Cosa gli hai detto? — chiese Sid sgranando gli occhi.

— Niente di ripetibile di fronte a una minorenne — brontolò sua madre. Poi aprì l'armadietto-dispensa. Era talmente irritata che rovesciò a terra un pacco di riso. Sid si accucciò vicino a lei e si mise a raccattare i chicchi sparsi per il pavimento.

— Penso che tu avessi ragione su una cosa — le sussurrò.

— In qualità di mamma ho ragione per contratto — scherzò Gail che nella complicità della figlia stava ritrovando il buon umore.

— Parlo sul serio. Ultimamente penso spesso a papà. Credo che abbia ragione tu. Prima o poi tornerà.

— Brava, tesoro — le sorrise la madre. E le scompigliò i capelli come faceva sempre.

Nonostante tutti i suoi propositi, Sid non ce l'aveva proprio fatta a non dirle nulla. Aveva sempre cercato di far felice sua madre. E adesso che avrebbe potuto farlo, aveva troppi motivi per non parlare. Certo che se Ares si fosse levato di mezzo… molti problemi si sarebbero risolti. Il piano di Hoon, che aveva incaricato Jared di ritrovare i loro ricordi di dee, poteva rappresentare un bel passo avanti. Quando era andata nella Città degli Dei per liberare Hoon, frammenti di immagini perdute erano riemerse dal suo passato di Artemide. A sprazzi aveva visto l'Olimpo che aveva conosciuto nella sua vita precedente, per quanto si trattasse solo di brevi e rapidissime immagini. Ma non era mai successo nient'altro.

Sid sapeva che il momento in cui avrebbero dovuto affrontare il loro nemico si stava avvicinando. E tra le cose per cui Ares avrebbe dovuto pagare, c'era anche il dolore di sua mamma.

— Mi stai ascoltando, Sid, o stai facendo due chiacchiere con il tuo amichetto immaginario?

— Uh, no! Scusa.

Gail rise.

— Ti stavo dicendo che un paio d'ore fa ha chiamato la segretaria della tua scuola. Hanno trovato un nuovo edificio. Lo stanno preparando e tra una decina di giorni ricomincerete le lezioni.

— Okay — si limitò a bofonchiare Sid.

All'improvviso echeggiò un latrato. Proveniva dal cellulare. Sid aveva registrato l'abbaiare di Daimon e l'aveva inserito come suoneria per l'arrivo dei messaggi. Mentre la madre cominciava a trafficare disordinatamente tra frigo e fornelli, lei controllò il telefono. C'era un sms di Luce.

DUDE È STRASTUPENDISSIMO. RICORDA QUALCOSA, MA CREDE CHE SI TRATTI DI SOGNI. STA BENE ED È PIÚ BELLO DEL SOLITO. JARED È LIBERO. NOI SIAMO IN FORMA. PER QUESTA VOLTA DEE 1 – ARES 0. SIAMO GRANDI! DOMANI ALLE 4 SNACK PARTY DA DUDE

Sid sospirò. Avrebbe voluto che Luce con il suo ottimismo avesse ragione. Ma sapeva che Hoon avrebbe avuto qualcosa da ridire.

***

Jared riuscì finalmente a muoversi. Non avrebbe saputo dire quanto tempo era rimasto immobile nel letto in cui l'aveva fatto stendere Sicano. Ma ogni secondo che aveva passato lì l'aveva dedicato a Hoon. Si levò le pietre nere che aveva addosso. L'effetto del veleno dell'Erpestrem era svanito. Adesso era in grado di affrontare la missione che gli aveva affidato Atena. Abbandonò il Mederon e andò a cercare Auron.

— Ho bisogno di uno dei leucrota — gli disse.

Auron lo condusse da Glauce, che gli affidò Urios, un animale forte e più grande di Telos.

— Posso venire con te. E organizzare un drappello di guerrieri con grande esperienza — gli offrì l'uomo con la maschera d'oro.

Jared ci rifletté per un attimo e poi gli fece un cenno di diniego.

— Attireremmo troppo l'attenzione. Ho nascosto gli oggetti con i ricordi delle dee in luoghi non sempre raggiungibili dai mortali.

— Se sarai in difficoltà, Urios saprà ritrovare la strada di casa. Se tornerà senza di te, sapremo dove venire a cercarti.

Jared ringraziò e montò sul leucrota.

— Cercherò di mantenere un contatto con Atena, almeno finché non le farà correre rischi.

Mentre Urios si alzava in volo, Jared fece un cenno di saluto ad Auron. Tra tutti gli elementi che doveva recuperare, il più difficile da prendere sarebbe stato quello con alcuni dei ricordi di Atena. Era nascosto nella Città degli dei, o meglio, in quello che ne rimaneva. E l'avrebbe cercato per primo. Perché solo arrivando al Dodekatheon avrebbe potuto mantenere l'altra promessa che aveva fatto a Hoon. Quella di capire cosa Ares volesse ottenere dalle stille dei poteri delle dee.

l'Ogladon

Nel Dodekatheon le otto statue degli dei prigionieri giacevano immobili attorno al braciere in cui la Fiamma d'Oro, centro vitale e nutrimento dell'Olimpo, ardeva fioca. Su ogni statua brillava una pietra. Ma sul simulacro di Dioniso non c'era nulla. Ares strinse il rubino che conteneva i poteri del dio della natura selvaggia e le stille di quelli delle dee. Finalmente aveva raggiunto un successo totale e incondizionato. Le dee, troppo occupate a pensare a Morfeo, non avevano saputo individuare la vera minaccia e tanto meno avevano potuto impedirla.

I mortali lo avevano chiamato Signore della Guerra. Lo avevano chiamato distruttore di uomini. Presto lo avrebbero chiamato anche divoratore di mondi. Ora che aveva le tre stille poteva originare l'Ogladon. Zeus, padre degli dei, aveva fatto l'impossibile per mantenere segreto quel rituale. E adesso che era immobile e impotente, pietrificato in mezzo agli altri dei superiori, non avrebbe certo potuto fermarlo. E ben poco avrebbero potuto tre povere ragazzine umane, per quanto dotate di poteri divini. Non avrebbero potuto capire, finché non sarebbe stato troppo tardi.

Ares sollevò il rubino di Dioniso sopra la Fiamma d'Oro. Dalla pietra esplosero scintille rosa, rossastre, nere e viola. Presero a vorticare nel tempio. Le pareti del Dodekatheon iniziarono a tremare. Un boato terrificante echeggiò tra le mura e percosse la Città degli dei. Le pietre incastonate nelle statue si illuminarono. A contatto con le scintille in cui si stavano micronizzando le stille dei poteri delle dee, la Fiamma crepitò. L'Ogladon aveva avuto inizio.

Il Segreto Svelato

RACCONTO INEDITO

Uno

Io lo so. Sid, Luce e Hoon non sono come gli altri. Sono diverse. Hanno quelle pietre. Le usano per fare cose che gli altri non possono. Le ho sentite. E le ho viste.

Luce ha un buon odore. Hoon ha le mani morbide. Sid è… Sid.

Quando ho capito che erano diverse ho avuto paura. Adesso non più.

Non credo che si rendano conto che io so.

Due

"Disastro!" pensò Sid appena vide il viso di Amber Cassavetes spuntare da dietro il muro. La ragazza le strizzò l'occhio e le fece un cenno come a dirle "a tra poco". Subito dopo sparì dietro lo spigolo.

Era appena finito l'intervallo. Luce e Hoon stavano già rientrando in classe. Avrebbe dovuto parlarne con loro e subito. Si mise a correre. Doveva raggiungerle prima che arrivasse il prof.

Come avevano potuto essere così distratte? Come avevano potuto parlare dei loro poteri lì a scuola, senza controllare che non ci fosse qualcuno a portata d'orecchie? E in particolare che non ci fosse Amber Cassavetes?

Non perché lei fosse cattiva. O antipatica. Anzi! Non era sua amica come Hoon e Luce, ma come compagna di banco andava bene. Se non fosse stato per quel suo piccolo problema, sarebbero diventate anche più amiche. Ma quel problemino c'era e non si poteva ignorare. Amber Ficcanaso Cassavetes era la persona più curiosa del mondo. Riusciva a intercettare un pettegolezzo, una novità o una chiacchiera a duecento metri di distanza. Per quella ragazza origliare e respirare avevano la stessa importanza. E mai che riuscisse a tenere per sé quello che scopriva. Quello che sapeva doveva dirlo. E doveva dirlo a tutti. Era più forte di lei.

Se Amber aveva passato l'intervallo nei paraggi del pianerottolo in cui loro si erano messe a chiacchierare, non poteva non averle sentite. E se le aveva sentite, sapeva dei loro poteri. E delle pietre.

Sid arrivò di fronte alla I C. Entrò nell'aula. Hoon la vide e le andò incontro.

— Madison, sei nella classe sbagliata! — gracchiò l'inconfondibile vocetta di Avvoltoio Johnson che doveva essere appena entrata. Probabilmente aveva percorso l'ultimo pezzo del corridoio alle sue spalle e lei non se ne era nemmeno accorta.

— Lo so! Devo solo chiedere una cosa a Song — provò Sid.

— E io devo fare lezione — continuò arcigna la prof. — Quindi discuterete dei vostri affarucci in un altro momento.

Hoon era ancora troppo lontana perché lei potesse bisbigliarle quello che era successo senza che nessun'altro la sentisse. Le segnalò di tenere d'occhio il Mercur e tornò verso la porta.

— D'accordo, prof — grugnì.

Si precipitò nella sua classe. Il professor Mars di biologia non era ancora arrivato. Amber stava buttando qualcosa nel cestino. Non fece caso a lei. Sid si fiondò al suo posto. Digitò a velocità ultrasonica un messaggio sul cellulare.

PESSIMA NOTIZIA.
MI SA CHE AMBER
CI HA SENTITE.

Schiacciò il tasto di invio.

— A chi hai scritto cosa? — cinguettò Amber raggiungendo il banco di fianco al suo.

Quella ragazza imperversava come un nugolo di cavallette inferocite.

— Niente… mi ero dimenticata di dire una cosa a Hoon — biascicò Sid.

— Be'… si vede che non era importante come quello di cui stavate parlando prima — rispose Amber con un sorrisetto ammiccante.

Sid sentì lo stomaco finirle sotto i piedi.

— Ma cos…

Tre

— E non ha detto altro? — domandò Luce.

— No. È arrivato il professor Mars e ha fatto un'ora filata di biologia. E alla fine Amber è schizzata fuori a razzo.

Luce non sapeva cosa dire. Non le succedeva spesso, ma in quel momento non riusciva a decidere quanto la questione fosse preoccupante.

Era nella cucina di Sid, con Daimon che russava placido nella sua cesta. Hoon stava costruendo una miniatura della Grande Muraglia con le lattine di aranciata che c'erano sul tavolo. E quando lei allineava e sistemava gli oggetti, era segno evidente che stava pensando.

— Avrei voluto aspettarvi fuori dalla scuola anche se avevate un'ora in più, ma la mamma oggi è ad Analya e io dovevo portare fuori Daimon — disse Sid in tono lugubre. Hoon aggiunse una lattina alla fila.

— Ma se anche qualcuno sapesse di noi, sarebbe davvero una così grande catastrofe? — rifletté Luce ad alta voce.

Sid sospirò.

— Qui non si tratta di qualcuno. Si tratta di Amber Ficcanaso Cassavetes. Se lei sa, in meno di due giorni *tutta la città* saprà.

— E allora? Magari ci chiederanno un autografo e dopo un mese avranno dimenticato tutto! — ipotizzò Luce senza crederci troppo.

— Oppure avranno paura di noi, qualcuno tenterà di usarci per avvantaggiarsi dei nostri poteri o ci trasformeranno in cavie da laboratorio — mugugnò Sid. — E poi non mi piacerebbe affatto che mia madre venisse a sapere certe cose da estranei.

Luce si andò a sedere vicino alla cesta di Daimon. Il bouledogue la sentì avvicinarsi e aprì un occhio. Lei gli fece un paio di carezze e lui ricambiò appoggiandole la zampa sulla mano. Per quanto Luce tentasse di essere fiduciosa, l'idea che tutta la città sapesse della loro altra vita non le piaceva. Era una cosa troppo personale, di quelle che si possono condividere solo con le amiche vere, come Sid e Hoon. Non con chiunque. E poi come avrebbe reagito la gente sapendo che lei poteva convincerli fare quasi tutto quello che voleva? C'era il serio rischio che nessuno l'avrebbe più guardata negli occhi.

— Tu mi vorresti bene lo stesso, Daimon? — mormorò al cane stringendogli la testa tra le mani. Lui aprì gli occhi e uggiolò.

— Ma se Amber sa tutto cosa possiamo fare? — domandò. Si rese conto di avere parlato con voce triste. Il bouledogue saltò fuori dalla cesta e le salì in braccio, come se avesse percepito il suo cattivo umore.

— Evitando gli eccessi di ottimismo e pessimismo, se Amber sa è una complicazione — rifletté Hoon. — Cerchiamo di capire se ci ha veramente sentite e nel caso provvediamo.

— E come conti di farlo? — ribatté Luce. — Vuoi schiantarle addosso un fulmine?

— Io non farò proprio nulla — ghignò Hoon. — Ci penserai tu!

Luce sobbalzò. — Non so se posso costringerla a dimenticare quello che ha sentito.

— Puoi comunque chiederle di tenere la bocca chiusa — propose Hoon.

— Geniale! — trillò Luce, poi si accorse che Sid non sembrava altrettanto entusiasta. — Ma?

— Tu riesci a convincere chiunque a fare qualunque cosa che non sia contrario alla sua volontà. Ma dubito che la volontà di Amber sia compatibile con l'idea di tenere la bocca chiusa — brontolò Sid.

Quattro

— Miseria nera! — grugnì Sid.

— Gran brutto segno! — fece Luce. — Questa è la giornata più storta del secolo!

— Non mi è mai successa una cosa del genere! — si lamentò di nuovo Sid.

Hoon le raggiunse davanti al cancelletto di casa Madison. E vide la bicicletta dell'amica. Con entrambe le gomme a terra.

— Amber abita lontano? — le chiese.

— Di fianco al parrucchiere Nirvana delle Bionde — biascicò Sid.

Hoon prese la sua bici.

— Sali con me. Più passa il tempo più Amber ha la possibilità di divulgare le sue scoperte — considerò.

— Ok, ma pedalo io! — mugugnò Sid.

Hoon si sistemò sulla canna della sua bici da uomo fucsia fluo, posizionando le gambe sulla destra. Sid si mise sul sellino. Si buttarono in strada, seguite da Luce.

Il Nirvana delle Bionde era ben oltre il Potamok. Attraversarono il parco e poi si infilarono sulla corsia ciclabile del ponte Taruk. La giornata era afosa e l'asfalto rovente. A metà percorso, Sid cominciò ad ansimare nonostante potesse contare sulla sua forza di dea.

— Ce la fai? — le chiese Hoon.

Senza smettere di pedalare, Sid si limitò a rispondere con un grugnito affaticato. Hoon si voltò per controllare che Luce tenesse il loro ritmo. Era parecchio indietro, non aveva l'aria stanca, né quella di chi ha voglia di accelerare. Come se non fosse nel pieno di un'emergenza, ma stesse partecipando a un'allegra scampagnata. Hoon le fece cenno di sbrigarsi.

Venti minuti e parecchi giri di ruote dopo, Sid e Hoon erano sotto la casa di Amber. Un edificio di otto piani nella parte moderna di Rainbow Hill. Sid scese dalla bici e si lasciò cadere sulla base della ringhiera per riprendere fiato.

— Suona tu — sussurrò con quel poco fiato che le rimaneva. — Cassavetes, terzo piano.

Hoon schiacciò il tasto del campanello. Aspettò un

po'. Nessuna risposta. Suonò di nuovo. Doppio squillo. Un'altra educata attesa, ma ancora nessuna risposta. Si scambiò un'occhiata preoccupata con Sid.

Diede la terza scampanellata e questa volta tenne il dito sul tasto molto a lungo. Al diavolo le buone maniere. Nella speranza che la mancanza di risposta dipendesse dal fatto che Amber stesse ascoltando musica a tutto volume.

— Chi è? — chiese una voce che proveniva dall'alto.

Hoon alzò lo sguardo. Una signora con i capelli arruffati si sporgeva da un terrazzino del terzo piano. Sid scattò in piedi.

— Sono Sid Madison. C'è Amber?

La donna parlò per un po'. Per strada passò un chiassoso camioncino. Un residuato della prima guerra mondiale che impedì a Hoon di sentire la risposta. Nel frattempo e con tutto comodo arrivò anche Luce.

— Sa a che ora torna? — insistette Sid con un filo di nervosismo nella voce, dimostrando che lei la risposta l'aveva sentita ma non apprezzata.

— Be'... con lei non si sa mai! — rise la signora. — La puntualità non è mai stata il suo forte. Prova a chiamarla sul cellulare. Magari fa un'eccezione e per una volta lo sente e risponde.

Sid fece un cenno di saluto in direzione della mamma

di Amber. Lei rispose agitando entrambe le braccia, come se fosse un naufrago che tenta di farsi avvistare dai soccorsi. Poi le voltò le spalle e rientrò in casa.

Hoon estrasse di tasca il Mercur 3000.

— Dammi il numero, Sid!

Cinque

— Risponde? — domandò Luce.

— Dà libero — mormorò Hoon tenendo il cellulare attaccato all'orecchio.

Sid era sulle spine. Diede un'occhiata all'orologio. Le due. Amber le aveva sentite parlare verso le undici. Un'ora l'aveva passata di fianco a lei a scuola e non creava problemi, ma nelle restanti due aveva avuto tutto il tempo per scatenarsi. E se si trovava veramente al mercatino internazionale in centro come aveva detto la madre, aveva la possibilità di incontrare centinaia di persone.

— Ciao, Amber! — disse Hoon al cellulare. Sid tirò un sospiro di sollievo. — Sono qui con Sid e … Pronto? Amber?

— Cosa succede? — chiese Luce.

— Amber?

Hoon fece un gesto di sconforto.

— Caduta la linea — mormorò e schiacciò il tasto di richiamata.

— Bruttissimo segno — biascicò Luce. — E sarebbe il secondo dopo le gomme di Sid.

Ci mancavano solo gli attacchi di superstizione di Luce. Sid sperò che non tirasse fuori che il suo oroscopo del giorno prevedeva catastrofi a scelta.

— Niente da fare. Non raggiungibile! — fece Hoon con aria depressa.

— E se avesse riattaccato perché ha sentito che eravamo noi? — si preoccupò Luce. — Comunque il mio oroscopo di stamattina…

— Ti prego. Non adesso — provò a interromperla Sid.

— Il mio oroscopo di stamattina — continuò lei imperterrita — consigliava di non demordere. Per cui andiamo al mercatino internazionale. Se Amber è lì, la troveremo.

— Stavo per dirti di tacere a vita, ma una volta tanto sono d'accordo con un oroscopo! — le sorrise Sid. E risalì sulla bici.

Altra corsa sotto il sole che non accennava a placarsi. Altra massacrante pedalata. Altra mazzata storica. Sid sentiva le gambe rigide. Svoltò a destra per imboccare la discesa che le avrebbe condotte dritte al lungomare in cui si svolgeva il mercatino. Mentre curvava sollevò le gambe con l'intenzione di lasciar correre le ruote e risposare i muscoli.

— Attenta! — gridò Hoon.

Sid vide il camioncino che risaliva la stradina contromano occupando l'intera carreggiata. Fece saettare gli occhi da una parte all'altra. I marciapiedi erano occupati dai passanti che puntavano al mercatino. Nessuna via di fuga.

"Cavoli." Pensò Sid e deviò verso il marciapiede. Puntò l'unica zona possibile. Quella in cui avrebbe investito il bidone dell'immondizia invece dei passanti. E strinse i freni più forte che poteva.

Il clacson del camioncino strombazzò all'impazzata. Fu l'ultima cosa che Sid sentì prima del botto.

Sei

Centrato in pieno. Una botta memorabile. Hoon si rese conto che non ci fu uomo, donna, bambino, cane, gatto o topo nascosto che non si fosse voltato a guardarle. Due ragazze su una bici da uomo fucsia che si erano schiantate contro il bidone dell'immondizia.

Il camioncino strombazzò di nuovo. Uomini, donne, bambini, cani, gatti e topi nascosti ricominciarono a occuparsi degli affari loro.

Hoon scivolò giù dalla bici e si infilò dietro il bidone. Sid la seguì al volo. Il camioncino si fermò di fianco.

— Se ha da ridire gli trasformo il furgone in un origami di rottami — grugnì Sid.

Il tizio alla guida abbassò il finestrino e si sporse.

— Non ci crederete, ma mi sarei fermato prima di investirvi! — rise l'autista, un ragazzo sui vent'anni dall'aria gioviale e simpatica. — Va tutto bene?

Hoon sorrise e annuì. Si era presa un accidente quando aveva visto il camioncino risalire contromano. Il sole che si rifletteva sul parabrezza le aveva fatto immaginare che alla guida ci fosse un omaccione mostruoso con i denti marci, i capelli unti e una collezione di ragazze in bicicletta investite all'attivo. Aveva preso un abbaglio bello grosso. Le fece molto piacere essersi sbagliata.

— Benissimo, grazie! — rispose. — È che non ci aspettavamo di vedere un mezzo risalire di qui!

— Soprattutto perché lei guida contromano — sottolineò Sid. Era vero, ma a quel punto Hoon non l'avrebbe detto.

— Date un'occhiata ai cartelli — sorrise l'autista. — Con questa storia del mercatino oggi c'è tutta la viabilità modificata. È un bel caos!

Sid incassò il colpo e rimase a bocca aperta. Hoon sorrise di nuovo al ragazzo. Era bello incontrare persone gentili. Un altro avrebbe reagito male all'appunto di Sid.

— Grazie, e buona giornata.

L'autista tirò su il finestrino e riprese la sua marcia.

— Meglio che proseguiamo a piedi. Tanto là non riusciremo a muoverci sulla bici — disse Sid indicando la marea umana che brulicava sul lungomare come un esercito di termiti.

— Con tutta quella gente trovare Amber sarà più complicato del previsto — sospirò Hoon e attaccò la catena della bicicletta al pedale del bidone dell'immondizia.

— Ho visto un camioncino uscire poco fa dalla stradina. Mi domando come abbiate fatto a passare! — trillò la voce di Luce che le aveva appena raggiunte.

— Più o meno è quello che ci domandiamo noi! — rise Hoon. — Comunque scendi. Proseguiamo a piedi.

Sette

Luce non riusciva a controllare lo sguardo. Sapeva benissimo di essere lì per cercare Amber. E sapeva che trovarla in fretta era importante. Ma i suoi occhi si rifiutavano di inserire la modalità "trova-Amber" perché troppo impegnati a seguire la direttiva "scansiona-bancarelle".

Il mercatino era uno spettacolo assoluto. Se non fosse stato così affollato sarebbe stato il posto dello shopping perfetto. Cose bellissime e profumo di salsedine. Impossibile desiderare di più.

Luce era riuscita anche a fare un paio di buoni affari. Nonostante in tasca non avesse un capitale, si era accaparrata un paio di orecchini lunghi e una pinza per capelli glitterata. Le rimanevano ben pochi soldi. Si impose di rinunciare alla caccia alla meraviglie, e di inserire la modalità "trova-Amber".

Poi li vide!

Era un segno del destino. Quegli occhiali da sole erano lì, a tre bancarelle di distanza, la guardavano e le dicevano "compraci". Anzi. Non è che glielo dicessero soltanto. Glielo urlavano proprio. Sembravano fatti apposta per il suo viso. Luce non si trattenne. Si tuffò sulla bancarella con un doppio carpiato, travolgendo un paio di ragazze che ciondolavano lì davanti. Forse una di loro protestò, ma Luce non si prese l'incomodo di starla a sentire.

Afferrò gli occhiali e se li provò. Calzavano alle perfezione e le stavano anche meglio. Era deciso. Quegli occhiali dovevano essere suoi. Li levò e controllò il cartellino del prezzo.

Disastro, catastrofe e fine del mondo!

Non aveva nemmeno la metà della somma necessaria.

Le venne in mente un pensiero assurdo. Forse avrebbe potuto contrattare con la proprietaria della bancarella, guardarla negli occhi, sbattere le ciglia e...

No. Non poteva farlo. A parte il fatto che sarebbe stato un furto, non le andava di rapinare quella vecchietta tutta rughe e sorrisi. Una tipa soave che sembrava uscita da un vecchio film.

Squillò il cellulare.

— Dove cavolo sei? — era la voce di Sid. Di pessimo

umore. Solo allora Luce si rese conto che le sue amiche non erano più di fianco a lei.

— Alla bancarella dei gioielli e degli occhiali.... E non sai cosa ho trovato! — rispose Luce.

— Se non è Amber non voglio neanche sapere di cosa si tratta. — reagì Sid. — E riguardo a dove sei... hai idea di quante bancarelle di gioielli e occhiali ci sono qua intorno?

— Io sono di fronte al monumento con la nave, dalla parte del mare. Vi aspetto qua.

Luce chiuse la comunicazione con un vago senso di colpa. La voce di Sid era irritata e lei non poteva darle torto.

Stava per rimettersi a cercare Ficcanaso Cassavetes, quando si rese conto di avere ancora gli occhiali in mano. E loro continuavano a urlarle "compraci".

Otto

— Luce è alla nave. Ci aspetta lì — le disse Sid.

— Va bene. Tu continua a guardare a destra e io a sinistra.

Tra calca e calura, Hoon cominciava a non distinguere più le facce che andavano a comporre la marea di folla. Rischiava di trovarsi Amber a un palmo dal naso e non riconoscerla. E poi aveva l'impressione che tutti la guardassero, pensando "quella è la strana ragazza che ha la strana pietra e gli strani poteri". Cercò di razionalizzare. Non era detto che Amber avesse già spifferato. Era lei che si stava suggestionando.

Ricominciarono a fendere la folla. Signore cariche di sacchi, sacchetti e buste. Un tizio con un carrellino sul quale aveva affastellato una disumana quantità di roba, compresa una poltroncina. Ragazze che si misuravano vestiti e gioielli. Famiglie che si fermavano stremate ai punti di ristoro immersi in un invitante profumino di fritto. Hoon si concentrò per cacciare l'impressione che tutti la fissassero. Per distrarsi da quella sensazione pensò che doveva dire ai suoi di mettere una bancarella del Dream's Emporium l'anno successivo.

— La vedi? — le chiese Sid.

— Né Luce, né Amber! — rispose lei.

Hoon cominciava a perdere la speranza di trovare Ficcanaso Cassavetes. Aveva provato a richiamarla al cellulare un paio di volte, ma entrambi i tentativi erano riusciti solo a farle riascoltare le parole "non raggiungibile".

Stava guardando un gruppo di ragazzi attorno un banchetto con vecchi CD, quando riconobbe vicino a loro Jesse Positano. Incrociò il suo sguardo. Lui lo distolse immediatamente e si mise a guardare altrove. Come se stesse cercando qualcuno. O come se volesse evitare di avere a che fare con le strane con i poteri.

— Cavoli! Quello conosce Amber e ha fatto appena finta di non veder…

Sid non le fece nemmeno finire la frase. Si catapultò da Jesse. — Ciao, hai visto Amber? — Dritta al punto e senza tanti preamboli. Hoon incrociò le dita.

— Era qui fino a cinque minuti fa — rispose il ragazzo, guardando ovunque tranne che nella loro direzione. Aveva visto Amber ed era nervoso. Pessimo segno.

Hoon cominciò a sudare freddo

— Sai dove è andata? — fece Sid con il piglio di un poliziotto che conduce un interrogatorio.

— Con precisione no — fece lui con aria mansueta, ma senza guardarla negli occhi.

— E senza essere troppo precisi? — lo incalzò Sid.

— Be'... — cominciò Jesse. — Mi pare che stesse cercando una bancarella con dei calzini, ma forse me l'ha detto qualcun altro.

— Ok. Se la rivedi, chiamami subito — disse lei con tono imperioso e puntandogli un dito contro il petto. — Hai il mio cellulare?

Jesse fece un passo indietro. Sembrava preoccupato. Hoon lo era anche di più.

— Sì — fece lui. — Comunque i calzini servivano a... a ... Mayleen.

— E?

— E basta. In realtà Amber non mi ha detto né dove andava né cosa stava cercando — farfugliò Jesse — Però mi ha parlato di voi e di quell'altra vostra amica.... Luce, mi pare.

A Hoon venne voglia di svenire.

Nove

— Qualunque cosa ti abbia detto, è falsa — grugnì Sid con più enfasi di quanta ne avrebbe consigliata la prudenza. Jesse reagì con una faccia terrorizzata e finalmente guardando Sid negli occhi.

— Vuoi dire che martedì non ti fai interrogare in storia? — chiese.

— No. Martedì mi faccio interrogare. Ma nego tutto il resto — fece Sid.

— Mi hai fatto prendere un colpo! — si rasserenò Jesse. — Per un attimo ho temuto di dover passare il weekend sui libri.

Poi distolse di nuovo lo sguardo.

— Cos'altro ti ha detto Amber? — fece Hoon con l'espressione di chi non ce la fa più ad aspettare.

— Che Jenny ha tradito James con Edward… — fece

lui con aria imbarazzata — che a mettere il falsi voti sul registro è stato Klaus... che il vero motivo per cui Marua è assente è...

— Basta Jesse! — sbottò Sid che non sopportava quella specie di bollettino degli impiccioni. — Vogliamo sapere cosa ti ha detto di noi!

Lui sgranò gli occhi e fece una smorfia preoccupatissima, guardando un punto tra la folla alle loro spalle.

— Erica! — cominciò a gridare. — Erica!

— Ti abbiamo fatto una domanda! — grugnì Sid con una voglia pazzesca di costringerlo a sbottonarsi con le cattive..

— Sì! Ok! — farfugliò lui allontanandosi. — Ne riparliamo domani.

Sid cercò di trattenerlo per la maglietta, ma una tizia che sembrava una campionessa di sollevamento pesi si infilò tra di loro e le fece perdere la presa.

— Erica, scusami! Non dirò mai più una cosa del genere! — urlò Jesse. Correva, per quanto poteva, verso la Stambler, travolgendo passanti e sacchetti. Sid e Hoon cominciarono a inseguirlo.

— Jesse, aspetta! — urlò Sid.

La situazione aveva dell'assurdo. Loro che correvano dietro a Jesse che correva dietro a Erica tra la folla che vagava ipnotizzata dalle bancarelle. La cosa peggiore che Sid riuscisse a immaginare. Cioè. La peggiore dopo Amber che raccontava in giro gli affari loro.

Lei e Hoon diedero e ricevettero colpi e gomitate per tenere dietro al ragazzo. Incrociarono un gruppo di ballerini che andavano in direzione opposta alla loro. Ballando per intrattenere i passanti, i danzatori si impossessarono di tutto lo spazio disponibile. E divisero la folla. Quando le sorpassarono, Sid aveva perso di vista Jesse.

— Miseria nera di una miseria nera — sbottò.

Guardando avanti avvistò il monumento con la nave.

— Ci siamo — fece Hoon.

Sid guardò a sinistra. Sotto un tendone giallo c'era Luce con un paio di occhiali da sole e di fronte a lei qualcuno che le reggeva uno specchio. E quel qualcuno era Amber.

Insieme a Hoon le raggiunse di corsa.

— Ben arrivate — trillò Luce appena le furono vicine. — Sapete che Amber conosce il nostro segreto?

Dieci

— Scusa? — fece Hoon

— Sa tutto — rispose Luce. E non poté fare a meno di godersi per un attimo le espressioni annichilite di Sid e Hoon.

— Ma non dovete esserne imbarazzate — intervenne Amber. E con aria cospiratoria aggiunse. — A volte lo faccio anch'io.

Sid e Hoon sembravano davvero confuse. Luce sentì che Sid le arpionava il braccio in una morsa decisa.

— Sarò tonta, ma non capisco a cosa ti riferisci — la sentì ringhiare.

— A quando giochiamo a inventarci le storie come quando eravamo piccole — sorrise serafica Luce. Guardava Sid dritto negli occhi e sentì che la sua stretta si trasformava in un ammirato e controllato abbraccio.

— Però non dirlo a nessuno! — intervenne Hoon rivolgendosi ad Amber. Aveva capito tutto e stava al gioco.

— Ho già fatto un patto con Luce. Io non lo dirò di voi e voi non lo direte di me! — fece Amber. — Anche se io preferisco fare finta di essere una cantante famosa piuttosto che una supereroina con i superpoteri. Voi siete fortunate a poterlo fare insieme.

Luce aveva una voglia pazzesca di mettersi a ridere. Le espressioni da cessato allarme delle sue amiche erano impagabili.

— Adesso devo andare — fece Amber appoggiando lo specchio. — Ci vediamo a scuola.

— D'accordo... e grazie del prestito! — fece Luce. Guardò la ragazza allontanarsi e si sistemò gli occhiali sui capelli. Pensò che per quanto la pettegolomania la rendesse pericolosa, Amber era gentile. E simpatica, a modo suo. Bastava non farle sapere quello che non doveva diventare di pubblico dominio.

— Usciamo di qui e ci spieghi tutto — disse Hoon divertita, avviandosi verso la stradina nella quale avevano lasciato le bici.

— C'è poco da spiegare. Lei stamattina ci ha sentite parlare dei poteri, ma non ci ha prese sul serio. Ha pensato che stessimo giocando.

— Ma tu cosa le hai detto? — domandò Hoon

— Più che altro ho fatto parlare lei. Ho aggiunto qualche correzione qua e là e ho inventato qualche dettaglio tanto per rendere più credibile la cos… — rispose Luce.

— Battiti di ciglia? — chiese Sid.

— Non sono serviti. Nemmeno quando le ho chiesto un prestito per comprare questi occhiali.

— Quindi domani tutti crederanno che noi giochiamo a fare le supereroine? — chiese Hoon. Sembrava divertita all'idea.

— Non credo — fece Luce — Perché noi potremmo dire che tutte le sere lei canta in piedi sul tavolo con i suoi peluche schierati sul divano a fare da pubblico.

— Sai cos'ha detto di noi a Jesse Postano? — domandò Hoon.

— No, ma non me ne preoccupo — rispose Luce. — Però mi ha raccontato che Erica Stambler gli ha fatto una scenata davanti a tutti dopo che lui l'ha chiamata somarona. Sembra che Jesse volesse scherzare, ma Erica non ha gradito.

Erano arrivate alle bici.

Sid salì a bordo di quella di Hoon.

— E che superoine saremmo noi? — chiese.

Luce arrossì violentemente. Quella era l'ultima domanda alla quale avrebbe voluto rispondere.

— Non mi ricordo — provò a mentire.

— Luce! — fecero le amiche in coro con un tono che non le lasciava scappatoie.

Hoon e Sid erano le uniche due persone sulla faccia della Terra a cui lei non riusciva a raccontare storie. La conoscevano troppo bene.

— Basta che promettiate di non arrabbiarvi. Stavo pensando agli occhiali e ho solo detto la prima cosa mi è venuta in mente — cominciò a difendersi.

— Sentiamola — fece Sid.

— Hoon è Wonderly Superfulmine, io Rosa dei Cieli Splendenti e Sid… — non riuscì ad andare avanti.

Hoon cominciò a ridacchiare, Sid si mise le mani sui fianchi.

— E io cosa? — domandò con aria seria. Luce non l'aveva fatto apposta, ma il terzo personaggio non le era venuto bene. E non voleva che Sid ci rimanesse male. Biascicò il nome sperando che l'amica non lo capisse. E in effetti non lo capì, ma glielo fece ripetere.

— Brutus, Gigagorilla Constrictor! — sussurrò a occhi bassi.

Sid ci rimase di sasso. Per due secondi. Poi scoppiò a ridere.

— Mi piace! — farfugliò tra le risate. — E mi si addice!

Luce si sentì sollevata.

Undici

Sid, Luce e Hoon sono qua adesso. Ridono e si divertono. Mi piace sentirle ridere. Hanno risolto il loro problema. Nessuno sa delle loro pietre e dei loro poteri. Nessuno sa chi sono. Nessuno tranne me.

Ma di me si fidano. Mi vogliono bene come io ne voglio a loro. Soprattutto a Sid. Ecco che Luce mi prende in braccio. Hoon mi fa le carezze. Sid si alza dalla sedia

— Ragazze, usciamo in giardino a giocare con Daimon?

Sono pronto! Mi piace giocare in giardino. E il loro segreto con me è al sicuro. Loro con me sono al sicuro. So che qualcuno dà loro la caccia, ma io le difenderò sempre. Sono un cane molto forte. E a loro voglio bene.

Indice

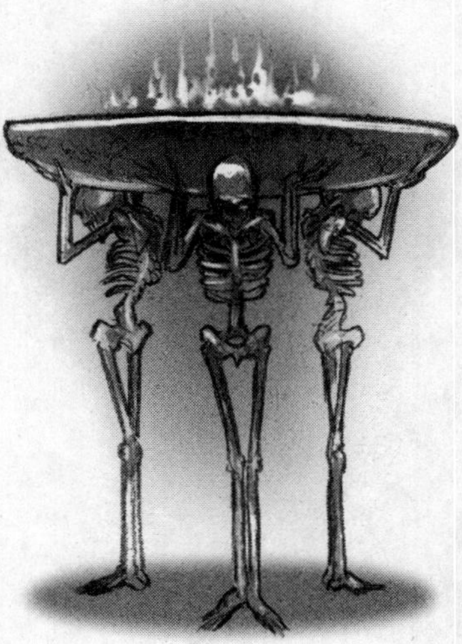

Lacrime di Cristallo

Il Potere dei Sogni 245

Prigioniero dell'Ade